古典詩歌研究彙刊

第十三輯

龔鵬程 主編

第18冊

紀昀評點詩歌研究

徐 美 秋 著

國家圖書館出版品預行編目資料

紀昀評點詩歌研究／徐美秋 著 -- 初版 -- 新北市：花木蘭文
化出版社，2013〔民 102〕
序 4+ 目 2+276 面；17×24 公分
（古典詩歌研究彙刊 第十三輯；第 18 冊）
ISBN 978-986-322-086-2（精裝）
1.（清）紀昀 2. 清代詩 3. 詩評
820.91   102000935

ISBN-978-986-322-086-2

9 789863 220862

古典詩歌研究彙刊
第十三輯 第十八冊   ISBN：978-986-322-086-2

紀昀評點詩歌研究

作 者 徐美秋
主 編 龔鵬程
總 編 輯 杜潔祥
出 版 花木蘭文化出版社
發 行 所 花木蘭文化出版社
發 行 人 高小娟
聯 絡 地 址 235 新北市中和區中安街七二號十三樓
        電話：02-2923-1455／傳眞：02-2923-1452
網 址 http://www.huamulan.tw 信箱 sut81518@gmail.com
印 刷 普羅文化出版廣告事業
初 版 2013 年 3 月
定 價 第十三輯 20 冊（精裝）新台幣 28,000 元

紀昀評點詩歌研究

徐美秋 著

作者簡介

徐美秋，女，1979 年生，浙江平陽人。2005 年畢業於四川師範大學，獲文學碩士學位；2009 年畢業於復旦大學，獲文學博士學位；現在江蘇大學文法學院中文系工作。

提　　要

　　紀昀不僅是乾嘉時期的樸學大師，也是當時詩壇的一代宗師。他評點了漢魏至唐宋許多重要的詩人詩作及唐人、清人的試律詩，對詩歌的「體格之變遷」、「宗派之異同」與「作者之得失」三方面及其原因都有總結概括，對詩歌的本旨、風格與技法等也有深入細緻的辨析說明。這些正是本書研究的主要內容。

　　本書在考察紀昀十多種評點著作的基礎上，結合其文集與《四庫全書總目》集部提要，綜合研究紀氏對詩歌的評點。全書共分五部分：前言，概述紀昀的評點情況及其研究現狀，說明本選題的研究價值與本文的研究方向；第一章《紀昀評詩總論》，論述紀氏對詩歌的本旨、風格與技法的總體評論；第二章《紀昀評點詩歌選本》，論述紀氏對《玉臺新詠》、《二馮評點才調集》與《瀛奎律髓》的評點；第三章《紀昀評點詩人別集》，論述紀昀對李商隱、韓偓與蘇軾三人詩集的評點；第四章《紀昀評點試律詩》，論析紀氏《唐人試律說》、《庚辰集》與《我法集》三書，闡發他提出的試律寫作總法則及其具體運用。最後用簡短的結語從總體上概括紀昀評點詩歌的特點與價值。

　　綜合以上研究，本書不僅全面深入地論述了紀昀的評點著作及其詩歌批評理論，而且也涉及對詩歌的發展演變及其原因的探討。

序

楊　明

　　評點此種文學批評方式，極富於民族特色。它的好處，是能密切地與作品相結合，讓讀者深入到作品裏去，細緻親切地體會作者的文心，從而提高審美欣賞的能力。當然，這有一個前提，就是評點者必須是具有高卓的審美眼光的人。他有細膩的感覺，敏銳的眼光，靈動的心思，又眼界開闊，觀念宏通，因而雖只三言兩語，卻能搔著癢處，如靈光乍照，使讀者豁然開朗，會心而笑。如若泛泛而談，作三家村語，那就毫無意思。大名鼎鼎的清代學者、作家紀曉嵐，便是一位出色的詩歌評點大家。他自小受學，即好吟詠，壯歲與天下勝流相唱和，於古今詩歌，簡練揣摩，下過切實的功夫。其評點詩歌持續數十年之久，面廣量大，樂此不疲，極有心得。徐美秋博士以紀氏評點詩歌作爲研究對象，著成《紀昀評點詩歌研究》一書，實在是很有意義的。

　　與所有認眞踏實的學術研究一樣，徐美秋的工作始於廣泛深入地搜集資料。她從各圖書館館藏中將有關詩集上的紀氏評語一一過錄下來，加以考證、梳理，獲得了不少新的見解。

　　比如有的學者說紀氏因主持修撰《四庫全書總目》，熟悉歷代典籍，故評點時能俯視詩史，從詩歌的因革流變角度立論。徐美秋則指出，紀氏的評點詩歌，絕大多數完成於入《四庫》館之前。因此恰是其評點活動，有助於形成他斟酌古今的學術氣象，有助於他的《總目》編纂，而不是相反。

　　又如今人著作談到清代科舉以律詩爲考試內容之一時，都以爲始於乾隆二十二年（1757）。徐美秋注意到紀昀編選、評注試律詩的集

子《庚辰集》，其中作者的登科時間是康熙三十九年庚辰至乾隆二十五年庚辰（1700～1760）。經過考證，她指出雖然會試、鄉試等用律詩始於乾隆二十二、三年，但選拔庶吉士和翰林的館選和散館以及大考、制科，則是早在清初就已經將試律詩作爲一項重要內容了。即使鄉試、會試，乾隆二十二年之前也偶有用詩的。因此，「乾隆二十二年、二十三年下詔會試、鄉試等增試律詩並非是橫空出世的一項措施，而是清代科舉制度內由上逐漸向下推行的一項考試內容，有其制度上的延續性。由於試律詩在科舉考試中的重要地位，清人也很早就開始了對試律詩的源流、體例、鑒賞和技巧等多方面的探討。」這一結論，無論對於研究清代科舉史還是詩歌史，無疑都是重要的。

徐美秋在調查文本的過程中，發現了幾部學界所未知或未加注意的紀昀評點本，即朱墨批解吳兆宜注本《玉臺新詠》（王文燾過錄）、《點論李義山詩集》以及《紀批蘇詩擇粹》（趙古農編）。它們對於深入研究紀昀的詩歌評點，都有一定的價值。如署名紀容舒（紀昀之父）的《玉臺新詠考異》，據其自序乃乾隆二十年從雲南北歸後林居無事所作，其序所署時間爲乾隆二十二年。有學者認爲該書其實是紀昀所著而歸之於父親名下。徐美秋將朱墨批解《玉臺新詠》與《玉臺新詠考異》仔細對照，發現批解本在文本校勘考證上遺留的一些問題，在《考異》中基本上得到了解決，那就說明《考異》成書必定晚於批解本，而批解本係成於乾隆三十六至三十七年，那麼看來《考異序》所述是失實的，不可信的。可以說，朱墨批解本的發現和研究，爲否定紀容舒著《考異》之說提供了新的有力的證據。

以上介紹的是《紀昀評點詩歌研究》在文獻搜集考證方面的一些成績。而我認爲此書的特色，尤在於著者對於古典詩歌有較好的審美感受力，因而能正確理解紀昀的評語。在此基礎上，概括紀氏的詩歌美學，自然就比較實事求是，能給讀者以啓發。

鑒賞詩歌，理解其內容、含義，大約還相對容易；欣賞其藝術表現之美，並且說出個門道來，有時就頗覺困難。好的評點正在這方面

能發揮很大的作用。但因其往往點到即止，所以要理解那些評語，又必須涵泳於作品中，在作品、評點二者之間沈潛往復。我以爲徐美秋在這方面做得較好。

例如杜甫的《送鄭十八虔貶台州司戶》：「鄭公樗散鬢成絲，酒後常稱老畫師。萬里傷心嚴譴日，百年垂死中興時。蒼惶已就長途往，邂逅無端出餞遲。便與先生應永訣，九重泉路盡交期。」紀昀評曰：「一氣盤旋，清而不弱。」怎樣理解這八個字呢？徐美秋認爲，此詩「八句一氣貫注，不作側面烘染或景物點綴，語意清空明晰，而情感十分沉摯深厚」，故紀評云然。這樣的理解，自是潛心體味原詩的結果。

又如紀昀評蘇軾詩曾說東坡慣用「意注本題，先盤遠勢」的手法，但他只揭示過一次。徐美秋乃在蘇軾的許多作品中看出此法的運用，並且概括道：東坡在題目較小較實時常運用此法，以便於少處用多，於平實處弄奇，將小題寫得意境開闊；至於在長詩中運用此法，則更是奇氣縱橫，淋漓酣暢。她又說：「『意注本題，先盤遠勢』的關鍵是如何從遠勢折入本題，在這一點上，蘇軾用筆之靈妙與紀昀評析之精確，堪稱相得益彰。」「『意注本題，先盤遠勢』不僅將詩境拓開，而且在結構上有開闔之變動，避免了平直呆板。而紀評的細心鉤剔，讓我們對蘇詩巧妙的結構脈絡有更清晰的認識。」這些體會，無疑申發了紀評的精義，於讀者領會蘇詩的魅力頗爲有益。

蘇軾《盧山五詠·障日峰》云：「長安自不遠，蜀客苦思歸。莫教名障日，喚作小峨眉。」其詩乃詩人知密州時作，郡東有盧山，似峨眉而小，常牽動其鄉思。紀昀評曰：「坐煞反成死句，不如《步至溪上》詩多矣。詩家往往同一意而工拙不同，只爭運筆耳。」按《出城送客不及步至溪上》亦密州作，有句云：「倦游行老矣，舊隱賦歸哉。東望峨眉小，盧山翠作堆。」徐美秋比較二詩，以爲《障日峰》末二句直白無餘味，故是死句；而《步至溪上》不直說思鄉之意，只寫出「東望」之情態，「翠作堆」之秀美，思念峨眉之情若隱若現，情韻較長，故是活句。她說：紀評這裏所說的運筆，主要是指詩意的表達不要直

接訴說，要有情景，有意境，讓讀者能涵泳其中；這樣，即使是常情常意，也讓人回味不盡。蘇軾《送頓起》云：「岱宗已在眼，一往繼前躅。天門四十里，夜看扶桑浴。回頭望彭城，大海浮一粟。故人在其下，塵土相豗蹴。」紀評：「將兩地兩人熔成一片，筆力奇絕。」徐美秋說：「不僅從頓起一面著筆寫他的行程，更進一步設想他到了泰山之頂會回望詩人所在的彭城，感歎詩人在其中塵土滿面，不得清淨。詩思極曲折，情意極深至。」這些細緻的體會，於讀者理解紀評，欣賞原詩，都很有好處。紀評稱說蘇詩的運筆、筆力之處頗多，本書一一加以解說，並概括、歸納出種種不同的內涵，頗為具體。

王運熙先生常說，研究古代文論必須聯繫作品實際，要將文學批評史和文學史結合起來。理論聯繫實際，這確是顛撲不破的真理。如果從理論到理論，就很可能隔靴搔癢，甚至郢書燕說，南轅北轍。評點，可以說是古代文學批評的「第一線」，尤其需要從作品實際出發。印象式的片言隻語，似乎是隨意而談，其實凝聚著豐富的審美體驗。對於我們研究者來說，結合作品鑒賞，從個別的、零碎的評語出發，概括歸納出評者的美學觀念，聯繫廣闊的背景，做出理論概括，這不是別具魅力的工作嗎？

文學的本質是審美的，文學研究歸根結柢應該闡發作品的美。而為了使研究工作是科學的而非隨心所欲的，又首先要求弄清事實，進行文獻方面的實證性的考辨。就研究者而言，當然可以在這二者之中有所側重，但最好是二者有所兼顧，既具有審美的妙悟，又能作細密的考訂，並進行理論上的概括抽象。徐美秋博士的這本著作，顯示出她這兩個方面的能力和潛質。如今此書即將由花木蘭文化出版社印行，我深感高興，寫下上面一些話，既希望對讀者略有幫助，也祝願徐美秋博士在研究工作中更多地獲得盎然的興味，取得更大的成績。

二〇一二年歲末於欣然齋

目

次

前　言

　　紀昀，字曉嵐，一字春帆，號觀弈道人，又號石雲、茶星、三十六亭主人和孤石道人。清直隸河間獻縣（今河北滄縣）人，因此又稱「紀河間」。生於雍正二年（1724）六月十五日，卒於嘉慶十年（1805）二月十四日〔註1〕，享年八十二歲，諡文達。

　　紀昀四歲開始讀書，十一歲隨父親紀容舒到京師，十五歲受業於董邦達門下，二十四歲順天鄉試第一，次年會試不中。乾隆十九年（1754），中甲戌科進士，隨即被選爲庶吉士，入翰林院庶常館學習，散館一等授編修，此後幾年都在翰林院任職。二十七年，南行視學福建；三十二年，復入翰林院，官授左庶子；三十三年，晉侍讀學士。在這年夏天，爲照拂姻親而透露鹽茶案，被革職問罪，遣戍烏魯木齊；三十五年底，乾隆下旨賜還；三十六年二月，治裝東歸，六月到京師，閒居待命，同時校閱點評前人詩文，並整理舊稿；十月再入翰林院。三十八年，紀昀從《永樂大典》的輯佚工作拔擢爲新開四庫全書館的總纂官。四十四年擢爲內閣學士兼禮部侍郎，此後歷任兵部侍郎、禮部尚書、兵部尚書、左都御史，並多次充會試考官及殿試讀卷

〔註1〕關於紀昀確切的死亡時間，朱珪《紀公文達墓誌銘》和李宗昉《紀文達公傳略》都寫得很清楚爲「二月十四日」。賀治起、吳慶榮編《紀曉嵐年譜序》作「二月十日」（書目文獻出版社，1993年，第1頁），周積明《紀昀評傳》作「二月二十四日」（南京大學出版社，1994年，第100頁），恐是筆誤所致。

官。嘉慶十年正月，八十二歲高齡的紀昀「以禮部尙書協辦大學士，加太子少保，管國子監事，一切題奏事件在滿洲尙書之前」〔註2〕，可謂極盡榮耀，一個月後紀昀便帶著這份榮耀離開了人世。

　　紀昀由詞臣而公卿，在政治上雖無顯著的功績，但在文化學術方面卻取得了許多重大的成就。其中，最爲人熟知的是創作筆記體文言小說《閱微草堂筆記》，在學術史上影響最大的是主持編纂《四庫全書》及《四庫全書總目》、《四庫全書簡明目錄》的撰寫與最終審定。這兩項俱成於紀昀晚年，在他的青壯年時期，最主要的文化活動則是詩歌創作與評點。紀昀總結自己的學術生涯說：

> 昀於文章，喜詞賦；於學問，喜漢唐訓詁，而泛濫於史傳、百家之言。〔註3〕

> 三十以前，講考證之學，所坐之處，典籍環繞如獺祭。三十以後，以文章與天下相馳驟，抽黃對白，恒徹夜構思。五十以後，領修秘笈，復折而講考證。〔註4〕

> 余自早歲受書，即學歌詠，中間奮其意氣，與天下勝流相倡和，頗不欲後人。〔註5〕

> 余少時閱書，好評點，每歲恒得數十冊，往往爲門人子侄攜去，亦不複檢尋。〔註6〕

紀昀從小喜好詩歌，考中進士（三十一歲）後更全身心投入詩歌的創作與評點，一直持續到他開始主持《四庫全書》的編撰（五十歲）。

　　紀昀在詩歌的學習、創作和品鑒等方面都有豐富的經驗，故能對詩歌作出全面而精當的批評。他批評詩歌的方式大致有兩種：一種是

〔註2〕李宗昉《紀文達公傳略》，《聞妙香室文集》卷十四，清山陽李氏藏板刻本，復旦大學圖書館藏。

〔註3〕紀昀《怡軒老人傳》，《紀文達公遺集》文集卷十五，嘉慶十七年紀樹馨刊本，《續修四庫全書》第1435冊。

〔註4〕紀昀《姑妄聽之序》，《閱微草堂筆記》，上海古籍出版社，2001年，第313頁。

〔註5〕紀昀《鶴街詩稿序》，《紀文達公遺集》文集卷九。

〔註6〕紀昀《瀛奎律髓刊誤跋》，李慶甲《瀛奎律髓彙評》附錄（一），上海古籍出版社，2005年新1版，第1827頁。

宏觀批評，即探究詩歌本源，總結概括其發展演變，對歷代詩人詩作作總體評價等；一種是微觀評點，即對具體作品的批點評論，如品鑒詩歌風貌、評析結構與表現手法、總結創作技巧與法則等。其宏觀批評主要集中於《四庫全書總目》（以下簡稱《總目》）集部提要和《紀文達公遺集》文集卷九、卷十一、卷十二的序、書後和策問。微觀評點的著作很多，有評選本的，如批解吳兆宜注本《玉臺新詠》與《玉臺新詠校正》、《刪正二馮評閱才調集》、《刪正瀛奎律髓》與《瀛奎律髓刊誤》及點勘《唐詩鼓吹箋注》；有評點詩人別集的，如《玉溪生詩說》與《點論李義山詩集》、《紀評蘇文忠公詩集》及評韓偓《翰林集》與《香奩集》；還有評點試律詩的《唐人試律說》、《庚辰集》和《我法集》（唯此作於晚年）。當然，這些評點也有宏觀方面的內容。以下先梳理紀昀評點詩歌的概況，再評述其詩歌思想及其研究現狀，最後說明本課題的研究價值及本文的研究方向。

一、紀昀評點詩歌概況

從目前的資料來看，紀昀評點詩歌最早始於乾隆十五年（1750）作《玉溪生詩說》二卷，其餘評點著作大多產生於二十四年到三十八年這十餘年間。二十四年，紀昀指導馬葆善等四人讀書，因科舉新增試律，授經之餘，舉唐人試律詩為例，說明試律詩的入門知識，由馬葆善輯成《唐人試律說》一卷。二十五年夏至二十六年，又選了清人試律詩兩百多首，認真細評詳注，為《庚辰集》五卷，以便初學者。二十六年，開始評閱方回《瀛奎律髓》，歷十年，閱六、七次，成《瀛奎律髓刊誤》四十九卷，期間又作《刪正方虛谷瀛奎律髓》四卷。二十七年六月，借得《後山集》，雜取各書，鈎稽考證，粗正十之六七；同年著有《刪正二馮評閱才調集》二卷和《點論李義山詩集》三卷。二十九年，完成《後山集鈔》，對陳後山的詩集、文集「嚴為刪削」，「亦欲論後山者，覈其是非長短之實，勿徒以門戶詬爭」〔註7〕。二

〔註7〕紀昀《後山集鈔序》，《紀文達公遺集》文集卷九。序文精要地評論

十七年到二十九年，紀昀提督福建學政，其叢書《鏡煙堂十種》之名即取自福州試院，上述《唐人試律說》、《庚辰集》、《刪正方虛谷瀛奎律髓》、《刪正二馮評閱才調集》、《點論李義山詩集》和《後山集鈔》等六書都被收入，另外四種是《沈氏四聲考》、《審定風雅遺音》、《張爲主客圖》和《館課存稿》。〔註8〕三十一年，開始批點蘇軾詩集，歷五年經五閱成《紀評蘇文忠公詩集》五十卷。三十六年，結束在烏魯木齊的三年謫戍生涯回京師待命，閒居多暇，評點的成果頗豐：點勘了《唐詩鼓吹箋注》並過錄趙執信評語〔註9〕，評閱了韓偓的《翰林集》和《香奩集》，批校《玉臺新詠》兩次，整理並完成了《紀評蘇文忠公詩集》和《瀛奎律髓刊誤》。三十七年正月，又兩次批閱《玉臺新詠》，二月完成《玉臺新詠考異》十卷；三十八年正月，完成對《玉臺新詠》的評點，合爲《玉臺新詠校正》。同年三月，紀昀入四庫全書館任總纂官。至此，他暫時結束評點詩歌，又轉向考證之學。

了後山各體詩及古文的得失。《集鈔》不對作品本身作藝術點評。
〔註8〕 據《續修四庫全書總目提要》著錄，《鏡煙堂十種》有乾隆二十七年重刊本。盧錦堂說：「然考其中《後山集鈔》成於乾隆二十九年，則前二年似未應先有合刊本，《續修提要》之言，恐有訛字。」（盧錦堂《紀昀生平及其閱微草堂筆記・紀昀之著述》，臺北政大中文研究所，1974 年碩士學位論文，轉引自《紀昀傳記資料》，天一出版社，第 33 頁。）其說是，李宗昉《紀文達公傳略》即載紀昀於二十九年才刪定陳後山集。這篇提要訛誤處不少，如說「乾隆辛卯開四庫全書館」，將開館時間提前了兩年（中國科學院圖書館整理《續修四庫全書總目提要》（稿本）第 30 冊，齊魯書社，1996 年，第 71 頁）。
〔註9〕 關於紀昀是否曾評點《唐詩鼓吹》，有學者持懷疑態度。然李宗昉《紀文達公傳略》有明文記載，並繫之於乾隆三十六年。再則，《中國古籍善本書目》著錄中國社會科學院文學研究所藏《東晶草堂評訂唐詩鼓吹》十卷，上有「清紀昀批並跋，又錄清趙執信評」語。其三，白・特木爾巴根《元代蒙古族文學評論家郝天挺和他的〈唐詩鼓吹集注〉》提到康熙自怡居刻本的《唐詩鼓吹》卷首署文有「嚴修錄趙執信、紀昀批校並跋」，並鈐有「嚴修私印」（載《內蒙古師範大學學報》（哲學社會科學版），2006 年第 3 期）。其四，筆者有幸在社科院文學所善本室借閱並抄錄紀批《唐詩鼓吹》，將之與紀昀其他評點著作相比較，大到詩歌思想小到措詞用語都如出一手。由此可知，紀昀的確批點過《唐詩鼓吹》。

直到乾隆六十年，爲督促孫輩考科舉，作《我法集》二卷，評論他自己的試律詩。這是紀昀最晚的評點之作，在當時有很大影響。

　　以上即是紀昀評點詩歌的概況。這裡要特別指出的是，除《我法集》外，紀昀評點諸作都是在入四庫全書館之前完成的。綜觀紀昀青壯年時期的評點，能準確地把握和揭示歷代詩歌的發展演變、各家各派的創作風格及其因襲新變，隱然有「剖析條流，斟酌古今」的學術氣象。正因爲紀昀已具有這種氣象，故能出色完成《總目》的撰寫和審定。他評點時所運用的歷史的、比較的、辯證的方法和通達、折中的態度也充分體現在《總目》中，眞正做到了「辨章學術，高捉群言」〔註10〕；表現於評點中的詩歌思想對《總目》的詩歌批評也有決定性的影響。這說明紀昀評點詩歌與他日後主持編撰《總目》在學術思想和學術精神上是一以貫之的，而這思想和精神在他評點詩歌時即已形成，甚至成熟。因有論者將紀昀在評點中表現出來的對詩歌史的全局把握，歸因於他領修《四庫全書》後遍覽歷代典籍之所得，前後顛倒，故特爲辨析如此。〔註11〕

　　此外，還有兩點要略作補充。其一，乾隆三十六年紀昀不僅整理完成了兩大詩歌評點著作、批閱了多個詩集，還點評了黃叔琳注劉勰《文心雕龍》。其二，據李宗昉《紀文達公傳略》，紀昀還點論了《黃山谷詩集》、《王子安集》，輯《唐人詩略》八卷；又據趙古農《紀批蘇詩擇粹序》，紀昀也曾評點過杜甫的詩集。朱庭珍《筱園詩話》卷一載「紀文達公最精於論詩，所批評如杜氏、蘇詩、李義山、陳後山、

〔註10〕余嘉錫《四庫提要辯證》，雲南人民出版社，2004年，第45頁。
〔註11〕如曾棗莊等編《蘇軾研究史》評論《紀評蘇詩》說：「紀昀作爲《四庫全書》的總纂官，對歷代典籍十分熟悉，故能站在整個中國詩史的高度，從詩歌的因革正變來評論蘇詩。」（江蘇教育出版社，2001年，第321頁。）又楊桂芬《紀昀詩學理論研究》說：「紀昀因負責編纂《四庫全書》，得以將遍覽群書之心得，『融入自己的學術知識思想之中，豐富了自己的學術資產』，因此其於論詩方能不爲流派所限，以俯視古今之姿，持平地陳述一己之見。」（臺灣國立中山大學，2002年碩士學位論文；中間引文出自張維屏《紀昀與乾嘉學術》。）

黃山谷五家詩集及《才調集》、《瀛奎律髓》諸選本，剖析毫芒，洞鑒古人得失」〔註12〕，也說紀昀曾評點過杜甫與黃庭堅的詩集。此三人與紀昀時代相近，其說必有所據，應當是可信的。〔註13〕這也印證了紀昀自己「余少時閱書，好評點，每歲恒得數十冊」的說法，惜今不見流傳。

紀昀對詩歌的評點，不僅所評詩集眾多，而且態度認眞嚴謹，一書經常評閱數遍。早在他評說李商隱詩歌時，就已經表現出這種態勢。其《玉溪生詩說》手稿「有既刪而復存，亦有已取而終棄，於評語亦不憚反覆刪改，以衷於至當」〔註14〕，《詩說》和《點論李義山詩集》的評語又有不同。《瀛奎律髓刊誤》是紀昀歷時最久、用力最勤的評點之作，李光垣說：「蓋師於是書，自乾隆辛巳（1761年）至辛卯（1771年）評閱至六、七次，細爲批釋，詳加塗抹，使讀者得所指歸，不至疑誤。」〔註15〕方回偏向「江西」，馮班、馮舒力挺晚唐，紀昀自稱《刊誤》「平心以論，無所愛憎於其間」，「細爲點勘，別白是非」〔註16〕。可見其通達而又審愼的治學態度。紀昀對蘇軾詩的批點也很愼重，從乾隆三十一年五月開始，「初以墨筆，再閱改用朱筆，三閱又改用紫筆，交互縱橫，遞相塗乙」，後來得到查愼行手批本，「又補寫於罅隙之中」，到三十六年六月，「自烏魯木齊歸，長晝多暇，因繕此淨本，以便省覽」〔註17〕，共歷時五年，批閱五次。他批校《玉臺新詠》也多達五次；又三閱《唐詩鼓吹箋注》〔註18〕，

〔註12〕朱庭珍《筱園詩話》，郭紹虞編選，富壽蓀校點《清詩話續編》，上海古籍出版社，1983年，第2347頁。

〔註13〕《紀文達公遺集》卷十一有《書八唐人集後》一則，《書黃山谷集後》五則，可爲一佐證。

〔註14〕朱記榮《校刊玉溪生詩說序》，紀昀《玉溪生詩說》，朱氏槐廬校刊本，《叢書集成續編》第155冊。

〔註15〕李光垣《瀛奎律髓刊誤跋》，《瀛奎律髓彙評》附錄（一），第1830頁。

〔註16〕紀昀《瀛奎律髓刊誤序》，《紀文達公遺集》文集卷九。

〔註17〕《紀評蘇文忠公詩集》自序，《紀評蘇詩》，粵東省城翰墨園藏板，同治八年刻本，復旦大學圖書館藏。

〔註18〕紀昀點勘《唐詩鼓吹箋注》書末有後記二則，一則云「既點論《鼓

對注解也作了批點。

　　評點，這種具有中國民族特色的批評方式，本來容易流於隨意性或印象式，紀昀卻以實事求是、反覆鑽研的精神實踐它。他對詩歌的評點既有直觀的整體性把握，也有一字一句的精細分析。從他評點詩歌的深度和廣度來看，紀昀當是有意選擇「評點」這種例證具在、易於接受的批評方式〔註19〕，來表達他的詩學思想，品鑒詩歌優劣，揭示創作法則和技巧，循循善誘地指導後學有關讀詩和作詩的門徑。

　　為更加直觀地說明紀昀在詩歌評點上的用心之深、用力之勤，筆者將紀昀的詩歌評點活動及相關的序跋、後記按時間先後順序列表如下：

紀昀評點詩歌及相關序跋、後記詳表〔註20〕

時間（乾隆年代）	詩歌評點及相關序跋、後記
15年（庚午，1750）	著《玉溪生詩說》。 十一月，作《玉溪生詩說序》。 冬至後一日，作《玉溪生詩說跋》（其一）。
16年（辛未，1751）	正月二十六日，作《玉溪生詩說跋》二則。

　　　吹》一過，因飴山時批注解，遂復取注解勘之」，另一則云「是月二十四日，以墨筆重爲點勘一過」，簡略交待了這三次的評閱情況。

〔註19〕《總目》卷一九五《竹莊詩話》提要稱讚此書：「徧蒐古今詩評雜錄，列其說於前，而以全首附於後，乃詩話中之絕佳者。……名爲詩評，實如總集，使觀者即其所評與原詩互相考證，可以見作者之意旨，並可以見論者之是非。視他家詩話但拈一句一聯，而不睹其詩之首尾，或渾稱某人某篇，而不知其語云何者，固爲勝之。」將評論和原詩放在一起，這正是評點著作的主要特徵之一。紀昀對《竹莊詩話》體例的肯定也可以視爲他對「評點」這一詩歌批評方式的肯定。

〔註20〕據紀昀評點各書的序跋及李宗昉《紀文達公傳略》，參考了王蘭陰《紀曉嵐先生年譜》（清抄本，上海圖書館藏）和盧錦堂《紀昀生平及其閱微草堂筆記》之《紀昀之家世與年譜》與《紀昀之著述》兩部分內容。盧氏鈎稽、論述紀昀的生平與著述頗詳實，未審處則付闕疑，是比較可靠的研究資料。又盧氏未曾言及紀昀批校《玉臺新詠》之事及著作。

24 年（己卯，1759）	春，講授唐人試律詩。六月，《唐人試律說》脫稿。 七月，作《唐人試律說序》
25 年（庚辰，1760）	七月，開始講授清人試律詩。 九月，覆閱《唐人試律說》刊本，重為點勘，再付剞劂，跋其尾。
26 年（辛巳，1761）	《庚辰集》脫稿，十月十日作《庚辰集序》（其一）。 開始評閱方回《瀛奎律髓》。
27 年（壬午，1762）	閏五月二十四日，《庚辰集》剞劂，再作《庚辰集序》（其二）。 六月借得《後山集》，雜取各書，鈎稽考證，粗正十之六七。 刪正二馮評閱《才調集》，點論李商隱、黃庭堅詩集，輯《唐人詩略》八卷。
29 年（甲申，1764）	完成《後山集鈔》，七月晦日，作《後山集鈔序》。
31 年（丙戌，1766）	開始批點蘇軾詩集。
36 年（辛卯，1771）	六月，點勘《唐詩鼓吹箋注》，並過錄趙執信評語。 七月十四日，題《唐詩鼓吹箋注》書末一則。 七月十八日，作《書韓致堯翰林集後》二則，《書韓致堯香奩集後》三則。〔註21〕 七月二十四日，又題《唐詩鼓吹箋注》書末一則。 七月二十八日，初閱《玉臺新詠》畢。 八月初二日，覆閱《玉臺新詠》畢。 八月初六日，評閱《文心雕龍》畢。 八月，作《紀評蘇文忠公詩集序》。 十二月二十一日，作《瀛奎律髓刊誤序》。 評點《王子安集》。
37 年（壬辰，1772）	正月十一日，重閱《玉臺新詠》畢。 二月二十一日，作《玉臺新詠校正序》。
38 年（癸巳，1773）	正月二十七日，作《玉臺新詠校正跋》。
53 年（戊申，1788）	八月初五日，作《瀛奎律髓刊誤跋》。
60 年（乙卯，1795）	自作自評試律詩，集成《我法集》。 七夕，作《我法集序》。八月朔日，作《我法集跋》。

〔註21〕賀治起、吳慶榮《紀曉嵐年譜》將這兩篇「書後」繫於乾隆二十五年，不知何所據。筆者曾到山西省圖書館借閱紀昀評閱的《韓致堯翰林集香奩集》，紀昀書其後的時間為「辛卯中元後三日」，即乾隆三十六年陰曆七月十八日。李宗昉《紀文達公傳略》也繫之於三十六年。

二、紀昀的詩歌思想及其研究現狀述評

　　詩歌評點不僅是紀昀青壯年時期的主要學術活動，而且其學術精神、批評方法和詩歌思想都與《總目》集部提要一以貫之，對研究紀氏詩歌思想乃至於古典詩學都具有重要的價值。然而，研究者多集中於分析紀昀宏觀方面的詩歌批評，對於他的評點實踐，學界尚未能給予足夠的關注和研究。重視宏觀批評而忽略具體評點，這可以說是目前紀昀詩學研究的一大缺陷。以下將學界有關紀昀詩論與詩評的研究成果略作述評，通過對比說明研究紀昀詩歌評點的必要性和緊迫性。

（一）紀昀詩論及其研究現狀述評

　　紀昀論詩強調詩歌的抒情本質，同時也重視儒家詩教傳統。吳兆路指出這是紀昀將「發乎情，止乎禮義」這一古老的詩學命題在更高、更豐富的層次上的發揮闡釋，「標誌著中國詩學的審美心理最終指向了理性與優美相協和、倫理與審美相統一的境界，歸結到溫厚優柔的中和之美」〔註22〕。張健也說紀昀論詩的理論基點是「詩言志」這一傳統命題，並以「發乎情，止乎禮義」來具體規定「志」的內涵，是「對情理關係的折中」。〔註23〕周積明則以為紀氏是以「發乎情，止乎禮義」為標準對「以往文學發展中的重情、重理路線作出價值評說，進而指示文學前行的正確路徑」，其路徑應該是「情」本體，同時以「溫柔敦厚」規範其內容與表達。〔註24〕三人對紀昀詩歌本旨論的分析準確而深入。董彥彬說「詩本性情」與「溫柔敦厚」共同構成了紀昀的完整的詩學體系〔註25〕。此說不確。紀昀詩論的內容包涵豐富，

〔註22〕吳兆路《紀昀文學思想管窺》，載《慶祝王運熙教授八十華誕文集》，上海古籍出版社，2005年，第340頁。
〔註23〕張健《清代詩學研究》，北京大學出版社，1999年，第592～593頁。
〔註24〕周積明《紀昀評傳》，南京大學出版社，1994年，第319～335頁。同樣內容亦見於其《文化視野下的〈四庫全書總目〉》，中國青年出版社，2001年新1版，第171～182頁。
〔註25〕董彥彬《紀昀的詩歌創作與詩歌理論》，深圳大學，2005年碩士學位

「詩本性情」與「溫柔敦厚」構成了其本旨論的主體，而非整個詩學體系。

紀昀認為詩歌關乎人品、學問。其《詩教堂詩集序》說：「人品高，則詩格高；心術正，則詩體正。」張健由此指出「在紀昀看來，不僅詩歌的道德品格取決於人品，而且詩歌的審美品格也取決於人品」〔註26〕。紀昀對人品與詩品之間的複雜關係持論比較通達，周積明、吳兆路都舉了不少例子來說明。前者還從「家學」、「交遊」、「師承」和「閱歷」四方面來論述紀昀對學問的重視。〔註27〕認為詩歌創作要有深博的學問作底子是當時普遍的觀點。

紀昀認為詩歌之本旨是在不違背社會道德的前提下抒發個人情感，同時也認識到「風會所趨，質文遞變」，詩歌也逐漸追求不盡之韻味，如陶、謝、王、孟等人的「山水清音」之作。他肯定了這種由宣泄情感到追求審美的發展變化，認為這種變化「如食本療饑，而陸海窮究其滋味；衣本禦寒，而纂組漸鬥其工巧」〔註28〕一樣是自然而然的。他指出這類詩歌的源頭可以上溯到《詩經》「觸目起興，借物寓懷」的抒寫傳統，後來唐司空圖以「清微妙遠」為大旨所歸、宋嚴羽「獨標妙悟為正宗」、清王士禎提倡「神韻說」，都從理論上推崇這類詩歌，於是山水清音逐漸成為詩學之正脈。紀昀讚賞這類詩歌「冥心妙悟，興象玲瓏，情景交融，有餘不盡之致，超然於畦封之外」，肯定其超妙的審美價值，同時又不忘儒家詩教，將其定位為「教外別傳者」。〔註29〕張健認為「教外別傳」之說是「儒家詩學價值系統對道、佛精神影響下的詩歌傳統的接納」〔註30〕。然山水自然本來就是

論文。

〔註26〕《清代詩學研究》，第596頁。

〔註27〕《紀昀評傳》，第384～386頁。

〔註28〕紀昀《挹綠軒詩集序》，《紀文達公遺集》文集卷九。

〔註29〕紀昀《挹綠軒詩集序》、《田侯松巖詩序》、《詩教堂詩集序》，《紀文達公遺集》文集卷九。

〔註30〕《清代詩學研究》，第597頁。

人類的精神寄託，不必強分儒、釋、道，因此張健以「道佛精神影響下的詩歌」來概括陶、謝、王、孟一派的詩歌並不太準確。

紀昀崇尚興象與風骨兼備的詩歌風格。王鎮遠指出紀昀「以『興象』評寫景詠物之作往往即指境中寓情、富有興寄的作品」，而「興象之遠近在於寄託之深淺」。王氏認爲紀昀肯定李商隱、溫庭筠一派的詩人正在於他們「善用比興，頗具『興象』」，有「含蓄深婉」之美，而江西詩派的「剛勁遒練」則符合了他有關「風骨」的要求。紀昀希望學詩者能兼取江西、晚唐之所長，達到「既有興象，復備風骨」的藝術境界。〔註31〕周積明認爲紀昀之尙興象、風骨，說明他心目中理想的詩歌美學範型是漢魏風骨和盛唐氣象。〔註32〕二人抓住了紀昀風格論的要點，可謂切中肯綮。

紀昀認爲詩歌一直處於發展變化中，故要用通變的眼光來看待詩歌。他說：「夫文章格律與世俱變者也。有一變必有一弊，弊極而變又生焉。互相激，互相救也。」又說：「三古以來，文章日變。其間，有氣運焉，有風尙焉。」又說：「體格日新，宗派日別，……然自漢魏以至今日，其源流正變、勝負得失，雖相競者非一日，而撮其大概，不過擬議、變化之兩途。」〔註33〕再三強調了文章的變動性，並概括其演變的原因與形式。宮存波《紀昀詩歌批評研究》即著重闡述紀昀以「變」論詩：從詩歌發展演進來說，有時代詩風之變、詩文流派之變、詩人風格之變和詩體之變；從詩歌創作來說，要師古與創新相結合，擬議以成變化。〔註34〕此文抓住紀昀詩論的一點進行研究，論述比較全面，但不夠具體深入。

紀昀身處傳統文化的「結穴」時代，對詩歌的發展有宏觀的整體

〔註31〕鄔國平、王鎮遠《清代文學批評史》，上海古籍出版社，1996年，第462～466頁。
〔註32〕《紀昀評傳》，第366頁。
〔註33〕紀昀《冶亭詩介序》、《愛鼎堂遺集序》、《鶴街詩稿序》，《紀文達公遺集》文集卷九。
〔註34〕宮存波《紀昀詩歌批評研究》，四川大學，2007年碩士學位論文。

把握。朱東潤先生稱讚他「獨具史的概念，故上下千古，累累如貫珠」
〔註35〕。楊子彥研究紀昀詩歌思想的創新之處即在於他著重闡發了紀
氏的詩學史論，如齊梁詩歌的豔情與綺靡問題，唐宋詩歌的性情與學
力問題，明代詩歌的摹擬與性靈問題。此外，楊子彥還探討了紀昀的
詩歌創作理論，其關鍵在於「我用我法」和「煉氣煉神」。〔註36〕

臺灣學者楊桂芬《紀昀詩學理論研究》首先歸納構建了紀昀詩學
的理論系統：以儒家正統詩學爲體，以審美詩學爲用；進而審視這理
論在詩歌批評上的實踐，最後也論述了紀氏擬議變化的詩歌發展史
觀。〔註37〕其論述較大陸學者更有系統性和條理性。此外，鄧豔林注
意到紀昀詩歌批評在方法上的特殊性，即「涵詠與化」的直觀法，「會
意於言外」的細參法和「比而觀之」的比較法，〔註38〕對紀昀的批評
方法概括得比較準確。

紀昀的詩歌思想對《總目》集部提要有決定性的影響，清代至現
代許多大學者肯定了這一點。宮存波彙集乾嘉以來許多學者的言論，
說明「紀昀本人和時人都認爲《總目》反映了他的學術主張」〔註39〕。
陳偉文「把紀昀個人著作與《總目》進行細緻的比勘，考出相同相近
的論述近百條」，並發現「紀昀文學思想在《總目》的文學批評中確
實有相當全面而又深入具體的體現。這種體現不僅包括大的思想傾
向，而且包括具體作家的評論、具體問題的考訂論述，甚至包括表述
上的措辭用語和語言風格」〔註40〕。張傳峰《〈四庫全書總目〉詩學

〔註35〕朱東潤《中國文學批評史大綱》，上海古籍出版社，2001年，第348
頁。
〔註36〕楊子彥《紀昀文學思想研究》，北京大學，2002年博士學位論文。
〔註37〕楊桂芬《紀昀詩學理論研究》，臺灣國立中山大學，2002年碩士學位
論文。
〔註38〕鄧豔林《論紀昀的詩學觀與詩歌批評》，湖南師範大學，2004年碩士
學位論文。
〔註39〕《紀昀詩歌批評研究》，第2～5頁。
〔註40〕陳偉文《紀昀與〈四庫全書總目〉的文學批評》，北京師範大學，
2004年碩士學位論文。

批評與紀昀詩學》〔註41〕也印證了這一結論。

　　《總目》集部別立「詩文評類」，標誌著文學理論批評獨立地位的正式確立。其序言概述了中國古代文學批評的發展：

> 文章莫盛於兩漢，渾渾灝灝，文成法立，無格律之可拘。
> 建安、黃初，體裁漸備，故論文之說出焉，《典論》其首也。
> 其勒為一書傳於今者，則斷自劉勰、鍾嶸。勰究文體之源
> 流，而評其工拙；嶸第作者之甲乙，而溯厥師承。為例各
> 殊。至皎然《詩式》，備陳法律；孟棨《本事詩》，旁採故
> 實；劉攽《中山詩話》、歐陽修《六一詩話》，又體兼說部。
> 後所論著，不出此五例中矣。

說是「詩文評」，其實從總論及著錄的書目來看，主要側重於詩歌評論。紀昀將傳統的詩歌批評分為五種類型：一是文體批評，如劉勰《文心雕龍》；二是作家批評，如鍾嶸《詩品》；三是總結創作技巧與法則，如皎然《詩式》；四是有關詩歌創作背景和典故，如孟棨《本事詩》；五是筆記體的詩話。蔡鎮楚、張健和李世英及陳水雲等都肯定了紀昀的概括在文學批評史上具有理論總結意義。〔註42〕吳承學指出《總目》詩文評類提要「既可以說是傳統詩文研究的集大成之作，也是現代形態文學批評史學科形成的基礎」〔註43〕，相當重視其研究價值。

（二）紀昀詩評研究現狀述評

　　如前所述，紀昀評點的詩歌涵括了漢魏六朝直至唐宋大部分重要的詩人詩作及唐人與清人的試律詩。然而目前有關紀昀評點的研究並不多。關於他評《才調集》和韓偓詩集，至今未見專文論述；試律詩評點方面，楊子彥曾結合《唐人試律說》論創作技法，此外僅李子廣

〔註41〕張傳峰《〈四庫全書總目〉詩學批評與紀昀詩學》，《北方論叢》，
　　　　2006 年第 6 期，第 17～20 頁。
〔註42〕蔡鎮楚《中國文學批評史》，中華書局，2005 年，第 368～374 頁；
　　　　張健《清代詩學研究》，第 592～604 頁；李世英、陳水雲《清代詩
　　　　學》，湖南人民出版社，2000 年，第 125～133 頁。
〔註43〕吳承學《論〈四庫全書總目〉在詩文評研究史上的貢獻》，《文學評
　　　　論》，1998 年第 6 期，第 130～139 頁。

《李白詩論疑難破解——紀曉嵐《賦得綺麗不足珍》的詩學解讀價值》〔註44〕一文涉及《我法集》。《玉臺新詠》與《瀛奎律髓》兩個選本在後世流傳廣，影響大，是研究六朝詩歌和唐宋律詩的重要資料；李商隱與蘇軾是中國古典詩歌史上成就極高、最重要的詩人之一，是今人研究唐宋詩歌的主要對象。在對這兩個選本和兩位詩人的研究中，學者才逐漸注意到紀昀的評點並加以分析。

張蕾研究《玉臺新詠》時對紀昀的批校有比較深入的論述。她指出紀昀肯定了《玉臺新詠》的文獻價值，《玉臺新詠校正》的考異部分不僅考校了原文、篇目和作者，而且從細微處發現成書背景和編輯旨趣，是精審的考與論的結合；評點部分則以「發乎情，止乎禮義」為批評尺度，既能品賞詩中的細膩情感，也堅守儒家「溫柔敦厚」的詩教，表現出「儒者立場與詩家慧心」〔註45〕的折中，也因此造成紀評「交織著通達之論與迂腐之語的複雜情形」〔註46〕。她稱讚紀評既有「史的概念」下的縱向批評，又有「比較的思維方式」下的橫向鑒別。不過，張蕾於此所論比較簡略，有待更加具體深入的研究。在歷時與共時的比較中進行詩歌批評，這正說明紀昀是從詩歌發展演變的宏觀視角來評點具體詩歌；他用這種方法評點《玉臺新詠》，故能清晰地勾勒出漢梁詩歌乃至漢唐詩歌的「體格之變遷」。〔註47〕

吳曉峰較早關注紀昀《瀛奎律髓刊誤》並點校多年，《心靈睿發，其變無窮——從紀曉嵐批點〈唐宋詩三千首〉看他的詩論主張》〔註48〕全面評介了紀批的主要內容，可惜未作深入論述。紀昀《瀛奎

〔註44〕李子廣《李白詩論疑難破解——紀曉嵐〈賦得綺麗不足珍〉的詩學解讀價值》，《廣博電視大學學報》，2007 年第 4 期，第 1～4 頁。

〔註45〕張蕾《紀昀的〈玉臺新詠〉研究管窺》，《玉臺新詠論稿》，河北大學，2004 年博士學位論文。

〔註46〕張蕾《詩教法則的嚴守與變通——紀昀評點〈玉臺新詠〉管窺》，《武漢大學學報》（人文社科版），2007 年第 5 期，第 641～646 頁。

〔註47〕詳見本書第二章第一節之「紀昀論齊梁詩歌『體格之變遷』」與「紀昀論南朝詩歌對唐詩的影響」兩部分内容。

〔註48〕吳曉峰《心靈睿發，其變無窮——從紀曉嵐批點〈唐宋詩三千首〉

律髓刊誤序》批評《瀛奎律髓》有「選詩三大弊」和「論詩三大弊」，詹杭倫撰文一一作了辨駁，他認爲紀昀本欲在方回與二馮之間作持平之論，而實際多偏於方氏。〔註49〕張巍則認爲紀昀論詩以「興象」爲最高境界，重盛唐王、孟一派；方回以「格高」爲第一，重江西詩派。而晚唐、西崑的藝術風格較江西詩派更近於盛唐詩，因此紀昀實偏於二馮。〔註50〕關於紀氏對方回與二馮之爭的態度，詹杭倫和張巍的結論截然相反，這裡略作辨析。首先，紀昀的審美理想是「興象風骨兼備」（參見前述），並不單一推崇「興象」。再則，紀昀在《瀛奎律髓刊誤》、《刪正二馮評閱才調集》和《玉溪生詩說》等書多次明確指出江西詩派與晚唐詩派各有得失，二者互相攻擊實爲門戶之見。〔註51〕紀氏在方回與二馮之間的確做到了最大限度的公正持平。

　　彭萬隆和魏明安較早注意到紀昀評點李商隱詩歌的價值。前者《紀昀評義山詩淺談》從「豔情與詩格」、「做作與自然」、「婉曲層深與一氣鼓蕩」及「粘著與觸著」四個方面論析紀評〔註52〕，能兼得詩人與評者的深微用心。後者《詩人紀昀及其詩論》〔註53〕論述比較簡

看他的詩論主張》，《長春師範學院學報》，2003 年第 3 期，第 52～55 頁。

〔註49〕詹杭倫《紀昀〈瀛奎律髓刊誤〉的得與失》，《北京化工大學學報》，2004 年第 4 期，第 29～35 頁。

〔註50〕張巍《從〈瀛奎律髓〉看唐宋詩之爭》，《古代文學理論研究》（第 22 輯），華東師範大學出版社，2004 年，第 144～155 頁。

〔註51〕如《玉溪生詩說》卷下評《鏡檻》說：「二馮評《才調集》意在闢江西而崇崑體，於義山尤力爲表揚。然所取多屑屑雕鏤之作，而欲持之以攻江西，恐與江西之生硬正亦如齊楚之得失也。夫義山、魯直本源俱出少陵，才分所至面貌各別，而俱足千古。學者不求其精神意旨所在，而規規於字句之間，分門別戶，此詆粗莽，彼詆塗澤，不問曲直，閱然佐鬪。不知粗莽者江西之流派，江西本不以粗莽爲長；塗澤者西崑之流派，西崑亦不以塗澤爲長也。」參見本書第二章第二節之論紀昀對二馮詩學宗旨的辨正。

〔註52〕彭萬隆《紀昀評義山詩淺談》，《淮北煤師院學報》，1992 年第 2 期，第 75～82 頁。

〔註53〕魏明安《詩人紀昀及其詩論》，《西北師大學報》，1992 年第 4 期，第 17～23 頁。又有《紀昀前期的詩和詩論》一文，兩文主要內容

略。劉學鍇研究李商隱詩歌最為全面深入,其《李商隱詩歌接受史》稱讚紀昀是「李商隱詩歌接受史上最集中地從審美角度評論李詩的學者」〔註54〕。他總結紀氏的詩歌審美「講求含蓄蘊藉、唱歎有致,反對有做作態」,「讚賞一氣渾成、意境高遠,反對雕琢繁碎」;著重論述了紀評無題詩,歸納了紀昀對詠物詩、詠史詩與古今體長篇等不同詩體的藝術要求,也簡單提到了紀評對李詩藝術表現手法的賞析,最後還指出紀評對無題詩和「長吉體」多持否定態度也暴露了他的藝術偏見。劉學鍇論析紀評李詩全面且允當,米彥青《清代李商隱詩歌接受史稿》〔註55〕論紀評李詩大體上承沿劉說,而在條理清楚、論析深入上稍遜一疇。

項楚、王友勝、曾棗莊、莫礪鋒四位先生是研究唐宋文學的專家,他們都曾撰文論述紀昀評點蘇軾詩集的特點與得失。紀昀對詩歌的發展演變、對蘇軾的詩歌創作有全面而細緻的研究,因此能準確抉發蘇詩的階段性特徵,確切說明蘇詩對前人(尤其是唐人)的學習、借鑒和創新。他重視詩歌的抒情本質,強調「溫柔敦厚」之教,經常批評蘇軾的應酬、和韻、次韻和禪偈之作,也不喜歡蘇詩激切、直露的一面;他尤擅長於對藝術風格和用意筆法作精細評析。紀評蘇詩的這幾個特徵,四人或深或淺都有論述。此外,項楚注意到紀昀強調「溫柔敦厚」不僅指思想內容而言,也有審美上的訴求;「善於擊虛」是蘇詩藝術構思的一大特點,他根據紀評總結了蘇詩的五種「蹈虛」方式,從表現手法上說明蘇詩超邁豪放風格的形成。〔註56〕王友勝認為「紀評蘇詩之最可取者」是紀昀以文學因革正變

相同。

〔註54〕劉學鍇《李商隱詩歌接受史》,安徽大學出版社,2004年,第150～161頁。

〔註55〕米彥青《清代李商隱詩歌接受史稿》,中華書局,2007年,第147～151頁。

〔註56〕項楚《讀〈紀評蘇詩〉》,蘇軾研究學會編《東坡詩論叢》,四川人民出版社,1983年,第1～17頁。

的學術眼光看待蘇詩，突出蘇詩繼承傳統而又自立面目的詩史意義。〔註57〕曾棗莊側重於研究紀昀對蘇軾各體詩的點評，論其得失較確。〔註58〕莫礪鋒則認為紀評最有價值的地方在於對藝術特徵的細緻分析，特別是那些帶有普遍性的藝術特徵，如章法細密、用典等。項楚與莫礪鋒都指出紀昀有一些指摘過甚其詞，甚至是非顛倒。莫礪鋒最後說：「紀批不但對蘇詩的闡釋和研究具有很高的學術價值，而且具備獨立的詩學理論價值，值得學界深入研究。」〔註59〕高度肯定了紀昀評點的理論價值。

紀昀的評點對清人研究蘇軾詩歌有很大影響，嘉慶年間趙古農《紀批蘇詩擇粹》、道光年間王文誥《蘇文忠公詩編注集成》和晚清李香岩《手批紀評蘇詩》等注釋、評論蘇詩可以說是圍繞紀評而展開的。曾棗莊《論李香岩手批紀評蘇詩》〔註60〕和趙超《論王文誥對紀批蘇詩的繼承與駁難》〔註61〕二文指出王文誥和李香岩（即李鴻裔）兩書大量肯定、認同紀評，同時加以補充和修正。這也從另一個角度證明了紀昀評點的重要價值。

綜上所述，有關紀昀詩歌批評理論的研究已比較深入，大家對紀昀重視儒家詩教傳統，強調詩歌的抒情本質與審美特徵，擬議與變化的詩歌發展觀，師古與創新相結合的詩歌創作觀等都有深切研究。但是，這類研究多從《總目》和《紀文達公遺集》的詩集序等入手，很少涉及具體評點。上文提到的幾部批評史、詩學史專著幾乎沒有提及

〔註57〕王友勝《論紀昀的蘇詩評點》，《中國韻文學刊》，1999 年第 2 期，第 63～69 頁。

〔註58〕曾棗莊等著，王許林編輯《蘇軾研究史》，江蘇教育出版社，2001 年，第 319～331 頁。

〔註59〕莫礪鋒《論紀批蘇詩的特點與得失》，《唐宋詩論集》，鳳凰出版社，2007 年，第 341～360 頁。

〔註60〕曾棗莊《論李香岩手批紀評蘇詩》，《中國典籍與文化》，2008 年第 1 期，第 83～90 頁。

〔註61〕趙超《論王文誥對紀批蘇詩的繼承與駁難》，《文藝理論研究》，2010 年第 3 期，第 120～125 頁。

紀昀的評點，近幾年的幾篇碩、博士論文雖然比較注意結合評點來研究紀昀詩學思想，也主要集中於紀氏對《玉臺新詠》、《瀛奎律髓》兩個選本和李商隱、蘇軾兩位詩人詩作的評點上。也就是說，目前尚沒有人全面考察紀昀評點詩歌的十多種著作並作出綜合研究，而這個工作是非常有必要的。

三、紀昀評點詩歌的研究價值及本文的研究方向

　　清代前中期對傳統學術文化進行集大成式的總結，紀昀身處其中深受這種宏觀總結的學術風氣的影響，加上他本人學識淵博、見解通達，且在詩歌的創作與批評上造詣很高，因此他對詩歌的評點有著重大的詩學價值。

　　首先，紀昀在《總目》集部提要和文集中闡發的詩歌批評理論，都是從他對詩歌的具體評點中概括總結而來的。因此，全面深入地研究紀昀的詩歌評點有助於我們更深切地理解他的詩論。

　　其次，紀昀說：「風會日啓，文采日新，自《三百篇》以下，體格之變遷、宗派之異同與夫作者之得失，著書者累月窮年、連篇盈牘或未能別白其是非，載籍浩繁，誠不能以一一數也。」又說：「功令以詩試士，則試帖宜講也。然必工諸體詩而後可以工試帖，又必深知古人之得失而後可以工諸體詩。」〔註62〕這是說詩歌的創作和批評研究都離不開對「體格之變遷」、「宗派之異同」與「作者之得失」的深透瞭解，而這是極為艱難的。紀昀在評點中即對三者作了具體而微的辨析，並加以宏觀概括。因此，通過研究紀昀的評點，能讓我們對古典詩歌的發展變化（包括細節與大體）既知其然又知其所以然，這對我們充分細緻地研究古典詩歌有極大的幫助。

　　最後，中國傳統詩學「視詩歌創作為一門學藝，強調構成創作的基礎的完整的知識與能力的結構，並非視創作為簡單的抒情達意之

〔註62〕紀昀《乾隆己卯山西鄉試策問》、《嘉慶丙辰會試策問》，《紀文達公遺集》文集卷十二。

事，強調學而後能，從學習前人作品中掌握藝術的法則」〔註63〕。紀
昀如此用心用力於評點，所著力揭示的正是詩之可學者。他對詩歌的
構思、技法等的精微評析，能實實在在地幫助我們欣賞詩歌、研究詩
歌與創作詩歌，值得我們認真總結歸納。

　　有鑒於此，本書將對紀昀的十多種詩歌評點著作進行全面考察，
結合其文集與《總目》集部提要，對紀昀的詩歌評點作綜合研究。主
體研究擬作四章：第一章，紀昀評詩總論，分析他有關詩歌之本旨、
風格與技法的評論；第二章至第四章研究紀昀的具體評點，分析所涉
及的詩學問題，特別注意於以往學界所忽略的內容。第二章，紀昀評
點詩歌選本，論述紀昀對《玉臺新詠》（兩種評本）、《二馮評點才調
集》與《瀛奎律髓》（兩種評本）的評點〔註64〕；第三章，紀昀評點
詩人別集，論述紀昀對李商隱（兩種評本）、韓偓與蘇軾三人的詩集
的評點；第四章，紀昀評點試律詩，論述紀昀的《唐人試律說》、《庚
辰集》與《我法集》三書。最後是結語，簡要地從整體上概括紀昀詩
歌評點的特點與價值。

　　關於紀昀對《玉臺新詠》、《瀛奎律髓》、李商隱和蘇軾二人詩集
的評點，學界已有一些研究。凡其論述已比較詳細的，本書從略；人
所未論或論之尚略者，本書詳悉論之。

　　後學淺薄，敬請大方之家指正。

〔註63〕錢志熙《黃庭堅詩學體系研究》，北京大學出版社，2003 年，第 9
　　　　頁。
〔註64〕紀昀評點的詩歌選本還有《唐詩鼓吹箋注》。不過紀氏對《唐詩鼓吹
　　　　箋注》的評論比較簡略，而且大部分是對注解的批評。此外，《唐詩
　　　　鼓吹》所選詩歌與《瀛奎律髓》、《才調集》相重者不少，因此紀昀
　　　　點勘《唐詩鼓吹箋注》的重要詩評，大多可見於他對另外兩書的評
　　　　點。因此關於紀昀點勘《唐詩鼓吹箋注》，本書暫且從略，特此說
　　　　明。

第一章　紀昀評詩總論

　　本章總論紀昀之論「詩之本旨」、「詩之法」與「詩之品」。紀昀論詩，最重根本，他再三強調「詩言志」、「發乎情，止乎禮義」、「詩本性情」等，此即論「詩之本旨」。性情是詩歌的本源，但性情本身並不是詩。宋人姜夔說「守法度曰詩」〔註1〕，詩之爲詩，有其體制格律上的要求和規定。「詩以道性情」〔註2〕，怎麼「道」，「道」得怎麼樣，亦即詩歌的創作技法與品格風貌，這是詩歌創作與批評中的兩個基本問題。紀昀評點詩歌，主要是分析其章法結構、運意用筆等，並隨手總結各種技法、揭示各種詩病，此即論「詩之法」；品評其藝術風格，並指出其承沿與影響，此即論「詩之品」。

第一節　紀昀論「詩之本旨」

　　紀昀論詩強調其本原，他認爲「詩之本旨」就是「詩言志」、「思無邪」，是「發乎情，止乎禮義」。紀評《文心雕龍・明詩》第一段說：

　　　　此雖習見之語，其實詩之本原，莫逾於斯；後人紛紛高論，

〔註1〕宋姜夔《白石道人詩說》，清何文煥、丁福保《歷代詩話統編》第一冊第439頁，北京圖書館出版社，2003年。
〔註2〕黃宗羲《景州詩集序》，《黃梨洲文集》，中華書局，1959年，第338頁。

皆是枝葉功夫。「大舜」九句是「發乎情」,「詩者」七句是
「止乎禮義」。〔註3〕

其《挹綠軒詩集序》又說:

《書》稱「詩言志」,《論語》稱「思無邪」,子夏《詩序》
兼括其旨曰「發乎情,止乎禮義」,詩之本旨儘是矣。〔註4〕

在他看來,「言志」就是「發乎情」,「思無邪」就是「止乎禮義」;「詩
之本旨」就是說詩歌既要抒發情志,同時又不違背社會禮義道德,是
情與理的統一。不過,仔細體會紀昀其他地方的論述,「詩之本旨」
的這兩方面內容並非錙銖對稱,而有一點點側重於抒發情志。《郭茗
山詩集序》說:

鍾嶸以後詩話冗雜如牛毛,而要其本旨不出聖人之一語,
《書》稱「詩言志」是也。蓋志者,性情之所之,亦即人
品、學問之所見。

《詩教堂詩集序》也說:

「詩」之名始見《虞書》,「詩言志」之旨亦即見《虞書》。……
《大序》一篇,出自聖門之授受,反覆申明,仍不出「言
志」之意,則詩之本義可知矣。

他認為「志」就是「情」〔註5〕,指詩人內心的想法與情感。詩之本

〔註3〕 紀昀評《文心雕龍》卷六,朱墨套印盧坤兩廣節署本,復旦大學圖
書館藏。《文心雕龍·明詩》第一段云:「大舜云:『詩言志,歌永言。』
聖謨所析,義已明矣。是以『在心為志,發言為詩』,舒文載實,其
在茲乎?詩者,持也,持人情性;三百之蔽,義歸『無邪』,持之為
訓,有符焉爾。」

〔註4〕 本節所引紀昀各序見《紀文達公遺集》文集卷九。

〔註5〕 楊明先生有《言志與緣情辯》一文,以大量的例證說明:「志」和「情」
二詞本身無所謂與政教有關無關,「言志」與「緣情」二語無根本區
別。該文條分縷析,廓清了古代文學研究中有關「詩言志」與「詩
緣情」的糾纏和誤解,其結論是:就典籍中所見,先秦時代人們說
「詩以言志」、「詩言志」,都是在與政教有關的場合,但不能理解為
「言志」這個詞組本身便具有政教意義。先秦時志、情二字在「心
之所之」、心之所存想這一意義上,是同義詞,「志」字本身也並不
具有政教意義。古人論詩,常用到「志」、「情」二字,意義大體相
同;用「言志」、「緣情」二語,意思也基本相同,都是指出詩歌發

旨首先是抒發情志，紀昀稱之爲「詩本性情」(《冰甌草序》)。紀昀又要求性情要平和中正，尤其強調其表達要注意委婉含蓄，使人體味不盡，因此詩之本旨另一個重要內容即「溫柔敦厚」。

　　抒發情志、溫柔敦厚，自先秦以來就一直是中國傳統儒家詩論的最重要的內容之一。紀昀「詩之本旨」論的突出地方在於他論「詩本性情」甚是宏通，對「性情」的理解很寬泛；以「溫柔敦厚」評詩既強調詩人性情、詩歌內容之溫厚，也強調表達之和婉，而後者是中國古典詩歌具有含蓄深永之審美特質的重要原因。

一、紀昀「詩本性情」說的宏通性

　　紀昀「詩本性情」說的宏通性主要體現在：他對性情的理解很寬泛，肯定人的內心情感豐富多樣；肯定詩歌的功用與內容除了基本的抒發情志，還應該有描繪山水清景、追求藝術審美等；對描寫男女之情的豔體詩也多持理解和讚賞的態度。

(一) 內涵寬泛的「性情」論

　　詩之本原在於性情，紀昀所理解的性情有著豐富的內容。其《冰甌草序》說：

> 詩本性情者也。人生而有志，志發而爲言，言出而成歌詠，協乎聲律。其大者和其聲以鳴國家之盛，次亦足抒憤寫懷；舉日星河嶽、草秀珍舒、鳥啼花放，有觸乎情即可以宕其性靈，是詩本乎性情者然也。

這裡紀昀同樣將「詩言志」等同於「詩本性情」。他所說的性情包羅極廣，從國家大事，到個人情懷，以至天地間舉凡山川、草木、花鳥等自然景物，只要詩人對之有所感觸有所體悟，那些心緒的感悟與觸動都包括在「性情」的範圍內。這種寬泛的「性情」論爲不少通達的

　　抒內心的特點，不涉及與政教有無關係的問題，也就是說此二語本身不含重視政教或不顧政教的意義。儒家詩論重視政教，那體現在「止乎禮義」等附加的話語中，而不是體現在「言志」二字之中。(《上海師範大學學報》，2007年第1期，第39～49頁。)

詩人、學者所秉持。在紀昀之前，錢謙益也強調詩歌所抒發的情志的多樣性，他說：

> 夫詩者，言其志之所之也。志之所之，盈於情，奮於氣，而擊發於境風識浪、奔昏交湊之時世。於是乎朝廟亦詩，房中亦詩；吉人亦詩，棘人亦詩；燕好亦詩，窮苦亦詩；春哀亦詩，秋悲亦詩；吳詠亦詩，越吟亦詩；勞歌亦詩，相舂亦詩。〔註6〕

錢謙益認為凡人情所在都是可言之志，都能成詩。與錢謙益一樣，紀昀所謂「性情」也泛指人的思想感情，除了家國情懷，還包括日常生活中的男女之情、朋友之情及對山水草木等自然物候的欣賞之情等。

對於那些抒寫日常情事、流連光景的詩歌，紀昀往往欣賞其情感眞摯及構思表達。如溫庭筠《送人東遊》：

> 荒戍落黃葉，浩然離故關。高風漢陽渡，初日郢門山。
> 江上幾人在？天涯孤棹還。何當重相見，樽酒慰離顏？

此詩寫晚秋時節友朋相別，是古代士人間常有的情事。紀昀評為「蒼蒼莽莽，高調入雲」〔註7〕，讚賞此詩情懷激蕩、筆力高絕。又唐彥謙《小院》：

> 小院無人夜，煙斜月轉明。清宵易惆悵，不必有離情。

寫小院清夜中詩人無端而生的愁緒，沒什麼特別意義。紀昀說：「眞情新語，此乃妙於言情。」〔註8〕很欣賞這首小詩將一種莫名而來的惆悵表達得自然又新穎。

在紀昀看來，凡心有所動即是性情，不管其動因是社會大事還是日常情事抑或自然物候。這實際上是肯定了人的性情的豐富多樣性。詩本性情，所以這豐富多樣的性情都能成為詩歌的內容。基於這種寬

〔註6〕 錢謙益《有學集》卷十五《愛琴館評選詩慰序》，《錢牧齋全集》第五冊第713頁，上海古籍出版社，2003年。
〔註7〕 《刪正二馮評閱才調集》卷上，鏡煙堂本，國家圖書館藏。
〔註8〕 《刪正二馮評閱才調集》卷下。

宏的「性情」論，他認爲無須因爲詩歌風格與詩人表現出來的主要人格不相一致而去質疑他們的爲人。他說：「胡仔《漁隱叢話》謂寇準詩含思淒婉，富於音情，殊不類其爲人。今景衡亦然。蓋詩本性情，義存比興，固不必定爲《濂洛風雅》之派，而後謂之正人也。」〔註9〕寇準與許景衡都是剛正直誠的士大夫，然而他們的詩歌風格卻與他們的爲人迥然不同。寇準爲人剛忿，治軍「承制專決，號令明肅」，「有直言之風」〔註10〕，是一個專斷剛硬並以風骨節操著稱的統帥；而他的詩歌卻是「含思淒婉，綽有晚唐之致，然骨韻特高，終非凡豔所可比」〔註11〕，是晚唐柔情風格中的上品。如《南浦》云：

春色入垂楊，煙波漲南浦。落日動離魂，江花泣微雨。

《暮秋感興》云：

莽莽前期遠，窮途一可傷。有時聞落葉，不語立殘陽。
塞草秋先白，溪沙晚更光。那堪望天末，燕雁又成行。

《春晚書事》云：

春盡江天景寂寥，思鄉還共楚雲遙。
林花經雨香猶在，堤柳無風絮自飄。
水國獨慚臨縣邑，煙郊爭合負漁樵。
青梅時節遲歸計，且逐餘芳斝酒瓢。〔註12〕

三詩皆意境優美清婉，情思細膩纏綿，與詩人剛忿直言、風骨凜然的人格可謂截然不同。同樣的，許景衡「立身剛直」，忠君愛國，百折不撓，「至其詩篇，乃吐言清拔，不露伉厲之氣」〔註13〕。如《九日》云：

青女飛霜重，黃花挹露鮮。伊人今已矣，節物獨依然。

〔註9〕 《總目》卷一五六，許景衡《橫塘集》提要。
〔註10〕 《宋史》卷二八一寇準本傳，中華書局，1977年，第9531、9535頁。
〔註11〕 《總目》卷一五二，寇準《寇忠愍公詩集》提要。
〔註12〕 三詩分別見寇準《忠愍集》卷上、卷中、卷下，影印文淵閣《四庫全書》第1085冊。
〔註13〕 《橫塘集》提要。

> 撫事眞疑夢，登高淚迸泉。關河重回首，煙草夕陽天。

《江樓》云：

> 江水去無邊，江樓思渺然。西風掛帆席，一一是歸船。

《橫塘》云：

> 春日橫塘綠渺漫，扁舟欲去重盤桓。
>
> 誰教向晚廉纖雨，又作殘春料峭寒。〔註14〕

三詩皆用語自然，情感深婉，完全不見其「剛直」之氣。寇準與許景
衡的許多詩歌都是這樣感春傷秋之作，情景交融，以風姿情韻取勝。
紀昀認爲二人詩作之淒婉優美，雖與其爲人之剛正直誠大不相類，但
並不妨礙他們是「正人」。這一方面說明紀昀肯定詩歌作者的性情是
多側面的：既有關乎國家社會大事的一面，又有純粹個人的一面；既
有凜然剛直的一面，又有細膩纏綿的一面。這種多側面並不累其
「正」。換句話說，性情之「正」、「無邪」包容很廣，不應該因爲「正」、
「無邪」的要求便抹殺性情的豐富多彩，當然也不應抹殺詩歌的豐富
多彩。由此可見紀昀對於「詩本性情」的理解很宏通。

　　另一方面從「詩本性情，義存比興」八字，說明紀昀很清楚詩
歌抒發性情有其藝術審美上的特殊要求。詩歌是通過「比興」等藝
術手法來塑造富含意味的形象與意境，以此觸發讀者的聯想與想像，
最後喚起讀者的共鳴與感動。寇準與許景衡的詩歌富於情韻，正是
具備了這樣的審美特質，值得讀者再三吟詠品味，而絲毫無損乎他
們爲人之正。像《濂洛風雅》一派旨在闡述義理的道學詩，其作者
無疑都是正人，其詩則恐怕不免要「但充插架」而「無人嗜而習之」
〔註15〕了。

（二）肯定詩歌對藝術審美的追求

紀昀對詩歌的內容與功用從抒發情志逐漸發展爲描繪山水清

〔註14〕三詩分別見許景衡《橫塘集》卷三、卷六、卷六，影印文淵閣《四
　　　　庫全書》第1127冊。

〔註15〕《總目》卷一九○，蔡世遠《古文雅正》提要。

景、追求藝術審美表示肯定與欣賞。《挹綠軒詩集序》說：

> 《書》稱「詩言志」，《論語》稱「思無邪」，子夏《詩序》
> 兼括其旨曰「發乎情，止乎禮義」，詩之本旨盡是矣。其間
> 觸目起興、借物寓懷，如「楊柳」、「雨雪」之類，爲後人
> 所長吟而遠想者，情景之相生，天然湊泊，非六義之根柢
> 也。然風會所趨，質文遞變。如食本療飢，而陸海窮究其
> 滋味；衣本禦寒，而纂組漸鬭其工巧。於是乎詠物之作起
> 於建安，遊覽之篇沿於典午；至陶、謝而標其宗，至王、
> 孟、韋、柳而參其妙，至蘇、黃而極其變。自唐至今遂傳
> 爲詩學之正脈，不復能全宗《三百篇》矣。……要其冥心
> 妙悟，興象玲瓏，情景交融，有餘不盡之致，超然於畦封
> 之外者，滄浪所論與風人之旨固未嘗相背馳也。……（邁
> 仁先生）即偶然閒適之作，亦一邱一壑具有遠致，讀之使
> 人穆然以思。所謂「詩家之正脈」，其在斯乎？又何必十首
> 《秦吟》始爲接踵《小雅》哉。會先生索余作序，因畧述
> 詩家正變之由，以告世之務講《濂洛風雅》者。

詩歌的本旨是抒發情志，《詩經》中描寫山水景物本不是詩歌的根本
所在，但這類詩句情景交融，神韻清遠，富有餘味，在後世得以發揚
光大，也成了「詩家之正脈」。這種發展變化就像衣食本爲保暖飽腹
後來卻追求精巧美味一樣，都是不可避免的。也就是說，紀昀認爲詩
學之正脈包涵寬廣，不僅在於白居易《秦中吟》之美刺諷喻，也在於
那些餘韻悠長、引人遐想的描寫山水田園、日常生活的閒適之作，可
見其持論之通達。

在詩歌中詠寫草木物候和日常情緒曾遭受嚴厲的批評，被認爲
是有害於政治教化。如裴子野爲南朝齊、梁時人，他論詩歌曰：

> 古者四始六義，總而爲詩，既形四方之風，且彰君子之志，
> 勸善懲惡，王化本焉。而後之作者，思存枝葉，繁華蘊藻，
> 用以自通。……其五言爲詩家，則蘇、李自出，曹、劉偉
> 其風力，潘、陸固其枝柯。爰及江左，稱彼顏、謝，箴繡
> 鞶悅，無取朝堂。宋初迄於元嘉，多爲經史。大明之代，

實好斯文。高才逸韻，頗謝前哲；波流同尚，滋有篤焉。
自是閭閻少年，貴遊總角，罔不擯落六藝，吟詠情性。學
者以博依爲急務，謂章句爲專魯。淫文破典，斐爾爲曹。
無被於管弦，非止乎禮義。深心主卉木，遠致極風雲。其
興浮，其志弱，巧而不要，隱而不深。討其宗途，亦有宋
之遺風也。若季子聆音，則非興國；鯉也趨室，必有不
敢。荀卿有言：「亂代之征，文章匱采。」而斯豈近之乎？
〔註16〕

從先秦到南朝的詩賦創作，裴子野只從有益政教的角度肯定了《詩
經》，對「吟詠情性」完全持否定態度。楊明先生評論這段話說：「照
裴子野的說法，文章的審美愉悅作用全不足道，而且一般抒情體物、
描繪草木風雲的詩賦寫作蔚爲風氣，便會有害於政治教化。這當然是
十分狹隘的功利觀。」〔註17〕隋代李諤與裴子野持論相同，他認爲文
章之作本爲勸懲，關乎教化，然「降及後代，風教漸落」，特別是齊
梁以來，「貴賤賢愚，唯務吟詠。遂復遺理存異，尋虛逐微，競一韻
之奇，爭一字之巧。連篇累牘，不出月露之形；積案盈箱，唯是風雲
之狀」。在他看來，這些詩歌危害極大，「故文筆日繁，其政日亂，良
由棄大聖之軌模，構無用以爲用也。損本逐末，流遍華壤，遞相師祖，
久而愈扇」〔註18〕。李諤意在總結六朝的歷史教訓，強調詩歌的政教
作用，徹底擯棄詩歌的藝術審美，持論偏隘。紀昀論「詩之本旨」既
重視儒家詩教，又強調詩歌抒情、審美的本質，較之裴子野、李諤等
人，立論宏通。這也從一個側面體現了清代詩歌批評理論的融會和相
容性質。

〔註16〕裴子野《雕蟲論》，黃霖、蔣凡主編，楊明、羊列榮編著《中國歷代
文論選新編·先秦至唐五代卷》，上海教育出版社，2007年，第227
頁。

〔註17〕王運熙、楊明《魏晉南北朝文學批評史》，上海古籍出版社，1996
年，第267頁。

〔註18〕李諤《上隋文帝書》，《中國歷代文論選新編·先秦至唐五代卷》，第
259頁。

　　宋代理學家邵庸《伊川擊壤集》也有不少吟詠風花雪月和悠閒人生的詩歌，然其意主於由此窺見大道。其《自序》說：「《擊壤集》，伊川翁自樂之詩也，非惟自樂，又能樂時與萬物之自得也。」〔註19〕因此在詩歌創作中提倡「以物觀物」、「情累都忘」，排除詩人一己的喜怒好惡之情，「雖曰吟詠情性，曾何累於性情哉」，對人的情感持一種消極否定的態度。程顥、程頤二人也將詩歌的感發作用視為體認大道的重要方式，「興於詩者，吟詠性情，涵暢道德之中而歆動之」（《二程外書》卷三）。他們對山水詩、花鳥詩的賞析也是與悟道聯繫在一起，如程顥評石曼卿「樂意相關禽對語，生香不斷樹交花」二句曰：「此語形容得浩然之氣。」朱熹對詩歌的審美意趣有深切的體味，評論多有精微之處，但他論詩也意在觀人、觀道，其《答楊宋卿書》說：「然則詩者豈復有工拙哉？亦視其志之所向者高下如何耳。」如韋應物為人高潔，朱熹讚賞他的詩歌「無一字做作，直是自在。其氣象近道，意常愛之」〔註20〕。宋代理學家這種證道式的批評方法雖然將詩歌賞鑒提升到一個新的境界，但在他們眼中，詩歌是為大道服務的，其本身不具主體地位。紀昀則不然，他肯定詩歌抒發情志的作用，也欣賞詩歌的藝術審美。《鶴街詩稿序》說：

> 在心為志，發言為詩，古之風人特自寫其悲愉，旁抒其美刺而已。心靈百變，物色萬端，逢所感觸，遂生寄託。寄託既遠，興象彌深，於是緣情之什漸化為文章。如食本以養生，而八珍五鼎緣以講滋味；衣本以禦寒，而纂組錦繡緣以講工巧。相沿而至，莫知其然，而亦遂相沿不可廢。

這裡再次以飲食、穿著為證說明詩歌從「緣情」逐漸發展為「文章」的必然性。此處「文章」意指美麗。衣食的本意在於禦寒、養生，但人在滿足了基本需求後會有更高級的追求，講究衣食的工巧、滋味；紀昀認為詩歌也一樣，從自我抒發、頌美諷刺發展到對於藝術美的

〔註19〕邵庸《伊川擊壤集》，《四部叢刊初編》集部第 147 冊。

〔註20〕參考了顧易生、蔣凡、劉明今《宋金元文學批評史》之《理學家的文學觀》，上海古籍出版社，1996 年，第 755～773 頁。

追求。他肯定這種發展變化是必然的，認爲詩歌即使單純地追求審
美，也自有其價值。這說明他「詩本性情」的內涵很寬泛。

因此，紀昀認爲一些寫景體物、描寫閨情的詩歌即使沒有寓意也
可以是佳作。他評李商隱《春雨》：

> 宛轉有味。平山箋以爲此有寓意，亦屬有見。然如此詩即
> 無寓意亦自佳。景州李露園嘗曰：「詩令人解得寓意見其
> 佳，即不解所寓之意亦見其佳，乃爲好詩。蓋必如是乃蘊
> 藉渾厚耳。」因論此詩而附記之。〔註21〕

又評《晚晴》「越鳥巢乾後，歸飛體更輕」二句曰：「末句結『晚晴』
可謂細意熨貼，即無寓意亦自佳也。」〔註22〕《春雨》一詩從表層看
寫的是悲春傷別之情，姚培謙（即平山）認爲此詩含有深層寓意，他
說：「此借春雨懷人，而寓君門萬里之感也。」〔註23〕詩歌在字面意
思外，如果另有寄託，意蘊豐富，當然讓人讚歎。像《春雨》這首詩，
起兩句直接述說詩人寥落悵惘之愁緒，底下六句對此愁緒加以烘托、
渲染和說明：「相望冷」、「獨自歸」、懷遠悲春、殘宵之夢、一雁孤飛，
離情淒婉而不乏溫厚；「紅樓」、「珠箔」、「玉璫」、「雲羅」，又將此情
烘染得雅致美麗。此詩情景渾融，「末句以萬里雲天一雁孤飛作結，
暗透希望之渺茫」〔註24〕，讓人回味不盡，所以紀昀說「即無寓意亦
自佳」。「越鳥」二句寫「晚晴」與韋應物《賦得暮雨送李冑》「漠漠
帆來重，冥冥鳥去遲」二句寫「暮雨」有異曲同工之妙，體物得神。
這樣的詩歌「狀難寫之景如在目前，含不盡之意見於言外」，不必苛
求深意，亦自爲佳作。此外，紀昀對一些無所取義的應酬之作也從音
韻情調之美予以肯定。他評李商隱《西南行卻寄相送者》詩：「以風

〔註21〕《玉溪生詩說》卷上。李商隱《春雨》：「悵臥新春白袷衣，白門寥
　　　　落意多違。紅樓隔雨相望冷，珠箔飄燈獨自歸。遠路應悲春晼晚，
　　　　殘宵猶得夢依稀。玉璫緘札何由達，萬里雲羅一雁飛。」
〔註22〕《玉溪生詩說》卷上。
〔註23〕轉引自劉學鍇、余恕誠《李商隱詩歌集解》，中華書局，2004 年版，
　　　　第 1971 頁。
〔註24〕《李商隱詩歌集解》著者按語，第 1972～73 頁。

調勝。詩固有無所取義而自佳者。」評《贈別前蔚州契苾使君》說：
「詩到無所取義之題，既不能不作，則亦不得不以修詞煉調為工，此
類是也。」〔註25〕稱讚後詩「聲調清遒」〔註26〕，在「修詞煉調」上
可謂精工，肯定詩歌修辭的藝術美。紀昀對詩歌藝術審美的重視和欣
賞，也說明其「詩本性情」論的宏通性。

（三）對豔詩的評析和讚賞

　　紀昀對豔詩的細緻評析和讚賞，尤見出他於「詩本性情」持論
通達。

　　《玉臺新詠》和韓偓《香奩集》以描繪女性形貌和男女之情為主
（包括部分刻畫瑣細、露骨的狎褻之作），李商隱詩集和《才調集》
也有不少愛情、閨怨之詩，這類詩歌總稱為「豔詩」或「豔體」。紀
昀在總論詩歌時，對《玉臺新詠》和《香奩集》多有斥責。如《雲林
詩鈔序》所謂「抽祕騁妍，弊極於《玉臺》、《香奩》諸集」，《詩教堂
詩序》又說：「齊梁以下，變而綺麗，遂多綺羅脂粉之篇，濫觴於《玉
臺新詠》，而弊極於《香奩集》，風流相尚，詩教之決裂久矣。」批評
這兩個詩集的作品過於雕琢字句，缺乏情興；刻畫女性及男女情愛過
於直露，繪畫橫陳，有悖詩教。但他對日常生活中的兒女之情頗能體
會入微，又具有敏銳細膩的審美感受能力，因此對許多閨怨、愛情詩，
包括一些宮體詩，如果藝術表現上比較成功，都不乏讚美之辭，甚至
給予很高的評價。

　　關於豔詩，紀昀強調首先須有情韻宛然，方為佳作。他說：「豔
歌自以情韻為宗。有詞無情，有情無韻，雖雕繢滿眼，弗貴也。」
〔註27〕紀昀認為豔詩不但要抒寫真情，而且要表達得富有餘韻。他評
《玉臺新詠》「怨君恨君恃君愛」句：「下三字解上四字，曲入兒女之

〔註25〕《玉溪生詩說》卷上。
〔註26〕《點論李義山詩集》卷下，鏡煙堂本，復旦大學圖書館藏。
〔註27〕《玉臺新詠校正》卷四，評丘巨源《詠七寶扇》、《聽鄰妓》。《玉臺
　　　　新詠校正》（以下簡稱《校正》），稿本，國家圖書館藏。

情。」〔註28〕這是說有了「恃君愛」三字，上四字小兒女恃寵而驕的
情態，不但不覺其厭，反顯其嬌憨可愛，刻畫很傳神。評「懸知君意
薄，不著去時衣」兩句「兒女深情，體貼微妙」，評「自從今日去，
當復相思否」兩句「兒女深情，呢呢如話」，〔註 29〕又評李商隱《宮
中曲》「不覺水晶冷，自刻鴛鴦翅」、「巴箋兩三幅，滿寫承恩字」四
句「寫兒女癡情入微」〔註30〕，紀昀稱讚這些詩歌抒寫兒女私情之微
妙真切，宛然如在眼前。梁簡文帝蕭綱《從頓還城南》云：「暫別兩
成疑，開簾生舊憶。都如未有情，更似新相識。」紀評曰：「妙寫閨
中兒女情性，寫情入細。」〔註31〕這首詩寫交情不深的兩個男女久別
之後生疏了，再見面時倒好像是新認識一樣，紀評肯定其寫人物的心
理活動非常細膩生動。

　　紀昀指出有些豔詩以縫衣細節寫思婦深情，尤見其妙。謝惠連
《搗衣》「盈篋自予手，幽緘俟君開。腰帶準疇昔，不知今是非」，寫
女子要為久別的丈夫做衣服，卻不知道他現在胖瘦如何，將思念之情
表達得真摯而委婉，紀昀說「語弱而情真，故為清曲」〔註32〕。王筠
《行路難》「猶憶去時腰大小，不知今日身短長」，用意與此同。王筠
《行路難》又云「褠襠雙心共一抹，袙復兩邊作八襇。襻帶雖安不忍
縫，開孔裁穿猶未達。胸前卻月兩相連，本照君心不照天。願君分明
得此意，勿復流蕩不如先」，紀昀稱讚這八句「從製衣宛轉生情，瑣
屑入妙」；又評庾肩吾《應令春宵》「燭下夜縫衣，春寒偏著手」兩句
「細而不瑣，中含無限情事」。〔註 33〕二詩寫閨婦對游子的相思、牽
掛都寄託在縫製衣服的過程中，紀評肯定二詩描寫越瑣細越見情深。

〔註28〕《校正》卷九，評鮑照《代淮南王》（其二）。
〔註29〕《校正》卷七，評蕭紀《和湘東王夜夢應令》；卷十，評吳均《雜絕
　　　　句》（其四）。
〔註30〕《點論李義山詩集》卷中。
〔註31〕紀昀朱墨批解吳注本《玉臺新詠》卷十。紀昀朱墨批解吳注本《玉
　　　　臺新詠》（以下簡稱《批解》），王文燾過錄本，上海圖書館藏。
〔註32〕《批解》卷三。
〔註33〕《校正》卷九、卷八。

這些日常生活中細膩的兒女之情，紀昀都能細細體會，評析得很到位、精當。

對《玉臺新詠》的一些「靡靡之音」，紀昀也能欣賞其藝術表達之微妙傳神。如蕭綱《烏棲曲》（其三）云：「青牛丹轂七香車，可憐今夜宿倡家。倡家高樹烏欲棲，羅幃翠帳向君低。」紀評曰：「情致宛然，此爲妖曼之音。」〔註34〕吳歌之《上聲》：「新衫繡褌襠，迮置羅裙裏。行步動微塵，羅裙隨風起。」紀昀稱讚此詩「善寫妖冶弄姿之狀」。又《近代雜詩》云：「玉釧色未分，衫輕似露腕。舉袖欲障羞，回持理髮亂。」紀評：「嬌羞如畫，此眞靡靡之音。」又江洪《詠美人治妝》：「上車畏不妍，顧盼更斜轉。太恨畫眉長，猶言顏色淺。」紀昀讚賞「『顧盼』五字有神」。〔註35〕這幾首詩各擷取一個小小片斷刻畫女子的衣飾、體態、表情和心理，細緻入微且神情畢現。這樣的詩歌通常被主流詩歌思想批評爲「格意卑靡」，紀昀此處卻因其藝術表達的精妙生動而予以肯定。又戴暠《詠欲眠詩》：「拂枕熏紅帊，回燈復解衣。旁邊知夜久，不喚定應歸。」此詩寫女子欲眠，有宮體香豔之格調，紀昀說「曼態柔情俱於瑣屑中寫出」〔註36〕，亦是讚賞之意，可見他論詩之通達。

紀昀認爲《玉臺新詠》有些詩歌寫男女情愛雖然很直接大膽，但用語沒有突破「雅」的底限，故不覺猥褻。他評張率《白紵歌詞》（其一）末句「揚蛾爲態誰目成」說：「『揚蛾』七字極冶，而不覺其褻。」又說：「末句妖冶之極，而語不傷雅。」〔註37〕評蕭綱《烏棲曲》（其四）「相看氣息望君憐，誰能含羞不自前」二句：「蕩冶之極，而終不似韓偓《香奩集》之猥鄙，終是古人身分。」〔註38〕又孫綽《情人碧玉歌》（其二）「感郎不羞難，回身就郎抱」，紀評：「淫靡之極，卻無

〔註34〕《批解》卷九。
〔註35〕皆見《校正》卷十。
〔註36〕《校正》卷十。
〔註37〕《批解》、《校正》，卷九。
〔註38〕《校正》卷九。

－33－

猥褻之氣，此古人不可及處。」又說：「寫來冶蕩之極而仍不傷雅。」
〔註39〕這三處寫女子面對情郎時或拋媚眼、或嬌羞、或主動的情態，
只見眞情率性流露，沒有猥褻之語。因此紀昀認爲在刻畫女性和男女
情事上，相對於韓偓《香奩集》來說，《玉臺新詠》代表了一種比較
高雅的格調，不能視爲淫詞。他評李願《觀翟玉妓》「尙是《玉臺》
遺意」、「未至如《香奩》之鄙褻，盧谷譏之太固」，評楊巨源《美人
春怨》「雖非高作，然亦《玉臺》古格，必以淫詞斥之，未免已甚」。
〔註40〕韓偓《香奩集》雖然被看作淫詞，但紀昀不贊成一味斥責，他
認爲不同的題材有不同的批評標準。如評《幽窗》：「此眞正淫詞，非
義山有所寄託者比，就彼法論之，亦自細微。」又評《馬上見》「自
憐輸殿吏，餘暖在香韉」兩句：「結句猥極，然此種體裁不必繩之過
刻。」〔註41〕由此可見，紀昀「詩本性情」說是相當宏通的。

　　紀昀對豔詩的肯定還進一步表現在他認爲由閨怨豔情之作亦能
見出詩人的性情學問及人品心術。他評李白《白頭吟》「頭上玉燕釵」
以下八句說：「一往纏綿，風人本旨，較原詩決絕之言勝之萬萬矣。
此在性情學問，非徒恃仙才。」〔註42〕稱讚李白此詩委婉纏綿，符合
「怨而不怒」的儒家詩學審美觀。紀昀認爲這不僅是因爲李白的詩才
絕倫，更主要的是在於詩人性情的敦厚雅正。紀昀對韓偓《香奩集》
頗多不滿，認爲它猥褻淺鄙；但仍然肯定由《香奩集》可以見出韓偓
品性忠厚。他說：「香奩之詞亦云褻矣，然但有悱惻眷戀之語，而無
一決絕怨懟之言，是亦可以觀心術焉。」〔註43〕他常以「風人之旨」
肯定那些措語委婉和平的閨怨之作，如評崔國輔《怨詞》「說得新舊
乘除恰應如此，怨而不怒，風人之旨」〔註44〕。他曾多次批閱《玉臺

〔註39〕《批解》、《校正》，卷十。
〔註40〕《瀛奎律髓彙評》卷七，第 281、283 頁。
〔註41〕《瀛奎律髓彙評》卷七，第 279、280 頁。
〔註42〕《刪正二馮評閱才調集》卷下。
〔註43〕《書韓翰林〈香奩集〉後》，《紀文達公遺集》文集卷十一。
〔註44〕《刪正二馮評閱才調集》卷上。

新詠》，也肯定其中許多詩歌有「溫柔敦厚」之旨（詳見下文）。紀昀評日常閨情之作而能聯繫到詩人的性情學問與人品心術，又稱其有「風人之旨」，這正可以說明他「詩本性情」之宏通。

在總論詩歌發展時，紀昀對《玉臺新詠》和《香奩集》多有嚴厲的批評，但在評點具體豔詩時，則不乏理解和讚美。他以情韻爲宗，對齊梁以來豔詩在藝術審美上所取得的成就有很高評價。由此知紀昀論「詩本性情」內涵寬廣，抓住了詩歌抒情、審美的本質特徵。

二、紀昀「溫柔敦厚」說的雙重性

「溫柔敦厚」本來是作爲儒家詩教的效果提出的，即通過詩歌（最初是《詩三百篇》）的潛移默化作用，使百姓的性情歸於中正平和、溫柔敦厚。紀昀以「溫柔敦厚」評詩著眼於詩人性情、詩歌內容之溫厚與表達之和婉兩個方面，而後者是中國古典詩歌具有含蓄深永之審美特質的重要原因。因此，紀昀「溫柔敦厚」說具有詩教意義和審美意義的雙重性。

（一）「溫柔敦厚」之教

「溫柔敦厚」一開始是作爲儒家詩教的效果提出的。《禮記·經解》：「孔子曰：『入其國，其教可知也。其爲人也，溫柔敦厚，《詩》教也。』」孔穎達《正義》解釋：「溫，謂顏色溫潤；柔，謂情性和柔。《詩》依違諷諫不指切事情，故云『溫柔敦厚』是《詩》教也。」〔註45〕聯繫《管子·內業篇》也說「止怒莫若詩」，「溫柔敦厚」本來是指在《詩經》委婉的表達方式的薰陶下，民眾溫良和柔，爲人敦厚，得性情之正。具體說來，詩教是如何發揮作用的呢？《論語·爲政》曰：「詩三百，一言以蔽之，曰『思無邪』。」朱熹解釋說：「凡詩之言，善者可以感發人之善心，惡者可以懲創人之逸志，其用歸於

〔註45〕鄭玄注，孔穎達疏，龔抗雲整理《禮記正義》，《十三經注疏》整理本，北京大學出版社，2000 年，第 1598 頁。

使人得情性之正而已。」〔註46〕即詩歌通過勸善戒惡,導人以正。明人王褘說:「詩以理情性,是故聖人有優柔敦厚之教焉,求『止乎禮義』之中,而不失其所感之正。情性之道,斯得矣。」(《學詩齋詩記》)「優柔敦厚之教」亦即「溫柔敦厚之教」,可知孔子希望通過詩歌引導民眾的思想性情以符合禮義的規範。清人焦循《毛詩補疏序》以「情」和「思」為主旨,具體闡述詩如何為教。他說:

> 夫《詩》,溫柔敦厚者也。不質直言之,而比興言之;不言理而言情;不務勝人,而務感人。……夫聖人以一言蔽《三百》曰「思無邪」。聖人以詩設教,其去邪歸正矣待言,所教在「思」。思者,容也。思則情得,情得則兩相感而不疑。故示之於民,則民從;施之於僚友,則僚友協;誦之於君父,則君父怡然釋。不以理勝,不以氣矜,而上下相安於正。「無邪」以「思」致,「思」則以嗟歎永歌、手舞足蹈而致。《管子》曰:「止怒莫如詩。」劉向曰:「夫詩,思然後積,積然後流,流然後發。」詩發於思,思以勝怒,以思相感,則情深而氣平矣。此詩之所以為教歟。〔註47〕

焦循認為「溫柔敦厚」是詩歌的本質特徵,其要旨在於通過象徵、比喻等表達手法抒發情感來打動讀者。情感通過「思」而沉澱,慢慢變得冷靜、深沉;然後已變得平和深厚的感情用「比興」一類象徵譬喻的手法表現出來,使讀者容易被感染,性情在不知不覺中也趨於溫厚和平。這就是「溫柔敦厚」之詩教發揮作用的原理與經過。合觀三人所論可知,「溫柔敦厚」之教,其意同於「思無邪」、「止乎禮義」,都要達到「得性情之正」的效果。

朱熹、王褘、焦循三人都說到了詩歌發揮「溫柔敦厚」之教的前提是要「感人」,焦循所論更可以約略為詩歌通過以情感人,使人情深氣平,得性情之正。與三人一樣,紀昀也強調真摯的情感對詩教

〔註46〕朱熹撰,徐德明校點《四書章句集注·論語集注》,上海古籍出版社,2001年,第62頁。
〔註47〕焦循《毛詩補疏》,《續修四庫全書》第65冊,第395頁。

的重要意義。其《冰甌草序》論「詩本性情」內涵寬泛（詳上文），又指出其中忠孝節義乃至性至情，感人深而能「維持世道人心」。序文說：

> 夫在天爲道，在人爲性，性動爲情，情之至由於性之至。至性至情不過本天而動，而天下之凡有性情者相與感發於不自知，詠歎於不容已，於此見性情之所通者大，而其機自有眞也。彼至性至情充塞於兩間，蟠際不可澌滅者，孰有過於忠孝節義哉？……（杜節婦）約署生平，有聲有光，可歌可泣；其嗥藝林而諧金石者，眞性情之感人者深，以維持世道人心於不替，豈第揚風扢雅，供几席間吟哦已哉？

紀昀認爲詩歌即使是發抒忠孝節義也要以情感動人，否則便只是空談道德倫理，沒有情味。他評李商隱《過姚孝子廬偶書》「代述衷曲或有至情動人，旁贊必不佳」〔註48〕，不佳則不感人，也就不能產生「維持世道人心」的力量與作用。

因爲重視眞情的感人力量，他再三批評《濂洛風雅》一派的道學詩，認爲這類詩歌空談性理、不講人事，有背詩教之旨。《雲林詩鈔序》說：

> 余謂西河卜子傳《詩》於尼山者也，《大序》一篇，確有授受，不比諸篇小序爲經師遞有加增。其中「發乎情，止乎禮義」二語，實探風雅之大原。後人各明一義，漸失其宗。一則知「止乎禮義」而不必其「發乎情」，流而爲金仁山《濂洛風雅》一派，使嚴滄浪輩激而爲「不涉理路，不落言詮」之論。一則知「發乎情」而不必其「止乎禮義」，自陸平原「緣情」一語引入歧途，其究乃至於繪畫橫陳，不誠已甚與。夫陶淵明詩時有莊論，然不至如明人道學詩之迂拙也；李、杜、韓、蘇諸集豈無豔體，然不至如晚唐人之纖且褻也。酌乎其中，知必有道焉。

《詩教堂詩集序》批評詩歌發展至唐末的《香奩集》爲極弊，與詩教

〔註48〕《玉溪生詩說》卷下。

決裂，接著說：

> 有宋諸儒，起而矯之，於是《文章正宗》作於前，《濂洛風雅》起於後，借詠歌以談道學，固不失「無邪」之宗旨。然不言人事而言天性，於理固無所礙；而於「興觀群怨」、「發乎情，止乎禮義」者，則又大相徑庭矣。

這兩段話以《濂洛風雅》爲例，說明直接談論道德義理不僅偏離詩歌創作的情感本原，而且與詩教的精髓也大相徑庭。先秦兩漢儒家之所以以詩爲教，正在於詩具有情感的動人力量，「孔子注重通過情感去感染、陶冶個體，使強制的社會倫理規範成爲個體自覺的心理欲求，從而達到個體與社會的和諧統一。所謂『興』、『觀』、『群』、『怨』都貫穿著這個基本思想」〔註49〕。紀昀二序提到「興觀群怨」、「發乎情，止乎禮義」都重在說明情感對詩歌及詩教的重要性。

（二）紀昀以「溫柔敦厚」評社會政治詩

紀昀作爲一代詩壇宗師，經常給師友、同僚及後生的詩集作序。在詩序中，他最常用「溫柔敦厚」與「得性情之正」二語來稱讚這些詩人與詩歌。如《儉重堂詩序》盛讚其同宗蘖子先生的爲人與詩歌說：

> 大抵平生性情篤至，寄託遙深，纏綿悱惻。……少時讀書有大志，功名氣節皆不欲居古人下，而遭逢坎壈，所往輒窮。……抑鬱憂愁，無所發洩，一寫於詩。……是集以不可一世之才困頓偃蹇，感激豪宕而不乖乎溫柔敦厚之正，可謂「發乎情，止乎禮義」者矣。

寫給郭可典的《鸛井集序》說：「孔子論詩歸本於『事父事君』，又稱『溫柔敦厚』爲詩教。可典是集可謂探比興之原，得性情之正。」其他如《雲林詩鈔序》、《二樟詩鈔序》、《鏤冰詩鈔序》、《鶴街詩稿序》等，一再強調詩歌要立意忠厚、表現委婉、使人反覆詠歎，餘味悠長，

〔註49〕李澤厚、劉綱紀《中國美學史・先秦兩漢編》，安徽文藝出版社，1999年，第128頁。

這才是眞正的「詩人之詩」。像李商隱和蘇軾都有不少諷刺尖銳乃至刻薄的詩歌，這些詩歌都遭到了紀昀的嚴厲批評。他評李商隱《華清宮》（華清恩倖）：「刻薄尖酸，全無詩品。」又同題（朝元閣迥）：「既失諱尊之體，亦少蘊藉之味，於溫柔敦厚之旨失之遠矣。」〔註50〕評蘇軾《送曾子固倅越得燕字》：「憤激太甚，宜其招尤。即以詩品論，亦殊乖溫厚之旨。」〔註51〕又說：「譏刺太多，自是東坡大病。然但多排詆權倖之言，而無一毫怨謗君父之意，是其根本不壞處，所以能傳於後世也。」〔註52〕對此，劉學鍇、項楚、王友勝等學者都指出這是由於紀昀固守儒家「溫柔敦厚」傳統詩教的緣故，反映了紀昀論詩保守落後的一面。

的確，作爲封建君主集權制下的一名士人、官員，紀昀深受儒家詩教的影響，對於涉及朝政大事的詩歌，首先衡之以「溫柔敦厚」之旨。如評論岑參《寄左省杜拾遺》，便涉及臣下對於朝廷的態度。岑詩曰：

> 聯步趨丹陛，分曹限紫薇。曉隨天仗入，暮惹御香歸。
> 白髮悲花落，青雲羨鳥飛。聖朝無闕事，自覺諫書稀。

紀昀評三四句說：「子美以建言獲譴，平時必多露圭角，此詩有規之之意，而但言自甘衰朽，浮沉時世，則詩人溫厚之旨也。」又說：「五、六寓意深微，末二句語尤婉至。聖朝既已爲無闕，則諫書不得不稀矣。非頌語，乃憤語也。」〔註53〕岑參本不滿於朝政，但又覺得進諫無益，杜甫建言獲譴就是一個證據。他心中是頗有怨憤的，可是他並不直說朝政不可爲，卻說自己已經衰朽，因此只有隨波浮沉而已；甚至說朝廷並無闕失之事，不需要諫諍。他的詩句中隱含著牢騷和憤慨，但幾乎讓人感覺不到，紀昀說這是「溫厚之旨」。岑參意欲

〔註50〕《玉溪生詩說》卷下。
〔註51〕《紀評蘇詩》卷六。
〔註52〕《紀評蘇詩》，評卷十九《予以事繫御史臺獄獄吏稍見侵自度不能堪死獄中不得一別子由故作二詩授獄卒梁成以遺子由》。
〔註53〕《瀛奎律髓彙評》卷二，第50頁。

勸杜甫不要勉強進諫，因為朝政如此，諫也無益，但這樣的勸告是不能直說的，於是這樣委婉隱微地寫詩送給杜甫。應該說這首詩含蓄之至，很耐人咀嚼。又如他評陳師道《和寇十一晚登白門》：「五、六措語深至，詩人之筆。」〔註54〕按此詩五、六句云「孤臣白首逢新政，游子青春見故鄉」，表達了詩人對於自己能從遷謫之地回來的欣喜之情，有讚美新政之意；而「孤臣白首」四字也隱隱含有對以前當政者的不滿之意，不過說得很含蓄微婉。「孤臣」指被排斥、不受重用的臣子，「白首」則感歎自己已經衰老了，說明被貶得太久了。細味之有辛酸幽憤之感，但表面上好像只是平平敘述而已。紀昀評之為「詩人之筆」，稱讚其表達符合「溫柔敦厚」之教。又說羅隱《曲江有感》「聖代也知無棄物，侯門未必用非才」二句「出語太激，非溫柔敦厚之教」。〔註55〕此二句字面上說人才都得到了充分的利用；然聯繫唐末的社會政治，二句實乃反語諷刺，「也知」、「未必」表現詩人懷才不遇之恨很強烈很鮮明。這種激烈尖刻的諷刺不合儒家「溫柔敦厚」之旨，故遭致紀昀的批評。

儒家「溫柔敦厚」之教一味要求詩歌的思想內容要忠厚平和，不贊同激烈痛憤的情感，這實際上是對人天性中固有的一種感情的壓制。這是「溫柔敦厚」詩論的局限性。不過，「溫柔敦厚」之教也促成了詩歌表現上的委婉含蓄，這成了古典詩歌最重要的審美特質之一。這又是「溫柔敦厚」詩論的不可磨滅處。儒家「溫柔敦厚」詩教的這兩個方面需要分別觀之。紀昀以「溫柔敦厚」評詩，既承襲了其局限性，又發揚了其審美特性。他以「溫柔敦厚」評《玉臺新詠》即著眼於詩人性情、詩歌內容之溫厚和表達之和婉兩個方面。

（三）紀昀以「溫柔敦厚」評《玉臺新詠》

《玉臺新詠》是梁朝宮體詩風氣下的產物，大多數詩歌描寫、表現與女性有關的內容。在一些道學味比較重的人看來，這些詩歌

〔註54〕《瀛奎律髓彙評》卷一，第41頁。
〔註55〕《瀛奎律髓彙評》卷三，第121頁。

是有傷風化的，故他們對《玉臺新詠》貶斥得很厲害。其實《玉臺新詠》也選了很多齊梁以前的詩歌，這些詩歌主要描述夫婦之情。儒家詩教是很看重夫婦之情的，紀昀以「溫柔敦厚」評《玉臺新詠》大體不出儒家詩教的範圍，但也說明了他對詩歌的一種比較包容的態度。

　　紀昀說《玉臺新詠》雖是綺羅脂粉之詞，但許多詩歌只見眷戀深情，寫得纏綿俳惻，從中也能見出「溫柔敦厚」之旨。最突出的要數王宋的兩首《雜詩》。王宋是魏平虜將軍劉勳的妻子，兩人結婚二十多年，因劉勳另結新歡，以無子被休。回娘家路上，王宋戀戀不捨，寫下《雜詩》二首：

　　　　翩翩床前帳，張以蔽光輝。昔將爾同去，今將爾共歸。
　　　　緘藏篋笥裏，當復何時披？（其一）

　　　　誰言去婦薄，去婦情更重。千里不唾井，況乃昔所奉。
　　　　遠望未爲遙，時囑不得共。（其二）

遭逢如此不公平的待遇，不僅無怨，反而眷戀不已。這樣性情與詩歌，紀昀最爲讚賞，他評第一首：「末二句猶作冀望之詞，忠厚之至。」評第二首：「尤俳惻感人，《白頭吟》有愧色矣。」又評晉張華《情詩‧君居北海陽》：「但言矢志不移，而見棄與否，不復更置一詞，晉人去古未遠，尙有溫柔敦厚之遺。」評梁武帝《織婦》「君情儻未忘，妾心常自畢」二句：「不敢望歸，但冀不忘，亦沈鬱亦忠厚。」〔註56〕後兩首詩寫良人離家久遠，杳無音訊，閨婦只有堅貞不移地等待，不知是否已被拋棄，不知是否已被忘記，只是無怨無悔的守望；可以想見即使一朝被休，也如王宋般俳徊不捨。紀昀認爲這種情感最爲忠厚，發爲詩歌，正符合「溫柔敦厚」之旨，故十分推重。

　　另一些詩歌雖不免於哀怨、疑懼，但只是以情相感，措辭和婉，紀昀也肯定它們有古人溫厚之意。他評託名爲魏甄皇后作的《樂府塘上行》：「怨望之詞，出以微婉，前幅但陳感憶，後幅但反覆譬喻，

_____

〔註56〕《校正》，卷二、卷二、卷七。

猶是漢魏間人去古未遠處。」評陸機《爲周夫人贈車騎》：「『京城』四句怨而不激，後八句純以相憶感動之，亦極溫厚。」評鮑令暉《代葛沙門妻郭小玉詩》：「次首瑣瑣屑屑追敘舊愛以感之，雖氣格不免少薄，而措語和平，猶存古意。」〔註57〕這些詩怨而不怒，沒有質問與責難，只是憶舊情，敘相思，溫柔深至。這三首詩情感上雖有哀怨，但表達上「微婉」、「和平」，所以紀昀肯定三詩也有古人溫厚之旨〔註58〕。相反，如果立意忠厚而表達不夠含蓄，則不爲所賞。他評《古詩·上山采蘼蕪》：「盛稱『新不如舊』，動其念舊之思，以冀幸復收。立意非不忠厚，而措語近激，轉覺似嘲似訕，卒讀之不見纏綿悱惻之情。」〔註59〕說這首詩讀來有些嘲弄的意味，削弱了棄婦的忠厚纏綿之情。紀昀也認識到：「凡作詩人，皆知溫厚之旨，而矢在弦上，牢騷之語，搖筆便來，故和平語是平常事，卻極是難事。」〔註60〕這是說詩人們在思想上都知道要以「溫柔敦厚」自勵，然一旦以詩抒情，滿腹辛酸憤恨不自覺地便從筆端流出。詩本性情，卻要以「和平之音」抒發怨憤之情，紀昀也認爲這是極難之事，因此他特別讚賞那種「溫柔」、「忠厚」的詩風。

　　紀昀以「溫柔敦厚」的標準來評讀《玉臺新詠》，很多時候的確能細膩地傳達出古代思婦那種哀怨溫婉、絕望中又自我安慰的微妙心理。鮑照《代京雒篇》「古來皆歇薄，君意豈獨濃。惟見雙黃鵠，千里一相從」，紀評：「怨而不怨，不怨而怨，此爲和平之音。」欲怨君意不濃，然人情歇薄，自古如此，是以不怨；思及黃鵠千里相從，不禁又怨君意涼薄，曲曲折折，終是和平之音。又如《古詩·冉冉孤生

〔註57〕《校正》，卷二、卷三、卷四。
〔註58〕紀昀說「去古未遠」、「猶存古意」，在此即指「溫柔敦厚」之意。觀上文所引紀評「晉人去古未遠，尚有溫柔敦厚之遺」、下文所引紀評「其詞怨以怒，去古人敦厚遠矣」可證。又《校正》卷六評吳均《與柳惲相贈答六首》其三：「只『聞君』一句微露新故之疑，以下仍不說破，猶古人忠厚之遺。」都將「溫柔敦厚」與「古」字合言。
〔註59〕《批解》，卷一。
〔註60〕《瀛奎律髓彙評》卷十，紀評王安國《假寐》，第368頁。

竹》「思君令人老，軒車來何遲。傷彼蕙蘭花，含英揚光輝。過時而不采，將隨秋草萎。君亮執高節，賤妾亦何爲」，紀評：「『軒車』不作怨詞，但作疑詞。『傷彼』四句，不怨見棄，而但懼過時，正爲忠厚。末句折轉一步，並自咎疑懼之誤，詩人風旨如斯。」〔註61〕紀昀的評解抓住了詩中女子疑慮、憂懼、惶恐不安又強自解脫的複雜的心理活動，十分細膩傳神。

但紀評也有疏誤之處。如評鄧鏗《和陰涼州雜怨》「君言妾貌改，妾畏君心移」二句說：「語意清朗，但詞怨以怒，殊乏和平之致。」〔註62〕這首詩末二句爲「終須一相見，並得兩相知」，可見此詩重點在寄望於兩心相知，猶是冀幸之詞，不乏溫厚之旨。鄧鏗這四句一抑一揚的表達方式與鮑照《行路難·剉蘗染黃絲》末二句「還君玉釵玳瑁簪，不忍見之益悲思」是一樣的，紀昀評鮑詩前句「近乎懟矣」，末句則「固自未傷忠厚」〔註63〕，卻說「君言」二句「怨以怒」，是其疏誤之處。

紀昀強調「溫柔敦厚」之教，對《玉臺新詠》的閨怨之詞欣賞那種柔順姿態的「冀望之詞」、「乞憐之詞」〔註64〕，像「聞君有兩意，故來相決絕」的剛烈之詞則斥以「溫厚之旨何居」，像「夫君自迷惑，非爲妾心妒」的陳述之詞亦責以「其詞怨以怒，去古人敦厚遠矣」〔註65〕。如王僧孺《爲何庫部舊姬擬蘼蕪之句》「妾意在寒松，君心逐朝槿」，紀評：「結語怨以怒矣。然雖託舊姬之詞，實友朋規諷之語，故不嫌於斥言，言固各有當也。」〔註66〕這首詩如題目所示，並不是棄妾所作，實是王僧孺規勸何庫部之作，故不以措辭憤激爲

〔註61〕《批解》，卷四、卷一。
〔註62〕《校正》，卷八。
〔註63〕《校正》，卷九。
〔註64〕曹植《雜詩·明月照高樓》「願爲西南風，長逝入君懷，君懷良不開，賤妾當何依」，紀評：「『不開』者，不見納之意。知不見納，而猶爲乞憐之詞，悱惻之意。」（《批解》，卷二）
〔註65〕《批解》卷六，評費昶《有所思》。
〔註66〕《校正》，卷六。

嫌。其言外之意是說若真是棄婦作，則嫌於怨怒矣。這裡也見出紀昀雖有詩人之慧心，評論詩歌可謂精審深微；但他畢竟是封建士大夫，卑視女子的意識非常濃厚，他認為女子即使被休棄也不能怨恨、直斥男子之薄情。像《皚如山上雪》一詩，亦即託名卓文君作的《白頭吟》，不賞「皚如山上雪，皎若雲間月」之高潔，不賞「願得一心人，白首不相離」之深情，而批評「聞君有兩意，故來相決絕」曰：「此古今膾炙之作，然聞有兩意，即行決絕，溫厚之旨何居？彼紈扇之詩，非見棄於夫者耶？」〔註67〕「紈扇之詩」指漢班婕妤《怨詩》（又作《怨歌行》），據傳是漢成帝班婕妤失寵後所作，其末四句：「常恐秋節至，涼風奪炎熱。棄捐篋笥中，恩情中道絕。」紀昀深賞之，說：「已失寵矣，乃云『常恐』，淺人定不作此語。」後來江淹擬作《班婕妤》，結曰：「君子恩未畢，零落在中路。」紀評：「不曰恩遽絕，而曰『恩未畢』，較本詞更為忠厚。」〔註68〕在紀昀看來，棄婦用委婉含蓄的措辭來粉飾男子的薄幸，才算得上溫柔敦厚。對於這種封建腐朽思想，應當予以批判。

　　紀昀以「溫柔敦厚」評《玉臺新詠》，能準確細膩地抉發詩歌的纏綿篤至之深情和蘊藉委婉之風貌，但也流露出他腐朽落後的封建思想，需要辯證地看待。

第二節　紀昀論「詩之法」

　　嚴羽《滄浪詩話‧詩辯》有「詩之法有五」、「詩之品有九」之說，今借其語，以「詩之法」指詩歌的寫作法則，包括章法結構與表現技巧等，「詩之品」指詩歌的風格品貌，二者都是紀昀詩歌評點的重要內容。紀昀論「詩之法」大致可分為詩歌創作的基本準則和對詩歌作品的技法評析兩個方面。以下分別論述之。

〔註67〕 《批解》、《校正》，卷一。
〔註68〕 《批解》卷一；《校正》卷五。

一、紀昀論詩歌創作的基本準則

　　紀昀認為詩歌創作的根本在於性情和學問。他說：「文章一道，關乎學術性情。」〔註69〕又說：「故善為詩者，其思濬發於性靈，其意陶鎔於學問。凡物色之感於外與喜怒哀樂之動於中者，兩相薄而發為歌詠。如風水相遭，自然成文；如泉石相舂，自然成響。劉勰所謂『情往似贈，興來如答』，蓋即此意。豈步步趨趨、摹擬刻畫、寄人籬下者所可擬哉？」〔註70〕他認為詩人心中本有喜怒哀樂的情感蘊蓄著積纍著，經由外物的觸發，就能自然而然表達出來，就像微風拂過水面形成陣陣漣漪，也像泉水沖激石頭發出美妙聲韻，不用刻意的修飾和摹擬。由此，他批評方回求響的主張：「虛谷主響之說，未嘗不是，然究是末路工夫。醞釀深厚，而性情真至，興象玲瓏，則自然湧出，有不求響而自響者。又有誦之琅琅，而味之了無餘致。如嘉、隆『七子』之學盛唐，其病更甚於不響，亦不可不知。」〔註71〕紀昀認為詩歌的聲調響亮固然不錯，但這屬於細枝末節；更重要的是詩人要有真情實感，且蓄積深厚，構思精巧，如此寫出來的詩歌自然動人。像明代前後七子刻意追求盛唐詩歌的格調宏壯，卻沒有內在相應的思想情感，最後徒有空腔滑調，了無餘味。

　　紀昀強調初學詩時好老師的重要性。《瀛奎律髓》卷三十六論詩類小序云：「詩人世豈少哉？而傳於世者常少，由立志不高也，用心不苦也，讀書不多也，從師不真也。喜為詩而終不傳，其傳不傳，蓋

〔註69〕《總目》卷一六五，宋俞德鄰《佩韋齋文集》提要。

〔註70〕《清豔堂詩序》，《紀文達公遺集》文集卷九。

〔註71〕《瀛奎律髓彙評》卷四十二，紀評李虛己《次韻和汝南秀才遊淨土見寄》，第1512頁。方回原評：「虛己官至工侍。初與曾致堯倡和，致堯謂：『子之詩工矣，而其音猶啞。』虛己惘然，退而精思，得沈休文『浮聲切響』之說，遂再級數篇示曾，曾乃駭然歎曰：『得之矣。』予謂此數語詩家大機括也。工而啞，不如不必工而響。潘邠老以句中眼為響字，呂居仁又有字字響、句句響之說，朱文公又以二人晚年詩不皆響責備焉。學者當先去其啞可也。亦在乎抑揚頓挫之間，以意為脈，以格為骨，以字為眼，則盡之。」

亦有幸不幸，而其必傳者，必出乎前所云之四事。」方回認為有幸能
名垂後世的詩人肯定兼備立志高、刻苦用心、博學多識、從師真這四
個條件。紀昀同意這四個條件是詩人能寫出傳世佳作的必要條件，但
認為「從師真」應放在第一位。他修正方回的觀點說：「此是正論，
然亦恐錯却路頭，走入魔趣，立志愈高，用心愈苦，讀書愈多，而其
去詩也乃日遠。故四者之中，尤以從師之真為第一義，此向倒說。」
〔註72〕有了好老師的引導，志向、工夫、學問等方不至於誤入歧路，
越走越偏。

　　紀昀強調學詩要注意循序漸進，初學者當從切實與謹嚴入手。
他說：

> 大抵欲學縱橫，先學謹嚴；欲學虛渾，先學切實；欲學刻
> 畫，先學清楚。方有把鼻在手，無出入走作，且易於為力。
> 此吾五六十年閱歷之言，汝其識之。〔註73〕

這段話的主旨，猶如我們熟知的學書法之要領：當從端正謹嚴的楷
書入手，先定下格局、框架，筆畫純熟後，再學行、草的縱橫變化。
紀昀為一代詩壇宗師，向後輩傳授寫作心得卻說得非常樸實、懇切。
方回評王維《歸嵩山作》：「閒適之趣，淡泊之味，不求工而未嘗不工
者，此詩是也。」紀昀則說：「非不求工，乃已雕已琢後還於樸，斧
鑿之痕俱化爾。學詩者當以此為進境，不當以此為始境。須從切實
處入手，方不走作。」王維這首詩平淡自然，方回認為此乃不求工而
工，只看到了表面現象。紀昀指出正是雕琢的工夫做得深細，化去了
雕琢之迹，才有這種返樸歸真之美。這是更高層次的用巧，是難以達
到的超妙境界。紀氏又告誡初學者不宜學此種，他認為若一開頭就學
平易而不強調苦思精雕，則恐流入率易、空滑、平庸。紀昀論詩的技
法，強調由精思細琢而歸於自然，初學者則要從切實入手。許印芳進
一步申發紀評：「此論甚當。詩欲求工，須從洗煉而出。又須從切實

〔註72〕《瀛奎律髓彙評》，第1434頁。
〔註73〕《我法集》卷上，紀評《賦得野竹上青霄》。

處下手，能切題則無陳言，有實境則非空腔，可謂『詩中有人』矣。」
〔註74〕所謂「從切實入手」就是詩作切合詩題，有內容，有個人的真
情實感。

　　紀昀指出初學詩經苦思雕琢，即使詩作筋骨外露、議論較多亦自
不妨，但一定要力戒空腔滑調。他評陳至《芙蓉出水》說：「襞積錯
雜，非詩也；章有章法，句有句法，而排偶鈍滯，亦非詩也。善作者
煉氣歸神，渾然無迹；次亦詞氣相輔，機法相生。初為詩者不能翕闢
自如，出落轉折之處，必先以虛字鉤接之，漸入漸熟，自能刊落虛字，
精神轉運於空中，血脈周流於內際。如此詩後四句即明露筋骨處也。」
〔註75〕詩之上佳者一氣潛轉而渾然一體，但這種境界不可能一蹴而
就；初學者不妨先以虛字點明關係，使意思明白。如此詩末四句云：
「莫以時先後，而言色故新。芳香正堪玩，誰報涉江人。」以「莫」、
「而」、「正」三個虛字鉤接，雖痕迹明顯但不失切實明朗。待作者功
力漸深後，詩歌的結構布局爛熟於心，則無須借助於虛字接合，自然
能以精神意脈承接連貫，達到一氣渾成的境界。

　　紀昀不大贊同宋人以議論為詩，使詩歌含蓄蘊藉之味大減，但他
並不否定議論這種表現手法。紀昀指出宋以前詩歌也有議論，只是宋
詩的議論既多又直白或空泛，因而缺乏詩味；議論若出以指點唱歎，
則情韻不乏。他評李商隱《北齊》（其一）：「議論以指點出之，神韻
自遠。」評《賈生》：「純用議論矣，卻以唱歎出之，不見議論之迹。」
〔註76〕宋詩也有議論用得好的，如王安石《登大茅山頂》：

　　　一峰高出眾山巔，疑隔塵沙道里千。
　　　俯視雲煙來不極，仰攀蘿蔦去無前。
　　　人間已換嘉平帝，地下誰通句曲天？
　　　陳迹是非今草莽，紛紛流俗尚師仙。

〔註74〕《瀛奎律髓彙評》卷二十三，第 931～932 頁。
〔註75〕紀昀《唐人試律說》，乾隆二十五年刻本，上海圖書館藏。
〔註76〕《玉谿生詩說》卷上。

紀評：「前半『登』字、『頂』字俱寫得出，後半切茅山生情，方非浮響。二馮譏此詩爲『史斷』，太刻。必不容著議論，則唐人犯此者多矣。宋人以議論爲詩，漸流粗獷，故馮氏有史論之譏，然古人亦不廢議論，但不著色相耳。此詩純以指點出之，尚不止於史論。」又引申說：

> 其言有物，必如是乃非空腔。凡初學爲詩，須先有把握，稍涉論宗亦未妨，久而興象深微，自能融化痕迹。若入手但流連光景，自託王、孟清音，韋、柳嫡派，成一種滑調，即終身不可救藥矣。

許印芳說：「此說蓋爲近代學漁洋『神韻』流爲空滑者痛下針砭，雖爲一時流弊而發，實至當不易之論，學詩者宜書諸紳。」〔註77〕稱讚紀評雖針對當時「神韻說」流弊而發，同時也指正了學詩者易犯的毛病。其說甚是。紀昀的詩評常常是這樣，既有針砭時弊的用意，又具有指導創作的普遍意義。「神韻」一派追求「不著一字，盡得風流」，然這等虛妙境界非初學者所能領會，更遑論運用於創作實踐。初學詩當言之有物，稍顯板重質實也沒關係，實踐久了錘煉多了，自然痕迹融化，由實入虛，富有餘味；最忌無病呻吟，流連光景，尋虛逐微。紀昀剖析「神韻說」的實質：

> 近時流派有獨標「神韻」爲宗者，名爲宗法盛唐，實與大曆十子之類氣息相通。蓋大曆追盛唐而不及，故規模雖在而深厚不及開元；神韻一派亦追盛唐而不及，故涵詠既深而氣格遂成大曆，所謂「取法乎上，僅得中」也。若徒依傍門牆，求盛唐於近人之剩馥，吾不知其流入何等矣？
>
> 〔註78〕

王士禎「神韻說」雖稱取法盛唐，然力有未逮，其佳者也僅能得大曆之格，達不到盛唐的雄渾深厚。紀昀告誡後學若想由「神韻」一派上溯盛唐，最後只能流於浮聲空調。這幾處都是針對清初崇尙「神韻說」

〔註77〕《瀛奎律髓彙評》卷一，第 31 頁。
〔註78〕《刪正二馮評閱才調集》卷下，紀評李嘉祐《贈別嚴士元》。

而發，同時又指出學詩之門徑。

　　紀昀進一步指出那些超妙的詩歌看似隨手拈來，其實在詩人心中醞釀構思許久，又加以細密的錘煉雕琢，才能自在流出。他說：「詩未有不用工者，功深則興象超妙，痕迹自融耳。醞釀不及古人，而剽其空調以自託，猶禪家所謂『頑空』也。」〔註79〕王維、梅聖俞等人的詩歌，看似自然平易，實則千錘百煉，由絢爛歸於平淡，故韻味清遠。紀昀尤其推崇王維《終南別業》：「此詩之妙，由絢爛之極，歸於平淡，然不可以躐等求也。學盛唐者，當以此種爲歸墟，不得以此種爲初步。」又說：

　　　此種皆熔煉之至，渣滓俱融；涵養之熟，矜躁盡化；而後
　　　天機所到，自在流出，非可以摹擬而得者。無其熔煉、涵
　　　養之功，而以貌襲之，即爲窠臼之陳言，敷衍之空調。矯
　　　語盛唐者，多犯是病。此亦如禪家者流，有眞空、頑空之
　　　別，論詩者不可不辨。〔註80〕

紀昀稱讚王維此詩爲極致之作，無法摹擬。達到這種境界，不僅需要技巧純熟以至得心應手，更要性情深厚平和，心胸超曠清遠；然後偶有感悟，尚須不斷熔煉，醞釀成熟後，才能寫出這種自然平淡而又韻味深遠的詩歌。沒有深厚的涵養與眞正的感悟，沒有刻苦的精雕細琢，徒學其字句品貌，所得只有空腔濫套之語。這是學盛唐詩一定要注意的地方。

　　紀昀還強調了詩歌創作中「知變」的重要性和必要性。他說：「夫體者，例之謂也。聲調有例，不可易也。格局有例，已隨人變化矣。若詩意則惟人自運，其有例可拘哉？」〔註81〕紀昀從詩歌的構成要素來說明「變」的必要性。從詩歌構成來說，聲調也就是聲律規則是固定的，不可隨意變動，一旦有所改動，須加以拗救。詩歌的結構布局，

〔註79〕《瀛奎律髓彙評》卷十，紀評梅聖俞《春寒》，第 344 頁。
〔註80〕《瀛奎律髓彙評》卷二十三，第 930 頁。
〔註81〕《瀛奎律髓彙評》卷四十三，紀評高適《送王李二少府貶潭峽》，第
　　　　1551 頁。

有一定的穩定性，但可以根據表達的需要加以變化調整。至於詩歌的立意構思，因人而異，不可拘泥，當自出機杼；一成體例，便為窠臼。如耿緯《秋日》詩：

> 反照入閭巷，憂來與誰語？古道無人行，秋風動禾黍。

紀評：「此種在當日自佳，然後來摹擬，虛鋒已成窠臼。夫摭實流為滯相，不得不變以清微；蹈空漸入浮聲，亦不得不救以深至。神奇腐臭，轉易何常。」〔註82〕此詩只次句言情，前後三句寫景，情景相生，使詩歌顯得清空靈動，又餘味不盡。但這種體格為人模擬得多了，便為陳詞濫調，空洞無味，應當救以厚重切至。詩歌的體格也遵循盛衰演變的常理，所以詩歌創作也不能一成不變。紀昀又從唐代詩歌風格的演變說明「知變」的重要性：

> 陳、隋彫華，漸成餖飣，其極也反而雄渾。盛唐雄渾，漸成膚廓，其極也一變而新美，再變而平易，三變而恢奇幽僻，四變而綺靡。皆不得不然之勢，而亦各有其佳處，故皆能自傳。元人但逐晚唐，是為不識其本，故降而愈靡。明人高語盛唐，是為不知其變，故襲而為套。學者知雄渾為正宗，而復知專尚雄渾之流弊，則庶幾矣。

陳、隋詩歌的雕飾堆砌，盛唐矯以雄渾；刻意追求雄渾則不免空泛之弊，中唐大曆十子矯以新美，元、白矯以平易，韓門矯以恢奇，賈島等人矯以幽僻，到晚唐溫、李又變為綺靡。紀昀告誡後人宗法唐詩，應當學習盛唐的雄渾，同時還要知道一味追求雄渾會有空疏膚闊之弊；知其正變，才能真正領會唐詩的精髓。正如許印芳所說：「曉嵐此論，指點學者最為親切，其要旨在『知變』二字，學者當細參。」〔註83〕

　　總結而言，紀昀認為詩歌創作的根本在於詩人的性情與學問，初學者須有好老師的引導，要循序漸進，由實入虛；要言之有物，力戒

〔註82〕《刪正二馮評閱才調集》卷上。
〔註83〕《瀛奎律髓彙評》卷二十四，陳子昂《送魏大從軍》紀評、許評，第 1019～1020 頁。

空腔滑調。他多次強調要寫出優秀的詩歌作品須經過長久深入地構思、醞釀，並加以錘煉雕琢，去其痕跡。最後，紀昀還著重說明了「知變」的重要性和必要性。

二、紀昀對詩歌作品的技法評析

紀昀評點詩歌的一個很重要的目的是指導後學的詩歌創作，因此細緻而具體地評析作品的表現技巧和句法、章法及詩病等是其點評的一大內容。本書以下各章節對此或詳或略都有所論述，比較集中的如第三章第二節《紀昀評點蘇軾詩歌》之「論蘇詩幾種慣用的表現手法」、「論蘇詩的運意用筆」兩部分，比較詳細地論述了紀昀對蘇詩的表現手法與寫作技巧的評析；第四章二、三兩節，闡述了紀昀論試律詩寫作的總法則與具體運用。

《文心雕龍‧章句》有言：「夫人之立言，因字而生句，積句而成章，積章而成篇。」詩歌也是如此。因此，所謂寫作技法，簡單來說無非是煉字、煉句和起承轉合。紀昀解說詩歌技法，著重於點評字句和章法外，還經常說明詩題與詩歌創作的關係。題目是詩歌的重要組成部分，卻經常被論詩家忽略，紀昀注意到詩題對詩歌的制約作用並加以說明，這是他細緻、用心的地方，大概也得益於他創作、評說試律詩的經驗。以下從詩題、字句和篇章結構等方面總結、論述紀昀相關的評析。

（一）詩題

一般的詩歌不像因題製詩的試律詩，不須句句抱題，但也不能全然不顧，應該在不即不離之間。如紀昀讚賞沈約《晨征聽曉鴻》詩「若離若合，妙於取題之神」〔註84〕，分寸把握得最好。陳簡齋《夜雨》則脫題過甚，紀昀批評：「詩固不必句句抱題，然如此五、六，亦太脫。『棋局』外添一層，更為迂遠。」〔註85〕按此詩五、六句云

〔註84〕《玉臺新詠校正》卷九。
〔註85〕《瀛奎律髓彙評》卷十七，第 698 頁。

「棋局可觀浮世理，燈花應為好詩開」，與「夜雨」沒有關聯；五句更由棋局引申到「浮世理」，越發與「夜雨」無關，離題太遠。

紀昀稱讚李商隱《令狐舍人說昨夜西掖玩月因戲贈》詩：「題中字字俱到，可云精細。」〔註86〕詩云：

　　昨夜玉輪明，傳聞近太清。涼波衝碧瓦，曉暈落金莖。
　　露索秦宮井，風絃漢殿箏。幾時綿竹頌，擬薦子虛名？

紀昀細評曰：

　　首句點「昨」字、「夜」字、「月」字，次句「傳聞」點「說」
　　字，「太清」點「西掖」字，此句是一篇詩眼。三四暢寫「玩」
　　字，五六拓開烘染，仍是西掖本位，而箏高井下，映合於
　　有意無意之間。「幾時」二字暗繳「昨夜」，「綿竹頌」事又
　　以直宿郎典故切西掖玩月作妝點，明「戲贈」。運法最密，
　　措語亦頗秀整，但結句直露，未免意言並盡耳。〔註87〕

這個詩題比較具體，李商隱不僅一一寫到，而且脈絡清晰，上下呼應。紀昀認為此詩在技法上堪稱典範，「一篇中脈絡相生，呼吸相應，凡律詩皆當如是也」〔註88〕。蘇軾《謝邇英賜御書》敘記恩私，切合時事，莊雅精煉，「然竟就自己作結，一筆不回顧本題，亦究是疏於法處」〔註89〕。從紀昀的圈點來看，他對此詩頗為讚賞，同時也批評其結尾不顧本題，章法不密。

紀昀還指出詩歌的風格特徵也應該與詩題相一致。〔註90〕當然，他所謂「題」，常常是指題材、主題，不僅僅是題目字面。他評宋之

〔註86〕《玉溪生詩說》卷下。
〔註87〕《點論李義山詩集》卷上。
〔註88〕《玉溪生詩說》卷下。
〔註89〕《紀評蘇詩》卷二十九。詩題原文為《九月十五日邇英講〈論語〉
　　　終篇，賜執政講讀史官燕於東宮，又遣中使就賜御書詩各一首。臣
　　　軾得〈紫薇花絕句〉，其詞云：「絲綸閣下文章靜，鐘鼓樓中刻漏長。
　　　獨坐黃昏誰是伴，紫薇花對紫薇郎。」翼日各以表謝，又進詩一篇。
　　　臣軾詩云》，紀昀於詩題後畫一個紅圈，又於「玉堂」四句加紅點，
　　　評曰：「四句上下轉關。」
〔註90〕可參看第四章第三節紀昀論「辨體」部分的內容。

問《奉和聖製春日剪綵花勝應制》詩：「題本細巧，詩不得不以刻畫點綴爲工，雖初唐巨手亦不能行以渾樸。故詩亦因題而作，詩亦貴擇題。」又評僧保暹《秋徑》詩「此種其細已甚，然小題只合如此」，陳簡齋《觀江漲》詩則「雄闊稱題」。〔註91〕這是說詩歌的風格應與其描寫的對象相一致，所以要創作出優秀的作品首先要選擇好題材。又評蘇軾《章質夫寄惠崔徽眞》「小題以清淺還之最合，一大作便不合格」，評《遊羅浮山一首示兒子過》「筆筆警拔，大題目自不敢草草」。〔註92〕蘇軾前詩乃爲友人贈畫而作，其詩戲謔而可喜，但並無深意。紀昀認爲該詩風格清麗淺切，與其題材相適合。羅浮山是道教仙山，又是「嶺南第一山」，歷代都有許多文人墨客、方士道人前來遊覽、隱居或修煉，留下了許多詩賦。蘇軾被貶惠州路上登覽此勝迹，詩興勃發，又感三子蘇過一路服侍左右，故有此作。所以紀昀說這是個大題目，並稱讚蘇軾用心營構，寫得警策拔俗，情文相生。當然，詩歌創作並無固定之法，小題也可以大作，端看作者功力如何、立意如何。如紀昀評蘇軾《觀張師正所蓄辰砂》：「意境開拓，不嫌小題大作。魏叔子謂『小題大作，俗人得意之筆』，自是洞見肺腑語。亦有不可一概論者，此類是也。」〔註93〕同樣地，紀昀雖不喜宋人「以議論爲詩」，但也認爲有的題目必須議論，還必須議論透徹，不能含蓄吞吐。如評蘇軾《秦少游夢發殯而葬之者云是劉發之柩是歲發首薦秦以詩賀之劉涇亦作因次其韻》：「純入論宗矣。然此種題不入論宗如何下語？既入論宗，不透快發泄如何能暢達其旨？此皆勢之不得不然，不能復以含蓄不露繩之矣。」又評軾《和陶形贈影》：「本是理題，遂不嫌作理語，言固各有當也。」〔註94〕詩歌固然以含蓄蘊藉、含情不盡爲佳，但也不能不顧題旨一味抒情；如上述二題，議論說理乃其題中應有之義，

〔註91〕《瀛奎律髓彙評》卷十、卷十二、卷十七，第319、438、701頁。
〔註92〕《紀評蘇詩》卷二十八、卷三十八。
〔註93〕《紀評蘇詩》卷二十。
〔註94〕《紀評蘇詩》卷二十四、卷四十。

紀昀持論最是通達。

　　紀昀認爲詩題的難易新舊會直接影響到詩作的優劣。他總結「上元七律無可采者，蓋題本難耳」，又像《送宮人入道》「唐人此題最多，然大抵凡近，題本難也」。〔註95〕題目難，詩作也不易出彩。他評黃庭堅《自巴陵略平江臨湘入通城無日不雨至黃龍謁清禪師繼而晚晴》「題太累贅，詩遂不能理清頭緒」〔註96〕，說此題包含的信息太多，詩作難以兼顧，致使頭緒混亂。又評陳師道《送吳先生謁惠州蘇副使》「題目好，詩自怳爽」〔註97〕。蘇軾貶謫惠州後，吳子野千里追隨，陳師道身爲蘇軾門人作詩相送，故說「題目好」。由此，紀昀認爲一些流傳日久、眾作紛紜以致於俗濫的題目，最好擱筆不寫。他評劉鑠《詠牛女》:「此題自六代已成窠臼。後之作者，襲古調則入陳因，出新意又涉迂腐。不含馬肝，不害知味。正應以不作爲高耳。」〔註98〕牛郎織女七夕相會的故事，從《古詩十九首》開始即見吟詠，晉宋以來幾乎人人爭做，大多陳陳相因。昭君詩也有類似的情況，自石崇《王昭君辭》後，繼作迭出，亦成窠臼，連庾信《昭君辭》「亦作此塵劫語，信此題可以不作」〔註99〕；而唐代詩人也未能變化出新，只從范靖婦（即沈約孫女沈滿願）《王昭君歎二首》「輾轉變換耳」〔註100〕。因此紀昀徑直說:「此種題眞是塵劫，惟以不做爲高耳。」又:「此題自六朝以來久成塵劫，唐人已無處落筆，後人何必又作此詩?」〔註101〕其實王安石、歐陽修的《明妃曲》結合當時社會現實，借漢言宋，寫得很有特色，思想和藝術價值都很高。紀昀要求詩歌創

〔註95〕　《瀛奎律髓彙評》卷十六洪覺範《上元宿嶽麓寺》、卷四十八張蕭遠《送宮人入道》紀評，第 623、1788 頁。

〔註96〕　《瀛奎律髓彙評》卷十七，第 696 頁。

〔註97〕　《瀛奎律髓彙評》卷二十四，第 1063 頁。

〔註98〕　《批解》卷三。

〔註99〕　《批解》卷八附。

〔註100〕　《校正》卷十。

〔註101〕　《瀛奎律髓彙評》卷三崔塗《過昭君故宅》、卷三十八劉中叟《王昭君》紀評，第 87、1450 頁。

作不能因襲陳套，甚是；但他認為昭君詩應該就此不作，則是矯枉過正，要分別看待。

　　概括而言，紀昀認為詩歌內容不能離題太遠，風格也要與題材、主題相統一，所以要重視選題；最好不要寫那些太難、太陳舊的題材。同時，紀昀又說明這些技法並非固定不變，要加以靈活運用。

（二）字句

　　紀昀重視對字句的錘煉，但不贊成刻意地推求所謂句眼、詩眼。他說：「煉字之法，古人不廢。若以所圈句眼標為宗旨，則逐末流而失其本原，睹一斑而遺其全體矣。」又：「煉字乃詩中之一法。若以此為安身立命之所，則『九僧』、『四靈』尚有突過李、杜處矣。」又：「夫發乎情止乎禮義，豈新字、新句足謂哉？」〔註 102〕他強調詩歌的本旨在於委婉含蓄地抒寫性情，過分追求字詞的新異是舍本逐末的行為，甚至會影響對詩歌藝術成就作出準確的評價。因此，紀昀評詩很少圈字為眼，他更欣賞詩句、詩篇營造的整體意境和興象，欣賞氣格渾融、神韻清遠。他評郭良《早春寄朱放》：「一氣渾成，此為高格。此種詩何字是眼？」〔註 103〕不過，他卻很細心將那些用得不好的字詞一一指摘出來，希望後學引以為戒。紀昀一般是直接批評某個字詞或某句「不妥」、「不雅」、「不佳」、「費解」、「生湊」、「太僻」、「太直」、「太突」、「太易」、「淺率」、「廓落」、「滑調」、「（重）復」、「鄙」、「俚」、「稚」、「腐」等，有時則簡要地說明其不好的原因。總結起來，紀昀所指摘的詩歌字句的弊病包括搭配不當、對仗不嚴、割裂不全、晦澀不明、不合邏輯、不合題旨及疊用礙格等。以下各舉例略述。

〔註 102〕《瀛奎律髓彙評》卷一杜甫《登岳陽樓》、卷十杜甫《奉酬李都督表丈早春作》、卷六陸游《晝直舍壁》紀評，第 6、326、253 頁。

〔註 103〕《瀛奎律髓彙評》卷十四，第 509 頁。按題當作《早行寄朱山人放》，係戴叔倫詩。

1. 搭配不當

如宋之問《早發始興江口至虛氏村作》「抱葉玄蟬嘯」，紀評：「『蟬嘯』不妥，蟬不可云嘯。」又宋景文《十日宴江瀆亭》「悠揚初短日」，紀評：「日不可說『悠揚』。」又梅聖俞《夏雨》「林梅初弄熟」，紀評：「『弄熟』二字不妥。色與態皆可云『弄』，『熟』不可云『弄』。」又陳簡齋《雨》「地偏寒浩蕩」，紀評：「寒不可說『浩蕩』。」又王安國《同器之過金山奉寄兼呈潛道》「紛紛落月搖窗影」，紀評：「『月』用『紛紛』二字本杜公『涼月白紛紛』句，然杜此二字先不佳。」〔註104〕最後一例雖有出處，然「紛紛」可形容落花、落葉、飛雪等片狀物，言其多且飄舞，卻不好形容月光。

2. 對仗不嚴

如杜甫《涪陵縣香積寺官閣》「含風翠壁孤雲細，背日丹楓萬木凋」，紀評：「『壁』與『雲』是兩物，『楓』與『木』卻是一物，此二句銖兩不稱，語亦近於冗塞。」〔註105〕這兩句形式上雖一一對應，但上句「翠壁」、「孤雲」是兩種景物，而下句「丹楓」、「萬木」實際上是同一種景物，所以不算嚴密的對仗。又王右丞《春日上方即事》「柳色春山映，花明夕鳥藏」，紀評：「『明』字不對『色』字。」又陳後山《元日雪》「簾疏穿細碎，竹壓更嬋娟」，紀評：「『更』字不對『穿』字。」又蘇軾《自昌化雙谿館下步尋谿源至治平寺二首》其一「飽食不嫌溪筍瘦，穿林閒覓野芎苗」，紀評：「『苗』字如何對『瘦』字。」〔註106〕後三例對仗不嚴的原因都是詞性不一致。王維二句「穿」是動詞，「更」是副詞；陳師道二句「色」是名詞，「明」是形容詞；蘇軾二句「瘦」是形容詞，「苗」是名詞，都不能對仗。

〔註104〕《瀛奎律髓彙評》卷四、卷八、卷十七、卷十七、卷四十七，第151、303、661、677、1749頁。

〔註105〕《瀛奎律髓彙評》卷四十七，第1735頁。

〔註106〕《瀛奎律髓彙評》卷四十七、卷十一，第1628、868頁；《紀評蘇詩》卷九。

3. 割裂不全

如潘岳《內顧詩》其一「寸陰過盈尺」，紀評：「『盈尺』不出『璧』字，定是何物？未免有割裂之嫌。」〔註107〕此句本言時間之珍貴，但少了中心語「璧」字，「盈尺」即無意義。又王安石《秋露》「日月跳何急」，紀評：「『跳』字從『日月如跳丸』句生出，然有『丸』字，『跳』字乃有意；去『丸』字而用『跳』字，便不雅馴。」〔註108〕按「日月如跳丸」語出韓愈《秋懷》詩；跳丸，跳動的彈丸，形容時間過得極快。王安石此句用其語而略去「丸」字，成了日月在跳動，顯得突兀怪異。又評蘇軾「銀盃逐馬帶隨車」句「去一『縞』字便不是雪」，「要當啖公八百里」句「刪去『駿』字，八百里是何物」〔註109〕。按蘇軾前一句將韓愈《雪》詩「隨車翻縞帶，逐馬散銀盃」二句煉為七字，但缺了「縞」字，「帶隨車」三字便不切詠雪；後一句用《晉書·王濟傳》「有牛名八百里駿」典，少了關鍵字「駿」，便語意不明。

4. 晦澀不明

如吳均《去妾贈前夫》「相思復相遼」，紀評：「『相遼』字生，若如此替字，必至於『筱驂卉犬』。」又王僧孺《搗衣》「足傷金管遽，多愴緹光促」，紀評：「金管，秋律也。緹光，日景也。此種字法，作俑於『圓象方儀』，弊極於『鷗閣蚓戶』。」〔註110〕有些詩人為求新異，好以生僻字或典故代替常用字，但常常弄巧成拙。又如杜工部《留別公安太易沙門》「長開篋笥擬心神」，紀評：「『擬』者想像之謂，開

〔註107〕　《校正》卷二。

〔註108〕　《瀛奎律髓彙評》卷十二，第443頁。

〔註109〕　《紀批蘇詩》卷十二《謝人見和前篇二首》其二（前篇指《雪後書北臺壁二首》），卷十六《約公擇飲是日大風》。

〔註110〕　《批解》卷六。《類說》「澀體」條載：唐徐彥伯爲文多變易求新，以鳳閣爲鷗閣，龍門爲蚓戶，金谷爲銑溪，玉山爲瓊嶽，以芻狗爲卉犬，以竹馬爲筱驂，以月兔爲魄兔，以赤牛爲炎犢，後進傚之謂澀體。

篋見其詩而想見其心神耳。此種字終是晦澀,不宜傚之。」杜甫這句
用字晦澀,以致詩句生硬無味。

5. 不合邏輯

如趙章泉《晚晴》「滿地落葉無秋聲」,紀評:「四句『無秋聲』
三字究不妥,秋聲不必定在落葉。」又陳伯和《次韻山居》「茅屋靜
聞雨,竹籬疏見山」,紀評:「山以『籬疏』始見,雨卻不以『屋靜』
始聞,此句煉而不配。若改『聞』字為『聽』字,即得。蓋聽雨非靜
坐不能也。」又張喬《遊歙州興唐寺》「鳥歸殘照出,鍾斷細泉來」,
紀評:「『殘照』在『鳥歸』之時,『泉來』卻不在『鍾斷』之後,此
句欠妥。」又蘇軾《畫魚歌》「偶然信手皆虛擊」,紀評:「『偶然』與
『皆』字不合。」﹝註111﹞紀昀已將各例不合邏輯處一一說明,毋庸
贅述。再舉一個正面的例子。杜甫《送韓十四江東省覲》「黃牛峽靜
灘聲轉,白馬江寒樹影稀」,紀評:「因峽『靜』而聞灘聲之『轉』,
因江『寒』而見樹影之『稀』,四字上下相生。」﹝註112﹞所謂「四字
上下相生」就是指兩字兩字之間存在因果關係,合乎邏輯,經得起
推敲。

6. 不合題旨

如司空圖《寄永嘉崔道融》末句「風景似相留」,紀評:「結句似
親遊,不似寄人,病在『似』字。」又司空曙《送史澤之長沙》末二
句「一杯從別後,風月不相聞」,紀評:「結句似相憶,不似相送,
病在『從』字。」又王安石《送周都官通判湖州》「仁風已及俗,樂
事始關身」,紀評:「『仁風』二句用意好,於理亦足,惟讀之稍覺其
硬,病在『已』字似現成語,不似期勉語。此故甚微,細吟乃見。」
﹝註113﹞這三例點評精細入微,主要是從情味上體會其細微差別。這

﹝註111﹞ 《瀛奎律髓彙評》卷十七、卷二十三、卷四十七,第 709、985、
1672 頁;《紀評蘇詩》卷八。
﹝註112﹞ 《瀛奎律髓彙評》卷二十四,第 1070 頁。
﹝註113﹞ 《瀛奎律髓彙評》卷四,第 165、166、180 頁。

也說明紀昀認爲詩語應恰如其分地表現詩題。

7. 疊用礙格

到了明清，詩律越發嚴格。許印芳說：「凡四韻律詩，於地名、人名、鳥獸、草木之類，但可一聯兩用。若前後疊用，則爲犯復，爲夾雜。」〔註114〕紀昀於此持論較嚴。如評高適《送王李二少府貶潭峽》「平列四地名，究爲礙格，前人已議之」，又評蘇軾《重寄》「連用五人名礙格」、《海南人不作寒食……》「用四人名礙格」，評《次韻劉燾撫勾蜜漬荔支》「楊梅等四物並用於中二聯之腹，於法爲疏。句法一樣，尤爲不合」。〔註115〕同樣的，一詩中疊用顏色也是礙格。如紀評蘇軾《立春日小集戲李端叔》「四句四色，礙格」，又范石湖《重九賞心亭登高》「凡六用顏色字，又重其一，殊非詩格」。〔註116〕此外，兩聯相同位置疊用結構相同的詞語亦屬礙格，在句首爲「平頭」，在句尾爲「切腳」。如蘇軾《蘇州閶邱江君二家雨中飲酒》其一中四句句首連用「已煩、莫遣、肯對、試將」四個偏正結構副詞，爲平頭。其二中四句句尾並列「迎秋女、問泰娘、娛白傅、斗吳王」四個動賓結構短語，故紀評：「中四句切腳，礙格；四古人名尤礙格。」又韓南澗《記建安大水》中間兩聯以「託命、置身、浮家、弄月」四個動

〔註114〕《瀛奎律髓彙評》卷十七，梅聖俞《新秋雨夜西齋文會》許評，第660頁。

〔註115〕《瀛奎律髓彙評》卷四十三，第1552頁；《紀評蘇詩》卷十九、卷四十二、卷三十七。高適詩中二聯曰：「巫峽啼猿數行淚，衡陽歸雁幾封書。青楓江上秋天遠，白帝城邊古木疏。」蘇軾《重寄》「蔣濟謂能來阮籍，薛宣眞欲吏朱雲」、「不將輕比鮑參軍」；《海南人不作寒食而以上巳上塚予攜一瓢酒尋諸生皆出矣獨老符秀才在因與飲至醉符蓋儋人之安貧守靜者也》「蒼耳林中太白過，鹿門山下德公回。管寧投老終歸去，王式當年本不來」；《次韻劉燾撫勾蜜漬荔支》「葉似楊梅烝霧雨，花如盧橘傲風霜。每憐葊菜下鹽豉，肯與葡萄壓酒漿」。

〔註116〕《紀評蘇詩》卷三十七「白啖本河朔，紅消眞劍南。辛盤得青韭，臘酒是黃甘」；《瀛奎律髓彙評》卷十六「綠鬢風前無幾在，黃花雨後不多開。豐年江隴青黃徧，落日淮山紫翠來」，第637～638頁。

賓短語開始，也犯了「中四句平頭，礙格」。〔註117〕在篇幅極為短小的詩歌中疊用性質相同的詞語，則表現手法單一，詩歌亦變得呆板無趣，意蘊也相對貧乏，故為礙格。也有例外的情況。如陳簡齋《連雨書事》其四起云「白菊生新紫，黃薇失舊青。俱含歲晚悵，併入夜深聽」，紀昀贊其「沉著」，不以連用四顏色字為礙格。又劉賓客《金陵懷古》起云「潮落冶城渚，日斜征虜亭。蔡洲新草綠，幕府舊煙青」，紀評：「疊用四地名，妙在安於前四句，如四峰相矗，特有奇氣。若安於中二聯，即重複礙格。」〔註118〕可見，詩無絕對固定不變之法，在乎運用。

以上字句弊病不少是唐宋名家所犯，究其原因當是作者下筆過於輕率，錘煉、雕琢的工夫做得不夠。上文論述紀昀一再強調詩歌創作要「醞釀」、「熔煉」、「用工」，要求精雕細琢而出以自然平易，這七個弊病正是其反面例證。

紀昀對這些弊病的評析能切實地指導後學避免類似的錯誤，而他對詩歌異文高下的辨析，也能讓後學深切地認識到推敲工夫的重要性。如崔顥《贈梁州張都督》「為語西河使，知余報國心」，「知余」，馮班校：「一作『余知』。」何焯認為從《文苑英華》作「知余」為長，紀昀則說：「『知余』不過冀幸援引之詞，『余知』則有勉以益勵忠誠之意，深淺間相去遠矣。」又劉子翬《喜誅大將》「膏血污玷斧，何曾灑戰場」，方回認為「曾」作「如」，尤佳，紀昀反駁：「『何曾』者，言此等伎倆，不過終干法紀，不能死得其所也。作『何如』，則是質言告誡，詞意反淺矣。」〔註119〕紀昀從意旨的深淺來辨析異文的高下，持論有力。又李商隱《出關宿盤豆館對叢蘆有感》「清聲不逐行人去，一世荒城伴夜砧」，紀曰：「午橋謂『遠』字是『逐』字之誤，信然；謂『一世』是『一任』之誤，則未必。『一世』說蘆自妙，

〔註117〕 《紀評蘇詩》卷十一；《瀛奎律髓彙評》卷十七，第708頁。
〔註118〕 《瀛奎律髓彙評》卷十七、卷三，第674、80頁。
〔註119〕 《瀛奎律髓彙評》卷三十、卷三十二，第1325、1356頁。

言始終常在荒城耳，作『一任』直而乏味。」〔註120〕這是從情韻上品鑒。作「一世」言叢蘆的清音與荒城的夜砧聲相伴相和，情韻淒清。紀昀以精煉的文字說明異文在情韻意旨上的微妙不同，由此而定其高下，讓人知其然又知其所依然。〔註121〕這樣的評點突破了古典說詩「只可意會，不可言傳」的缺陷，能切切實實地指導初學者欣賞詩歌、創作詩歌。

（三）篇章結構

詩歌的篇章結構最基本的就是起承轉合，紀昀亦多依此法評析詩歌的結構。他稱讚蘇軾《寄黎眉州》詩首二句「懸空擲筆而下，起勢極為超拔。三四接得有力，後半亦沉著」；又評《召還至都門先寄子由》起四句「起手警拔」，五六兩句「轉便輕捷」，末二句「結寓投老潁濱之意，非泛作頌美時事之詞」。〔註122〕這兩詩結構清晰緊湊。同樣是起承轉合，高手用來則渾然一體，不見痕迹。紀昀說：「起承轉合雖李杜亦不能廢，但運用不同，不煩繩削而自合耳。」〔註123〕他分析劉賓客《金陵懷古》的筆法：「起四句似乎平對，實則以三句『新草』剔出四句『舊煙』，即從四句轉出下半首。運法最密，毫無起承轉合之痕。」又杜工部《歲暮》起曰「歲暮遠為客，邊隅還用兵」，紀評：「中四句俱承『用兵』說下，末句仍暗繳首句『為客』，運法最

〔註120〕《點論李義山詩集》卷中。

〔註121〕當然，紀昀辨析異文也有不恰當的地方。如他評李商隱《回中牡丹為雨所敗》其一「舞蝶殷勤收落蕊，有人惆悵臥遙幃」二句：「蝶無收落花之理，『舞』字應是『無』字之誤。『無蝶』『有人』，感慨得神，大勝『舞蝶』『佳人』。」（《點論李義山詩集》卷下）關於紀說之非，請參見《李商隱詩歌集解》著者按語，第298～300頁。

〔註122〕《紀評蘇詩》卷十四、卷三十六。前詩曰：「膠西高處望西川，應在孤雲落照邊。瓦屋寒堆春後雪，峨眉翠掃雨餘天。治經方笑春秋學，好士今無六一賢。且待淵明賦歸去，共將詩酒趁流年。」後詩曰：「老身倦馬河堤永，踏盡黃榆綠槐影。荒雞號月未三更，客夢還家時一頃。歸老江湖無歲月，未填溝壑猶朝請。……遠來無物可相贈，一味豐年說淮潁。」

〔註123〕《刪正二馮評閱才調集》評馮武《凡例》。

密。」〔註124〕盛唐詩格力高渾，意蘊深厚，正在於其運筆暗契起承轉合之理，而渾然一體，不露筋骨。蘇軾才力高絕，其詩前後過接往往巧妙而自然。紀昀讚賞其《次韻米黻二王書跋尾》其一「怪君何處得此本」句「入得飄瞥，得勢處卻在『歸來』二句，過接無迹」，又贊《九月十五日觀月聽琴西湖示坐客》「尚恨琴有弦」二句「如此入琴，有神無迹。入俗手非琴月對寫，即另寫琴聲一段矣」，又說《吾謫海南子由雷州被命即行了不相知至梧乃聞尚在藤也且夕當追及作此詩示之》「江邊父老能說子」二句「入得飄忽，凡手定有數行轉折」。〔註125〕銜接順暢，則整首詩亦因之增色。反之亦然。紀昀批評蘇軾《次韻正輔同遊白水山》「世間誰似老兄弟」四句說：「此處入程，不甚自然，牽於韻腳之故。然此是吃緊轉落處，此處一不得勢，遂令全篇削色。」又評李商隱《桂林路中作》：「前四句頗有氣格，五、六句撐拄不起，並前半篇亦成滑調矣。此等處如屋有柱，必不可順筆填湊者。晚唐之靡靡，病多坐此。」〔註126〕詩歌的起結固然很重要，但若沒有中間轉軸處貫通上下，也無法成就一篇佳作。

　　長詩大篇又須在起承轉合的基礎上加以變化，才能避免平鋪直敘的毛病。馮班於白居易《代書一百韻寄微之》題下評注：「起承轉合不可不知，卻拘不得，須變化飛動為佳。」紀昀補充說：「短章可擺脫蹊徑，長篇卻離不得起承轉合，所謂變化飛動者，正從起承轉合處做出。」〔註127〕他評蘇軾《和子由與顏長道同遊百步洪相地築亭種柳》「安得青絲絡駿馬」四句「突插一波，便有生動之致，此避平避板之意」，又《行瓊儋間肩輿坐睡夢中得句云千山動鱗甲萬谷酣笙鍾覺而遇清風急雨戲作此數句》「登高望中原」四句，紀昀評曰：「有此四句一頓挫，下半乃折宕有力。凡古詩長篇，第一要知頓挫之法。」

〔註124〕《瀛奎律髓彙評》卷三、卷二十九，第809、1260頁。
〔註125〕《紀評蘇詩》卷二十九、卷三十四、卷四十一。
〔註126〕《紀評蘇詩》卷三十九，《點論李義山詩集》卷上。
〔註127〕《刪正二馮評閱才調集》卷上。

評「安知非群仙」四句:「此一層又烘托得好。長篇須如此展拓,方不單薄。」〔註 128〕紀昀認爲長詩除了要有波瀾頓挫,還要有次第有筋節。他評析李商隱《哭遂州蕭侍郎二十四韻》說:

> 凡長篇須有次第。此詩起四句提綱,次四句敍其立官本末,次四句敍時事之非,次十二句敍其得罪放逐而死,次十二句敍從前交好,次四句自寫己意,次八句總收。步武釐然,可以爲式。○長篇易至散緩,須有沉著語支住其間,乃如屋有柱。「皆因」四句、「徒欲」二句、「自歎」四句皆篇中筋節也。……先有「早歲」一段,「自歎」四句乃有根,此是上下血脈轉注處。〔註 129〕

紀昀爲矯正元白長慶體的平衍鋪敍,一再強調長詩要有筋節、有轉軸、有收結。所謂「筋節」,大概相當於表達主旨的關鍵句、中心句。他說:「凡大篇須有幾處精神團聚,方不平衍散緩。」又:「凡此長篇忌收處潦草,如水無歸墟,山無根麓。鋪排不難,難於氣格;層次不難,難於機軸。《長慶集》詩僅有滔滔如話者,終不免輕俗之譏。」〔註 130〕長詩切忌敷衍成章,紀昀總結了幾點關鍵。首先,要有幾處中心語句,樹立起全詩的框架;其次,要有鋪敍,鋪敍要注意烘托、頓挫,才有波瀾,才能生動;再次,層次要清楚,還要有起伏轉折,才能避免接落平鈍,而曲折盡意;同時還要時時注意前後呼應。

　　起承轉合是詩歌的基本結構,但詩人心靈百變,有些詩歌的運意布局別出機杼,看似不規規於起承轉合,其實針線極密。如李商隱《籌筆驛》曰:

> 猿鳥猶疑畏簡書,風雲長爲護儲胥。
> 徒令上將揮神筆,終見降王走傳車。

〔註 128〕 《紀評蘇詩》卷十五、卷四十一。

〔註 129〕 《點論李義山詩集》卷下。按《玉溪生詩說》評語與此略有不同,如以第九至十四句「言其得禍」,以《點論》爲佳。又參《點論》評語,《詩說》言二十七句爲筋節處,當是「三十七句」之誤。

〔註 130〕 《玉溪生詩說》卷上評《韓碑》,《點論李義山詩集》卷下評《送千牛李將軍赴闕五十韻》。

管樂有才眞不忝，關張無命欲何如？

他年錦裏經祠廟，梁甫吟成恨有餘。

此詩慨歎諸葛亮「才命相妨」，極抑揚頓挫之筆。紀昀對此詩的筆法極爲讚賞：「起手擡得甚高，三四忽然駁倒，四句之中幾於自相矛盾；蓋由意中先有五六一解，故敢下此離奇之筆，見是橫絕，其實穩絕。前六句夭矯奇橫，不可方物，就勢直結，必爲強弩之末。故提筆掉轉前日之經祠廟，吟《梁父》而恨有餘，則今日撫其故迹恨可知矣。一篇淋漓盡致，結處猶能作掉開不盡之筆，圓滿之極。」又說：「起二句斗然擡起，三四句斗然抹倒，然後以五句解首聯，以六句解次聯，此眞殺活在手之本領，筆筆有龍跳虎臥之勢。」〔註131〕綜合兩評，此詩運筆之精妙始分明。又如蘇軾《書韓幹牧馬圖》，紀評云：「通首旁襯，只結處一著本位，章法奇絕。放翁嘉陵驛折枝海棠詩似從此得法。」〔註132〕本是題畫詩，卻從盛唐開元、天寶年間朝廷豢養的駿馬說起，接著寫眾工與先生畫馬，又寫廄馬被馴飾失眞，最後才以「不如此圖近自然」一句入題寫畫，筆力奇橫，故得紀昀之激賞，並指出陸游《驛舍見故屏風畫海棠有感》詩亦用此法。

　　組詩的章法也是紀昀評析詩歌篇章結構的重要內容。他評柳惲《搗衣詩一首》：「題是搗衣，而第一首先敘離懷，第二首乃落到衣，第三首乃落搗，第四首正寫搗衣只二句，餘六句皆烘染之文，第五首純作搗後寄遠之詞，歸繳第一首意。古人文字不必句句抱題，而旁擊側映，亦未嘗一處脫題，此可觀布局運意之法。」〔註133〕此詩五首將「搗衣」二字所蘊含的意味抒寫圓足，開闔有致。又評蘇軾《孫莘老寄墨四首》其一「此首敘墨之來由，落到莘老，是第一章」，其二「此首敘到莘老寄，是第二章」，其三「此首拉一陪客，蹙起波

〔註131〕《玉溪生詩說》卷上；《瀛奎律髓彙評》卷三，第106頁。

〔註132〕《紀評蘇詩》卷十五。

〔註133〕《校正》卷五。筆者按：《玉臺新詠》所收連章詩只算一首，如卷九傅玄《歷九秋篇・董逃行》共十二章，在目錄上也只算一首。這與後世的算法不同。

瀾，落到自己，是第三章」，其四「此首以自己作收，是第四章」，最後總結說：「凡連章詩，須篇法井然，不可增減移置。」〔註134〕組詩各首分看獨立成篇，合而觀之則爲一有機整體，且語意不得重複。像王安石《金陵懷古四首》「四詩各自爲篇，合之不成章法，語亦多復」〔註135〕，不是合格的組詩。紀昀稱讚杜甫《將曉二首》：「一首說時事，一首說身事，乃章法也。首篇之末，即帶起次篇，章法尤密。」又贊李商隱《哭劉司戶二首》：「二首前虛後實，前隱後顯，前述相悼之情，後乃感憤時事，此是章法。」〔註136〕指出組詩裏的兩詩各有側重，又有內在聯繫，不可分割，才是組詩的章法結構。

　　總結來說，紀昀肯定起承轉合是詩歌的基本結構，因此詩歌創作不能脫離起承轉合，但又要運用得變化入神，不露痕跡。尤其長詩要在此基礎上加以展拓，同時切忌敷衍成章。組詩的各首要在內容、表達上加以變化，同時互有聯繫，形成有機整體。

　　綜上所述，紀昀重視詩歌的技法，同時強調其運用的靈活變化。正如他《唐人試律說序》所云：「始於有法，而終於以無法爲法；始於用巧，而終於以不巧爲巧。」「無法」，即對「法」的運用變化入神；「不巧」，即千錘百煉而如自然天成。這是紀昀論「詩之法」一以貫之的思想。

第三節　紀昀論「詩之品」

　　詩歌的品格風貌是古典詩歌批評最主要的內容之一，紀昀所說的「體格之變遷」、「宗派之異同」與「作者之得失」大多也落實於此。本書以下各章節相關的論述頗多，比較集中的有第二章第一節之「論漢梁詩歌體格之變遷」、「論南朝詩歌對唐詩的影響」。本節主要論述紀昀對隋唐至清初詩歌風格演變軌迹的概括與勾勒，論述他對詩歌風

〔註134〕《紀評蘇詩》卷二十五。
〔註135〕《瀛奎律髓彙評》卷三，第 141 頁。
〔註136〕《瀛奎律髓彙評》卷十四，第 502 頁；《點論李義山詩集》卷上。

格多樣性的欣賞態度以及他對不同詩歌風格的品鑒與比較。

一、紀昀總論詩品

（一）論隋唐至清初詩歌風格演變軌迹

紀昀《冶亭詩介序》可謂一篇宋至清初的詩歌風格演變簡史。該序首先提出風格演變的總規律：「夫文章格律與世俱變者也。有一變必有一弊，弊極而變又生焉，互相激互相救也。」文學作品的總體風格是隨著時代的發展而不斷變化的，每一種新風格的作品在發展中都會產生弊端，弊病變得嚴重了，然後是又一輪的「窮則變」，以此相激相救，從內部推動風格的演變。序文接著以宋、元、明、清初詩歌風格的發展變化來驗證這一規律。其實隋唐詩風的演變也遵循著「變弊相救」的模式，紀昀評陳子昂《送魏大從軍》曰：

> 陳、隋彫華，漸成餖飣，其極也反而雄渾。盛唐雄渾，漸成膚廓，其極也一變而新美，再變而平易，三變而恢奇幽僻，四變而綺靡。〔註137〕

陳、隋詩歌堆砌辭藻，其弊已甚，經初唐努力扭轉、突破，變而為盛唐之雄渾。然沒有深厚情感或超邁氣勢或清遠神韻，雄渾便流為虛張聲勢的空殼；中唐詩人各憑才性救其弊，大曆十子變而為新美，元、白變而為平易，韓愈變而為恢奇，賈島變而為幽僻，到晚唐溫、李又變而為綺靡。如此一來，剛好接上《冶亭詩介序》從唐末講起。序文曰：

> 唐末詩猥瑣，宋楊、劉變而典麗，其弊也靡；歐、梅再變而平暢，其弊也率；蘇、黃三變而恣逸，其弊也肆；范、陸四變而工穩，其弊也襲；四靈五變，理賈島、姚合之緒餘，刻畫纖微，至江湖末派流為鄙野，而弊極焉。

> 元人變為幽豔，昌谷、飛卿遂為一代之圭臬，詩如詞矣。

> 鐵厓矯枉過直，變為奇詭，無復中聲。

〔註137〕《瀛奎律髓彙評》卷二十四，第 1019 頁。

明林子羽輩倡唐音，高青丘輩講古調，彬彬然始歸於正。
三楊以後，臺閣體興，沿及正、嘉，善學者爲李茶陵，不
善學者遂千篇一律，塵飯土羹。北地、信陽挺然崛起，倡
爲復古之説，文必宗秦漢，詩必宗漢魏、盛唐，踔屬縱橫，
鏗鏘震耀，風氣爲之一變，未始非一代文章之盛也。久而
至於後七子，勦襲摹擬，漸成窠臼。其間橫軼而出者，公
安變以纖巧，竟陵變以冷峭，雲間變以繁縟，如塗塗附，
無以相勝也。

國初變而學北宋，漸趨板實，故漁洋以清空縹緲之音變易天
下之耳目，其實亦仍從七子舊派神明運化而出之。〔註138〕

紀昀從宏觀角度極爲簡要地勾勒了宋至清初詩歌風格演變軌迹。《總
目》中有不少相關的論述，可以互爲印證、補充，如卷一九〇《御定
四朝詩》提要之論宋、金、元、明四朝詩的發展。其中論宋詩説：

唐詩至五代而衰，至宋初而未振。王禹偁初學白居易，如
古文之有柳、穆，明而未融。楊億等倡西崑體，流佈一時。
歐陽修、梅堯臣始變舊格，蘇軾、黃庭堅益出新意，宋詩
於時爲極盛。南渡以後，《擊壤集》一派參錯並行。遞流至
於四靈、江湖二派，遂弊極而不復焉。

這相當於對上引序文論宋詩的具體説明。宋初詩歌在楊億、劉筠學習
晚唐李商隱詩而變爲典麗之前，先有王禹偁學白居易，都未能逸出唐
詩之格。直到歐、梅的詩文革新運動提出了宋詩發展的方向，經過蘇、
黃的創作實踐和理論總結，終於形成了不同於唐音的宋調（或宋格）。
這段話指明了宋代詩人在變唐音爲宋調的過程中所處的不同位置和
不同作用，同時又補充了道學詩《擊壤集》的存在。上兩段論宋詩發
展主要著眼於代表作家的角度，《雲泉詩》、《楊仲宏集》提要則從流
派的角度加以説明。如後者云：

蓋宋代詩派凡數變：西崑傷於雕琢，一變而爲元祐之樸雅；
元祐傷於平易，一變而爲江西之生新；南渡以後，江西宗

> 派盛極而衰，江湖諸人欲變之而力不勝，於是反徑旁行，
> 相率而爲瑣屑寒陋，宋詩於是掃地矣。〔註139〕

如此互爲印證、補充，則宋詩的發展及其代表作家、流派、風格等都
在宏觀把握中。又如卷一九〇《明詩綜》提要也是對上引序文論明詩
發展的具體說明，此不贅引。同卷《唐宋詩醇》提要論明末清初詩歌
發展變化說：「蓋明詩摹擬之弊，極於太倉、歷城；纖佻之弊，極於
公安、竟陵。物窮則變，故國初多以宋詩爲宗。宋詩又弊，士禎乃持
嚴羽餘論，倡神韻之說以救之。」也可與序文所論相印證。

　　紀昀之論隋唐至清初詩歌風格演變軌迹如上所述，加上下文對紀
氏「論漢梁詩歌體格之變遷」〔註140〕的概括總結，則一條由漢至清
初的詩歌發展長線亦清晰可見。

（二）論風格多樣性、審美多樣化

　　紀昀認爲詩歌的風格多種多樣，藝術審美亦須兼容並包，不拘一
格。他論詩歌的風格說：

> 人心之靈秀發爲文章，猶地脈之靈秀融結而爲山水。燕趙
> 秦隴之山水渾厚雄深，吳越之山水清柔秀削，巴蜀之山水
> 峭拔險巇，湖湘之山水幽深明靜，閩粵之山水巖崎繚曲，
> 滇黔之山水莽蒼鬱律，千態萬狀，無一相同，而其爲名勝
> 則一也。蘇、李之詩天成，曹、劉之詩閎博，嵇、阮之詩
> 妙遠，陶、謝之詩高逸，沈、范之詩工麗，陳、張之詩高
> 秀，沈、宋之詩宏整，李、杜之詩高深，王、孟之詩淡
> 靜，高、岑之詩悲壯，錢、郎之詩婉秀，元、白之詩樸實，
> 溫、李之詩綺縟，千變萬化，不名一體，而其抒寫性情則
> 一也。〔註141〕

紀昀以山水之美比文章之美，自然山水的千姿百態都是名勝美景，詩
歌亦有萬千風貌俱是抒寫性情。

〔註139〕《總目》卷一六七。
〔註140〕見本書第二章第一節。
〔註141〕《清豔堂詩序》，《紀文達公遺集》文集卷九。

　　紀昀對詩歌的多種多樣風格表示肯定與欣賞，表現出兼容並包的審美趣味。他評蘇軾《孫莘老求墨妙亭詩》「短長肥瘦各有態，玉環飛燕誰敢憎」二句說：「此眞通人之論，詩文皆然，不獨書也。江淹《雜擬詩序》已明此旨，東坡移以論書耳。」〔註 142〕稱讚蘇軾論書法不拘一格，態度通達；認爲凡詩文批評皆當如此，並指出這種宏通的藝術審美觀源自江淹《雜擬詩序》。按江淹序云：

　　　夫楚謠漢風，既非一骨；魏制晉造，固亦二體。譬猶藍朱
　　　成采，雜錯之變無窮；宮角爲音，靡曼之態不極。故蛾眉
　　　詎同貌？而俱動於魄；芳草寧共氣？而皆悅於魂。不其然
　　　歟？至於世之諸賢，各滯所迷，莫不論甘則忌辛，好丹則
　　　非素，豈所謂「通方廣恕，好遠兼愛」者哉？〔註143〕

紀昀尤其欣賞「蛾眉」、「芳草」兩句。不同的美人、不同的花草各有其不同的美麗，這是世人所普遍認同的，江淹這兩句以此爲類比說明不同風格的詩歌也有不同的美，理據充足且易懂。紀昀經常舉江淹此序以強調選詩、論詩不當拘以一格、限以時代。〔註144〕

　　紀昀自己在論詩評詩時也堅持了一種通達的審美觀。其《田侯松巖詩序》云：「同一書也，而晉法與唐法分；同一畫也，而南宋與北宋分，其源一而其流別也。流別既分，則一派之中自有一派之詣極，不相攝亦不相勝也。惟詩亦然。」認爲詩歌如同書法、繪畫一樣，有不同的流派，彼此不能互相代替，也難分高下。因此，「必以唐法律宋金元，而宋金元之本眞隱矣。即如唐人之詩，又豈可以漢魏六朝繩之，漢魏六朝又豈可以風騷繩之哉」〔註145〕。紀昀認爲不同時代的詩歌、不同體格的詩歌應該用不同批評尺度。比如齊梁體的特徵是小

〔註 142〕《紀評蘇詩》卷八。

〔註 143〕郁沅、張明高編《魏晉南北朝文論選》，題爲《江淹雜體詩序》，原文「骨」作「國」，「世」作「代」，此據其校記改正。人民文學出版社，1999 年，第 291、294 頁。

〔註 144〕如《總目》卷一八九《古今詩刪》、卷一九四《宋金元詩永》提要等。

〔註 145〕《總目》卷一九四《宋金元詩永》提要。

巧輕豔，就不宜用盛唐高華雄渾之格來衡量、批評。他評蕭綱《倡樓怨節》「情韻殊爲嫵媚。齊梁小詩不以格論，所謂言各有當也」，又評南朝西曲「六朝小樂府純乎鄭衛之音，別作一格，存之不必繩以莊論」，又評岑參《夜過磐石隔河望永樂寄閨中效齊梁體》「中四句本爲小巧，然題目自明言『效齊梁體』，則竟以齊梁體論，不以盛唐法論矣。文各有體，言各有當，不以一例拘也」。〔註 146〕這幾則評語說即使如南朝豔情詩的輕靡細巧，也有其存在的價值。「文各有體，不以一例拘」，即強調文學風貌的多樣性，不能以一種標準、一種風格評判所有文學作品。

基於這種兼容並包的審美精神，紀昀批評了方回和二馮在唐宋詩風之間的門戶之見。如他評宋景文《兄長莒公赴鎮道出西苑作詩有長楊獵近寒熊吼太液歌餘瑞鵠飛語警邁予輒擬作一篇》、《寒食假中作》說：「二詩皆崑體，而不礙氣骨之雄渾，詩亦安可以一格拘？」又說：「諸體各有所長，各有所短，在學者別白觀之，概毀概譽，皆門戶之見也。」〔註 147〕紀昀認爲各種風格都有其佳處和弊端，這是很辯證的觀點。以崑體來說，其佳者託興深微，典重富麗；其流弊則撏扯義山，堆砌詞藻和典故，不能一概而論。方回稱讚曾茶山《蛺蝶》「計功歸實用，終自愧蜂房」二句「尤好」，馮班反駁以「粗重」，紀昀則說「偶一爲之亦不妨，唐宋詩各有門徑，不必以一格拘也」；〔註 148〕又評陳簡齋《雨晴》「急搜奇句報新晴」句：「此種自是宋調，故馮氏痛詆之。然詩原不拘一格，詩之工拙高下亦不盡繫於此，但看大體如何耳。」〔註 149〕紀昀指出唐音宋調各有不同的表現手法、不同的風貌；作爲兩種不同的詩格，各擅其美，並沒有高下之別。不過，綜觀

〔註 146〕《校正》卷九、卷十；《瀛奎律髓彙評》卷七，第 278 頁。

〔註 147〕《瀛奎律髓彙評》卷五，第 214 頁；卷六楊文公《書懷寄劉五》紀評，第 261 頁。

〔註 148〕《瀛奎律髓彙評》卷二十七，第 1173 頁；《刪正方虛谷瀛奎律髓》卷三，梁章鉅手批嘉慶辛酉刻本，上海圖書館藏。

〔註 149〕《刪正方虛谷瀛奎律髓》卷二。

紀昀的詩評，他個人還是略偏愛唐音，尤其推崇盛唐之雄渾深厚、興象玲瓏。〔註150〕但他同時肯定其他各種詩風的存在並欣賞各自的優長，用他的話說即「文各有體」，「諸體各有所長，各有所短」，「安可以一格拘」，表現出宏通的藝術審美觀。

二、紀昀對詩歌體格的辨析

　　清初為矯正明前後七子學習盛唐詩的摹擬空套之弊，競尚宋詩；馮舒、馮班二人尊崇晚唐詩、西崑體，並通過評點《才調集》排斥江西詩派。一時間學唐、宗宋二派如水火不相容。有鑒於此，紀昀評點詩歌時很注意對盛唐詩與晚唐詩、唐音與宋調之間的辨析和比較。至於紀氏對各個作家、作品風格的點評，隨處可見，且細碎零散，本書各章節或深或淺都有涉及，此處不作系統論述。

（一）盛唐與晚唐詩格之辨

　　方回說：「盛唐律，詩體渾大，格高語壯。晚唐下細工夫，作小結裹，所以異也。」又：「盛唐人詩氣魄廣大，晚唐人詩工夫纖細，善學者能兩用之，一出一入，則不可及矣。」〔註151〕這是從詩法上論晚唐詩不同於盛唐詩的地方。〔註152〕紀昀完全贊同這兩處評論，認為「盛唐人渾渾穆穆，不以句眼為工」〔註153〕；所不滿於方回的是他評詩好「標題句眼」，同時又鄙薄晚唐詩。如方回評陳簡齋《放慵》「暖日熏楊柳，濃春醉海棠」二句：「起句十字，朱文公擊節，謂『熏』字、『醉』字下得妙。又何必專事晚唐？」紀昀說：「二字誠佳，然以詆晚唐則不然，此正晚唐字法。」〔註154〕煉字精巧本是晚唐詩

〔註150〕　參見紀評陳子昂《送魏大從軍》，《瀛奎律髓彙評》卷二十四，第1019頁，上文已引。
〔註151〕　《瀛奎律髓彙評》卷十五陳子昂《晚次樂鄉縣》、卷四十二李白《贈升州王使君忠臣》方評，第529、1485頁。
〔註152〕　風格是內容與形式的統一。詩歌的結構和表現手法等都會影響其風格，因此論詩品而及詩法亦乃必然之勢。
〔註153〕　《刪正方虛谷瀛奎律髓》卷三評陳簡齋《放慵》。
〔註154〕　《瀛奎律髓彙評》卷二十三，第979頁。

突出的風格特徵，方回一方面對二字激賞不已，一方面瞧不起晚唐詩，其實是自相矛盾了。

紀昀認識到晚唐詩格事實上已徵兆於盛唐詩中。他指出杜甫《晚晴》「夕陽薰細草，江色映疏簾」二句「已啓晚唐」〔註155〕。這一聯寫得精緻細膩，「薰」、「映」二字尤其工巧，正是晚唐字法。又包佶《秋日過徐氏園林》「掃竹催鋪席，垂蘿待繫船。鳥窺新罅栗，龜上半敧蓮」，紀昀肯定後三句精工，「然工處正是纖小處。佶盛唐人，而詩已逗漏晚體。風會漸移，機必先兆」〔註156〕。所以盛唐詩與晚唐詩的比較是就其總體而言、就其主要的突出的風格特徵而言，難以精確分辨，而且「盛唐、晚唐各有佳處，各有其不佳處」〔註157〕。意識到這個相對性，紀昀持論一般比較客觀公正。

紀昀指出盛唐詩與晚唐詩在氣韻上也有很大差別。盛唐詩渾厚開雅，如紀評孟浩然《永嘉浦逢張子容》「雍容閒雅，清而不薄，此是盛唐人身分」，又評岑參《晚發五溪》「淺淡而不薄弱，此盛唐人身分」。〔註158〕這種雍容平和之意來自盛唐詩人內在的充實與自信。紀昀說：「盛唐人詩語和平，而高逸身份，自於言外見之，無詭激清高之習。武功以後，始多撐眉努目之狀，所謂外有餘者中不足也。」又：「矯語孤高之派，始自中唐，而盛於晚唐。由漢魏以逮盛唐，詩人無此習氣也。蓋世降而才愈薄，內不足者不得不囂張其外。」〔註159〕晚唐詩從姚合以後有些故作姿態，自我標榜，紀昀認爲這和當時的社會環境和社會心理有關。當然，姚合詩亦非首首如此，他也有「閒雅」、「渾成」之作，如《山中述懷》、《送李侍御過夏州》即是

〔註155〕《瀛奎律髓彙評》卷十七，第652頁。

〔註156〕《瀛奎律髓彙評》卷十二，第426頁。

〔註157〕《瀛奎律髓彙評》卷四十七杜甫《涪城縣香積寺官閣》紀評，第1735頁。

〔註158〕《瀛奎律髓彙評》卷二十四、卷三十四，第1022、1392頁。

〔註159〕《瀛奎律髓彙評》卷二十三姚合《山中寄友生》、卷四十二方玄英《僧喻鳧》紀評，第962、1495頁。

〔註160〕，皆須分別看待。

紀昀還發現盛唐詩與晚唐詩的不同也可以通過結句體現出來。如韋應物《月夜會徐十一草堂》末二句「暗覺新秋近，殘河欲曙遲」，紀評：「結二句乃言徹夜未眠，而說來無迹，只似寫景者。然若晚唐、宋人必寫作盡興語矣。此盛唐身分也。」〔註161〕這兩句字面上似只寫星象天色，然與詩題、詩句合看，詩人實乃借景暗寓自己沉醉於月夜會友題詩之良辰樂事以至流連天明。盛唐詩往往如此含蓄蘊藉，「晚唐詩往往露骨」，如李商隱《隋宮》末二句「地下若逢陳後主，豈宜重問後庭花」，紀評：「結句是晚唐別於盛唐處，若李、杜為之，當別有道理。此升降大關，不可不知。學義山者，切戒此種筆墨。」〔註162〕這兩句言隋煬帝荒淫禍國甚於陳後主，紀昀嫌其諷刺過於辛辣尖刻，告誡後學當引以為戒，應學習盛唐詩之渾厚和平。

（二）唐音與宋調之辨

吳之振說：「時代雖有唐、宋之異，自詩觀之，總一統緒，相條貫如四序之成歲功，雖寒暄殊致，要屬一元之遞嬗爾。而固者遂畫為鴻溝，判作限斷，或尊唐而黜宋，或宗宋而祧唐，此真方隅之見也。」紀昀肯定「此最通論」。〔註163〕吳氏指出唐詩、宋詩雖然風格不同，但都是詩歌發展變化的必然趨勢，因此沒有必要在是學唐還是宗宋上爭論不休。紀昀同意他的觀點，但又認為唐、宋詩有正變之別。《總目》卷一九○《御選唐宋詩醇》提要說：「詩至唐而極其盛，至宋而極其變。盛極或伏其衰，變極或失其正。」這裡顯然是以唐詩為正，而以宋詩為變。宋詩從歐陽修、梅堯臣開始求新求變，到蘇軾、黃庭堅完成新變，終於在唐詩之外另立門戶，走上另一條發展道路。

〔註160〕　《瀛奎律髓彙評》卷二十三、卷二十四，第 964、1055 頁。
〔註161〕　《瀛奎律髓彙評》卷八，第 301 頁。
〔註162〕　《瀛奎律髓彙評》卷十，李咸用《春日》紀評，第 329 頁；《玉溪生詩說》卷上。
〔註163〕　《瀛奎律髓彙評》附錄（一）《吳序》，第 1813～1814 頁。

但求新求變則難免失正。《御選唐宋詩醇》提要又說：「然詩三百篇，尼山所定，其論詩一則謂歸於溫柔敦厚，一則謂可以興觀群怨，……宋人惟不解溫柔敦厚之義，故意言並盡，流而爲鈍根。」宋詩不懂「溫柔敦厚」，也喪失了由此帶來的意在言外、含蓄蘊藉的詩美。如蘇軾《元祐五年十二月十二日同景文義伯聖途次元伯固仲蒙遊七寶寺題竹上》云：

> 結根豈殊眾，修柯獨出林。孤高不可恃，歲晚霜風侵。

紀昀評：「即李衛公『孤石』之意，而語較露骨，此唐宋之分。」〔註164〕按李德裕（即李衛公）寫石之詩頗多，與此詩意旨相近的當是《海上石筍》，曰：

> 常愛仙都山，奇峰千仞懸。迢迢一何迥，不與眾山連。
>
> 忽逢海嶠石，稍慰平生憶。何以慰我心，亭亭孤且直。

蘇詩詠竹直言其孤高，李詩則先從懷念仙都山高聳特立的奇峰寫起，然後引出所詠石筍，最後以「亭亭孤且直」一句將奇峰、石筍、詩人三者緊密聯繫在一起。奇峰、石筍都是詩人孤直品格的外化意象，寫奇峰、石筍全是借物自寓，意蘊深微又含蓄。又紀評梅聖俞《和小雨》：「與韋蘇州詩互看，唐宋人相去遠矣。」〔註165〕韋蘇州詩指韋應物《賦暮雨送李冑》，詩云：

> 楚江微雨裏，建業暮鐘時。漠漠帆來重，冥冥鳥去遲。
>
> 海門深不見，浦樹遠含滋。相送情無限，霑襟比散絲。

梅詩云：

> 蛟龍噀白霧，天外細濛濛。霑土曾無迹，昏林似有風。
>
> 卷旗妨酒舍，濕翅下洲鴉。稍見斜陽透，西雲一半紅。

比較兩詩，寫的都是傍晚時分的小雨。韋詩首聯點題即展現出一幅廣闊迷蒙的景象；中四句寫暮雨得其神，三、四句「漠漠」、「冥冥」寫暮，「帆來重」、「鳥去遲」寫雨，五句寫暮，六句寫雨，興象自然；

〔註164〕《紀評蘇詩》卷三十二。
〔註165〕《瀛奎律髓彙評》卷十七，第663頁。

末二句點明「送」字，又縮合首句「微雨」作結。全詩細淨淡遠，音節舒緩，令人沉醉。梅詩平平道來，淡而無味，除五、六兩句外，用語近於俚俗；即五、六句也遠遜於章詩三、四之自然。紀昀將意旨、題材相近的唐、宋詩歌進行比較，以說明二者的明顯不同：唐詩委婉，宋詩露骨；唐詩興象玲瓏，宋詩質樸生硬。

　　《總目》卷一九五《滄浪詩話》提要說：「平情以論，宋代之詩，喜涉理路，多未能比興深微。」紀昀指出宋詩好直發議論，忽略了詩歌最重要的「比興」手法。劉禹錫《秋日暑退贈白樂天》中四句「人情皆向菊，風意欲摧蘭。歲稔貧心泰，天涼病體安」，方回認爲「三、四已佳，五、六十分佳絕」，紀昀則說：「究是三、四比興深微，五、六直宋人習語耳。虛谷譽所可及也。」〔註166〕三、四句言秋天菊盛而蘭衰，暗寓世事變幻，故爲比興深微；五、六句直接敘說樂秋之情，情理雖眞切而韻味終不足，但這種卻是後來宋人的「習語」。紀昀批評宋詩直接言情說理、粗獷粗野的詩風，同時又客觀地說明這種詩風在中晚唐詩中已見端倪。再如評張司業《和左司郎中秋居五首》之二「山情因月甚，詩語入秋高」兩句「獷甚，已逗漏宋派矣」，評韓偓《殘春旅舍》「禪伏詩魔歸靜域，酒衝愁陣出奇兵」二句「已逗宋格」。〔註167〕宋人一意反濫熟，求生新，誤以粗獷爲老境。方回以羅隱《水邊偶題》「只知事逐眼前去，不覺老從頭上來」兩句爲「老」，紀昀說：「是粗野，非老也。以此爲老，是宋詩所以爲宋詩，而虛谷所以爲虛谷。」〔註168〕將俚詞俗語式的淺易粗糙視爲平淡老瘦，紀昀認爲這是宋詩變而失正的原因。

　　紀昀對寫得好的宋格、宋調之詩不乏肯定與讚賞，但往往接以轉折或語氣中有勉強之感，使肯定之意大打折扣。如評「諸君略住方乘興，吾土雖非亦解憂」二句「宋調之佳者」、「吾廬想見無限好，客子

〔註166〕　《瀛奎律髓彙評》卷十二，第427頁。
〔註167〕　《瀛奎律髓彙評》卷十二、卷十紀評，第429、365頁。
〔註168〕　《瀛奎律髓彙評》卷三，第124頁。

倦遊胡不歸」二句「宋調之清歷者」。〔註169〕這兩處算是比較單純的
肯定，但言外也包含著「宋調通常不佳」的意味。再如評范石湖《乙
未元日》「純作宋調，語自清圓。雖不免於薄，而勝呂居仁、曾茶山
輩多矣」，評又陸放翁《六日雲重有雪意獨酌》「天為念貧偏與健，人
因見懶誤稱高」二句「是真正宋調，然究是詩中一種，不得以外道目
之」。〔註170〕前語有轉折，嫌其薄弱；後語「究」字含勉強之意。再
如評蘇軾《和文與可洋川園池‧無言亭》「氣機一片，此宋格而不嫌
宋格者」，又評《贈錢道人》「純為介甫輩發，全用宋格，然自是一種
不可磨滅文字」，又評《王中甫哀辭》「純是宋格，而氣體渾闊，無江
西生硬之痕」等。〔註171〕紀昀對這三首詩本身讚賞有加，從他評語
來看對宋格則頗有微詞。《無言亭》因氣機一片，故不嫌於宋格，正
見平常以宋格為嫌；後二語的轉折，也說明兩詩之佳是宋格中的例外
情況。紀昀從理論上提倡審美多樣化，但其主觀審美趣味卻偏向於盛
唐雄渾之音，對宋格、宋調頗有微詞。

附：紀昀論品詩

　　劉勰《文心雕龍‧知音》說：「夫綴文者，情動而辭發；觀文者，
披文以入情。」文學創作與文學欣賞的關鍵都在於「情」和「文（辭）」，
即情感及其表達。情，指情思意味；文辭，則不僅僅是字句辭采，還
包括作品的結構構思等。紀昀論品鑒詩歌，強調重點在於體會詩歌的
情思意味及其運意用筆，不能只看字句辭采。

　　蘇軾《九月十五日觀月聽琴西湖示坐客》云：

　　　　白露下眾草，碧空卷微雲。孤光為誰來，似為我與君。
　　　　水天浮四座，河漢落酒尊。使我冰雪腸，不受麴蘗醺。

〔註169〕《瀛奎律髓彙評》卷三十五元章簡《和稚子與諸生登北都城樓》，
　　　　　第1427頁；《紀評蘇詩》卷十三《和子由四首》其三《首夏官舍即
　　　　　事》。
〔註170〕《瀛奎律髓彙評》卷十六、卷十九，第610、741頁。
〔註171〕《紀評蘇詩》卷十四、卷十八、卷二十四。

尚恨琴有絃，出魚亂湖紋。哀彈本舊曲，妙耳非昔聞。

良時失俯仰，此見寧朝昏。懸知一生中，道眼無由渾。

紀評：「清思嫋嫋，靜意可掬，不似俗手貌似惝恍語。」〔註172〕詩歌的清幽淡遠，須有相應的意境情思，不是點串幾個迷離惝恍之詞即可。因此讀者品詩也要從意境情思入手，細細體味，不要迷惑於一、二字詞。紀昀說：

> 閒散當在神思間，使蕭然自遠之意，於字句之外得之，非多塡「恬適」話頭即爲閒散也。此如有富貴者，不在用「金玉」、「錦繡」字；有神味者，不在用「菩提」、「般若」等字；有仙意者，不在用「金丹」、「瑤草」等字。
>
> 凡詩只論意味如何，濃淡平奇，皆其外貌。〔註173〕

以上兩則評論是紀昀對方回停留於字詞表面式品鑒的批駁。如方回認爲杜甫《閣夜》「五更鼓角聲悲壯，三峽星河影動搖」二句與《宿府幕》「永夜角聲悲自語，中天月色好誰看」二句「同一聲調」〔註174〕。由此評可知方回對《宿府幕》一聯的品讀還停留在字句的表面層次。杜公這兩聯上句雖然同樣寫了寒夜裏角聲之悲，但《閣夜》在五更破曉之時，又有擊鼓相和，其聲悲而宏壯；而《宿府幕》在漫漫長夜，角聲悲如自語，近乎低咽。《閣夜》下句寫三峽江水倒映著天上的星河，洶湧浩蕩，氣勢磅礴；《宿府幕》下句寫秋月清亮柔和，孤懸空中，無人欣賞，清冷寂寥。故紀昀指出「一悲壯，一淒婉，聲調不同」。再如紀評李昉《禁林春直》「一院有花春晝永，八方無事詔書稀」二句說：「三、四眞是太平宰相語，其氣象廣大，太和之意盎然，此故不在文字之間。」〔註175〕這一聯單看字句，甚是平常，其佳處在字句之外的情思。上句寫春天庭院的生機繁榮，下句「八方無事」四字

〔註172〕《紀評蘇詩》卷三十四。

〔註173〕《瀛奎律髓彙評》卷十一白居易《仲夏齋居偶題八詠寄微之及崔湖州》、卷三十鄭谷《入塞曲》紀評，第397、1324頁。

〔註174〕《瀛奎律髓彙評》卷十二，第454頁。

〔註175〕《瀛奎律髓彙評》卷五，第210頁。

讓人聯想到整個天下都是這般的生機勃勃，到處都是春天與和平帶來的欣欣向榮。這種盎然氣象來自於詩人隱含於詩中對春天對和平的喜悅之情。

詩歌藝術成就之高低往往取決於氣脈筆法如何，字句辭采反在其次。如梅聖俞《春社》云：

> 年年迎社雨，淡淡洗林花。樹下賽田鼓，壇邊伺肉鴉。
> 春醪朝共飲，野老暮相譁。燕子何時至，長皋點翅斜。

紀評：「詩亦圓穩。然讀延清作後讀此，真覺氣象索然。此自神力不同，不在題目之冷熱、字句之濃淡也。」〔註176〕按此詩排列在《瀛奎律髓》卷十六「節序類」宋之問（延清）《奉和晦日幸昆明池應制》之後，宋之問詩云：

> 春豫臨池近，蒼波帳殿開。舟淩石鯨渡，槎拂斗牛回。
> 節晦蓂全落，春遲柳暗催。象溟看浴景，燒劫辨沈灰。
> 鎬飲周文樂，汾歌漢武才。不愁明月盡，自有夜珠來。

比較二詩，梅作取春社眼前現景，平淡清新；宋作連用典故，槎拂斗牛、象溟觀日、燒劫沈灰、周文漢武，有海天壯闊、歷史蒼茫之感，而且精切扣題，排而不冗，故此詩神完氣足，渾厚深沉。讀宋之問此詩宛如看史詩大片，緊接著的梅詩卻如日常情景劇。形成這種巨大的差別，與題目、字句關係不大，主要在於詩人的構思和筆力。又陳子昂《晚次樂鄉縣》詩：

> 故鄉杳無際，日暮且孤征。川原迷舊國，道路入邊城。
> 野戍荒煙斷，深山古木平。如何此時恨，噭噭夜猿鳴。

紀評：「此種詩當於神骨氣脈之間，得其雄厚之味。若逐句拆看，即不得其佳處。如但摹其聲調，亦落空腔。」所謂「神骨氣脈」大概相當於很高妙的章法脈絡，乃以真情貫通於內，外表則不見痕迹。那麼，該如何「於神骨氣脈之間，得其雄厚之味」呢？其實還需要借助於「逐句拆看」。許印芳進一步申發紀昀的評論說：

〔註176〕《瀛奎律髓彙評》卷十六，第588頁。

至逐句拆看，起聯點題，峭拔而有神。三句承首句，「迷」字應「杳」字。四句承次句，「入」字應「征」字。五、六承「邊城」說，「深山」句景眞語新，「平」字妙在渾老。七、八回應起聯，結歸旅況，用「如何」字，便不平直。如此拆開細講，方見句法、字法，以及起伏照應諸法。而章法之妙，因此可見。氣體神骨，亦不落空矣。

凡古人好文字，大者含元氣，小者入無間，合看大處見好，拆看細處又見好，方是眞正妙手。……後人學詩，果能如古人細針密縷，絲絲入扣，必有自出精神，逼肖古人處，斷不至徒摹聲調，墮落空腔。凡學盛唐而落空腔者，由於自矜，眼大如箕，而不能心細如發也。〔註 177〕

許印芳認爲只有眞正明白了古人詩律細密、絲絲入扣的特點，並運用到詩歌創作中，學習盛唐詩才不會落入空腔。

許印芳此論可與蘇軾論畫詩及紀昀之評相印證。蘇軾評吳道子畫爲豪放一品，其《王維吳道子畫》詩云：「道子實雄放，浩如海波翻。當其下手風雨快，筆所未到氣已吞。」《書吳道子畫後》又說：「出新意於法度之中，寄妙理於豪放之外。」蘇軾指出吳道子畫的豪放來自於細節上的精微妙契，是眞正的豪放，如其《子由新修龍興寺吳畫壁》詩「細觀手面分轉側，妙算毫釐得天契。始知眞放本精微，不比狂花生客慧」四句所云。紀昀非常讚賞蘇軾此論，評此四句說：「至言可佩。於此知詩家喜作迷離惝恍及豪橫語，皆『狂花客慧』耳。前詠王維竹曰『交柯亂葉動無數，一一皆可尋其源』語可相參。」〔註 178〕認爲詩文的淡遠、豪放亦當本於精微自然的描寫，而不是選字造語上的迷離惝恍或豪橫。他又以蘇軾詠王維畫竹爲證。《王維吳道子畫》詠王維畫云：「摩詰本詩老，佩芷襲芳蓀。今觀此壁畫，亦若其詩清且敦。……吳生雖妙絕，猶以畫工論。摩詰得之於象外，有如仙翮謝籠樊。」中間省略的即有「交柯」二句。蘇軾認爲王維的畫

〔註 177〕《瀛奎律髓彙評》卷十五，第 529～530 頁。
〔註 178〕《紀評蘇詩》卷三十七。

同他的詩一樣有清遠之意，得之象外，但他的筆法卻細膩入微，一一可尋。王維的詩畫以精微細膩的筆觸營造了一種具體可感的意象或意境，以此表達他清遠淡靜的情思與胸懷，這是他的詩畫有淡遠之品的根本原因。因此紀昀說：「『交柯』二句妙契微茫，凡古人文字皆如是觀。」〔註179〕這是說讀古人詩歌要從具體的字句與意象仔細體會、把握詩人見於言外、象外的情思意蘊。

〔註179〕《紀評蘇詩》卷四。

第二章　紀昀評點詩歌選本

　　紀昀評點的詩歌選本有《玉臺新詠》、《才調集》、《唐詩鼓吹》和《瀛奎律髓》，相關的著作分別是紀昀朱墨批解吳兆宜注本《玉臺新詠》（王文燾過錄本）與《玉臺新詠校正》、《刪正二馮評閱才調集》、紀昀點勘《唐詩鼓吹箋注》〔註1〕、《刪正方虛谷瀛奎律髓》與《瀛奎律髓刊誤》。紀昀所評選本涵括了六朝詩歌和唐宋詩歌的重要內容，其評論或詳或略，大多精彩愜當，具有很高的詩論價值。其中比較重要的、紀評也多次強調的是這幾個方面：關於詩歌體制及風格的發展演變；性情及其表達要溫柔敦厚；作詩、論詩重在性情與根柢，重在「興象之深微，寄託之高遠」，不能過於注重字句等表面形式；但同時強調字句的精雕細琢，通過雕琢而歸於自然完美；反對門戶之見，指出晚唐詩、西崑體與江西詩派自有其本源與流弊，對二馮與方回的各執一端持以折衷調解；還有比較重要的是紀昀對杜詩及情景關係的評論。

第一節　紀昀批校《玉臺新詠》

　　《玉臺新詠》是六朝梁、陳期間徐陵所編選的一部詩歌總集，主

〔註1〕關於紀昀點勘《唐詩鼓吹箋注》，本書暫不作論述，原因見《前言》所述。

要以男女之情、女性形貌及生活爲主題，選錄了漢魏至齊梁（惟《越人歌》一首是先秦詩歌）詩約 690 首（此據宋刻本計算，後來明刻本增收 179 首）〔註2〕，分爲十卷。與同一時代另一總集《昭明文選》的盛行相比，《玉臺新詠》的流傳和研究則在「若隱若顯間」〔註3〕，其主要原因在於其閨閣言情的內容、綺靡豔麗的風格與傳統主流的詩歌思想有較大差異。

早期《玉臺新詠》的批評研究多屬於直觀感悟式的點評、論斷，批評者本著不同的詩歌觀念或褒或貶，出之於隻言片語，有很大的隨意性。明末清初博學求實的學術風氣帶動了《玉臺新詠》研究趨向文獻的梳理考證和文本的精細研讀。馮舒據南宋本作了文字等方面的校訂，吳兆宜作了箋注（後來程琰又對箋注作了刪補），有了馮、吳二人拓荒性的前期工作，《玉臺新詠》有了比較可靠和方便的文本，有利於《玉臺新詠》研究的深入展開。此後，紀昀對《玉臺新詠》的批評研究最爲用力，成就也最高。

紀昀批校《玉臺新詠》既有藝術上精妙的批點賞鑒，又有文獻上精審的校勘考辨，是《玉臺新詠》研究史上極爲重要的一人。張蕾說紀昀研究《玉臺新詠》的實績「集中於《玉臺新詠校正》十卷、《四庫全書總目》卷一八六及卷一九一關涉《玉臺新詠》的幾則提要，另有散見於所作詩文序跋中提及《玉臺新詠》及其所錄詩人或詩作的言論」〔註4〕，所列文獻較周全，但遺漏了一個重要的文本——即紀昀朱墨批解吳注本《玉臺新詠》。該書原本似已佚，今上海圖書館藏有王文燾過錄的抄本：清宣統年間王文燾在吳兆宜注、程琰刪補的《玉臺新詠箋注》（乾隆三十九年刻本）上「過錄紀文達公朱墨批解本」

〔註2〕 此據吳兆宜《玉臺新詠箋注》目錄計算。吳氏於卷三至卷十末各附入明刻增收的詩歌，標以「宋刻不收」，共 179 首。吳兆宜注，穆克宏點校《玉臺新詠箋注》，中華書局，1985 年。
〔註3〕 紀昀《玉臺新詠考異》序。
〔註4〕 張蕾《詩教法則的嚴守與變通——紀昀評點〈玉臺新詠〉管窺》，《武漢大學學報》，2007 年第 5 期，第 642 頁。

（簡稱《批解》）。《批解》成稿早於《玉臺新詠校正》（簡稱《校正》），
校勘、評點的內容比《校正》簡略一些，且大多保留於《校正》（用
語偶有不同）。雖然如此，王文燾過錄的朱墨批解本並非可有可無，
它也有自己的獨立價值。

一、紀昀朱墨批解《玉臺新詠》的文獻價值和詩學價值
——以王文燾過錄本爲考察文本

　　王文燾，字叔漁，四川華陽（今成都）人，清末民國時期金石目
錄學家，與國學大師王國維有書信往來。除《玉臺新詠》外，王文燾
還爲《積古齋鍾鼎彝器款識》、《昌黎先生詩集注》、《文心雕龍》等書
過錄諸家評校。王文燾過錄的紀昀朱墨批解吳兆宜注本《玉臺新詠》
有很高的文獻價值和詩學價值。

（一）紀昀朱墨批解《玉臺新詠》的文獻價值

　　首先，王文燾過錄的《批解》原樣復現了紀昀原書的最後兩卷及
四則校記。王文燾「跋」敘述其借書過錄的情況說：

> 河間紀文達公手校《玉臺新詠》原本不知所在，江夏徐君
> 行可富收藏，有此過錄本。大人假得，命文燾過錄。又於
> 友人處得文達原書，惟九、十兩卷，卷末又有文達校記，
> 卷九首葉又有文達「收藏」及「校定」兩章，均一一景模。
> 時爲宣統庚申夏季。九、十兩卷爲表兄晏達如（紹璋）景
> 模，今歲命工重裝，並誌原始於後。宣統癸亥夏五端午後
> 三日華陽王文燾記。

王文燾的父親從江夏（今湖北武昌）大藏書家徐行可處借得紀昀批校
《玉臺新詠》的過錄本，由王文燾過錄在吳兆宜箋注本上。後來，王
文燾又從朋友手裏借到紀昀的手稿殘本，只有九、十兩卷。這兩卷大
大提高了王氏過錄批解本的文獻價值。卷九首頁有紀昀的兩枚印章：
頁眉右邊有「瀛海紀氏閱微草堂藏書之印」，朱文長方印；正文右上
有「春馭校定」的白文方印。王文燾說的卷末校記有四則，按原文之
先後順序抄錄如下：

壬辰正月十一日重閱畢。曉嵐又記（墨筆）

乾隆辛卯七月二十八日閱畢。曉嵐記（朱筆）

八月初二日又覆閱畢。鈔本訛脫甚多，暇當檢諸書詳校之。
曉嵐又記（朱筆）

《玉臺新詠》舊乏佳刻，此本出吳江吳氏，鈔胥潦草，訛
不勝乙。暇日偶爲點論，又以家藏宋本互校之，乃宋刻之
訛又甚。馮鈍吟跋謂宋刻乃麻沙本，故不佳，誠篤論也。
而馮默庵所校猶執宋本以爲據，實其疏矣。然孝穆所錄諸
詩，尚非隱避，他集具在，可以互勘而明。因旁證諸書，
定爲此本。雖疑誤之處尚所不免，然較諸本之牴牾，以爲
清整矣。其注亦踳駁，則尚未暇舉正也。乾隆壬辰上元前
之三日河間紀昀記。

乾隆辛卯三十六年（1771）秋，紀昀兩次評閱吳箋注本，用朱筆點論
（共 505 則），重在藝術品鑒，同時萌生了全面校勘文本的意願。壬
辰三十七年（1772）正月，他又批閱兩次，校以家藏宋本和相關詩文
集，用墨筆點論（共 252 則），有校勘考證，也有批點賞鑒。他還有
意勘正注文，可惜沒有時間。〔註5〕這四則後記即不僅記錄了紀昀批
校《玉臺新詠》的確切時間和過程，也傳達出他認眞嚴謹的治學態
度。再加上《校正》序、跋所記的考異、評點，紀昀曾多次批校《玉
臺新詠》，可見他對此書的重視。由此進一步探討紀昀爲何如此用
心於批校《玉臺新詠》，能更深切地理解他的詩學觀點和學術思想。

其次，《批解》首頁將當時可知的《玉臺新詠》的歷代各種版本
一一羅列，共十八種。其中宋本兩種，元本一種，明本八種，清本七
種，部分有小字注：

《玉臺新詠》各本目：

許滇生□（筆者按：該字上貝下手）徐興伯藏宋本　有翁覃
溪跋

天祿目藏載南宋陳玉父本二部　又元刊本一部

〔註 5〕《批解》總目尾批：「注本爲予門人吳子惠林所傳鈔，即顯令之曾孫
也。蓋未成之稿，故踳駁特甚。欲爲刪補而未暇也。曉嵐又記。」

　　明正德甲戌蘭雪堂活字本

　　正德覆宋陳伯玉本　　每葉三十行，行三十字，後多一趙靈均跋。

　　靈均，凡夫字（筆者按：「字」疑當作「之」）子也。邵目星詒附記

　　嘉靖徐學謨海曙樓本　　九行二十字

　　萬曆丁丑張嗣修手錄袖珍本

　　萬曆中華亭楊鏞刊本

　　天啓寒山堂趙均覆宋陳玉父本　　半葉十五行　　行三十字

　　汲古閣刊本

　　五雲溪館活字本——以上宋元明本

　　國朝馮默庵舒校刊本

　　張金吾影宋刊本

　　康熙丁亥孟璵重刊張嗣修本

　　歸安茅國縉刊本

　　袁大道心遠樓刊本

　　吳兆宜箋注程際盛刪補本

　　李南礀藏舊鈔本

其中張金吾影宋刊本、康熙丁亥孟璵重刊張嗣修本和李南礀藏舊鈔本
三種清本不載於《增訂四庫簡明目錄標注》，可據以增訂。紀昀朱墨
批解《玉臺新詠》的底本（吳兆宜注本）無此目錄，目錄止於乾隆李
文藻（南礀）藏本，故應是紀昀所作；小字注提到邵懿辰（1810～1861）
的著作及周星詒（1833～1904）的校語，二人生於紀昀逝後，故應是
後人（如徐行可）過錄時所注。

　　其三，《批解》爲「《玉臺新詠考異》爲紀昀所作」說從文本本身
提供了有力的證明。「《玉臺新詠考異》爲紀昀所作」之說經雋雪豔、
張蕾二人論證﹝註6﹞，可謂確認無疑，然細究之下並沒有直接的文本
證據。《批解》恰好就提供了這樣的直接證據（詳見下文《「〈玉臺新
詠考異〉爲紀昀所作」說的文本證據》）。《批解》在校勘考證上遺留

────────────

﹝註6﹞　雋雪豔《〈玉臺新詠考異〉爲紀昀所作》，《文史》第 26 輯，中華書
　　　　局，1986 年版；張蕾《「〈玉臺新詠考異〉爲紀昀所作」說補遺》，《文
　　　　獻》，2008 年第 2 期。

了一些問題，這些問題在《玉臺新詠考異》（簡稱《考異》）基本上得到了解決，這說明《考異》成書晚於《批解》。《批解》最後的批校時間爲乾隆壬辰年（1772）正月，所以《考異》不可能是由紀容舒作於乾隆丁丑年（1757），而只能是紀昀定稿於乾隆壬辰年二月。

其四，《批解》裏一些見棄於《校正》的評論也是考察紀昀詩論變化的重要研究資料。如《批解》總目錄尾批：

> 此書體例頗爲猥雜。一卷至八卷皆收五言，九卷則以四言、七言、雜言別爲一卷，此已似分體編詩之陋習。至兩韻之古詩、四句之樂府，又別編爲第十卷，而不入五言之中，則是竟以此種爲絕句矣。夫自唐以來，但有古體、近體之分，而無以絕句自爲一體之事，舊刻諸集，班班可考。至宋人而律詩、絕句始若鴻溝，明代承流遂爲定格。豈梁時選本，先以絕句另編耶？然則此書出孝穆與否，蓋未可定，特自宋以來，流傳已久，姑以舊本存之耳。

這段長評對《玉臺新詠》的體例提出了嚴厲的批評，先是斥責此書有「分體編詩之陋習」，然後辨析「絕句自爲一體」是宋以來的編排習慣，作爲梁時選本的《玉臺新詠》不可能先有此體例，進而懷疑此書是否出自徐陵。這兩方面的批評，前者過於嚴苛，後者失於武斷。紀昀不贊成「分體編詩」是因爲這種體例「割裂分體，不以時代爲次，使閱者茫不得正變之源流」﹝註7﹞。而由漢至梁詩歌的主體就是五言詩，《玉臺新詠》卷一至卷八也是按時代先後編排，所以「分體編詩」的弊端在此可以忽略不計，紀昀《校正跋》也肯定「由漢及梁文章升降之故亦略見於斯」。《玉臺新詠》將五言四句詩作爲絕句單獨編排，符合當時人細辨文體、注重聲律、追求新變的審美風尚，與唐代將絕句與律詩合編也不矛盾。﹝註8﹞由於唐代絕句的高超成就和獨特魅力，宋人開始單獨編選絕句選本。這是隨著絕句詩體發展興盛

﹝註7﹞ 《四庫全書總目》卷一八九，馮惟訥《古詩紀》提要。
﹝註8﹞ 關於絕句體的確立、名義和文體特色，請參見李曉紅《絕句文體批評考論》，載《學術研究》，2011 年第 6 期，第 147～152 頁。

而出現的自然而然的事情。紀昀對《玉臺新詠》卷十單獨編選絕句的
質疑並不成立。後來紀昀大概也發覺此論不甚妥當,故《校正》不錄
此評。

　　不過就其體例而言,《玉臺新詠》編排上的確有不少「猥雜」之
處。按其體例,前八卷都是五言,卷九是四言、七言、雜言,卷十是
五言四句小詩,各按年代之先後編排。但陳琳《飲馬長城窟行》是雜
言樂府,卻編入卷一,紀昀校:「以此書體例言之,當入九卷,此殊
誤編。」〔註9〕又梁武陵王蕭紀《閨妾寄征人》爲五言四句,卻編在
卷七,紀昀說:「此書之例,二韻皆俱入第十卷,何以忽此一首?宋
本注曰『目作三首』,此首疑衍。」〔註10〕按宋刻本目錄所載,卷七
選蕭紀詩三首,實際上卻有四首,這首很可能是後來混編進來的,非
原書之誤。又卷六劉令嫺三首詩,分別在何思澄詩之前後,「劉令嫺
分編何思澄之前後,必有訛誤」〔註11〕,再如卷六徐悱在姚翻前,徐
悱的妻子劉令嫺在姚翻後,而卷十又將「徐悱婦」排在姚翻之前,前
後不一,紀昀說:「以意推之,此書排纂之例,蓋以所卒之歲爲先
後。第六卷中徐悱在姚翻前,令嫺則在姚翻後,此忽移令嫺於姚前,
不應自亂其例,疑此三首皆徐悱詩,而傳寫誤增一『婦』字,猶六卷
《答唐娘七夕所穿針》詩,本令嫺作,而傳寫誤脫一『婦』字耳。」
〔註12〕紀昀一一指出這些「猥雜」之處,並分析其成因應該是流傳過
程中的脫衍造成的。

（二）紀昀朱墨批解《玉臺新詠》的詩學價值

　　《批解》定稿早於《校正》,卻有不少重要評論不見於《校正》。
這些評論有的是對明刻本增收詩歌的評點,有的大概就是「漏網之魚」

〔註9〕《批解》卷一。
〔註10〕《批解》卷七。
〔註11〕《批解》卷六,徐悱妻劉氏《答唐娘七夕所穿針》批語。
〔註12〕《玉臺新詠考異》卷十,徐悱婦《摘同心支子贈謝娘因附此詩》校
　　　　語。

了，內容涉及詩歌的情感意蘊、藝術表現和發展演變等，有著較高的詩學價值。

古典詩歌表達上多有省略與跳躍，以達到簡潔凝練的藝術美，同時留下許多空白，供讀者自由聯想，這也是古典詩歌含蘊悠遠審美特徵之所在。但是，表達上的省略與跳躍也會帶來詩意的含糊不確定和多重性，造成會意的困難。乍讀《古詩》之二「涼風率已屬，游子寒無衣」，以爲是游子之詩；而後文說「良人惟古歡」，「良人」是古代女子對丈夫的稱呼，則是思婦之辭。前後不一，令人費解。紀昀說：「『涼風』二句，感天寒而念行客，非敍游子旅況也。」（以下所引紀評未作說明的皆出自《批解》）「涼風」二句乃是思婦因天氣轉冷而掛念遠在他鄉的親人，也是從思婦的角度敍述。枚乘《雜詩》之三（即《古詩十九首》之「行行重行行」）「胡馬」二句，歷來注者一般理解爲「不忘本」之意，較早的如李善《文選注》。紀昀提出新解：「『胡馬』二句，申足『各天一涯』之意，非用不忘本意也。」又補充：「《越絕書》亦有『胡馬依北風而達，越鳥向海日而熙』語，蓋言同類之相感，意義亦別。」〔註13〕否定了「不忘本」之說。他認爲「胡馬嘶北風，越鳥巢南枝」兩句比喻思婦游子各處天南地北，相距遙遠，是對前文「相去萬餘里，各在天一涯」的補充說明。《考異》校「嘶」當從《文選》作「依」，也說：「此二句乃以一南一北申足『各天一涯』之意，以起下『相去日遠』。」「胡馬」二句接以「相去日已遠，衣帶日已緩」，細味上下文，此詩表達了思婦感念游子愈行愈遠難於再會的沉痛之情。隋樹森、葉嘉瑩兩位先生注評此二句皆引紀氏之解，葉氏引申說：「胡馬和越鳥一南一北，在直覺上就使讀者產生一種南北暌違的隔絕之感。」〔註14〕葉嘉瑩還採用了「不忘本」和「同類相求」二說，這從讀者的興發聯想來說固無不可，但從詩作本身來看卻

〔註13〕筆者按：檢《越絕書》未見此二句，《吳越春秋》卷二有「胡馬望北風而立，越燕向日而熙」，紀昀或誤記。

〔註14〕葉嘉瑩《漢魏六朝詩講錄》，河北教育出版社，1997年，第90頁。

「似乎與上下文全不銜接」〔註15〕，而紀昀的體會顯然更符合漢代古詩渾然一體的風格特徵。紀昀評詩擅於統觀全局，抓住關鍵，輕輕一點，豁然相通。這兩處評論正是如此。「涼風」二句虛寫游子，實則思婦擬代想像之辭；「胡馬」二句看似游子對故鄉的一往深情，實則思婦悲痛兩人相見無期。帶著紀評對詩意的細膩體會再讀兩詩，古代婦女的一片癡情與堅強柔韌躍然紙上，漢代古詩溫柔敦厚的氣息撲面而來。

　　漢代詩歌自然天成，不用機巧，其妙處往往難以言傳，一經紀昀慧眼點評，始見其高超的藝術表現力。他評《雙白鵠》「吾欲銜汝去」八句：「此亦老嫗能解之文也，然淒淒切切，瑣屑入情，而不覺其纖，不覺其俗。下視白香山輩，古今人相去遠矣。」這首樂府表現兩隻白雁間的深摯眞情，可與元好問《摸魚兒・雁丘詞》相媲美。紀昀認爲此詩敘寫細節淺顯易懂而感人至深，遠勝白居易的「通俗」詩歌。這大概是因爲此詩以至情運筆，自然眞切；白居易則刻意追求「老嫗能解」，不免入於纖巧淺俗。紀昀又評枚乘《雜詩》之八（迢迢牽牛星）「河漢清且淺」四句曰：「頓宕好。設本疏遠，亦復何憾？彌近而彌不得通，斯情戚耳。」評析此詩的結構和隱衷，尤爲精闢。此詩前六句寫織女因相思織不出一匹布，終日傷心流淚。後四句卻微微宕開，轉而說隔絕雙星的銀河不過清淺的「盈盈一水」，末句再一折，明明近在眼前，明明兩心相悅，卻「脈脈不得語」，這樣的相思比遠別離更加令人哀傷。今人講此詩多稱其連用疊字，未能注意到後四句的曲折深情。紀昀又稱讚李延年「北方有佳人」詩「寧不知」三字：「有此一折剔，乃折入深際。」這一折使這首小詩有了一種深沉的悲劇美，明知有亡國之險，依然難捨佳人。若沒有紀昀對詩藝的精妙品鑒，這些看似平易的微妙之處很可能就被讀者輕輕忽略了。

　　《校正》以宋本爲斷，《批解》則以吳兆宜注本爲底本，吳氏將

明刻本增補的詩歌附於各卷之後，紀昀雖不滿明人隨意竄改古籍的輕
率學風，但對詩歌本身並無偏見，也「一例點論」。﹝註16﹞明刻本所
增詩歌不乏佳作，紀昀的評論更如點晴之筆，啓發讀者良多。明人增
收了《西洲曲》，紀昀稱讚此詩「興象微妙，佳處於言外得之，天機
所到，動合自然。此筆墨之化境，作者亦不能第二首」（卷五附），評
價極高。《西洲曲》本署名「江淹」，但紀昀認爲「文通似未造此，
當作古詞爲是」。《校正》評《盤中詩》亦云：「此種皆性情所至，偶
爾成文，如元氣所凝，忽生芝菌，莫知其然而然，非文士所能代擬，
而其人亦不復能爲第二篇，如《焦仲卿詩》、《木蘭詩》、《隴上壯士
歌》、《西洲曲》皆此類也。」（卷九）他盛讚這些詩歌是眞情勃發的
興到之作，是天然完美的藝術，具有不可複製的獨特性和偶然性。紀
氏也欣賞增收的齊梁小詩寫景自然清麗，富有情韻。他讚美「落花隨
燕入，遊絲帶蝶驚」二句「風秀」（卷七附），「春風滿路香」五字「秀
逸」（卷八附），「香風起，白日低，採蓮曲，使君迷」四句「淡寫卻
有情韻」（卷九附）。如此簡單的字句和平常意象，卻營造出如此優美
的意境。紀昀精練的品鑒使這些詩歌動人的藝術魅力得以充分的發掘
和展現。

　　南朝詩歌（特別是齊梁詩歌）在音節情韻、體格風貌、題材意象、
句法章法與立意等諸多方面對唐詩有開先與引導作用。《批解》相關
的評論共有二十一則，最後保留在《校正》的有十一則。其餘十則中
有六則是對明刻本增補詩歌的點評，自然不見於《校正》，還有四則
不知爲何被捨而不用。這些批點於齊梁詩歌對唐詩的影響或唐人對南
朝詩人的學習，評論愜當，於平凡之處見精微。（詳見下文《紀昀論
南朝詩歌對唐詩的影響》）

﹝註16﹞紀昀於卷三末陸機《擬行行重行行》、《擬明月何皎皎》二首後說：「宋
　　　　刻不收之詩，乃明人所妄入。吳氏雖離析編之，而仍爲作注，今一
　　　　例點論。他時如繕清本，仍以宋刻所有爲斷，庶不失舊本面目耳。
　　　　觀弈道人附記。」這亦可見紀昀兼具嚴謹的治學態度和通達的藝術
　　　　鑒賞精神。

此外，王文燾過錄的《批解》又有對紀評精妙之處或關鍵之處的
圈點，共七十處。我們可據此考察紀昀詩評的被接受和影響，也頗具
研究價值。

二、《玉臺新詠校正》

國家圖書館所藏紀昀《玉臺新詠校正》的底本是明末趙均崇禎六
年翻刻南宋陳玉父本。《玉臺新詠校正序》說：

> 崇正癸酉距今百有餘載，意其書已不存，乾隆壬午忽於常
> 熟門人家得之，筆墨完好，巋然法物，摩挲遠想，如見古
> 人。然亦時時有訛字，馮鈍吟云：「宋刻是麻沙本，故不佳。」
> 信矣。辛卯六月，余自西域從軍歸，檢點藏書，多所散佚，
> 惟幸是本之僅存。是歲十月再入東觀，稍理舊業，偶取閱
> 之，喜其去古未遠，尚有典型，終勝於明人臆改之本。用
> 參校諸書，仿《韓文考異》之例，各箋其棄取之由，附之
> 句下，兩可者並存之，不可通者闕之，雖可通而於古無徵
> 者則別附注之。

「崇正癸酉」即崇禎六年，趙均刻本《序》的時間正是「崇禎六年歲
次癸酉四月既望」。趙均於明崇禎六年（1633）翻刻宋本，距清乾隆
年間已有一百多年，紀昀本以為這麼久之後趙刻本肯定不存在了，沒
想到卻於乾隆壬午（乾隆二十七年，1762）在他常熟學生的家裏得
到。紀昀認為趙刻本比明刻本好，乾隆辛卯三十六年他就用這個本
子「參校諸書」，作《玉臺新詠考異》十卷。紀昀以「考異」命名，
大概是因為他參照了朱熹《韓集考異》的體例。紀昀《校正跋》又
說：

> 余既粗為校正，勒為《考異》十卷，會汾陽曹子受之，問
> 詩於余，屬為評點以便省覽，因雜書簡端，以應之，與《考
> 異》各自為書，不相雜也。

明確說明了他著有《玉臺新詠考異》十卷。後來紀昀又應曹受之的要
求，對《玉臺新詠》作了評點。因此，《校正》的批校也包括兩方面
內容，一是以雙行小字插入正文間的校勘考辨，一是寫在頁眉的對詩

歌本身的品評賞析。其中校勘考辨部分的內容又曾獨立成書，即收入《四庫全書》署名爲「紀容舒撰」的《玉臺新詠考異》。

（一）「《玉臺新詠考異》為紀昀所作」說的文本證據

關於《玉臺新詠考異》及其序文的作者，穆克宏先生已經表示懷疑。《玉臺新詠箋注》附錄有紀容舒《玉臺新詠考異序》，穆氏按語說：

> 此序見於《玉臺新詠考異》，而國家圖書館藏紀昀《玉臺新詠校正》稿本亦有此序，惟「壬申」作「壬午」，「乙亥」作「辛卯」，「丁丑」作「壬辰」，末署「紀昀書」，並無塗改痕迹。稿本後又有「觀弈道人」跋文一篇，稱《考異》為己所作。「觀弈道人」即紀昀，則《考異》及其序文的作者尚有可疑之處。〔註17〕

雋雪豔在穆先生懷疑的基礎上，結合邵懿辰《增訂四庫全書簡明目錄標注》按語「容舒乃紀文達之父，此書實文達自撰，歸之父也」，作《〈玉臺新詠考異〉為紀昀所作》一文，確認了紀昀對《玉臺新詠考異》的著作權。張蕾博士論文《〈玉臺新詠〉論稿》又補充了《玉臺新詠校正》擷英書屋抄本卷六跋語：

> 館目「玉臺新詠考異十卷，紀容舒撰」，檢是編首題「河間紀某校正」，末題「觀弈道人書」，均無「容舒」名。考《知足齋》載《紀文達墓誌》則云「文達父，諱容舒，曾官姚安太守」，乃知代其先人所作也。序中記「壬辰」、「癸巳」，公官侍讀總纂四庫時所作，考訂精審，不減兩盧。〔註18〕

至此，「《玉臺新詠考異》為紀昀所作」說已有了充分的證據。正如上文所論述，《批解》又從文本上提供了直接證據，此論斷再無疑問。茲略舉幾例說明。

1. 卷一宋子侯《董嬌饒》

〔註17〕吳兆宜注，穆克宏點校《玉臺新詠箋注》，第543頁。

〔註18〕據筆者在國家圖書館所見，這段話見於無名氏所寫的一張字條，夾在擷英書屋抄本卷五末頁與卷六首頁之間，並非卷六跋語。

《批解》總評：「此詩不甚喻其意，不欲強爲置解。」又校「何時盛年去」句：「『何時』句不可解，必有訛字。然諸本並通同，蓋沿誤已久。」《考異》該句作「何如盛年去」：

> 如，宋刻作「時」，諸本亦皆作「時」，惟《藝文類聚》作「如」。案：此四句本言花落仍可重開，不如人之盛年一去即遭捐棄，而從前之歡愛俱忘，乃一篇立言寄慨之本旨。如作「時」字，則此句竟不可解，全篇文義俱闕矣。今從《藝文類聚》改正。

《校正》總評：「設爲人與花問答之詞，以寄紅顏零落，恩寵不終之感。文心委曲，極盡宛轉關生之妙。」紀昀從《藝文類聚》改正一字，此詩即從費解之詩變爲要妙之辭。

2. 卷一秦嘉《贈婦詩三首》序

《玉臺新詠箋注》該詩序載秦嘉爲「郡上掾」，《批解》曰：「上郡，宋刻訛作『郡上』。」《考異》校作「郡上計」：

> 計，宋刻作「掾」。《西溪叢語》引此文注：「掾，一作計。」案：漢法歲終郡國各遣吏上計，鄭玄注《周禮》「歲終則令羣吏致事」句，謂「若今上計」是也。其所遣之吏亦謂之「上計」，《後漢書·趙壹傳》「光和元年，舉郡上計」、《晉書·宣帝紀》「建安六年，郡舉上計掾」是也。鍾嶸《詩品》直題「漢上計秦嘉」，嘉及其妻往來書亦並稱「爲郡詣京師」，則作「計」爲是，宋刻悞也。馮氏《詩紀》又因漢有上郡，遂倒其文爲「上郡掾」，更誤中之誤矣。

紀昀原本與馮惟訥一樣，認爲秦嘉的官職是「上郡掾」，不過他比馮氏審愼，沒有直接修改原文，而是另出校記說明。後來因姚寬《西溪叢語》注文及更多例證，校正秦嘉官職應爲「上計」。

3. 卷二張華《情詩》其一「翔鳥鳴翠隅」

《批解》曰：「『翠隅』再校。」《考異》曰：「『翠隅』二字未詳，《詩紀》作『翠偶』，亦不可解。疑爲『牽偶』二字，以形似而訛。」此條考證可謂妙契詩意。作「牽偶」與下句「草蟲相和吟」合看，正

是以蟲鳥各有其侶的歡樂反襯思婦的孤單與悲傷。

　　4. 卷三劉鑠《雜詩五首》之《代青青河畔草》「楚楚秋水歌」

　　《批解》曰：「吳氏注疑『秋』作『狄』，存考。」《考異》曰：

> 按：孔子狄水之歌，未聞被之絃管，且尤於閨情無與，作
> 「狄」非是。疑爲「綠水」之訛。《淮南子》曰「手會綠水
> 之趣」，高誘注：「綠水，古詩也。」《琴操》、蔡邕《五弄》
> 亦有《綠水》一曲。

《考異》推測「秋水」應是「綠水」，論據合理。這樣的例子還有不
少。將《批解》與《考異》對照看，反映出紀昀對《玉臺新詠》的校
勘考證有個不斷修正、精益求精的過程，而《考異》正是後出轉精的
結果，只能是紀昀所作。

（二）《校正》對徐陵序的校勘與考證

　　不過，《校正》的校考內容與四庫本《考異》並非完完全全一致。
《考異》沒有目錄，也沒有徐陵原序，二者皆見於《批解》與《校
正》。《校正》將宋刻本徐陵序文與《藝文類聚》、《文苑英華》一一互
校，三書所載各有訛誤，紀昀或據典故出處、或據文意和文理予以校
正說明，理據充足，考訂精審。如「珠簾以瑇瑁爲押」，押，《文苑英
華》作「匣」，紀昀案：「白珠爲簾，以玳瑁押之，見於《漢武故事》，
則作『匣』爲非，今從宋刻。」這是據典故而校。又如「豈東鄰之自
媒；婉約風流，異西施之被教」，《文苑英華》「豈」字作「非直」二
字，「異」字上多一「無」字。紀昀由文意而校曰：「『說詩』二句言
其禮法自持，『婉約』二句言其惠姿天賦，若作『非直』、『無異』，
乃正與本意相反。檢《藝文類聚》亦與宋刻相同，是《英華》誤衍
也。」又從文理脈絡指出「亦有嶺上仙童」四句「與下文不屬，疑有
脫落」。紀昀對徐陵《玉臺新詠序》的校勘、考證非常精彩，茲舉幾
例如下。

　　1. 關於徐陵的署名「陳尙書左僕射太子少傅東海徐陵字孝穆
撰」：

> 馮氏曰：「《大唐新語》云：『梁簡文爲太子，好作豔詩，境
> 内化之。晚年欲改，追之不及，乃令徐陵撰《玉臺集》，以
> 大其體。』」檢此則是書之撰，實在梁朝，可以明證。署名
> 如是，明是後人所加也。

馮氏指馮舒，《批解》還多引了一句馮舒的話：「《陳書·徐陵傳》：太
建二年，遷尚書左僕射。後主即位，遷太子少傅。」據《大唐新語》，
《玉臺新詠》是徐陵應梁簡文帝的要求而編撰的，自然應該用徐陵在
梁朝時的官職，可這裡用了陳朝的官職，所以紀昀推斷這是後人追加
的，不是原來的署名。

　　2. 關於「衛國佳人，俱言訝其纖手」句用典的出處：

> 案：「摻摻女手」，語本《魏風》，則「衛」當作「魏」。然
> 「手如柔荑」固亦《衛風》之語，未敢遽斷其誤。考《藝
> 文類聚》亦作「衛」。

「纖手」的直接出處應該是《詩經·魏風》的第一篇《葛屨》「摻摻
女手，可以縫裳」。摻，音纖；摻摻，猶纖纖，形容女子之手纖細柔
美。據此，「衛」是音誤，應該作「魏」。但《衛風·碩人》也有「手
如柔荑，膚如凝脂」，以初生的嫩芽比喻雙手的粉嫩柔軟，與「纖手」
的意思也差不多。因此若說此處「纖手」是用《衛風·碩人》裏的話，
也說得通，那作「衛」字也是不錯的。紀昀提出了兩種可能性，但不
作判斷，可見其態度之審慎。

　　3. 關於「天情」的異文和詞意。序文：「加以天情開朗，逸思雕
華，妙解文章，尤工詩賦」，《批解》校：「天情，宋刻作『天時』，誤。
『天情』猶言『天性』，即神明穎悟之意，無與於『天時』。」《校正》
補充說：

> 情，《藝文類聚》、宋刻作「時」，《文苑英華》作「晴」。案：
> 《魏書·崔光傳》曰：「天情沖謙，動容祗愧」。《齊書·王
> 文殊傳》曰：「婚義減於天情，官序空於素抱。」庾信《譙
> 國夫人步陸孤氏墓誌》曰：「敬愛天情，言容禮典。」則「天
> 情」二字本南北朝之習語，蓋訛「情」爲「晴」，又訛「晴」

爲「時」耳，揆以文意，舛誤顯然，今改正。

紀昀用豐富的材料證明「天情」是南北朝的習語，「天情」語同「天性」，在這裡是聰明穎悟的意思。序文前面鋪陳了女子的容飾，接著「加以」二字轉入描寫她們的才性，後面總說一句「其佳麗也如彼，其才情也如此」，脈絡連貫，結構緊湊。如果作「晴」字或「時」字，忽插入一句寫天色，則文氣不暢。聯繫上下文，顯然以「天情」爲是。

4. 關於「百嬈」與「百驍」。序文「雖復投壺玉女，爲歡盡於百嬈」，紀昀在「嬈」邊上寫了個「驍」字，校曰：「諸本皆作『百嬈』，惟馮氏校本作『百驍』。」又加以考證說：

> 案：《神異經》曰：「東王公與玉女投壺，枭而脱誤不接者，天爲之笑。」〔註19〕又《西京雜記》曰：「郭舍人善投壺，激矢令還，一矢百餘返，謂之爲驍。」驍、枭義通，作「嬈」爲誤，證佐顯然，不爲輕改，故從馮氏校本。

若不知投壺規則，以爲「百嬈」乃形容女子之嫵媚多姿，似亦可通。紀昀以有力的材料證明「嬈」當作「驍」，認爲馮氏校改爲「驍」並非輕率之舉。

以上幾則校記尤見紀昀校勘考證的功力深厚和細密，因其不見於四庫本《玉臺新詠考異》，故特爲引錄並略作評述。此外，《校正》還有一些與《永樂大典》互勘的校記，也是《考異》所沒有的。

（三）《校正》對何焯詩評的接受與批駁

與《批解》相比，《校正》多了對何焯詩評的引用和批評，共十九處。何焯沒有專門對《玉臺新詠》進行批評，紀昀所引述的評論來自《義門讀書記》卷四十六、卷四十七對《文選》詩歌的批評。所引述十九處評論，紀昀認同或加以肯定的有六處。這六處評論，紀昀或

〔註19〕《神異經》原文：「東荒山中有大石室，東王公居焉。……恒與一玉女投壺。每投千二百矯，設有入不出者，天爲之唏噓。矯出而脱誤不接者，天爲之笑。」明人朱謀㙔校曰：「按：《仙傳拾遺》『矯』字作『枭』。」《叢書集成新編》第 26 冊，第 110 頁。

直接引用，如鮑照《擬樂府白頭吟》「世議逐衰興」句，《校正》眉批：
「《義門讀書記》曰：恒言『興衰』，倒作『衰興』，韓詩用字多如此。」
（卷四）指出南朝詩人通過顛倒詞序來求新求奇，後來韓愈也多用此
法。或加以印證，如評傅玄《和班氏詩》：「詩不及顏延年之作，而結
處持論獨平，故何義門曰：『詠秋胡者，傅休奕得之。』」（卷二）顏延
年《秋胡詩》批評秋胡而稱讚其妻子；傅玄此詩結尾「彼夫既不淑，
此婦亦太剛」，同時批評秋胡妻子太剛烈。紀昀認爲傅玄持論平正，
符合「溫柔敦厚」之旨，何焯正是從這個角度肯定傅玄此詩。或得到
啓發，如評江淹《張司空離情》「玉臺生網絲」句：「義門謂：『玉臺
似指鏡臺。』其說甚允。因悟此書之名《玉臺》，正猶韓偓之以「香
奩」名集耳。」（卷五）何焯認爲「玉臺」很可能是古代女子梳妝的
鏡臺，紀昀肯定了他的推測，並由此想到該書以「玉臺」爲書名，就
和韓偓《香奩集》一樣，都是用最具女性氣息的梳妝物事指代所選所
作詩歌詠歌女子的性質。

　　對於何焯的詩評，紀昀更多的是加以批駁。概括起來，批評的角
度有二：其一，何焯解詩常有牽強附會之嫌；其二，對詩歌的藝術審
美未能準確把握。先看第一類的例子。曹植《美女篇》末二句「盛年處
房室，中夜起長歎」，何焯認爲詩人是在感歎「求自試而不得」[註20]
的悲哀，紀昀不以爲然：「何義門謂此詩末二句即《求自試》之意，
繹其語意，殊不然。此自謂賢人義不苟合，無求試意。古人實有偶然
之作，不必定摭史傳以實之。」（卷二）紀昀認爲這首詩表達了賢人
的清高自重，曹植雖然曾上《求自試表》，但此處並沒有自薦的意思；
而且詩人感興無端，帶有一定的偶然性和隨意性，不能一一求證於詩
人的人生經歷和歷史記載。又何焯評石崇《王昭君辭》說：「此詩可以
諷失節之士。」因爲在他看來，王昭君「自向掖庭令請行」嫁於呼韓

〔註20〕何焯著，崔高維點校《義門讀書記》，中華書局，1987 年，第 921
　　　　頁。

邪單于是一種「不安爲匣中玉而甘心爲糞上英」〔註21〕的自甘墮落的行爲。紀昀批評何焯的解讀「非其本旨」，認爲此詩是「代寫哀怨」（卷二）。何焯的評解可謂迂腐，紀昀的論斷則符合六朝擬代之作盛行的史實。何焯不僅對詩歌的意旨有過度的闡釋，對《文選》的編選體例也有牽強附會的解釋。《文選》卷三十選了張載《擬四愁詩》一首，何焯說：「集是四首，昭明欲備擬詩各體，遂錄其一，亦編集文章變例也。」〔註22〕紀昀直接批評其說是「強爲之詞」，承認「昭明獨錄此一章，未喻其旨」（卷九），體現了他實事求是的治學精神。

何焯對詩歌的藝術手法、風格特徵和藝術成就的評鑒時有偏差，紀昀對此多有批評。紀評「青青河畔草，鬱鬱園中柳」：「起二句抉春情駘蕩之根，義門謂：『草興蕩子，柳興美人。』固矣。」（卷一）紀昀認爲這兩句寫春天草木興盛多姿，引出下文獨守空房的思婦因春光美好而心緒激蕩，由景生情，文理自然生動。按何焯之解，不免呆板少趣。又評謝惠連《七月七日夜詠牛女》：「力去陳言，而未能萌甲新意，故不免雕琢之痕。何義門以『穢熟』譏之，未當其病。」（卷三）此詩刻意求新，觀「蹀足循廣除，瞬目矖層穹」、「昔離秋已兩，今聚夕無雙」、「遙心逐奔龍」等句可知，其病在於錘煉不夠而有些生硬，何焯批評它「後半尤穢熟」〔註23〕，卻是說反了。又評《古詩爲焦仲卿妻作》：「此蓋當日里巷所歌，首尾千七百餘言，散散碎碎，卻救正整齊，一氣渾淪，如化工肖物，原不以文字爲意，而極文字之工者莫能及。義門病其太野，似未知言；謂顏延年《秋胡詩》勝此，尤非確論。」（卷一）〔註24〕紀昀讚賞這首樂府民歌是天地至文，藝術成就

〔註21〕《義門讀書記》，第922頁。

〔註22〕《義門讀書記》，第936頁。

〔註23〕中華書局版《義門讀書記》「穢熟」作「穢褻」，此詩並無猥褻之處，疑形誤。第932頁。

〔註24〕何焯評顏延年《秋胡詩》：「焦仲卿妻詩質而近野，此過於文，卻似少眞味。獨取此者，與此書氣味協也。」中華書局版《義門讀書記》此評「妻」誤作「夷」字。第894頁。

極高，批評何焯未能發現其眞正的藝術價值。總評之後，紀昀細細解說詩中多處精妙的地方。劉蘭芝被遣回家那天清早「新婦起嚴妝」以下，詩裏足足用了十句細寫其裝扮，紀昀讚歎：「設色精妙，有景有情。此自府吏目中看出，使臨別之時又添一重情障，非泛寫女子容飾也。」離別之際，在焦仲卿眼中，劉蘭芝是如此美好，更加不忍分離，爲後文的殉情埋下伏筆。又評結尾「兩家求合葬」以下一段說：「就水生波，憑空布景。不如此十分圓足，結不住爾許長篇。如以爲眞有此異，則眞癡人說夢矣。」紀昀從技法的巧妙和結構的完足兩方面稱讚其奇幻的收尾。

通過《校正》對何焯詩評的接受與批駁，可以看出紀昀對詩歌的藝術審美有著十分敏銳而精微的感受力和鑒賞力。

（四）《校正》的序和跋

紀昀《玉臺新詠校正序》說：「耗日力於綺羅脂粉之詞，殊爲可惜，然鄭衛之風，聖人不廢，苟心知其意，溫柔敦厚之旨亦未嘗不見於斯焉。」與《批解》相比，《校正》確實發抉了更多「溫柔敦厚之旨」，如卷二甄皇后《樂府塘上行》、劉勳妻王宋《雜詩》二首、曹植《雜詩·攬衣出中閨》、《浮萍篇》與《棄婦詩》、張華《情詩·君居北海陽》，卷三陸機《爲周夫人贈車騎》與《塘上行》，卷四鮑令暉《代葛沙門妻郭小玉詩》二首及卷六王僧孺《與司馬治書同聞鄰婦夜織》等詩的紀評，論諸詩「忠厚」、「溫厚」、「和平」等皆不見於《批解》。紀昀這裡「溫柔敦厚」、「溫厚」、「和平」主要是指古代思婦或棄婦怨而不怒、纏綿篤至的忠厚之情。（詳見第一章第一節）

紀昀一向主張要「就詩論詩」，如他總論兩漢古詩：

> 古詩凡五十九首，實非一人一時之作，其間爲比爲賦，無從考覈，蓋不可執以一端。必首首解以君臣之遇合，世道之治亂，賢人君子之出處，穿鑿附會，豈無一說之可通？然謂之借題發議則可，云得古人之意則未必盡然。班婕妤《怨歌行》、魏文帝《見挽船士新婚與妻別》詩，使佚其姓

名題目，何不可以寓言解之？

此實通達之論。古詩重在抒發情感，不主紀事，「作者未必云然，讀者未必不然」，有很大的闡釋空間；但如果每一首都著眼於「君臣遇合」、「世道治亂」、「君子出處」，那就是借題發揮了，不是真正的解詩。紀昀《玉臺新詠校正跋》指出說詩有「三障」：

> 學者取古人之詩，究其正變，以求所謂「發乎情，止乎禮義」者，或法或戒，皆可以上溯風雅也。否則，橫生意見，以博名高，本淺者務深言之，本小者務大言之，本通者務執言之，附會經義，動引聖人，是之謂理障。舊說既無師承，古籍亦鮮明證，鉤稽史傳以俟其姓名年月之偶合，是之謂事障。矜一韻之奇，爭一字之巧，所謂「好色不淫，怨誹不亂」者，弗講也；所謂「鋪陳終始，排比聲韻」者，弗講也；所謂「思表纖旨，文外曲致」者，弗講也，是之謂詞障。三障作而詩教晦矣，是非俗士之蔽，而通人之蔽也。

「三障」指理障、事障和詞障。紀昀認為學者讀詩、論詩不應穿鑿附會，將詩歌複雜化；也不能只重視一字一句的新奇纖巧。兩漢儒生解《詩經》，有理障之弊；宋以來對杜甫、李商隱詩歌的評說，多陷於事障，如上所述何焯評詩亦有此障。紀昀之論「詞障」實際上是從反面強調了讀詩、論詩應當注意的三個方面：其一，講「好色不淫，怨誹不亂」，即要注意詩歌的思想內容的雅正，要符合「溫柔敦厚」之旨；其二，講「鋪陳終始，排比聲韻」，即要注意詩歌整體結構的完整和緊湊，注意聲韻和諧；其三，講「思表纖旨，文外曲致」，即要注意體會詩歌的言外之意和弦外之音。這三方面也正是紀昀評點詩歌的總原則。對詩歌的批評與鑒賞，最容易流於詞障，這也是紀昀批評方回、二馮詩評的一個重要內容。（詳下文）

三、紀昀論漢梁詩歌「體格之變遷」

　　紀昀之所以從乾隆三十六年七月到三十八年正月不到兩年的時間裏五次批校一本豔體詩集，是因為他認為《玉臺新詠》具有三個重

要的詩學價值。一是如《校正序》所說可見「溫柔敦厚」之旨；二是如《校正跋》所說「《玉臺新詠》雖宮體，而由漢及梁文章陞降之故，亦略見於斯」，即可知漢梁詩歌的體格變遷；三是如《校正跋》所說「譬之古碑舊帖，不必盡合於六書，而前人行筆結字之法，則往往因是而可悟」，即可悟行文布局之法。關於「溫柔敦厚」之旨上文已有詳細說明；關於寫作技法，上文已有所涉及，亦可見於下文《紀昀論南朝詩歌對唐詩的影響》。此處重點闡述紀昀論由漢到梁詩歌體格的陞降變化及其原因。

綜觀紀評《玉臺》可知，由漢至梁，詩歌從自然渾樸慢慢演變爲雕繪靡曼，而促使這種變化的主要原因是時代風會。以下即以《玉臺新詠》所選的詩歌爲例，結合紀昀的評點，來說明這種變化的具體表現及其原因。（以下凡引《校正》紀評，只注卷數；引《批解》紀評，則兼注書名與卷數。）

（一）漢梁詩風演變

早期的詩歌和民歌純粹是情感的抒發與宣泄，本非有心爲文，所作皆渾樸自然，非後人所能企及。紀評漢武帝時烏孫公主《歌詩》曰：「此本無意於爲文，而其詞自然古雅，則風氣之渾厚爲之也。」（卷九）紀昀認爲此詩之所以古樸深雅，是因爲受漢代雄渾厚重的時代文化精神的影響。《漢桓帝時童謠歌》（其一）曰：「小麥青青大麥枯，誰當獲者婦與姑，丈夫何在西擊胡。」紀評：「句法之妙，開後來無限法門。」按「誰當」二句，一句之中有問有答，自問自答，措辭簡潔，意蘊豐富，紀昀所謂「句法之妙」當指此而言。又評其二曰：「天籟自鳴，無心應節。歌行得其彷彿，即如倚琴以寫山水之音。」（卷九）這首童謠以三字、七字爲主，加以頂針手法，節奏自然天成，紀昀認爲後世的歌行若能得其大概，便能如琴聲表現山水之音一樣，自然而美妙。漢人《古絕句四首》〔註25〕其三曰：「兔絲從長風，根莖

〔註25〕《總目》卷一九六《師友詩傳錄》提要說：「漢人已有絕句，在律詩

無斷絕。無情尚不離，有情安可別。」紀評：「語質樸而情宛轉，此為天籟自鳴。」（卷十）此詩以兔絲起興，簡簡單單四句，寫情深摯而自然。

從東漢中後期開始，文人詩逐漸增多，開始有意文飾，機法漸生，然尚帶渾樸之氣，而魏晉詩歌之漸趨靡麗亦導源於此。紀評張衡《同聲歌》：「漸趨濃豔，而氣脈仍自渾然，故是天人姿澤。陳思一派從此導源，非六朝雕繢之文可擬。」指出此詩於漢魏間承上啓下的歷史地位。又評末二句「樂莫斯夜樂，沒齒焉可忘」曰：「要以永久，作詩本意在此。全篇神注此二句，極陳嬿妮之情，皆所以感之不忘也，而不說願人勿忘，乃云己不能忘，運意委屈之至。」（卷一）稱讚其構思深曲。詩歌有曲折的構思，正說明是文人有意為之。又評蔡邕《飲馬長城窟行》起八句云：「音節之妙，巧合天然。此謂『神來』，不容摹擬。」又說：「『遠道』、『遠方』，『思』字『憶』字，前後關鍵，針對現在同事之人，渾然不露。……此友朋相怨之詩〔註26〕，作意在『入門』二句，而以前己之念友、後友之念己互映出之，用意極為委婉。」（卷一）對此詩的構思、筆法分析得甚為細密，正可見詩人經營之苦心；而其表達又出以自然，不乏渾樸之氣。紀評秦嘉《贈婦詩三首》〔註27〕：「三詩詞氣真樸，猶是漢氏之餘；語意清婉，已開晉人之漸。以此上視西京，如大曆十子之視開、寶。」（卷一）〔註28〕又說：「音節漸響，無復古人之渾穆，則時會為之也。」（《批解》）指

〔註26〕 之前，非先有律詩，截為絕句。」下有小字注曰：「古絕句四章，載《玉臺新詠》第十卷之首。」由此可見紀昀認為《古絕句四首》作於漢代。

〔註26〕 紀昀認為此詩乃寫「友朋相怨」，非閨婦思遠，其實二者於此詩可相通。

〔註27〕 據陸侃如《中古文學繫年》，此三詩作於漢桓帝永壽三年（157 年）。人民文學出版社，1998 年，第 213 頁。

〔註28〕 紀昀說：「詩至大曆十子，渾厚之氣漸盡，惟風調勝後人耳。」（紀評盧綸《長安春望》，《瀛奎律髓彙評》卷二十九，第 1290 頁。）又說：「大曆以還，詩格初變，開、寶渾厚之氣，漸遠漸漓。風調相高，稍趨浮響。」（《總目》卷一五○錢起《錢仲文集》提要）

出此三詩尚有漢代古樸之風，但少了西漢的渾厚之氣，這主要是時代風氣的變化造成的；三詩語意清淡柔婉，正是西晉「輕綺」、「流靡」詩風的先機。又評其二「浮雲起高山，悲風激深谷」曰：「『浮雲』二句已開烘染之法。」（卷一）可見，東漢後期的文人詩已注意到用渲染、烘托之法營造一種氛圍，使詩歌的情味更濃。這也是文人詩機法漸生的一個例證，烘染之法在後世也正是文人詩歌常用的表現手法之一。

　　到了魏晉，巧法漸多，文辭清豔。風骨高處，猶有漢氏之遺，然而注重鋪陳描繪，故不免有汗漫蕪累處。徐幹《情詩》中間云：「君行殊未返，我飾爲誰容。爐薰合不用，鏡匣上生塵。綺羅失常色，金翠暗無精。」紀評：「中六句疊用儷偶，已開潘、陸之先。」（卷一）又說：「六句一意，未免太衍。」（《批解》）此處連用三對偶句鋪陳詩中的女子無心妝扮，有平衍之嫌。徐幹此詩一個突出的特點就是以對偶來鋪敘，全詩除末四句外都是對句，有的還很工整。儷偶工巧，反覆鋪陳，這是西晉陸機、潘岳的詩歌特色，但在建安七子之一的徐幹的詩中已有明顯的徵象。又曹丕《於清河見挽船士新婚與妻別》云：

> 與君結新婚，宿昔當別離。涼風動秋草，蟋蟀鳴相隨。
> 冽冽寒蟬吟，蟬吟抱枯枝。枯枝時飛揚，身體忽遷移。
> 不悲身遷移，但惜歲月馳。歲月無窮極，會合安可知。
> 願爲雙黃鵠，比翼戲清池。

紀昀對此詩甚是讚賞：「觸物起興，語拉雜而意融貫，反覆纏綿，宛然古意。」又說：「『冽冽』四句，純用比體，包括多少情事。『不悲』二句，接落處純以神行，此非魏晉以後人所辦。」又說：「『蟋蟀』句對面烘托，漢魏間人多用此法。」（卷二）稱美此詩體融比興，加以烘托，兼有古意與新法。又評曹丕《燕歌行》末二句「牽牛織女遙相望，爾獨何辜限河梁」說：「對面寫照，詩至此而巧法漸生矣。」（《批解》，卷九）又說：「直以旁映作收，更不兜轉。建安以後詩意漸變玲

瓏，非復漢人質實矣。」（卷九）評曹植《種葛篇》：「『下有』二句，『良鳥』二句，皆渲染烘托，不使筆墨板實，開後來無限悟門。」評曹叡《樂府詩》其一：「漸開烘染之法，非復漢人之古質矣。」（卷二）指出曹魏的詩歌多用反襯、烘染之法，與漢詩的古樸質實不同，開始變得精巧玲瓏。紀昀又指出曹植的詩歌兼有漢、魏兩種風格，他說：「《雜詩》猶帶漢風，《美女》等篇，純乎建安格矣。由其才情本富、風骨本高，故排而不冗、華而不靡。然平敘之筆較多，士衡一派已於此濫觴。」曹植《雜詩》多採用比興的手法，含蓄有味，尚有漢詩渾樸之氣；樂府詩辭采比較濃豔，或用平敘，或用烘染，代表了建安的清豔詩風。紀昀雖肯定曹植詩歌「排而不冗、華而不靡」，但也客觀地批評其《棄婦詩》「詞費」，應該略作刪節。〔註29〕西晉傅玄處於詩風由漢向南朝的轉變中，其詩歌比較充分地體現了漢、晉、南朝三個時期不同詩風的不同特徵。紀評《青青河邊草》：「晉代詞人，漸趨汙漫，休奕尤為蕪累。風會所漸，作者不自知也。」評《明月篇》：「格意猶近古風，後六句尤為深至。」（卷二）評《歷九秋篇·董逃行》：「詞采耀豔，而興象深微、格力遒健，上存漢氏之遺，下開六朝之始，此風氣初轉、變而未漓之候也。」評《車遙遙篇》：「漸入清巧，然尚未纖。」（卷九）紀昀認為傅詩既有漢詩的高格，又有晉詩的汙漫，其濃豔、清巧也預示了南朝詩歌的走向。而這些都不是詩人有意的選擇，而是受時代風氣的浸染，不自覺地表現於詩中。

　　劉宋詩歌進一步發展了西晉以來重儷偶、重辭采的詩風，其佳者骨力清遒，不同於多數南朝詩之雕繪綺靡。如紀評顏延之《為織女贈牽牛》：「神思清朗，一洗靡靡之氣。延之詩雖雕繢，而神思自清，風骨自遒，高出諸人之上，故有『顏謝』之稱。」（《批解》，卷四）評鮑照《代京雒篇》：「前幅設色極濃，而迥異齊梁之綺靡，當由神骨不

〔註29〕紀評《棄婦詩》：「起六句頗嫌詞費。」又說：「『綠葉』句可以直接『有鳥』句。」（《批解》，卷二）刪中間四句。又說：「『憂懷』二句亦似可節。」

同。」（卷四）又評鮑《採桑詩》：「色澤鮮華，繁而不縟。桑濮之詞，寫來如許大雅，此非齊梁才士所知。」（《批解》，卷四）又評吳邁遠《陽春曲》：「『宋玉』四句，豔歌中能作身分語，齊梁作者不解如此用意矣。」（卷四）紀昀指出顏延之、鮑照等人的詩歌，辭采豔麗，然尚有風骨，不失雅音，未至於如齊梁之綺靡輕豔。

到了齊梁，詩人更加追求辭采聲律，特別是所謂「齊梁體」，辭藻綺豔輕靡而缺乏情思意興，常為詩論家所詬病。紀昀也說：「齊即所謂永明體，梁即所謂宮體，後人總謂之齊梁體，玉溪詩有《齊梁晴雲》是也。其體於對偶之中，時有拗字，乃五言律之變而未成者，喜儷新字而乏性情，喜作豔詞而乏風旨，運思甚淺，用事甚拙，乃詩道之極弊，無用知之。」〔註30〕十分嚴厲地批評了齊梁體的卑靡雕飾。

從兩漢的渾樸自然，到建安、魏晉的機巧漸多、文辭清豔，再到齊梁的綺靡雕繪，紀昀評論「由漢及梁文章之陞降」大致如上所述。他也一再指出促使詩風如此發展演變的主要原因是「風氣」、「時會」、「風會」。三詞意思差不多，大概相當於時代文化精神。這也是紀昀一貫的持論。其《書韓致堯翰林集後》云：「陽和陰慘，四序潛移，時鳥候蟲，聲隨以變，詩隨運會，亦莫知其然而然。」此處「運會」意與「時會」最接近。又《愛鼎堂遺集序》云：「三古以來，文章日變，其間有氣運焉，有風尚焉。史莫善於班、馬，而班、馬不能為《尚書》、《春秋》；詩莫善於李、杜，而李、杜不能為《三百篇》。此關乎氣運者也。至風尚所趨，則人心為之矣。」綜合客觀的「氣運」與相對主觀的「風尚」，約略同於「時會」或「運會」。《冶亭詩介序》亦云：「夫文章格律與世俱變者也。」此處單舉一個「世」字，是個更籠統更全面的說法，意思也差不多。

文學風格的演變是由諸多因素共同發生作用的，既有外在的因

〔註30〕《刪正二馮評閱才調集》卷上，評溫庭筠《邊笳曲》。

素，包括社會政治、經濟、文化等；也有文學自身發展的內在原因。
紀昀比較清楚地認識到了其外在因素，即所謂「氣運」、「運會」、「時
會」、「風會」、「風氣」、「風尚」等；也隱約意識到了其內在發展的原
因，但不明所以，只說「不知其然而然」。

（二）齊梁綺靡與別調

紀昀對齊梁詩風的批評指責是就其總體而言，他在具體評點時也
肯定有些詩作運意委曲，用事靈活。如費昶《長門怨》起二句云「向
夕千愁起，自悔何嗟及」，末二句云「金屋貯嬌時，不言君不入」，紀
評「反兜有致」，又說：「起述悔心，末陳舊愛，用意勝柳文暢作。」
〔註31〕又劉孝綽《元廣州景仲座見故姬》：「留故夫，不崎躇。別待春
山上，相看采蘼蕪。」紀評：「新故之怨，座上不欲明言，故待之他
日，用意委曲而忠厚。」（卷九）肯定二詩構思深曲。再如吳均《與
柳惲相贈答》（其六）末二句「寄君蘼蕪葉，插著叢臺邊」，紀評：「叢
臺，歌舞之地，寄蘼蕪而使之插，欲其對新而念故也，運意委曲，運
事亦極生動。」（卷六）《古詩·上山采蘼蕪》一詩講棄婦偶逢故夫，
對之陳情，希望能重回家門；此處「蘼蕪葉」用原詩「動其念舊之思」
的意思，表達了思婦希望在外遊樂的男子能想起自己，非常貼切。又
評庾信《燕歌行》「願得魯連飛一箭，持寄思歸燕將書」兩句「如此
用事，乃為活法」。（《批解》，卷九）《史記》載魯仲連飛箭寄書，逼
得燕將自殺退兵，此處卻想用以寄家書，用事甚巧妙。

有些齊梁豔詩以景寫情，意境優美有韻味，紀昀最為讚賞。他評
王融《古意》二首「情景交融」、「觸景含情，妙於不盡」；評謝朓《秋
夜》詩「不為煩促激烈之音，而情思自足。『北窗』四句，情境悄然
可想」，評《同王主簿怨情》「花叢亂數蝶，風簾入雙燕」二句「興象
天然，不由雕繪」。（卷四）又梁武帝《古意》（其二）「飛飛雙蛺蝶，

〔註31〕《批解》、《校正》卷六。柳文暢指柳惲，紀昀評其《長門怨》曰：「結
太竭情。」（《校正》，卷五）

低低兩差池。差池低復起，此芳性不移。飛蝶雙復隻，此心人莫知」六句，紀贊其「託興深微」（卷七），又說：「淡語卻紆紆曲曲，含情不盡。」（《批解》）讚賞這些詩句景中寓情，情韻悠揚，餘味不盡。紀昀常以「媚」、「秀」稱讚那些以景寫情、情景合一的詩歌。如費昶《采菱》：

> 妾家五湖口，采菱五湖側。玉面不關妝，雙眉本翠色。
> 日斜天欲暮，風生浪未息。宛在水中央，空作兩相憶。

傍晚時五湖蒼茫，在夕陽下波光粼粼，美麗的女子在湖邊采菱，卻不由得生出淡淡相思與惆悵。正如紀昀所評「一語百媚，情景俱佳」（卷六），耐人咀嚼。再如蕭綱《倡樓怨節》：

> 朝日斜來照戶，春鳥爭飛出林。
> 片光片影皆麗，一聲一囀煎心。
> 上林紛紛花落，淇水漠漠苔浮。
> 年馳節流易盡，何為忍憶含羞。

這首六言詩音韻流美，意象清麗，感歎紅顏易逝，紀昀讚歎其「情韻殊為嫵媚」（卷九）。又評劉令嫻《答外詩》（其一）「落日更新妝，開簾對春樹」兩句「秀媚可挹」（《批解》）、「情韻獨絕」（卷六）；評王筠《遊望》（其一）「落日照紅妝，挾瑟當窗牖。寧復歌薜蕪，惟聞歡楊柳」四句「神情婉秀」（《批解》，卷八）。這些豔體詩有情有景，情景相生，寫得清新明麗，富有韻味。紀昀對此好評連連，並不因為它們是齊梁詩歌而一概否定或不屑一顧。

　　《玉臺新詠》卷十收錄五言四句小詩，其中有不少是描寫男女歡愛的吳歌、西曲等南朝民歌和在吳歌、西曲影響下文人的擬作。這些詩歌於短短二十字中含不盡之情味，紀昀也十分欣賞。吳歌之《前溪》：「黃葛結蒙蘢，生在洛溪邊。花落隨流去，何見逐流還。」紀評：「情思殊深。」（《批解》）又說：「年華代謝之悲，人情新故之感，盡於『花落』十字中。」此詩語言和意象都很簡單平淡，卻能撥動讀者心弦，隨之感歎，久久不息。謝朓《玉階怨》：「夕殿下珠簾，流螢飛復息。長夜縫羅衣，思君此何極。」紀昀盛讚：「不深不淺，恰到好

處。『流螢』五字深得夜深人靜之神。」江洪《采菱》（其二）：「白日和清風，輕雲雜高樹。忽然當此時，采菱復相遇。」紀評：「淡語入情。」（《批解》）又說：「『忽然』十字神理躍然，前後際俱於言外得之。」此詩第一首對景懷人，結句云「正待佳人來」，第二首先渲染了清風麗日之高爽，正陶然時忽與采菱的佳人相遇。詩歌於此住筆，卻洋溢著那種交織著驚喜和愉悅的歡快。又《淥水曲》（其一）「漾漾復皎潔，輕鮮自可悅。橫使有情禽，照影自孤絕。」紀評：「不怨影孤，而歸怨於水之照見，別趣橫生，癡情宛肖。」稱讚此詩構思別致有趣。這些詩歌語言清麗圓轉，興象自然活潑，意蘊超妙。

　　上兩段所舉詩歌正是陸機「詩緣情而綺靡」的絕佳例證。由此可見，「齊梁綺靡」也有其積極美好的一面。

　　齊梁詩歌除了主流雕繪綺靡的詩風，還有不少詩歌遒健清脫，有些詩句甚至有悲壯高渾之格。紀昀評點時特別注意揭示這些詩歌與齊梁主流詩風的不同之處。他評王融《詠琵琶》、《詠幔》：「二詩皆無深意，而語特清整，無塗飾之態。」（《批解》，卷四）評謝朓《夜聽妓》二首：「齊梁之詩麗而縟，小謝獨麗而清。」（卷四）又何子朗《和虞記室騫古意》與《和繆郎視月》「二詩皆語意清脫，勝爾時之雕繪」（卷五），評劉孝威《奉和湘東王應令多曉》「清空如語，齊梁所少，不以氣味近薄爲嫌」（卷八）。這些詩歌語意清朗，遠勝於那些內容貧乏的塗飾雕繪之作。再如評吳均《與柳惲相贈答六首》「六詩皆風骨遒上，古法猶存」，又評《採蓮》詩「語常而風格頗遒，異乎爾時之靡曼」（卷六）；評蕭紀《閨妾寄征人》「有風格，不同靡靡之音」（卷七）。這些詩歌格力遒健，自爲別調，不同於當時的柔靡浮豔。紀昀注意到江淹、沈約、何遜等人的有些詩句堪稱悲壯高渾，完全不同於齊梁的靡靡之音。如指出江淹《古離別》「黃雲蔽千里，游子何時還」二句「蒼莽悲涼，非齊梁所有」；沈約《昭君辭》「胡風犯肌骨，非直傷綺羅。銜涕試南望，關山鬱嵯峨」四句「非齊梁人所辦」，又《登高望春》起云「登高眺京洛，街巷紛漠漠。回首望長安，

城闕鬱盤桓」，紀評：「起四句莽莽而來，脫落爾時門徑。蓋休文風骨本高，故圭角時時自露。」何遜《日夕望江贈魚司馬》起云「溢城帶溢水，溢水縈如帶。日夕望高城，耿耿青雲外」，紀評：「起四句氣脈渾成，齊梁少。」（卷五）這些詩句意境雄闊，情感深沉，超越了齊梁的日常閨閣小辭。

綜觀紀評可知，首先，「齊梁綺靡」有其積極美好的一面；其次，齊梁詩歌的主要弊病在於塗飾、裝砌、雕繪、靡曼等，辭采繁縟而內容貧乏，亦即《文心雕龍·情采》所批評的「為文者淫麗而煩濫」、「繁采寡情」之病；此外，齊梁詩風不是單一的，除主流的綺靡之風外，還有情韻優美、遒健清脫、悲壯高渾等多種風格。

紀昀又補充指出「齊梁綺靡」主要就五言詩而言。他說：「齊梁五言，大抵以塗澤相高；而七言諸作，乃長篇頗見風骨，短詠亦多情韻。蓋五言承積衰之後，尚極而未反；七言為初變之時，發而將盛；亦如唐末五代詩格靡靡，而詩餘小令乃為填詞家不祧之祖。風會所趨，雖作者不知所以然也。」〔註32〕紀昀再次強調詩風的發展演變主要是由時代文化精神的發展變化造成的，詩人個人的主觀意識亦為時代潮流所裹挾、所左右而不自知。但是，同樣是在齊梁時期，五言詩大多綺靡塗澤，七言詩卻大多有風骨、有情韻，其藝術品格之高下截然不同，這又是怎麼回事呢？紀昀解釋說：「蓋五言承積衰之後，尚極而未反；七言為初變之時，發而將盛。」他認為這是因為兩種詩體處於不同的發展階段。紀昀聯繫詩歌史的事實，強調在詩歌審美風氣的流變之中，各種具體詩歌體裁又有其相對的獨立性，彼此之間是不平衡的。紀昀又證以晚唐五代時期類似的情況，詩歌的發展陷入了低迷，詞卻慢慢興盛起來，佳作迭出。由此可見，紀昀不但在具體的詩歌點評中表現出很高的鑒賞力，而且努力探索詩歌發展的規律，提出

〔註32〕紀評蕭綱《雜句從軍行》，《校正》卷九。《批解》評《聖製烏棲曲》亦云：「齊梁五言綺靡至極，而七言乃往往道健深厚，為唐人之胚胎。此如五季之詩至萎弱，而詩餘乃為詞家之祖。」（卷九）

很有價值的觀點。之所以能提出這樣的觀點，又是因為他是從具體批評的實踐中總結出來並上陞至理論的。這正是紀昀的詩歌評點具有理論價值的地方。

四、紀昀論南朝詩歌對唐詩的影響

紀昀雖然從總體上批評齊梁詩歌「綺靡」、「雕繪」，但同時也實事求是地指出齊梁詩歌有許多優點，唐人正是吸取了這些優點，並加以發展，故而創造了唐詩的輝煌。紀昀對齊梁詩歌的突出價值有非常清醒的認識，其《嘉慶丙辰會試策問》：「齊梁綺靡，去李、杜遠甚，而杜甫以陰鏗比李白，又自稱『頗學陰何』，其故何也？」答案就在他對《玉臺新詠》的評點中。綜合紀評可知，南朝詩歌（特別是齊梁詩歌）在音節情韻、體格風貌、題材意象、句法章法與立意等諸多方面對唐詩有開先與引導作用。《批解》與《校正》兩書相關的評論共有三十三則，現擇其要論述如下。（以下凡引《校正》紀評，只注卷數；引《批解》紀評，則兼注書名與卷數。）

首先來看紀昀論南朝詩歌在音節情韻、體格風貌上對唐詩的影響。他稱讚費昶《華光省中夜聞城外擣衣》：「音節流美，已啓唐音。」（卷六）又評吳均《行路難二首》：「音節疏暢，已露唐人風氣。」（卷九）這說明齊梁有不少詩歌聲韻流美，節奏疏暢，這些優點後來在唐詩中得以發揚。而唐詩的多種體格亦已濫觴於齊梁。如紀評吳均《贈杜容成一首》：「比興太淺。與鮑參軍之詠燕、何水部之詠白鷺品格正同，皆長慶體之昆墟也。」（卷六）又評釋寶月《行路難》「通體流易，已為張籍、王建開山」，評陸厥《李夫人及貴人歌》「哀豔而有餘味，已開長吉、飛卿之先」，評沈約「《八詠》自成一調，遂為初唐四傑之昆墟」，評蕭子顯與蕭繹二人的《春別四首》其四「已均有後來竹枝風味」（卷九）。初唐四傑詩之情感濃烈，中唐劉禹錫《竹枝詞》之明快活潑、元稹與白居易詩之淺顯、張籍詩之流易、晚唐溫、李詩之哀豔動人，諸多唐詩名家的代表風格都能在齊梁詩歌中找到徵象。其他

如評謝朓《贈故人》：

> 此種已全是唐音。詩至元暉是千古一大轉關處，故趙紫芝
> 曰：「玄暉詩變有唐音」。（《批解》，卷四附）

評范雲《思歸》：

> 佳在自然，小詩卻極情致，已開太白之先聲。（《批解》，卷
> 五附）

評庾信《燕歌行》：

> 宛轉疏暢，已成就唐人體格。（《批解》，卷九附）

這些齊梁詩歌，五言則情致自然動人，七言則音韻流美疏暢，不同於當時鋪排雕飾的風尚，呈現出新的風貌，並在唐詩中得以發揚光大。在穠豔柔靡的齊梁詩壇出現了後來唐詩的清新流麗之格，這種複雜的現象頗不易解釋，故紀氏評徐君蒨「歌聲臨樹出，舞影入江流」二句也說：「詩至此，漸成唐律，風會所趨，不知其然而然。」（卷九）但是，文學的發展演變雖然常常不知其然而然，卻總有其先兆和餘緒，紀昀以其對詩歌體格變遷的敏感和精微把握指出了詩史演進中表現於細微處的徵象，而齊梁詩歌在詩歌發展史上的必然性和重要性也隨之突顯出來。

紀昀指出唐詩的一些構思、意象也是從齊梁詩歌發展變化而來。他評庾肩吾《賦得橫吹曲長安道》「日落歌吹還，塵飛車馬度」二句：「結有神致。王少伯『樓頭小婦鳴箏坐，遙見飛塵入建章』句，從此化出。」（卷八）又評紀少瑜《建興苑》「水流冠蓋影」：「『水流』句勝簡文『流搖妝影壞』句，劉希夷『人影搖動綠波裏』又據出而青於藍。」（卷八）又評釋寶月《行路難》「浮雲中斷開明月」句：「『浮雲』句清巧之至，韋蘇州之『流雲吐華月』，張子野之『雲破月來花弄影』，皆本此而變化之。」（卷九）指出唐人乃至宋人許多佳句是從齊梁詩歌變化而來，而表達更加精巧，意象更加優美。另一方面，有一些題材，紀昀認為唐人也未能超過齊梁作者。如紀評王融《巫山高》：「通體超妙，一結尤為縹緲不盡。李端、皇甫冉刻意鍛鍊，終是第二義也。」

（卷四）〔註33〕又評范靖婦《王昭君歎》二首曰：「明妃詩久成塵劫，唐代詩人只從此兩首之意輾轉變換耳。」（卷十）

紀昀又指出唐詩也繼承了齊梁詩歌的一些精巧別致的句法、章法。如江淹《古離別》「不惜蕙草晚，所悲道路寒」，紀評：「『不惜』二句，從古詩『不惜歌者苦』二句得法，而語加深至。杜工部雨詩『不愁巴道路，恐濕漢旌旗』、陳簡齋雨詩『未憂荒楚菊，直恐敗吳秔』，相承如此用意，皆古人所謂『偷勢』法也。」（卷五）按古詩（西北有高樓）有「不惜歌者苦，但傷知音稀」兩句。這幾聯詩都是先將上句一抑，後退一步，以此強調、突出下句的主旨，情感更濃烈、更深沉。再如吳均《秦王卷衣》末二句「當須晏朝罷，持此贈華陽」，紀評：「結從對面落筆，王龍標『昨夜風開露井桃』一章從此得法。」（卷六）又吳歌《長樂佳》：「紅羅復斗帳，四角垂珠璫。玉枕龍鬚席，郎眠何處床。」紀評：「前三句一氣，第四句乃轉。太白『越王句踐破吳歸』一首從此得法，元相『芙蓉脂肉綠雲鬟』一首從此偷意。」（卷十）這幾詩都是到結尾時，筆調驀地一轉，前面的鋪敘都是作為反襯以突出最後的主旨。〔註34〕

在揭示齊梁詩歌對唐人的影響時，紀昀時時強調學習、摹擬前人要注意善於變化出新。如評謝朓《別江水曹》「別後能相思，何嗟異封壤」：

〔註33〕王融《巫山高》：「想像巫山高，薄暮陽臺曲。煙霞乍舒卷，衡芳時斷續。彼美如可期，寤言紛在矚。慊然坐相思，秋風下庭綠。」

皇甫冉《巫山高》：「巫峽見巴東，迢迢半出空。雲藏神女館，雨到楚王宮。朝暮泉聲落，寒暄樹色同。清猿不可聽，偏在九秋中。」

李端《巫山高》：「巫山十二峰，皆在碧虛中。回合雲藏日，霏微雨帶風。猿聲寒過水，樹色暮連空。愁向高唐望，清秋見楚宮。」

〔註34〕王昌齡《春宮曲》「昨夜風開露井桃，未央前殿月輪高。平陽歌舞新承寵，簾外春寒賜錦袍。」

李白《越中覽古》：「越王句踐破吳歸，義士還家盡錦衣。宮女如花滿春殿，只今唯有鷓鴣飛。」

元稹《劉阮妻》：「芙蓉脂肉綠雲鬟，罨畫樓臺青黛山。千樹桃花萬年藥，不知何事憶人間。」

就常解翻入一層，便離窠臼。王子安「海內存知己，天涯
若比鄰」意，從此脫出，而又不同。可悟古人變化之法。
（《批解》，卷四附）

通常的親友離別之詩，總是悲歡相距遙遠，如上引「相去萬餘里，各
在天一涯。道路阻且長，會面安可知」便是典型的例子。謝朓這首詩
跳出了陳套，說如果離別後能互相思念，又何必嗟歎身處不同的地方
呢？這樣寫離別不再一味地感傷，既有新意，感情也更深摯。初唐王
勃《送杜少府之任蜀州》「海內存知己，天涯若比鄰」二句膾炙人口，
其創意即來自謝朓「別後」二句，但格調上更高昂、明朗。紀評不僅
指出謝朓這兩句詩的創新之處及對唐詩的影響，還指出由此「可悟古
人變化之法」，強調詩歌創作在學習前人的同時要變化出新。唐詩許
多優秀的意境意象也是源自齊梁詩歌，關鍵正在於「擬議以成變化」。
如紀昀評沈約《詠月》「方暉竟入戶，圓影隙中來」：

「方暉」二句，從惠連《雪賦》「方圭圓璧」語化出，而遠
不及其工妙。月光豈可如此瑣屑刻畫？唐太宗《秋日懸清
光》詩「臨波無定影，入隙有圓暉」句，又從此「圓影」
句脫出，而上句空闊，下句細膩，轉覺青出於藍。是知神
奇腐臭，轉變無常，運用之妙，存乎一心耳。（卷五）

評梁武帝《臨高臺》「草樹無參差，山河同一色」二句：

即杜公「俯視但一氣」意，而語意雄渾，則後來居上矣。
（卷七）

評庾信《奉和詠舞》「已曾天上學，詎似世中生」二句：

杜陵《贈花卿》詩從此衍出，而命意迥別。可見古人點化
之法。（卷八）

按杜甫《贈花卿》云：「錦城絲管日紛紛，半入江風半入雲。此曲只
應天上有，人間能得幾回聞。」焦竑曰：「花卿恃功驕恣，杜公譏之，
而含蓄不露，有風人『言之無罪，聞者足戒』之旨。」〔註35〕同樣是
稱讚歌舞絕倫，庾信應製詩正面頌揚君王禮樂，杜甫則委婉諷刺花卿

〔註35〕仇兆鼇《杜詩詳注》卷十，中華書局，1979年，第847頁。

驕奢逾制，故紀評曰「命意迴別」。又評左思《嬌女詩》：「一結神妙。義山本此爲《驕兒詩》，而加以收束，局陣頓新。古人未嘗不摹擬，但有變化之妙耳。」（卷二）唐太宗、杜甫和李商隱等人在學習前人的基礎上加以神明變化，往往後來居上或各有千秋。

此外，紀昀還指出唐代的七言歌行，除了李、杜、韓三大家遙應鮑照之外，其實都是齊梁七言歌行的延續。他評蕭繹《燕歌行》說：「初唐多是此體，蓋此體實成於齊梁。」（《批解》，卷九）又評蕭子顯同題作說：

> 七言之體，至鮑參軍而始變，然迄六代無和者；迨唐，乃有李、杜、韓諸公起而應之，余則自齊梁以至唐人皆用此格。盧、王諸公變而宏麗，摩詰諸公變而高秀，嘉州諸公變而雄峭，香山諸公變而流易，昌谷諸公變而幽豔，飛卿諸公變而婉縟，不過才分不同，興趣各異，其音節則未之改也。此詩置之初唐盛唐之間，未見必能辨別，概以「齊梁蟬噪」揮斥之，恐亦興到之言也。（卷九）

唐人的七言歌行在體格節奏上大多同於齊梁之作，不過因爲作者個性才情不同而呈現出不同的風貌而已。綜上所述，可見齊梁詩歌對唐詩影響之深之廣，亦可見紀昀對詩歌的發展演變兼具宏觀與微觀的全局把握。

第二節　紀昀《刪正二馮評閱才調集》

《才調集》是五代後蜀韋縠編選的唐詩選集，分十卷，每卷一百首，共一千首；所選署名詩人一百七十七人，自初唐沈佺期至唐末五代的羅隱等，廣涉僧人、婦女，還有不少無名氏的作品；是今存唐五代人選唐詩中選詩最多最廣的一種，保留了許多小詩人的作品。韋縠的選詩標準是「韻高而桂魄爭光，詞麗而春色鬥美」，「韻高」指富於情致，「詞麗」指辭藻穠麗，因此集中詩歌大多綺麗秀發。所選詩歌從時代上來說，晚唐爲主，中唐次之，初、盛唐很少，但選了李白詩

二十八首，而杜詩卻沒有一首。

一、紀昀刪正的原因

　　對《才調集》的接受高潮出現在明清之際，以海虞（今江蘇常熟）二馮先生評點《才調集》爲始。馮舒（1593～1649），字已蒼，號默庵；馮班（1614～1681），字定遠，號鈍吟；兄弟二人皆曾師事錢謙益。當時詩壇有宗宋、宗唐之爭，學習江西詩派和學習晚唐詩的兩種主張幾乎勢如水火。二馮力主學習晚唐，馮舒「以杜樊川爲宗」，馮班「以溫、李爲宗」〔註36〕，二人對《才調集》作了精細評點，引發了一股學習《才調集》的風潮。汪文珍說「近日詩家尙韋縠《才調集》，爭購海虞二馮先生閱本爲學者指南」，宋邦綏《才調集補注序》也說「國朝馮默庵、鈍吟兩先生加以評點，遂爲學詩者必讀之書」，〔註37〕可見當時此書之盛行。

　　《總目》卷一九一《二馮評點才調集》提要說：「此書去取大旨具見武所作《凡例》中，凡所持論具有淵源，非明代公安、竟陵諸家所可比擬。」對馮武《二馮先生評閱才調集凡例》評價頗高，可惜《四庫全書存目叢書》所載馮武《凡例》「原缺第二葉」。紀昀《刪正二馮評閱才調集》恰保存了這一葉的內容，實爲幸事。現抄錄如下：

　　　　於牛鬼蛇神而莫可底止也。

此爲《凡例》第二則最後十一字，上接第一葉之「則易入魔道，卒至」。接著是第三則：

　　　　唐宋選本無慮數十，如元次山之《篋中集》、高仲武之《中
　　　　興間氣》、殷璠之《河嶽英靈》、芮挺章之《國秀》、姚武功
　　　　之《極元》〔註38〕、無名氏之《搜玉》，皆各自成書，不可

〔註36〕馮武《二馮先生評閱才調集凡例》，《二馮評點才調集》，《四庫全書存目叢書》第 288 冊，第 633 頁。

〔註37〕《二馮評點才調集》汪文珍跋；宋邦綏《才調集補注》，《續修四庫全書》第 1611 冊，第 253 頁。

〔註38〕即《極玄》，清人避康熙名諱，「玄」皆作「元」，下文《又元》即《又玄》。

以立教。其《文苑英華》詩則博而不精，姚鉉《文粹》詩又高古不恒，《歲時雜味》惟以多爲貴，趙紫芝《眾妙集》但選名句而不論才，趙孟奎《分類唐詩》苦無全書。洪忠惠邁《萬首唐人絕句》止取一體；郭茂倩《樂府》但取歌行樂府，而今體不具；王荆公《唐人百家詩選》但就宋次道所藏選成，此外所遺良多；方虛谷《瀛奎律髓》，如初唐四傑、元和三舍人、大曆十才子、四靈九僧之類皆有全書，惜所尚是江西派，議論偏僻，未合中道；令狐楚《御覽》專取醇正，不涉才氣；韋端己之《又元》則書亡久矣，今所刻者僞本也。惟韋縠《才調集》才情橫溢，聲調宣暢，不入於風、雅、頌者不收，不合於賦、比、興者不取，猶近《選》體，氣

下接第三葉之「韻不失《三百》遺意，爲易知易從也」。

馮氏此則《凡例》所言對《才調集》推崇太過，紀昀批評說：「《才調集》亦一家之格，必欲駕之諸選之上，則非公論。『不入』四語譽之亦太過情，韋氏所錄多晚唐下下之格，與《選》詩已南轅北轍，『《三百》遺意』又談何容易乎？」（卷上）紀昀認爲《才調集》中的詩歌多是「晚唐下下之格」，這是他要「刪」的原因。二馮認爲學習江西詩派容易流於「草野倨侮，失之乎野，往往生硬拙俗、詰屈楂牙」〔註39〕，不滿當時詩人「專以里言俗語爲能事」，因而極力倡導晚唐、西崑之精美細潤。紀昀深悉二馮之用心，也清楚他們弊病所在，他說：「觀此知二馮之尚崑體亦有激而然，而主持太過，遂使浮靡之弊視俚俗者爲加屬，則門戶之習奪其是非之心也。」（卷上）《二馮評點才調集》提要也說：「二馮乃以國初風氣矯太倉、歷城之習，竟尚宋詩，遂藉以排斥江西，尊崇崑體，黃、陳、溫、李，斷斷爲門戶之爭。不知學江西者其弊易流於粗獷，學崑體者其弊亦易流於纖穠，除一弊而生一弊，楚固失之，齊亦未爲得也。」二馮評點《才調集》也是爲了矯正當時學習江西詩派而出現的流弊，但因門戶之見，持論有

〔註39〕馮武《二馮先生評閱才調集凡例》，第634頁。

所偏狹，這是紀昀要「正」的原因。

二、紀昀「刪」的情況

　　紀昀《刪正二馮評閱才調集》（以下簡稱刪正本）共兩卷，是叢書《鏡煙堂十種》之一。從「刪」的情況來看，紀昀擇錄極嚴。《才調集》的一千首詩歌，刪正本只保留了一百九十四首。《才調集》收詩最多是韋莊（六十三首），其次是溫庭筠（六十一首）、元稹（五十七首）、李商隱（四十首）、杜牧（三十三首）、李白（二十八首）和白居易（二十七首）。紀昀刪正本選詩最多的是李白（十九首），接著依次是李商隱（十首）、溫庭筠（九首）、杜牧（九首）、劉禹錫（八首）。

　　紀昀讚賞李白詩歌自然鮮麗，興象高妙，獨有千古。如《長干行》：

　　　　門前舊行迹，一一生綠苔。苔深不能掃，落葉秋風早。
　　　　八月蝴蝶黃，雙飛西園草。感此傷妾心，坐愁紅顏老。

紀評：「興象之妙，不可言傳，此太白獨有千古處，其一切豪放之詞，猶可以客氣僞冒之。」（卷下）又說《烏夜啼》（黃雲城邊烏欲棲）「不深不淺，妙造自然」，是李白本色所在，「後人以粗豪學太白，失之遠矣」。紀昀認爲李白詩歌豪放的風格他人或許還能摹仿出來，而將思婦怨情眞切自然地表達出來，不深不淺，恰到好處，才是李白難以企及的地方。其他如評《長相思》「節奏天成，不容湊泊」，評《宮中行樂》三首「別是天人姿澤，雖了無深意而使人流連不置，此種惟太白能之，溫、李傚之終不近」，評《紫宮樂》五首「他人有此麗詞，無此鮮色，人人熟誦而光景常新。此種乃以才論，不由學問所成」等，皆極力讚賞李白的詩才超妙。又如評《古風》其三「此寓遇合之感，怨而不怒，思而不淫」，評《白頭吟》「一往纏綿，風人本旨，較原詩決絕之言勝之萬萬矣。此在性情學問，非徒恃仙才」，認爲李白不僅才華橫溢，還有溫柔敦厚之性情。因此，刪正本李白詩入選數與入選

率都高居首位。

　　紀氏對李商隱和溫庭筠也有很高的評價，認為他們的許多詩歌寄託深遠，筆力高絕，這是其根本所在；後來尚晚唐者，徒學溫、李之字句穠麗細潤，是只知皮毛，為紀昀所不取。《才調集》收錄溫庭筠詩六十一首，李商隱詩四十首，但紀昀認為李商隱成就更高，他說：「義山詩在飛卿上，高處有逼老杜者，選本多不盡所長，此尤選其不佳者。」（卷下）《瀛奎律髓刊誤》評李商隱《隋宮守歲》亦云：「義山詩感事託諷，運意深曲，佳處往往逼杜，非飛卿所可比肩，細閱全集自見。」〔註40〕稱讚李商隱詩歌之佳者有著深厚的社會內容和個人情感，表達上含蓄蘊藉，繼承了杜詩的精髓。在這一點上，溫庭筠無法與之相比擬。但以紀氏的眼光來看，《才調集》所選李商隱詩歌多非佳作，因此刪正本只選了十首。

　　紀昀認為中唐詩人中劉禹錫的詩格最高，《才調集》收其詩十七首，刪正本即選了八首，入選率很高；與他同時的元稹、白居易各有五十七和二十七首入選《才調集》，而刪正本分別只收了二首和五首。紀氏欣賞劉禹錫的古文和詩歌有氣格，《劉賓客文集》提要說：「其古文則恣肆博辨，……其詩則含蓄不足而精銳有餘，氣骨亦在元、白上，均可與杜牧頡頏而詩尤矯出。」刪正本選杜牧詩九首，也是欣賞其風骨，《樊川文集》提要說「平心而論，牧詩冶蕩甚於元、白，其風骨則實出元、白上。其古文縱橫奧衍，多切經世之務」，又引杜牧《冬至日寄小侄阿宜詩》「經書括根本」八句說：「則牧於文章具有本末，宜其睥睨長慶體矣。」〔註41〕紀昀將劉禹錫、杜牧與元稹、白居易四人的詩歌進行比較，他認為劉禹錫詩雖然不夠委婉含蓄，但氣骨最高，故為四人之首；杜牧詩同樣富有風骨，但豔體風格太突出，故居其次，都比通俗平衍的元白長慶體要好。

　　綜上所述，《才調集》選詩以豔情麗詞為主，紀昀則更強調興象、

〔註40〕《瀛奎律髓彙評》卷三，第 104 頁。
〔註41〕《總目》卷一五〇、卷一五一。

風骨與比興寄託，故多有刪削。

三、紀昀「正」的情況

　　紀昀之「正」《才調集》及二馮評點主要有兩個方面的內容，一是文獻上的校正，一是對二馮評論和馮武《凡例》的辨正。後者是紀昀此書的重點和價值所在。

（一）文獻上的校正

　　紀昀對《才調集》所作的文獻上的校正包括對詩題和作者的校正，更多的是字詞上的校勘。他常根據詩歌的內容來校正詩題。如校賈島《早秋題靈應寺》曰：「本集作《早秋寄題天竺靈隱寺》，以詩句證之，二本皆誤，當作《早秋寄題天台靈應寺》。」（卷上）校張謂《還京》題曰：「一作《廣陵送別宋員外佐越鄭舍人還京》，以詩語考之，良是。蓋《才調集》脫誤也。」（卷下）如前所述，紀昀比較重視詩句與詩題之間的聯繫，從內容來校勘詩題也是其詩歌評點常有的內容。如他指出蘇軾《庚辰歲人日作時聞黃河已復北流老臣舊數論此今斯言乃驗二首》題：「『時聞』以下十九字應注在『三策』句下，若標於題中，則似為此事而作，題與詩不相應矣。」〔註42〕再如校趙嘏《始聞秋風》：「題下有脫字，當云『始聞秋風寄某人』」〔註43〕，說耿湋《送友人遊江南》「此似在杭寄秦中故人之作，題必有訛」〔註44〕。細讀數詩，深感其判斷令人信服。根據元結《篋中集》的著錄，紀昀指出「李白《會別離》」在作者、詩題上的雙重訛誤，他說：「此詩元結《篋中集》作孟雲卿詩，題曰『今別離』。次山選友朋之作，不應有誤，知《才調集》誤作太白，又以『今』字近草書『會』字，訛為『會別離』。」（卷下）

〔註42〕《紀評蘇詩》卷四十三。
〔註43〕《瀛奎律髓彙評》卷十二，第 455 頁。又：馮班、紀昀都認為此詩的作者是劉禹錫。
〔註44〕紀昀點勘《唐詩鼓吹箋注》卷二。

　　至於字詞上的校勘，有的出以簡單的校記，如盧綸《送南中使寄嶺外故人》「炎方無久客」，紀昀說：「無，一本作『難』，『難』字是。」（卷上）又校高適《燕歌行》「邊庭飄搖那可度」說「庭，一作『風』，『風』字是」，風才可以說「飄搖」；校「絕域蒼茫無所有」說「無，一作『何』，『何』字是」（卷上），「何所有」，疑問的語氣使感情更加強烈。有的則說明其去取的原因。或著眼於詩歌的韻味，如劉長卿《揚州雨中張十七宅觀妓》「夜色滯春煙」，紀昀校曰：「『滯』字甚佳，本集訛爲『帶』字，即少味。」（卷上）又韓翃《寒食》「春城無處不飛花」，校曰：「『不飛』原作『不開』，考本集改。『飛』字活，『開』字死。」（卷下）或根據律詩的拗救規則和切題與否，如賈島《代舊將》「落日收病馬，晴天曬陣圖」，本集注曰「病，一作疲」，紀氏認爲當作「疲」字，他說：「按唐人拗句出句不諧二四平仄者，對句第三字以平聲救之，乃定格也。此聯『曬』字既用仄聲，則此句宜是『疲』字，且『疲』字於『舊將』尤切。」又《述劍》：「十年磨一劍，兩〔註45〕刃未曾試。今日把示君，誰爲不平事。」紀校末句「爲」字曰：

　　　　「爲」讀去聲，原作「有」。默庵云：「本集『有』作『爲』，
　　　　『爲』更勝。」「爲」字意深，「有」字意淺；「爲」字是英
　　　　雄壯懷，「有」字是游俠客氣。

此則通過仔細體味不同的字所表達的不同情感及其深淺來作出判斷。

（二）詩論上的辨正

　　紀昀對二馮評論和馮武《凡例》的辨正主要針對以下三方面：《才調集》選錄和編排的體例；二馮的詩學宗旨；二馮的詩歌批評。

1. 關於《才調集》選錄和編排的體例

　　關於《才調集》對詩人的選擇與排列是否有微旨大義，紀昀和二

〔註45〕馮舒注：「雨，今作『霜』，『雨』字勝。」

馮有著不同的看法。如前所述，《才調集》沒有收錄杜甫的詩，馮班認爲這是因爲韋縠「崇重杜老，不欲芟擇耳」、「杜不可選也」〔註46〕，意謂杜甫無詩不佳，難以選擇。紀昀認爲這只是因爲選詩的標準不同，他針對馮班二語說：「唐人多不選李、杜詩，不但此集。正以門徑不同，不必強附，此古人不肯自誣處。」（卷上）又說：「杜亦非不可選，但與此書門徑不合耳。此語未免聽聲之見。」（卷下）《才調集》以「韻高」、「詞麗」選詩，而杜甫詩歌佳在沈鬱頓挫，不合其標準，故未入選。〔註47〕紀昀一再肯定了《才調集》不攀附名流以自高，堅守自己選詩標準的做法。如談到「此書不取韓門諸公」〔註48〕時說：「門徑不同，不以名流而依附，此古人學問不苟處。」（卷上）

　　《才調集》對於詩人、詩歌的排列順序好像沒有統一的體例，馮班卻說：「此書第一卷至八卷皆取一人壓卷，去取多有微旨，不專在工拙也。宜取各家全集參看。」〔註49〕馮武《凡例》「以白太傅壓通部，取其昌明博大、有關風教諸篇，而不取其閒適小篇也；以溫助教領第二卷，取其比興遂密、新麗可歌也」云云，即衍說所謂的「微旨」。紀昀認爲二人所說大多是牽強附會，他說：「諸家先後次序有絕不可解者，恐亦隨手排編，未必盡有義例，此所解多附會。」（卷上）他認爲《才調集》不過是韋縠根據當時喜好豔歌麗詞的習尚，偶就所見，隨手排比成書，並沒有明確的體例和旨意，馮氏於此所論多爲穿

〔註46〕《二馮評點才調集》，評《才調集敍》、卷六總評李白，第632、716頁。

〔註47〕王運熙先生認爲「體例不同」不足以説明《才調集》不選杜甫的原因，他説：「《才調集》所選詩，除豔情外，還有許多其他題材的篇章。如杜牧、韋莊，都有不少抒寫日常情景或感傷身世之作，杜甫詩有許多屬於這類題材。杜甫長於律詩，格律精嚴，且不乏語言穠麗之作，符合於韋縠韻高詞麗的標準。……這個問題，韋縠自己沒有説明，在缺乏確證的情況下，還是存疑爲妥。」王運熙、楊明《隋唐五代文學批評史》，第710頁。

〔註48〕《二馮評點才調集》卷一，賈島《早秋題靈應寺》馮班評語，第653頁。

〔註49〕《二馮評點才調集》卷二總評，第659頁。

鑒。〔註50〕

2. 關於二馮的詩學宗旨

二馮通過評點《才調集》提倡學習晚唐溫、李，推崇西崑體，排斥江西詩派。紀昀論析二馮此意說：

> 二馮評《才調集》意在闢江西而崇崑體，於義山尤力爲表揚。然所取多屑屑雕鏤之作，而欲持之以攻江西，恐與江西之生硬正亦如齊楚之得失也。夫義山、魯直本源俱出少陵，才分所至面貌各別，而俱足千古。學者不求其精神意旨所在，而規規於字句之間，分門別戶，此詆「粗莽」，彼詆「塗澤」，不問曲直，闐然佐鬪。不知「粗莽」者，江西之流派，江西本不以「粗莽」爲長；「塗澤」者，西崑之流派，西崑亦不以「塗澤」爲長也。〔註51〕

紀昀指出西崑與江西兩派皆有本源，亦各有流弊，學者當求其精神意旨所在，才能眞正取法李商隱與黃庭堅，並上窺杜甫之藩籬，才能師古而自立面目。二馮徒取李商隱瑣屑雕鏤之作爲西崑之長，是賞其字句之穠麗而不知其根本。這可以說是紀昀對二馮及其評點《才調集》的總體看法，此意在《刪正二馮評閱才調集》中有更具體的發揮，尤其集中於對馮武《凡例》之論二馮詩學宗旨的辨正。

〔註50〕紀昀多次表達這一觀點。如關於《才調集》未收或少收的詩人，馮武《凡例》作了一番解釋，紀昀說：「韋亦偶就所見排比成書，一代之詩浩如煙海，安能一一推其不選之故，所論諸家尤多不確。」又馮班解釋《才調集》歌行體只收溫庭筠之作的原因是後人學習李白的歌行有「詭譎」、「粗險」的毛病，如果從溫庭筠入手則可以避免，他認爲這是「韋君微旨」（《二馮評點才調集》卷二，第659頁）。紀氏云：「韋亦就一時習尚集爲此書，初無別裁諸家之意，此等皆馮氏鑿出。」馮班說「選用晦（許渾）詩，去取不可解」（《二馮評點才調集》卷七，第734頁），紀則說：「不可解處不止此，故余謂此書只一時隨手排成。」

〔註51〕紀昀《玉溪生詩說》卷下，論馮氏之評《鏡檻》。按《詩說》所引「詩多未解，然如見西施，不必能名然後知其美」，乃馮舒總評李商隱詩歌之語，紀昀誤作馮班評《鏡檻》詩語。不過這並不影響他論析二馮之評《才調集》。

　　《凡例》首先說明二馮的詩學門徑，謂馮舒「以杜樊川為宗，而廣其道於香山、微之」，馮班「以溫、李為宗，而溯其源於《騷》《選》、漢魏六朝」，二人「雖徑路不同，其修詞立格必謹飭雅馴」。紀昀指出馮班「但由溫、李以溯齊梁」，而且「謹飭雅馴」四字「從江西詩派對面生出，其實二馮所尚只纖穠一派」，由此說明二馮的詩學思想不甚高明。

　　《凡例》第二則評述江西、西崑兩派。他說江西「上溯韓文公為鼻祖，一以生硬放軼為新奇」，論其源其弊俱誤。紀昀更正說「江西詩乃從杜變出，漸成別派，無鼻祖昌黎之說」，其流弊「當日『刻意新奇，而流為生硬放軼』」。說明江西詩派乃學習杜詩變化而來，因欲矯晚唐詩濫熟之弊，刻意求新，而有生硬粗野之弊。馮武又說宋初楊億、錢惟演諸人為西崑體，推尚溫庭筠、李商隱、段成式「為西崑三十六，以三人各行十六也」。所謂「西崑三十六」的提法有誤，紀昀予以糾正說：

> 《唐書》但云「三十六體」，無「西崑」字。楊大年《西崑唱酬集序》曰「取玉山策府之義，名曰西崑唱酬集」，則「西崑」之名實始於宋。又《唐書》所云「三十六體」乃指章表、誄奠之詞，亦不指詩，此語未考。

宋初楊億等館閣諸人學習晚唐溫、李之意境深微、字句穠麗，互相酬唱而成《西崑唱酬集》，「西崑體」由此而來。「三十六體」是指溫庭筠、李商隱和段成式的駢文而言，與詩歌無關。《凡例》第二則又稱讚西崑體「其為詩以細潤為主，取材騷雅，玉質金相，豐中秀外」，最後說「兩先生俱右西崑而闢江西，誠恐後來學者不能文而但求異，則易入魔道，卒至於牛鬼蛇神而莫可底止也」，說明二馮欲以西崑救江西之弊。紀昀辨析說：「李本旁分杜派，溫亦自有本原，但縟麗處多耳。楊、劉規摹形似，遂成剪綵之花，江西諸公正矯其弊而起，優人搗摲之譏，其未之聞耶？」指出李商隱、溫庭筠詩歌自有其佳處，但西崑體大多只得溫、李之字句縟麗，沒什麼實質內涵，故江西詩派矯其弊而起；批評馮氏對西崑體推崇太過。

　　《凡例》第五則說二馮教後學皆喜用《才調集》，原因是由此入則循規蹈矩，「縱有紈綺氣習，然不過失之乎文」，認爲學習《才調集》即使有毛病，頂多不過是「文」，即文辭美麗而內容單薄。紀昀認爲這是很嚴重的弊病，批評說：「浮豔之弊亦不勝言，此語偏祖太甚。」馮武認爲當時人學詩喜從宋、元入手，是因爲江西詩比較簡單粗野，「可以枵腹而爲之」；西崑體多雅致，「則必要多讀經、史、《騷》、《選》」。枵腹，即空腹，原指饑餓，此處指學問貧乏。紀昀指出此說誤甚，他說：「西崑須胸中卷軸，江西亦須胎息古人，皆不可以枵腹爲也。如以粗野爲江西，以剽竊爲西崑，則皆可以枵腹爲之。」又說：「江西之弊在粗俚，西崑之弊在纖俗，不善學之，同一魔道，不必論甘而忌辛。」（卷上）紀昀指出江西詩派和西崑體要寫出眞正佳作，都需要有深厚的學問作爲基礎；否則在江西詩派容易流於粗野俚俗，在西崑體容易流於內容薄弱，各有流弊。紀氏論江西、西崑二派之源起與弊病、批評二馮門戶之見皆持論通達，客觀公正。

3. 關於二馮的詩歌批評

　　紀昀認爲二馮評點《才調集》注重詩歌的字詞、聲調等表面形式，其立論較多膚庸之談，他一一予以駁正。如馮班總評韋莊詩：「韋相詩聲調高亮，不用晚唐人細碎、苦澀工夫，是此書律詩法也。」〔註52〕紀昀指出：「律詩但求聲調即是軀殼工夫。七子摹擬之弊，惟剩膚詞；近時□神韻之宗，但存空響，各現病症，同一病源。」又駁馮班「韋詩調響」云：「亦嫌太響，即是浮聲。鈴鐸之音不如鐘□之沉厚，其質薄也；箏琶之響不如琴瑟之雅淡，其弦幺也。凡詩氣太緊峭、調太圓脆者，皆由於醞釀不深。」（卷上）明七子摹擬盛唐，提倡格調，但重在表面字句聲調下工夫，沒有眞實深厚的情感，詩歌易流於浮泛，是爲「膚詞」、「浮聲」之病；清初宗神韻之說，追求清遠

〔註52〕《二馮評點才調集》卷三，第 674 頁。

飄渺之美，詩歌之境界也多空虛不切實，是爲「空響」之症。七子摹擬與神韻派病症不同，病源則一，都是因爲內涵不夠深厚，因此要加強內在思想感情的醞釀和熔煉。又如李白《紫宮樂》五首寫後宮女子的佳行、歌舞，用筆濃豔鮮秀，故馮班評「猶帶梁、陳舊習」〔註53〕，將其之歸爲梁、陳宮體詩。紀昀則認爲這五首雖是宮詞，「但天姿超逸，覺氣韻生動」，與梁、陳宮體詩不可同日而語，「梁陳如金碧界畫，此如高手寫生，設色處俱有活趣，鈍吟但以字句論耳」（卷下）。如第三首曰：

> 柳色黃金嫩，梨花白雪香。玉樓巢翡翠，金殿鎖鴛鴦。
> 選妓隨雕輦，徵歌出洞房。宮中誰第一，飛燕在昭陽。

此詩亦入選《瀛奎律髓》，紀評：「此首純用濃筆，而氣韻天然，無繁縟冗排之迹。」〔註54〕此評能於詞藻穠麗之中見太白清新俊逸之氣，遠勝於馮班只看字句辭采。

二馮崇尙溫、李，所論亦多就字句而言。馮舒總評李商隱云：「此公詩多不可解，所謂見其詩如見西施，不必知名而後美也。」〔註55〕紀昀駁曰：「此語似是而非，世無不解而知其工者，二馮但以字句穠麗賞之，實不知其比興深微，自有根柢。」（卷下）詩不可解而稱其美，則馮舒所指的是辭藻之美。馮班總評二人說：「溫、李詩句句有出而文氣清麗，多看六朝書方能作之，楊、劉已後絕響矣。」「崑體諸人甚有壯偉可敬處，沈、宋不過也。」〔註56〕其評論多就詩歌風貌而言。紀昀對溫、李的評價也很高，認爲他們詩歌佳在有寄託有筆力，而不只在於詞藻豔麗，西崑體學習溫、李及二馮之論溫、李多著眼於字句之皮相，都未得其根本。他批評馮班對二人的總評說：

> 溫、李遭逢坎坷，故詞雖華豔而寄託常深，玉溪尤比興纏

〔註53〕《二馮評點才調集》卷六，第720頁。
〔註54〕《瀛奎律髓彙評》卷五，第206頁。
〔註55〕《二馮評點才調集》卷六，第721頁。
〔註56〕《二馮評點才調集》，卷二總評溫庭筠、卷六總評李商隱，第659、721頁。

綿，性情沉摯。楊、劉優遊館閣，寄興唱酬，徒獵溫、李之字句，故菁華易竭，數見不鮮，漸爲後人之所厭，歐、蘇起而變之，西崑遂絕，非由於人不能作也。（卷上）〔註57〕

以壯偉論溫、李未是，以壯偉論沈、宋亦未是，此皆皮相之言。大抵二馮只以字句用工夫，不求作者源本。（卷下）

溫、李之佳作不僅寄託遙深，而且筆力高絕，如紀評溫庭筠《送人東遊》：「蒼蒼莽莽，高調入雲。溫、李有此筆力，故能熔鑄一切濃豔之詞，無堆排之迹。學溫、李者盍以根本求之。」紀昀從詩人的性情、境遇與才力來評鑒溫、李的詩歌，切中肯綮，乃剖析本原之論，故其見解更爲深刻。

紀昀指出溫、李詩歌之所以常能寄託深遠，一個非常重要的原因是因爲他們遭遇坎坷。紀昀很重視人生閱歷對詩歌創作的影響，這裡再舉兩個例子。《庾開府集箋注》提要說庾信在南朝時徒以宮體鬥豔，而「北遷以後，閱歷既久，學問彌深，所作皆華實相扶，情文兼至，抽黃對白之中，灝氣舒卷，變化自如」；《盧升之集》提要說盧照鄰病廢貧困，是「文士之極坎坷者，故平生所作大抵歡寡愁殷，有騷人之遺響，亦遭遇使之然也」。〔註58〕人生的閱歷會影響詩人的性情與學問，正如廖燕所說：「境遇苦而性情深，性情深而學問入。詩不能爲變境遇之物，而境遇反爲深性情、入學問之物。」〔註59〕艱難的境遇常常使人情感深沉內斂，輾轉流離也能增廣見聞，真正融化書本學問，而性情與學問正是詩歌創作的根本，這大概是紀昀重視人生際遇的原因。李商隱一生尤爲坎坷不平，十歲異鄉喪父，他自述當時「四海無可歸之地，九族無可倚之親」；後幸爲令狐楚、令狐綯父子

〔註57〕可參看紀昀評楊億《南朝四首》（其一）：「崑體雖宗法義山，其實義山別有立命安身之處，楊、劉但則其字句耳。後來塵劫日深，並義山亦爲人所論，物極而反，一變而元祐，再變而江西矣。」（《瀛奎律髓彙評》卷三，第124～25頁。）
〔註58〕《總目》卷一四八、卷一四九。
〔註59〕廖燕《丁戊詩自序》，《廖燕全集》卷四，上海古籍出版社，2005年，第95頁。

賞識、提拔，卻又因爲娶王茂元之女而招致令狐綯之忌，謂其「背家恩」；文才極高卻沉淪記室，先後爲令狐楚、王茂元、鄭亞等七人之幕僚，輾轉各地，與親友聚少離多；當時社會大環境也動蕩不安，宦官把政，藩鎮割據，牛、李黨爭，這也讓李商隱對國家和黎民百姓的命運有深切的憂慮。因爲這樣的人生境遇，所以李商隱詩歌「尤比興纏綿，性情沉摯」。所以紀昀再三強調李商隱詩歌的價值在於「比興深微」，高處可追杜甫，然世人大多眩目於其字句的豔麗，故紀氏有《玉溪生詩說》和《點論李義山詩集》二作以正人視聽。

　　紀昀對馮班關於絕句和七言歌行的體制源流的評論也作了補充和辨正。馮班於白居易《東南行一百韻》題下說：

> 元公云「排比聲律」，即沈休文云「一簡兩韻，輕重聲韻不同」者也，非排敘之謂。如四句一絕，亦須排比，豈但長詩？今人並不知絕句是律詩，唐宋人舊集不經後人改定者可考。今白集郭武定刻本已更其次第矣。〔註60〕

按元稹《唐故工部員外郎杜君墓係銘並序》有「鋪陳終始，排比聲韻」之語，馮班誤作「聲律」。紀昀補充說：

> 此論甚是。〔註61〕然凡諧聲病者即近體，不諧者即古體。絕句入體，故爲律詩。其實漢以來即有絕句，概名「絕句是律詩」亦未盡然。

紀昀同意馮班說絕句也要排比聲韻（使之符合平仄規律）的觀點，同時修正了馮班「絕句是律詩」的說法。他認爲根據符合聲律規則與否，絕句可分爲古絕、律絕兩種，分別屬於古詩或律詩，所以不能一概言絕句就是律詩。《總目》卷一九六《師友詩傳錄》提要也說：「漢人已有絕句，在律詩之前，非先有律詩，截爲絕句。」下有小字注曰：「古絕句四章，載《玉臺新詠》第十卷之首。」紀昀指出絕句早在律詩之

〔註60〕《二馮評點才調集》卷一，第641頁。
〔註61〕紀昀《乾隆己卯山西鄉試策問》第三道曾問：「唐人諸集近體雖至百韻，亦總曰『律詩』，高棅《唐詩品彙》乃創立『排律』之名。說者謂本元微之『鋪陳終始，排比聲韻』之語，其立名果是歟？抑強造歟？」由此可知，答案當是後者。

前就有了，《玉臺新詠》卷十就有「古絕句」四首，當作於漢代；那些認為絕句是由八句律詩分截而來的說法是錯誤的。

紀昀批評馮班對七言歌行的發展演變的評論似是而非。馮氏說：「七言歌行盛於梁末，至天寶而變。」〔註62〕紀昀認為其言不確，補充說：「當日始於漢，成就於魏，至鮑明遠而變，至梁、陳而靡，至天寶而始振。」（卷上）此語雖簡短，卻將這一詩體發展過程中幾個關鍵點一一標明。馮班認為唐人七言歌行有三體，一是李白的七言歌行「奇變惚恍，以為創格」；二是溫庭筠學李白，其體雖不如李賀之奇峭，「而波瀾稍寬」，也自成一體；三是李昂《戚夫人楚舞歌》「歌行自太白、飛卿外，又存此一體。此亦似白」。〔註63〕紀昀認為馮班對七言歌行的源流正變不甚明曉，於是細述了七言歌行的緣起、發展與演變：

> 漢氏七言大抵騷體，郊祀諸什亦皆雜言，《柏梁》等詩又出偽託，其全篇成就七言者，平子《四愁詩》、魏文《燕歌行》實肇其端。晉《白紵詞》調漸宛轉，參軍《行路難》氣始縱橫，其後《陳安歌》、《木蘭詩》及「東飛伯勞」、「河中之水」諸篇最為高唱，然偶一見之，不以名家。延及陳、隋漸多偶句，景龍以後遂創唐音，排比成章，宛轉換韻。四傑出之以華麗，高、岑出之以樸健，王、李出之以從容，元、白出之以平易，才性不同故面貌各異，按其節奏，其一格也。至李、杜、昌黎始以拗句單行別開門徑耳。究極論之，李、杜、昌黎如詞家蘇、辛，不得不謂之高調，此種如詞家周、柳，亦不得不謂之正聲；李、杜、昌黎如書家歐、顏，不得不謂之絕藝，此種如書家趙、董，亦不得竟謂之別派也。鈍吟未悉源流，謂之曰「又一體」；又以開元中人，謂之「似白」，語皆鹵莽。（卷上）

紀昀指出李白、杜甫和韓愈的七言歌行不拘偶對，自由豪放，氣魄雄

〔註62〕《二馮評點才調集》卷二，總評溫庭筠，第 659 頁。
〔註63〕《二馮評點才調集》卷二、卷三，第 659、685 頁。

偉，這是七言歌行體制上的創新變化，但也是「別派」；李昂《戚夫人楚舞歌》整齊流麗，卻是七言歌行本來的體格，是正格。唐代其他諸人所作各因才性不同呈現不同的風貌，然體制上的節奏、音節還是一樣的，都比較平整流暢。馮班將風貌不同視爲體制不同，其根源還是在於只著眼於詩歌的表面形式。

大致說來，《二馮評點才調集》推尙西崑，排斥江西詩派，有很深的門戶之見；評論詩歌又過於注重字句等表面形式。紀昀《刪正二馮評閱才調集》既有學者的客觀求是精神，又有詩人的靈心慧眼，一一爲之辨正，爲研究江西詩派和西崑體之爭提供了更爲根本性的視野。

第三節　紀昀《瀛奎律髓刊誤》──對方回評點的再批評

《瀛奎律髓》是宋元之際著名詩論家方回編撰的大型詩歌總集。方回（1227～1307），字萬里，號虛谷，工詩文，其《瀛奎律髓》集選詩與評注於一體，開創了詩歌批評的新形態。前此如殷璠《河嶽英靈集》和高仲武《中興間氣集》等雖已是既選詩，又有評語，不過不是每首詩皆評，而是對每一作者加以總評。方回還有《文選顏鮑謝詩評》、《桐江集》、《桐江續集》等著作，都是研究其詩歌思想的重要資料。《瀛奎律髓》專選唐、宋兩代五、七言律詩，全書大致按題材分類（其中卷二十五拗字類、卷二十六變體類、卷二十七著題類三種是以詩法分，不是以題材分），每類一卷並冠以小序，共四十九卷；每卷先列五言，再列七言，大體以作者年代先後爲序（惟卷十六節序類先按節序先後排，以冬至爲始，再按作者年代排）。方回《瀛奎律髓》尋求唐、宋詩歌之間的因革關係，他既尊唐又崇宋，擺脫了以往以唐詩爲最高典範的觀念的束縛，對宋詩具有與唐詩並駕齊驅的地位的確立有深遠的影響。

清代詩壇的唐、宋詩之爭十分激烈，由於方回《瀛奎律髓》在尊

唐的同時更側重於對宋詩的宏揚，不同的論者紛紛選擇評點《瀛奎律髓》來表達自己的立場，今人李慶甲編纂的《瀛奎律髓彙評》即彙集了馮舒、馮班、錢湘靈、陸貽典、查慎行、何義門、紀昀、許印芳、趙熙及兩位無名氏等十多家的評語。其中紀昀用力最勤，其《瀛奎律髓刊誤》〔註64〕歷時十年乃成，在此期間紀昀又撰有《刪正方虛谷瀛奎律髓》四卷，是叢書《鏡煙堂十種》之一。〔註65〕

《瀛奎律髓》全書入選詩人三百八十多人，共收詩三千餘首（其中重出二十多首，實際不到三千首），其中宋人二百二十人左右，宋詩一千七百多首。無論是作者還是作品，宋詩的份量都超過了唐詩。《刪正方虛谷瀛奎律髓》只收詩五百五十八首，還不到原書的五分之一，其中唐詩二百五十八首，差不過是方回原選唐詩的五分之一；宋詩三百首，差不多是原選宋詩的六分之一。所入選詩人一百八十一人，其中唐詩人八十五人，超過方回原選唐詩人的二分之一；宋詩人七十六人，是原來的三分之一左右。從入選作者來看，唐人多於宋人；從入選作品來看，總量上是宋詩多於唐詩，但在入選比例上唐詩略高於宋詩。總的來說，方回和紀昀都能欣賞唐、宋詩不同的風格，但方回更傾向於宋詩，而紀昀更傾向於唐詩。

正如書名「刊誤」所示，對方回評點的再批評是紀評的主要內容，也是本節論述的主要內容，大致分為以下三個方面：一、論杜甫和江西詩派；二、論方回選詩論詩之弊；三、肯定方回的「精確之

〔註64〕 紀昀《瀛奎律髓刊誤》，懺花庵叢書本，《叢書集成續編》第146冊，上海書店出版社，1994年。

〔註65〕 《瀛奎律髓刊誤》每卷「五言」、「七言」下都有小字注明多少首，有幾處計數有誤：卷二十梅花類「五言」注「六十二首」，實際是六十一首；卷二十一雪類「五言」注「三十三首」，實際是四十首；卷二十三閒適類「七言」注「五十首」，實際是五十一首；卷三十九消遣類「七言」注「三十九首」，實際是三十八首；以上這幾處，《瀛奎律髓彙評》目錄及正文的小字注都沒有錯。卷四十七釋梵類「五言」《刊誤》注「二百四首」，《彙評》目錄及正文注「二百五首」，實際是二百六首；「七言」《刊誤》注「四十五首」，《彙評》目錄及正文注「四十六首」，實際是四十五首，《刊誤》注正確。

論」。〔註66〕

一、紀昀論方回評杜甫和江西詩派

　　方回選詩、論詩著眼於江西詩派，提出「一祖三宗」之說，尤爲推崇杜甫。他自稱選詩以杜甫爲主〔註67〕，選杜詩五律一百五十四首，七律六十七首，共二百二十一首（其中有四首重出），爲《瀛奎律髓》之冠，比第二位的陸游一百八十八首（其中有三首重出）多了三十三首。紀昀刪正本入選詩歌最多的詩人也是杜甫，共六十五首，其中五律四十三首，七律二十二首；比第二位的陳與義多了三十首。有關杜詩的注解與評論，從古至今，多不勝數，此處只略述紀昀論杜詩之根本、疵累與杜詩爲唐詩之冠，然後辨析杜甫與江西詩派的關係，最後從情景關係入手論江西詩派的特色與流弊。

（一）論杜詩

　　杜甫傷時亂離，不忘君國，形之於詩歌則忠厚纏綿、沈鬱頓挫。方回評論杜詩能抓住這個根本所在，紀昀對此多有讚賞。如方回評杜甫《旅夜書懷》時總論其「暮夜類」詩歌說：「痛憤哀怨之意多，舒徐和易之調少。以老杜之爲人，純乎忠襟義氣，而所遇之時喪亂不已，宜其然也。」紀昀肯定方回「此評的」（卷十五）。杜甫《出郭》、《野望》二詩寫郊野暮景，故方回選入「暮夜類」，他說：「前詩分明道亂離，後詩結末四句有歎時感事、勸賢惡不肖之意焉。」紀昀肯定方評對詩意的理解，並進一步說明兩詩不同的表現手法：「述喪亂則明言，刺宵小則託喻，詩人立言之法。」（卷十五）方回於杜甫《正月三日

〔註66〕《刪正方虛谷瀛奎律髓》一書的內容基本上都可見於《瀛奎律髓刊誤》，本文所引紀評《瀛奎律髓》也大多出自《刊誤》，這類引文將只標明卷數與所評之詩人詩作，偶有引《刪正》之紀評則將書名也一併注明，以示區別。

〔註67〕方回多次說明《瀛奎律髓》選詩以杜甫爲主，他說：「山谷教人作詩必學老杜，今所選亦以老杜爲主。」（卷四，方評宋之問《早發始興江口至虛氏村作》）又說：「予選詩以老杜爲主。」（卷十，方評許渾《春日題韋曲野老邨舍》）

歸溪上有作簡院內諸公》詩下說：「老杜平生雖流離多在郊野，而目擊兵戈盜賊之變，與朝廷郡國不平之事，心常不忘君父，故哀憤之辭不一，不獨爲一身發也。」紀昀非常贊同方回此論，說「此老杜獨有千古處」（卷二十三）。方回評杜《暮春題瀼西新賃草屋》詩說：「老杜傷時亂離，往往如此，其詩開闔起伏，不可一律齊也。」紀昀說：「知此意，乃可以論杜，乃可以論詩。」（卷二十三）詩歌的開闔起伏並不僅僅是一種技巧和結構，詩歌的形式有其內在的含義，它在根本上是詩人複雜曲折心緒的外在表現。紀昀強調這是評論杜甫乃至評論所有詩歌首先要注意的一點。如杜甫《江亭》詩云：

坦腹江亭暖，長吟野望時。水流心不競，雲在意俱遲。
寂寂春將晚，欣欣物自私。故林歸未得，排悶強裁詩。

方回評：「此篇末句『排悶』，似與『心不競』、『意俱遲』同異，殊不知老杜詩以世亂爲客，故多感慨。其初長吟野望時閒適如此，久之卽又觸動羈情如彼，不可以律束縛拘羈也。」短短四十字，有閒適和憂悶兩種不同的情緒，表面上也沒有過渡銜接，於律似乎不合。方回仔細體味杜詩，統一於「世亂爲客，故多感慨」，不拘泥於格律，紀昀對此大加讚賞，他說：「虛谷此評最精。蓋此詩轉關在五、六句：春已寂寂，則有歲時遲暮之慨；物各欣欣，卽有我獨失所之悲。所以感念滋深，裁詩排悶耳。若說五、六句亦是寫景，則失作者之意。」（卷二十三）紀評指出詩五、六句乃觸景生情，詩歌卽從閒適過渡到憂悶，故有末句「排悶」之說，其說較之方回更爲精細明晰。

紀昀一方面肯定方回對杜詩的精確評析，同時又批駁方回對杜甫的盲目崇拜。方回對杜詩可謂推崇備至，他說：「老杜詩豈人所敢選？當晝夜著几間讀之。」言下之意謂杜甫的詩歌無一不佳，應當日夜精讀學習。方氏對杜甫這樣的頂禮膜拜，已經喪失了論詩所當有的公正平和的心態，故紀昀駁斥：「杜詩亦有工拙，須有別裁，不至效其所短。此等依草附木之說，最悞後人。」（卷二十五，評《早秋苦熱堆案相仍》）紀昀不爲杜甫盛名所壓，對杜詩之不佳者多有指摘。

〔註68〕方回對杜甫的七律尤為推崇，他說：「老杜七言律詩一百五十九首，當寫以常玩，不可暫廢。」（卷一，方評《登樓》）又說：「老杜七言律，晚唐人無之。凡學詩，五言律可晚唐，只如七言律，不可不老杜也。」（卷四十七，方評《城縣香積寺官閣》）持論不免偏執。紀昀批評方回說：「杜詩亦有佳有不佳，一百五十九首皆『不可暫廢』，是何言歟？此徒為大耳。」以七律而言，他認為《瀛奎律髓》卷十「春日類」「所選少陵七言六首，多頹唐之作」，又評《多病執熱懷李尚書》「詞意淺率，此杜公頹唐之尤者」（卷十一），評《江雨有懷鄭典設》「拗而不健，但覺庸沓」（卷十七），評《早秋苦熱堆案相仍》「此杜極粗鄙之作」。總之，「老杜亦有不得手詩，勿一例循聲讚頌」（卷十七，評《江雨有懷鄭典設》）。紀昀就詩論詩，就作品本身而論杜詩之工拙，持論較為客觀。

　　方回認為杜甫的詩歌即使有疵累也不足為病，甚至強為開脫。如《曲江》「一片花飛減却春，花飄萬點更愁人。且看欲盡花經眼，莫厭傷多酒入唇」，前三句都有「花」字，是為一病。如果從作品整體著眼，重複用字也只是白璧微瑕，但方回卻說：「但詩三用『花』字，在老杜則可，在他人則不可。」將評論詩歌的標準硬生生地因為「杜甫」二字而生出差別，因此紀昀批評說：「西子捧心，不得謂之非病；『老杜則可』之說，猶是壓於盛名。」（卷十）又如《秋野》「吾老甘貧病，榮華有是非」二句，方回自設問答：

> 或問：「吾老」係單字，「榮華」是雙字，亦可對否？曰：
> 在老杜則可，若我輩且當作「衰老甘貧病」，然不如「吾老」
> 之語健意足也。（卷十二）

如果從對仗工整來說，應以「衰老」對「榮華」，都是形容詞，詞性相應；如果從表達效果來說，用「吾老」打破對仗常規，語調更為拗

〔註68〕如評《熱》：「中四句鄙俚之甚。杜亦有劣調，不可不知。」（卷十一）評《杜位宅守歲》與《人日》：「杜之極不佳者。」（卷十六）評《柳邊》：「此首拙鄙，勿以杜而為之辭。」（卷二十七）

健；而且「衰老」乃泛指，「吾老」則有作者的身影在，語意更足。
方回對用「衰老」、「吾老」二詞的利弊認識很清楚，卻仍以「杜甫」
其人爲評判標準，認爲老杜可以不受格律的束縛而用「吾老」二字，
其他人則只能作「衰老」以求偶對。這樣因人論詩，自然不能讓人信
服。紀昀則著眼於作品本身，他也肯定方評「末數語卻是」，但批評
方回道：「可則可，不可則不可，安在老杜獨可？此種純是英雄欺人。」
又《春遠》起云「蕭蕭花絮晚，霏霏紅素輕。日長唯鳥雀，春遠獨柴
荊」，方評：「前四句言春事而起勢渾雄，無一字纖巧鬭合。」紀評駁
曰：「起二句究是纖巧鬭合。」（卷十）「蕭蕭」、「霏霏」，連用疊韻，
細膩婉轉；「花絮晚」、「紅素輕」，清麗輕巧，「晚」字緊扣題面「春
遠」；以「紅」指花，以「素」指絮，於瑣細處鬭合。杜甫詩歌不乏
雄渾之品，但這兩句確實如紀昀所評是纖細輕巧的。紀昀與方回一樣
敬重杜甫的爲人和詩歌成就，但在評論具體作品時並不像方回一樣因
爲是杜甫的詩歌而另眼看待，具有學者實事求是的科學態度。

　　杜甫詩歌公認爲唐詩之冠，方回認爲杜詩高於眾人的地方在於其
悲壯。他評《野望》其二：「此格律高聳，意氣悲壯，唐人無能及之
者。」（卷十三）評《九日登梓州城》：「老杜此詩悲不可言，唐人無
能及之者。」（卷十六）評《清明》二首之「繡羽衝花他自得，紅顏
騎竹我無緣」、「秦城樓閣煙花裏，漢主山河錦繡中」二聯：「皆壯麗
悲慨，詩至老杜，萬古之準則哉！」（卷十六，方評《小寒食舟中作》）
評《夏日楊長寧宅送崔侍御常正字入京探韻得深字》「天地西江遠，
星辰北斗深」二句：「五六悲壯，惟老杜長於此。」（卷二十四）評《公
安送韋二少府匡贊》：「老杜七言律詩一百五十餘首，唐人粗能及之者
僅數公，而皆欠悲壯。」（卷二十四）杜甫存心忠厚，胸襟廣闊，而
身逢亂世，感慨萬千，故其詩多悲壯之什。方回以悲壯爲杜詩之極致，
並非全然無見，但未免狹隘，參看紀評可知其偏頗之處：

　　　　工部高出唐人，非此詩之謂。（紀評《九日登梓州城》）

　　　　悲壯之什，唐人多有，不止杜擅長。（紀評《夏日楊長寧宅

送崔侍御常正字入京探韻得深字》）

老杜豈專以悲壯爲長？（紀評《公安送韋二少府匡贊》）

唐代諸公，多各是一家法度，惟杜無所不有，故曰大家。

（卷四十七，紀評《上兜率寺》）

由紀昀評語受到啓發，我們可以從三方面反駁方回的論點：首先，悲壯並非杜甫所獨有，而是盛唐氣象的表現之一，尤其唐人的邊塞詩大多都有一種悲壯的情懷；其次，杜甫最突出的詩歌風格不是外揚的悲壯，而是勁而不發、曲折纏綿的沈鬱頓挫；最後，杜甫高出唐人的地方在於他轉益多師，神明變化，無所不有，集詩歌之大成。紀昀評杜，隻語片言，卻提綱挈領，眼光深透全面。這是從藝術風格來說。再從思想感情來看，上文已提到紀昀贊同方回說杜甫「心常不忘君父，故哀憤之辭不一，不獨爲一身發也」，肯定這是「老杜獨有千古處」（卷二十三）。《杜詩揯》提要亦云：「夫忠君愛國，君子之心；感事憂時，風人之旨。杜詩所以高於諸家者，固在於是。」〔註69〕又《詩教堂詩集序》說：「李、杜齊名，後人不敢置優劣，而忠愛悱惻、溫柔敦厚，醉心於杜者究多，豈非人品、心術之不同歟？」認爲杜詩因其忠愛之心而略高李白一疇。紀昀這三處評論非常清晰地說明他認爲杜詩所蘊含的「忠君愛國」、「感事憂時」的深沉感情是其位居唐詩之冠的根本原因。方回盛讚杜詩之「悲壯」，是只知其一不知其二；紀昀推崇杜詩的偉大情感才是透徹根本之論。

（二）論杜甫與江西詩派的關係

關於杜甫與江西詩派的關係，胡仔《苕溪漁隱叢話・前集》說：「近時學詩者率宗江西，然殊不知江西本亦學少陵者也。故陳無己曰：『豫章之學博矣，而得法於少陵，故其詩近之。』」（卷四十九）〔註70〕胡仔只是指出江西詩派取法杜甫這一事實，方回則將之上陞至

〔註69〕《總目》卷一四九。

〔註70〕胡仔纂集，廖德明校點《苕溪漁隱叢話・前集》，人民文學出版社，1962 年，第 332 頁。

宗派傳承，且再三強調：

> 惟山谷法老杜，後山棄其舊而學焉，遂名「黃陳」，號「江西派」，非自爲一家也，老杜實初祖也。（卷一，方評晁端友《甘露寺》）

> 老杜詩爲唐詩之冠，黃、陳詩爲宋詩之冠，黃、陳學老杜者也；嗣黃、陳而恢張悲壯者，陳簡齋也；流動圓活者，呂居仁也；清勁潔雅者，曾茶山也。（卷一，方評陳與義《與大光同登封州小閣》）

> 予平生持所見：以老杜爲祖，老杜同時諸人皆可伯仲。宋以後山谷一也，後山二也，簡齋爲三，呂居仁爲四，曾茶山爲五，其他與茶山伯仲亦有之，此詩之正派也。餘皆傍支別流，得斯文之一體者也。（卷十六，方評陳與義《道中寒食二首》）

> 嗚呼！古今詩人當以老杜、山谷、後山、簡齋四人爲一祖三宗，餘可預配饗者有數焉。（卷二十六，方評陳與義《清明》）

方回欲借杜甫盛名以推重江西詩派，以上所論以門戶感情居多，有待剖析。江西詩派取法杜甫是無可爭議的事實，但因此即以杜甫爲初祖，卻是方回一廂情願，作不得眞。因杜甫在詩歌創作上的巨大成就，中唐以後作詩取法老杜的大有人在，如賈島、杜牧、溫庭筠、李商隱等，皆得杜之藩籬，李商隱尤得其神髓。按方回的邏輯，宗法溫、李的西崑體與宗法賈島的「四靈」詩派豈非亦可以老杜爲初祖？

再者，杜甫集詩歌之大成，其詩歌風格多姿多樣，江西詩派只得其一體而已。唐人元稹說：「至於子美，蓋所謂上薄風騷，下該沈、宋，古傍蘇、李，氣奪曹、劉，掩顏、謝之孤高，雜徐、庾之流麗，盡得古今之體勢，而兼人人之所獨專矣。」〔註71〕指出杜甫的詩歌「轉益多師」，包含了唐以前所有傑出詩人的風格。宋人王安石則直

〔註71〕《唐故工部員外郎杜君墓係銘並序》，《中國歷代文論選新編·先秦至唐五代卷》，第398頁。

接說明杜詩的多種風格：「故其詩有平淡簡易者，有綺麗精確者，有嚴重威武若三軍之帥者，有奮迅馳驟若泛駕之馬者，有淡泊閒靜若山谷隱士者，有風流醖藉若貴介公子者。」〔註72〕明人胡應麟《詩藪》內編卷四還指出杜詩甚至兼具各種對立的風格：「盛唐一味秀麗雄渾，杜則精粗、鉅細、巧拙、新陳、險易、淺深、濃淡、肥瘦，靡不畢具，參其格調，實與盛唐大別，其能會萃前人在此，濫觴後世亦在此。」〔註73〕也說明杜詩風格集古今之大成。因此紀昀說「少陵無所不有」（見下文引），而江西詩派不過得其瘦硬一體。

　　杜詩有吳體拗字一類，通過打破常規的平仄，又加以拗救來達到峭健的風格。黃庭堅學杜，也喜作拗體，方回認爲江西詩派學杜即在於此。他評杜甫《題省中院壁》說：「此篇八句俱拗，而律呂鏗鏘。……此等句法惟老杜多，亦惟山谷、後山多，而簡齋亦然，乃知『江西詩派』非江西，實皆學老杜耳。」（卷二十五）又說：「自山谷續老杜之脈，凡江西派皆得爲此奇調。」（同卷，評呂本中《張褘秀才乞詩》）紀昀一一批駁：「以此種句法爲學老杜，杜果以此種爲宗旨乎？」又說：「此體杜亦偶爲之，不專以此爲高致，此論太僻。」他指出吳體拗字只是杜甫偶爾嘗試的風格，並非杜詩的宗旨所在。紀昀強調「詩論神韻，不在字句」〔註74〕，他認爲黃庭堅學杜而得其神者，不是律體，而是七言古詩。其《書黃山谷集後》說：「（涪翁）七言古詩大抵離奇孤矯，骨瘦而韻逸，格高而力壯，印以少陵家法，所謂具體而微者。至於苦澀鹵莽，則涪翁處處有此病，在善決擇耳。」〔註75〕黃庭堅七言古詩之佳者才是一脈相承自杜詩，可謂少陵嫡派。

　　方回評杜甫《曲江陪鄭八丈南史飲》：「此詩中四句不言景，皆止言乎情。後山得其法，故多瘦健者，此也。」（卷十）方回認爲陳師

〔註72〕《苕溪漁隱叢話・前集》卷六引《遯齋閑覽》引王安石語，第37頁。
〔註73〕胡應麟《詩藪》，中華書局，1958年，第68頁。
〔註74〕《瀛奎律髓彙評》卷二十四，崔塗《旅舍別故人》紀評，第1050頁。
〔註75〕《紀文達公遺集》文集卷十一。

道詩歌瘦健的特色源自杜詩，這是對的；但認爲形成瘦健風格的原因是「不言景，皆止言乎情」，又是只知皮相之論。瘦健風格的形成，其實質是內在的「一氣盤旋」。紀昀說：

> 一氣盤旋，清而不弱，非具大神力不能。然此只是詩家一體，陳後山始專以此見長。而江西詩派源出老杜之說亦從此而興，杜實不以此爲宗旨也。（卷四十三，紀評杜甫《送鄭十八虔貶台州司戶參軍傷其臨老陷賊之故闕爲面別情見於詩》）

> 一氣單行，清而不弱。此後山諸人之衣鉢，爲少陵嫡派者也。然少陵無所不有，此其一體耳。（卷四十七，紀評杜甫《因許八奉寄江寧旻上人》）

紀評指出陳師道取法杜詩之「一氣盤旋（單行），清而不弱」，並以此格著稱而成爲少陵嫡派。那麼所謂「一氣盤旋，清而不弱」具體是什麼意思呢？按《送鄭十八虔貶台州司戶參軍傷其臨老陷賊之故闕爲面別情見於詩》詩云：

> 鄭公樗散鬢成絲，酒後常稱老畫師。
> 萬里傷心嚴譴日，百年垂死中興時。
> 蒼惶已就長途往，邂逅無端出餞遲。
> 便與先生應永訣，九重泉路盡交期。

鄭虔，即鄭廣文，以詩、書、畫「三絕」著稱，曾任廣文館博士，杜甫與他十分交好。安史亂中，鄭虔被安祿山任命爲水部郎中，他假裝病重，一直沒有就任，並與當時在靈武的唐王朝暗通消息。但是，這並未得到朝庭的諒解，安史之亂後，他被定罪並遠貶台州（今浙江省臨海）。杜甫此詩即因此而作，全詩如題直寫，起二句寫鄭虔其人之音容，樗、散二字皆出自《莊子》（見於《逍遙遊》與《人間世》），指無用之木材；這兩句說鄭虔只是一個垂垂老矣之畫師，沒有什麼實幹才能，言下之意說他雖被叛軍授予官職，卻不會對朝廷有所危害，杜甫在此實際上是爲鄭虔所遭受的嚴厲懲罰叫屈。三四句傷其臨老遠貶，五六句言未能面別，末二句寄詩作訣別之詞，而相期於九泉。八

句一氣貫注，不作側面烘染或景物點綴，語意清空明晰，而情感十分沉摯深厚，故紀評曰：「一氣盤旋，清而不弱。」陳師道就專門學習杜詩這種健筆直寫深情的體格，其佳者往往直逼老杜。紀昀同時又指出這種瘦健風格只是杜詩的一種體格，也不是其宗旨所在。

　　方回論黃庭堅、陳師道等人學杜，多就吳體拗字、情景關係而言，所論還只停留在詩歌表層的字句、技法上，未能深得其精神。紀昀《後山集鈔序》說：「（後山）五言律蒼堅瘦勁，實逼少陵；其間意僻語澀者，往往自露本質。然胎息古人，得其神髓而不自掩其性情，此後山所以善學杜也。」其《二樟詩鈔序》肯定江西詩派是「少陵之流別」，而其間的傳承關係是：「蓋黃、陳因杜詩而荂甲新意，呂紫微諸家又沿黃、陳而極其變態，各運心思，各為面貌，而精神則同出一源，故不立學杜之名，而別得杜文外之意。」〔註76〕善於學古，又能自立面目，紀昀認為這才是江西詩派與杜甫一脈相承的地方。

（三）論情景關係

宋人范晞文《對床夜語》論杜詩中情、景的不同組合方式說：

　　老杜詩：「天高雲去盡，江迥月來遲。衰謝多扶病，招邀屢有期。」上聯景，下聯情。「身無卻少壯，跡有但羈棲。江水流城郭，春風入鼓鼙。」上聯情，下聯景。「水流心不競，雲在意俱遲。」景中之情也。「卷簾唯白水，隱几亦青山。」情中之景也。「感時花濺淚，恨別鳥驚心。」情景相觸而莫分也。「白首多年疾，秋天昨夜涼」、「高風下木葉，永夜攬貂裘」，一句情一句景也。固知景無情不發，情無景不生。或者便謂首首當如此作，則失之甚矣。如「淅淅風生砌，團團月隱牆。遙空秋雁滅，半嶺暮雲長。病葉多先墜，寒花只暫香。巴城添淚眼，今夕復清光」，前六句皆景也。「清秋望不盡，迢遞起層陰。遠水兼天淨，孤城隱霧深。葉稀風更落，山迴日初沈。獨鶴歸何晚，昏鴉已滿林」，後六句

皆景也。何患乎情少？（卷二）〔註77〕

「淅淅風生砌」一詩是杜甫《薄遊》，前六句之景乃「淚眼」所見，則景皆含情；「清秋望不盡」一詩爲杜甫《野望》之二，後六句皆詩人所「望」之景，而且結語有「惡不肖」、「刺宵小」之意〔註78〕，二詩以景寓情，纏綿深厚。范晞文通過例舉杜甫詩歌中變化多樣的情景表達，總結出「景無情不發，情無景不生」的特點。這是對詩歌創作中情景相生交融之關係的準確概括，表述也精當透徹，後來諸人對情景關係的闡述或有更細緻更深入的地方，但大意不出此十字。

范晞文對杜詩各種不同的情景表達方式都表示讚賞，持論較爲通達。在他之後的方回反而好以定法論情景關係，比較呆板，不知活變，這也是紀昀所要刊正的重要內容。如方評杜甫《登岳陽樓》「中兩聯前言景，後言情，乃詩之一體也」，單純就字面而論言景、言情，沒有注意到景與情之間的觸發作用。紀昀批評說：「天水渺茫，孤身徙倚，百端交集，觸目傷懷，『親朋』二句即從上二句生出，非截然言景言情如晚唐定法也。此說未是，馮氏說乃得之。」（《刪正》卷一）按馮舒評中二聯云：「三四『吳楚』、『乾坤』，則目之所見心之所思已不在岳陽矣，故直接『親朋』、『老病』云云。」〔註79〕較之馮評，紀評的體會更加細膩傳神，而且正是「觸目傷懷」使言景、言情兩聯有緊密的關係。

方回批評周弼《三體唐詩》之論情景虛實關係說：「周伯弨《詩體》分四實、四虛、前後虛實之異，夫詩止此四體耶？然有大手筆焉，變化不同，用一句說景，用一句說情，或先後，或不測。」（卷二十六「變體類」小序）又說：「周伯弨定四實、四虛、前後虛實爲法，要之，本亦無定法也。」（卷十六，評張來《冬至後》）在這兩處論述

〔註77〕范晞文《對床夜語》卷二，何文煥、丁福保《歷代詩話統編》第二冊第498頁，北京圖書館出版社，2003年版。
〔註78〕《瀛奎律髓彙評》卷十五，杜甫《野望》方評、紀評，第535頁。
〔註79〕《瀛奎律髓彙評》卷一，杜甫《登岳陽樓》馮舒評，第6頁。

裏，方回認為情景關係變化不測，無定法；但在具體評詩時他又以一聯寫景一聯言情為最妥當的結構。他評張耒《冬至後》:「大概文潛詩中四句多一串用景，似此一聯景、一聯情，尤淨潔可觀。」（卷十六）又評杜甫《客亭》中四句「日出寒山外，江流宿霧中。聖朝無棄物，老病已成翁」:

> 王右丞詩云:「江流天地外，山色有無中。」此詩三、四以寫秋曉，亦足以敵右丞之壯。然其佳處，乃在五、六有感慨。兩句言景，兩句言情。詩必如此，則淨潔而頓挫也。
> （卷十四）

方評強調地用了「必」字、「尤」字，其心中似已將律詩之中兩聯「兩句言景，兩句言情」視為定法。紀昀說「『必』字有病。此亦非說定之法，細觀古人所作，有多少變化不測處？」又說:「兩景兩情，詩之一體，善作者規矩在手，造化生心，有何情景之可分？況限以兩句如此，兩句如彼哉？以此標為定法，所見甚陋，馮氏譏之當矣。」（《刪正》卷二）又如方評蘇軾《海南人不作寒食而以上巳上冢余攜一瓢酒尋諸生皆出矣獨老符秀才在因與飲至醉符蓋儋人之安貧守靜者也》「此詩首尾四句言景，中四句用事。又未若移易中間四句兩用事、兩言景為佳也」，紀昀反駁說:「前後景而中言情，正是變化。此以板法律東坡，與前後所說自相矛盾。」（卷十六）按蘇軾此詩云:

> 老鴉銜肉紙飛灰，萬里家山安在哉？
> 蒼耳林中太白過，鹿門山下德公回。
> 管寧投老終歸去，王式當年本不來。
> 記取南城上巳日，木棉花落刺桐開。

起句寫海南人祭祖掃墓的景象，由此引起次句詩人對遙遠家鄉的想像和懷念；李白有《尋城北范居士落蒼耳道中》詩，第三句蘇軾用此典表示自己尋諸生飲酒；《後漢書・逸民傳》載龐德公「攜其妻子登鹿門山，因採藥不反」，第四句反用此事，以符秀才比龐德公，安貧守靜且在家；五六兩句以王式、管寧為喻說自己後悔進入仕途，終將回歸故里；七八緊承說到那時候會再想起海南的這個春暖花開的上巳

日。此詩起結寫景，起句乃眼前所見，結句是日後回憶眼前所見，中間連用四典，運思靈妙，筆力絕高。方回固守一聯情一聯景的結構，不知變通，不懂得欣賞此詩運意用筆之高妙，而以他心中之情景定法來衡量此詩，這與他批評周弼「四體」的說法恰相背。

　　方回力主律詩中四句以兩句寫景、兩句言情爲正體，是針對四靈、江湖詩派有爲而發的。到了南宋中後期，江西詩派末流有生澀僻奧、粗硬枯槁之弊，四靈、江湖詩派欲以晚唐詩的精密細潤補救之，卻無奈才力不夠，只能模山範水，瑣碎地點綴景物，氣局狹小。馮班推崇晚唐，認爲方回評杜甫《登岳陽樓》「中兩聯，前言景，後言情，乃詩之一體」乃「小兒家見解」，他說：「至於方公之議論，全是執己見以強縛古人。以古人無礙之才，圓通因變之學，曲合於拘方板腐之輩，吾見其愈議論而愈多其戾耳。嗚呼！嗚呼！」甚是痛心疾首。相對於方回、馮班二人各執一端，紀昀持論較爲通達，他說：「晚唐詩多以中四句言景，而首尾言情，虛谷欲力破此習，故屢提唱此說。馮氏譏之，未嘗不是，但未悉其矯枉之苦心，而徒與莊論耳。」（卷一，評杜甫《登兗州城樓》）紀昀能理解方回以不同的情景組合來改變晚唐單一寫景模式的用心，但方回將一情一景或一景一情當作固定模式，則仍蹈板拘之弊。

　　紀昀《鶴街詩稿序》說「心靈百變，物色萬端，逢所感觸，遂生寄託」，心與物相感，情與景相生，其間的交融組合變化不測，又如何能獨尊一體？當遇上眞正發抒情興的好詩，方回的這種評詩模式就失去了意義。陳子昂《晚次樂鄉縣》：

　　　　故鄉杳無際，日暮且孤征。川原迷舊國，道路入邊城。
　　　　野戍荒煙斷，深山古木平。如何此時恨，嗷嗷夜猿鳴。

方回評：「起兩句言題，中四句言景，末兩句擺開言意。盛唐詩多如此。全篇渾雄齊整，有古味。」紀昀批評說：

　　　　晚唐法亦如此，但氣格卑弱耳。蓋詩之工拙，全在根柢之
　　　　淺深，詣力之高下，而不在某句言情、某句言景之板法，
　　　　亦不在某句當景而情、某句當情而景，及通首全不言景、

通首全不言情之變法。虛谷不識晚唐之用意猥瑣，而但詆
其中聯之言景，遇此等中聯言景之詩，既不敢詆，又不欲
自反其說，遂不能更置一語，但以「多如此」三字渾之。
蓋不究古法，而私用僻見，宜其自相窒礙也。（卷二十九）

首尾起結點題言情，中間寫景，這也是晚唐詩常用之結構，亦正是方
回所欲力破之習調。然用於陳子昂筆下，渾然一體，無可指摘，可見
詩無定法，其工拙全在詩人的性情與筆力。方回不知作詩、論詩之根
本，徒拘定一二板法，又往往不能自圓其說，宜其爲紀昀所譏。

　　范晞文、周弼和方回等人論情景關係更側重於表面的形式結構，
但所謂情、景的組合分配，歸根結底要看詩人興之所至，情之所寄，
意之所運。正因爲明瞭詩歌創作關鍵之所在，紀昀評解詩中之景句總
是更爲精闢透徹，點明作者蘊含於其中的有意或無意的用心。或指出
景中所隱含的詩人的寄託與寓意，如評杜甫《倦夜》「暗飛螢自照，
水宿鳥相呼」兩句「寓飄零之感」，評黃庭堅《和外舅夙興》之一「蓬
蒿含雨露，松竹見冰霜」兩句「有寓意」，評賀鑄《九日登戲馬臺》
「黃華半老清霜後，白鳥孤飛落照前」兩句「蓋自寓也」，評陳與義
《連雨書事》之三「烏鵲無言暮，蓬蒿滿意秋」兩句「有寄託」。或
說明寫景的眞正意圖和作用，如評杜甫《客夜》「入簾殘月影，高枕
遠江聲」兩句「乃寫不寐，非寫『月影』、『江聲』」，評劉長卿《碧澗
別墅喜皇甫侍郎相訪》「野橋經雨斷，澗水向田分」兩句「言路之難
行，以起末二句，非寫意也」，評雍陶《和劉補闕秋園行寓興六首》
之三「雀鬪翻簷散，蟬驚出樹飛」兩句「寫閒靜之意，非言雀、蟬也」，
評梅堯臣《吳正仲見訪迴日暮必未晚膳因以解嘲》「門外綠苔新」一
句「『門外綠苔』，非爲點景，正言人迹之少，以見相訪之可感耳」。
〔註80〕紀昀不斤斤計較於景句與情句該如何搭配組合，而直指景物描
寫的意義：寫景中是否寄寓、烘托了詩人所欲傳達的情懷。前者不顧

〔註80〕《瀛奎律髓彙評》卷十五、十四、十六、十七、十五、十三、十二、
　　　　十五，第 532、514、637、673、532、473、433、544 頁。

作者的興感，只著意於外在的形式法則；後者才真正體會詩人以景寓情，借景抒情的用心。

　　方回因不滿晚唐詩單調地裝點景物，故倡一情一景或一景一情加以變化，卻又自拘為定法，不知活變。又因尊崇江西詩派之瘦健老硬，盛稱擺脫風景，專尚言情的風格。他評陳師道《別劉郎》：「四十字無一字風花雪月，凡俗之徒所以閣筆也。」（卷二十四）評黃庭堅《次韻答高子勉》：「黃、陳詩有四十字無一字帶景者，後學能參此者幾人矣？」（卷二十五）方評主持太過，紀昀加以駁正說：「晚唐詩敷衍景物，固是陋格。如以不粘景物為高，亦是僻見。」（卷二十五，評陳師道《別負山居士》）方回一味強調無景之情，又是一板法。他說：

> 看前篳詩，不專於景上觀，當於無景言情處觀。（卷四十七，方評杜甫《因許八奉寄江寧旻上人》）

> 昌黎大手筆也，此詩中四句卻只如此枯槁平易，不用事，不狀景，不泥物，是可以非詩訾之乎？（卷四十七，方評韓愈《廣宣上人頻見過》）

> 後山學老杜，此其逼真者。枯淡瘦勁，情味深幽。晚唐人非風、花、雪、月、禽、鳥、蟲、魚、竹、樹，則一字不能作。九僧者流，為人所禁，詩不能成，曷不觀此作乎？（卷四十二，方評陳師道《寄外舅郭大夫》）

紀昀也不贊成晚唐無意義的裝砌景物，但他明確提出「詩家之妙」在於「情景交融」，方回上述無景之說亦太過偏執，紀昀一一為之駁正：

> 虛谷此評，對晚唐裝點言之，不為無見。然詩家之妙，情景交融。必欲無景言情，又是一重滯相。

> 昌黎不盡如是，大手筆亦不盡如是也。此種議論，似高而謬。循此以往，上者以枯淡文空疎，下者方言俚語、插科打諢，無不入詩；才高者軼為野調，才弱者流為空腔。萬弊叢生，皆江西派為之作俑，學者不可不辨之。

> 晚唐人點綴景物，誠為瑣屑陳因。然前代詩人亦未嘗不寓情於景，此語雖切中晚唐之病，然必欲一舉而空之，則主持太過。

紀昀品評詩歌非常看重它的審美韻味，他認爲詩歌的藝術魅力在於情景交融，興象玲瓏，創造一個使人流連回味的意境。江西詩派追求瘦勁枯淡是其一家特色所在，也是其流弊叢生的根源。方回不滿晚唐詩景物纖巧，讚賞江西詩派的「老硬」之風，卻不知「江西詩派病處爲著此二字於胸中，生出流弊」，「生硬晦澀，是江西派過求瘦硬之病」。〔註81〕紀昀通過對方回評點情景關係的再批評，將晚唐與江西的弊病剖析分明，論述上也辯證圓通。

　　江西詩派另一個主要弊病是率易俚俗。紀評杜甫《南鄰》「秋水纔深四五尺，野航恰受兩三人」說：「天然好句。然無其根柢而效之，則易俚易率。江西變症，多於此種暗受病根。」〔註82〕江西詩派以杜甫爲初祖，但其中大多數詩人遠沒有相應的性情和才力，只能從形式表層去學習模仿，其結果只能是「畫虎不成反類犬」：欲學杜之高古奇瘦而只得生硬晦澀，欲學杜之自然平易而只得粗率淺俚，愈學愈下，弊病叢生。紀昀認爲這是江西詩派的病根。

二、紀昀論方回選詩論詩之弊

　　紀昀《刊誤序》批評方回及其《瀛奎律髓》有六大弊病：矯語古淡、標題句眼、好尚生新；黨援、攀附、矯激。其中「黨援」、「攀附」指方回評論時著意於詩人的身份，對江西詩派和朝野間德高望重之人的詩歌多加讚賞，是看人論詩，而不能從詩歌作品本身的工拙高下來就詩論詩。這算不得眞正的詩歌批評，其中的偏駁之處也比較明顯，紀昀對這兩種弊病一般是一筆揭過，本文也無須多述。其餘四弊，「矯激」指主觀地以詩人富窮來判斷人品、詩品的高下；「矯語古淡」，指將枯寂無爲視爲平淡，將生硬粗野視爲老健；「標題句眼」，指以煉字爲宗旨，摘句評詩；「好尚生新」，指將寒僻細碎的寫景狀物視爲奇語。紀昀認爲這是方回論詩歧誤的病根所在。

〔註81〕《瀛奎律髓彙評》，卷二十二陳師道《十五夜月》、卷一《登鵲山》紀評，第 921、16 頁。
〔註82〕《瀛奎律髓彙評》，卷二十三，第 992 頁。

　　如方回評賈島《題皇甫荀藍田廳》「竹籠拾山果，瓦瓶擔石泉」二句說：「前輩歐、梅論詩，頗不然此三、四，然賈島、姚合非如此不能奇，不可棄也。」紀昀說：

> 此非奇語，乃太僻、太碎、太狹小、太寒儉耳。此二語虛谷一生歧誤之根。（卷六）

紀昀認為這兩句寫清寒之景，瑣碎無意味，而方回以為奇。再如方回評僧善珍《春寒》：「『春寒誤早花』，此句極佳。詩中無此等新句，而欲名世，可乎？」紀昀說：

> 專以此等句名世，終不到風雅本原。虛谷一生歧誤在此。（卷四十七）

這種句子平平道來，沒有寄寓，單薄無味，而方回以為佳。方回對這三句的欣賞即見其「好尚生新」，紀昀指出這是方氏論詩「一生歧誤之根」。方回的病根尚不止於此，紀昀又說：

> 煉字乃詩中之一法，若以此為安身立命之所，則「九僧」、「四靈」尚有突過李、杜處矣。虛谷論詩，見其小而不知其大，故時時標此為宗旨。（卷十，紀評杜甫《奉酬李都督表丈早春作》）

> 以枯寂為平淡，以瑣屑為清新，以楂牙為老健，此虛谷一生病根。（卷二十三，紀評梅堯臣《閒居》）

> 「閒適」一類，虛谷最所加意，而所選至不佳。由其意取矯激以為高，句取纖瑣以為巧。根柢既錯，故愈加意愈背馳耳。（卷二十三，卷終紀評）

> 蓋虛谷只愛字句之尖新，其「思表纖旨，文外曲致」，皆所不講也。（卷三十五，紀評姜光彥《思杜亭》）

如前所論，紀昀認為品鑒詩歌應當著重體味其情思意味和氣脈筆法，方回屢屢激賞表面之字句，故紀氏批評它「不知其大」、「根柢既錯」。許印芳也批評說：「但舍氣格而專求字句，則淺陋矣。此虛谷一生病根也。」〔註83〕正因為方回往往停留在字句表面上，沒有潛心體味詩歌

內在之氣脈、言外之意蘊，所以常常不能正確把握詩歌的風格品貌，
才會出現「以枯寂爲平淡，以瑣屑爲清新，以楂牙爲老健」的病根。

其實在詩歌創作中，追求古淡的風格，或鍛煉字句以達到警策奇
秀，力求新創，這是多數詩人和評論家所共同追求和提倡的。但由於
方回識見不高，又好說定法，常將具體事例上陞爲固定法則，不知通
變，遂爲他一生歧誤之根源，也容易誤導初學。因此紀昀對這四弊的
辨析反覆細緻，務求深切著明。

有論者對比《瀛奎律髓刊誤》的序文與書中的具體評點，指出《刊
誤》對方書存在「由一概之抽象否定到大量之具體肯定之深刻矛盾現
象」﹝註84﹞。其實不然。序文對《瀛奎律髓》並沒有一概否定，在駁
正六大弊病之後，也肯定了其中有「精確之論」；而且《刊誤序》是
紀昀評閱《瀛奎律髓》六、七次後對方回論詩之僻的總結批評，持論
雖然嚴苛，但都可以和書中的具體評論相印證，並無自相矛盾之處。
以下一一舉例說明。

（一）論「矯激」

紀昀批評方回「矯激」之弊說：

> 鐘鼎、山林，各隨所遇，亦各行所安。巢、由之遁，不必
> 定賢於皋、夔；沮、溺之耕不必果高於洙、泗。論人且爾，
> 況於論詩？乃詞涉富貴，則排斥立加；語類幽棲，則吹噓
> 備至。不問人之賢否，併不論其語之眞僞，是直詭語清高
> 以自掩其穢行耳，又豈論詩之道耶？（《瀛奎律髓刊誤序》）

所謂「矯激」，指方回論詩時嫌富愛窮、自以爲清高的一種不平和心
態。富貴詩有寫得極好的，如晏殊「梨花院落溶溶月，柳絮池塘淡淡
風」，自然嫻雅。而隱逸山林者若沒有通脫豁達的心胸，高潔淡泊的
性情，也可能寫出窮酸潦倒、氣局狹小的詩歌。方回不作分別地以窮
爲高、以富爲下，是心有成見，不能全盤通觀，批評時也就不能做到

第 1674 頁。
﹝註84﹞詹杭倫《紀昀〈瀛奎律髓刊誤〉的得與失》。

客觀公正。

　　方回《瀛奎律髓》卷二十三「閒適類」小序引韓愈《送李愿歸盤谷序》「窮居而閒處，升高而望遠，坐茂樹以終日，濯清泉以自潔。采於山，美可茹；釣於水，鮮可食。黜陟不聞，理亂不知。起居無時，惟適之安」一段後，說：「此能極言閒適之味矣，詩家之所必有而不容無者也。」隱逸、閒適之類的題材，容易和詩歌超功利的審美特性產生共鳴，比較有可能取得平淡清遠的神韻，但說「詩家之所必有而不容無」，用語太過絕然，眼界也過於狹隘。因此紀昀批駁：「此句偏滯之極。人生窮達，係於所遭，不必山林定高於廊廟；而四始六義之源，溫柔敦厚之旨，亦非專為石隱者設。必以閒適之作為詩家所不可無，然則上薄風雅，下及騷人，皆未知詩歟？亦矯而妄矣。」詩歌的本旨是抒寫性情，人類生活豐富多樣，情感也隨之複雜多變，這豐富、深廣的生活和情感才是「詩家之所必有而不容無」的，閒適之情只是其中之一。人生的出處窮通，視乎心之所繫，身之所遇，山林、廊廟並無高下之分，更不能作為評論詩歌的依據。

　　方回屢屢以詩歌所寫的、乃至詩人本身的隱逸與顯達來判分詩品之高下，確實是一種「僻見」。王安國《西湖春日》起二句云「爭得才如杜牧之，試來湖上輒題詩」，末二句云「人間幸有蓑兼笠，且上漁舟作釣師」，以「且上」收繳「爭得」，言即使詩才不如杜牧，暫做個漁翁也不會辜負了西湖的美麗春光。首尾一氣呼應，結構上渾為一體。方回說「尾句高甚」，紀昀則說：「尾亦習徑，未見其高。虛谷不言詩格之高，但以一言隱遁，便是人品之高耳，殊是習氣。」（卷十）批評得很到位。又如張子容《送孟六歸襄陽》詩云：「杜門不復出，久與世情疏。以此為長策，勸君歸舊廬。醉歌田舍酒，笑讀古人書。好是一生事，無勞獻《子虛》。」方評：「子容亦志義之士，浩然嘗有詩送應進士舉。子容今送浩然歸，乃為此骨鯁之論，其甘與世絕，懷抱高尚，可以想見云。」（卷二十四）此評由詩贊人，似乎並無不妥之處。紀昀卻敏銳地捕捉到方評「必以『甘與世絕』為高，終是僻

見」。方評認為與世隔絕便是「懷抱高尚」，的確不當。紀評「氣味較薄，意境較近」才是論詩之語。

由人品而論詩品，本是中國古典詩歌批評的一個傳統，紀昀也很強調詩人性情、人品與詩品的密切關係。他說：

文章一道，關乎學術、性情；詩品、文品之高下，往往多隨其人品。〔註85〕

人品高則詩格高，心術正則詩體正。（《詩教堂詩集序》）

其心澹泊而寧靜，則其詞脫灑軼俗，自成山水之清音。（《月山詩集序》）

他經常聯繫人品來評論詩文的風格，《總目》集部提要頻頻由人品而論詩品，由詩品而證人品。紀昀論述人品與詩品的關係比較全面、通達，他認為「名節心術之事，與文章之工拙別為一論」〔註86〕，對於那些人品有瑕疵而在詩文上頗有成就的情況，應當「略其人品，取其詞采」〔註87〕。方回所論則不然，他將人品與詩品的關係簡單化，不作具體分析，以為隱逸就代表人品高。總之，方回之說人品、詩品，持論比較偏駁，而且表述上用語比較絕對，因此遭到紀昀的嚴厲批評。

方回推崇隱逸之詩的同時也很排斥富貴顯達的詩人和富麗華豔的詩作。他直接說：「予選詩不甚喜富貴功名人詩，亦不甚喜詩之富豔華腴者。」〔註88〕不論人之賢否，不論詩之工拙，純從個人好惡來選詩、評詩，確非真正的論詩之道。方評柳宗元《旦攜謝山人至愚池》：「幽而光，不見其工而不能忘其味，與韋應物同調。韋達，故淡而無味。」（卷十四）前一句說韋、柳詩歌風格相似，還很有見地，清人王士禎《論詩絕句》也說「風懷澄澹推韋柳」。後一句說韋應物「淡而無味」，已是不知詩之論，更以仕途通達視為韋詩「淡而無味」的

〔註85〕《總目》卷一六五，余德鄰《佩韋齋文集》提要。

〔註86〕《總目》卷一五六，汪藻《浮溪集》提要。

〔註87〕《總目》卷一五八，周紫芝《太倉稊米集》提要。

〔註88〕《瀛奎律髓彙評》卷十三，范成大《海雲回接騎城北時吐蕃出沒大渡河水上》方評，第494頁。

原因，這種論見眞的只能用紀昀所說的「僻謬」來形容了。王士禎《論詩絕句》後兩句說：「解識無聲弦指妙，柳州那得並蘇州。」紀昀解釋說：「豈非柳州猶役役功名，蘇州則掃地焚香泊然高寄乎？」（《郭茗山詩集序》）同樣是學陶詩，王士禎認爲韋應物比柳宗元更能領會陶淵明的精神意韻，紀昀指出這是因爲柳看重功名，而韋心性淡泊，在性情上更接近陶的緣故，因而韋詩也更接近陶詩的自然平淡。結合韋、柳二人的生平及他們的詩歌創作來看，王士禎和紀昀的評論可謂言之成理，持之有故。方回以韋詩不如柳詩，而理由在於「韋達」，是以窮通爲高下，其「矯激」之見甚爲偏謬。

梅花象徵著高潔的品格，方回即因此說：「杜詩凡有『梅』字者皆可喜。」又說：「且不特老杜，凡唐人、宋人詩中有『梅』字者，即便清雅標致。」〔註89〕唐宋詩中有「梅」字的不知凡幾，方回全然不論詩作本身如何，一概說「清雅標致」，紀昀批評他「膠柱」、「偏僻」，良有以也。方回還隱約指出在詩中表達不得志的寥落之感也是一種缺憾，這就偏得太遠了。如他評劉長卿：「此公詩淡而有味，但時不偶，或有一苦句。」紀昀說：「隨州以格韻勝，不以淡勝。……苦語亦詩家之常，又豈能篇篇矯語高尙？」又如方回列舉駱賓王幾聯佳句，評曰：「皆可書，但情味寥落，多不得志之辭云。」紀昀細心抓住此評語氣上的轉折，反駁說：「際遇不同，悲愉自異。必矯語隱逸之樂，乃爲詩家之正聲，則《三百篇》愁怨之作皆將黜爲外道乎？」〔註90〕必以隱逸爲樂，這是方回矯激清高之處。古代文人寄情山水，很多時候本來就是爲了宣泄不得志的牢騷，這也是詩歌創作的主要動機之一，如屈原說「發憤以抒情」，韓愈說「不平則鳴」。而且窮愁之境也往往能促進詩歌的創作，韓愈又說：「歡愉之辭難工，

〔註89〕 《瀛奎律髓彙評》卷二十，杜甫《和裴迪發蜀州東亭送客逢早梅相憶見寄》方評，第780頁。

〔註90〕 《瀛奎律髓彙評》，卷四十三劉長卿《北歸次秋浦界清溪館》、卷四十七駱賓王《酬思玄上人林泉》方評、紀評，第 1544、1626～27頁。

而窮苦之言易好。」（《荊潭唱和集序》）歐陽修也有「窮而後工」（《梅聖俞詩集序》）之論，蘇軾《次韻仲殊雪中游西湖》（其一）也說：「秀語出寒餓，身窮詩乃亨。」紀昀說「苦語亦詩家之常」與諸家所說一脈相承，點明《詩經》有「愁怨之作」，反駁方回「矯激」尤爲有力。

　　方回身處宋元交替之際，亂世中以避世全身爲得道，他排斥富貴華豔之詩，而以山林幽棲爲高品，應該與當時具體的社會歷史環境有很大的關係，這大概是他「矯激」的原因所在。《瀛奎律髓》所選的唐、宋律詩，跨時約六百年，方回評論詩歌時局限於他當時歷史時境，不能超脱，是其狹隘之處。紀昀在具體評點中都能更正方回論詩的僻謬之處，但《刊誤序》說方回之「矯激」是「詭語清高以自掩其穢行」，則不免有人身攻擊之嫌，非公平之論。

（二）論「矯語古淡」

紀昀批評方回「矯語古淡」說：

> 夫古質無如漢氏，沖淡莫過陶公，然而抒寫性情，取裁風雅，樸而實綺，清而實腴，下逮王、孟、儲、韋，典型具在。虛谷乃以生硬爲高格，以枯槁爲老境，以鄙俚粗率爲雅音，名爲尊奉工部，而工部之精神面目迥相左也，是可以爲古淡乎？（《瀛奎律髓刊誤序》）

簡古平淡之風格是宋代詩人普遍追求的審美理想。因著詩學觀念的差異和各自的藝術實踐，宋人平淡詩學觀的內涵也有不同的側重，大概而言，有以下三種：一是以梅堯臣爲代表的，由苦吟而趨於平淡。這種平淡常帶有斧鑿之痕，有些艱澀和生硬，梅堯臣自己也曾說：「因吟適情性，稍欲到平淡。苦辭未圓熟，刺口劇菱芡。」（《依韻和晏相公》）二是以黃庭堅爲代表的，追求杜甫晚年的詩風，即「句法簡易，而大巧出焉，平淡而山高水深」（《與王觀復書》）。這種平淡試圖以簡易的技巧形式表達深厚廣博的內容，但如果沒有相應的性情、學問爲根柢，通常會停留在追求字句的平易，而才力不夠者往往

至於粗野、鄙俚。三是以蘇軾爲代表的，由「氣象崢嶸，五色絢爛」（周紫芝《竹坡詩話》引蘇軾語）而歸於平淡。這種平淡「發纖穠於簡古，寄至味於淡泊」（《書黃子思詩集後》），簡古、淡泊之中蘊含著風容情韻。〔註91〕梅、黃兩種平淡有意矯正晚唐、西崑的浮靡輕豔，故刻意剝落辭采、音調、意象，只剩骨幹，直見思理。這樣的平淡詩風偶一爲之，尚覺奇古遒勁，別具一格，作多了且筆力不逮則滿目枯槁，不見生趣。沒有了枝條花葉，也就沒有了風流姿韻，樹如此，詩亦如是。蘇軾所說的平淡融合了詩歌形式的藝術美，講究「外枯而中膏，似淡而實美」。

紀昀認爲平淡應該是「樸而實綺，清而實腴」，與蘇軾的觀點相同。方回所說的「古淡」或「平淡」大體不出梅、黃兩種平淡。方回說：「學詩者不可不深造黃、陳，擺落膏豔，而趨於古淡。」（卷四，方評白居易《百花亭》）「崑體詩一變，亦足以革當時風花雪月、小巧呻吟之病，非才高學博，未易到此。久而雕篆太甚，則又有能言之士，變爲別體，以平淡勝深刻。」（卷三，方評錢惟演《始皇》）擺落膏豔，革除雕篆太甚，猶是「古淡」和「平淡」題中應有之意。至於方回以「不用景物」、「不帶顏色字」、「一直道破」〔註92〕來理解古淡和平淡，卻是皮相之論。如果完全不用景物的襯托和烘染，也沒有象徵與暗示，直接言情言意，詩歌將變得直露淺俗；竭情盡意，一直道破，不留餘地，沒有一唱三歎，詩歌也不復有蘊藉含蓄與雍容閒雅之美。這樣的詩歌貌似平淡，其實枯寂無味。

方回「矯語古淡」還表現在他對梅堯臣五言律的過分推崇。梅

〔註91〕本文對三種平淡的概括參考了周裕鍇《宋代詩學通論》的說法。周裕鍇《宋代詩學通論》，上海古籍出版社，2007 年，第 344～345 頁。
〔註92〕如他評尤袤《別李德翁》：「不用景物，語意一串，古淡有味。」（卷二十四）評陳師道《老柏》：「『黃裏青青出』，用三個顏色字；『愁邊稍稍瘵』，卻只平淡不帶顏色字。」（卷二十六）又說：「山谷詩『秋盤登鴨腳，春網薦琴高』，其下卻云『共理須良守，今年報省曹』，上聯太工，下聯放平淡，一直道破，自有無窮之味，所謂善學老杜者也。」（卷二十三，方評杜甫《江亭》）

堯臣的確有不少清新平淡之作，如《與夏侯繹張唐民遊蜀岡大明寺》、《春寒》、《春社》、《梅花》、《田人夜歸》等。但也有很多粗率鄙俚之作，如「力槌頑石方逢玉，盡撥寒沙始見金」二句，說理直白、俚俗；「荷鋤休帶月，亭長豎眉毛」，後句粗鄙之極。但方回認為梅詩「平淡有味」為宋人第一，甚至超過許多唐人，可與王維並肩。他說：

> 若五言律詩，則唐人之工者無數，宋人當以梅聖俞為第一，平淡而豐腴。（卷一，方評陳與義《與大光同登封州小閣》）

> 若論宋人詩，除陳、黃絕高，以格律獨鳴外，須還梅老五言律第一可也。雖唐人亦只如此。而唐人工者太工，聖俞平淡有味。（卷二十三，方評梅堯臣《閒居》）

> 梅詩似唐而不裝不繪，自然風韻，又當細咀。（卷四，方評梅堯臣《宣州二首》其二）

方回這裡所說的唐人指唐代能自成一家的詩人，如杜審言、王維、岑參、張籍、劉長卿等。〔註93〕實際情況如何？將梅詩《和小雨》與韋應物《賦暮雨送李冑》對看，韋詩細淨淡遠，梅詩則淡而不佳，切而無味。又如《曉》（烏蟾不出海），方回以為「淡而有味」、「自然圓熟」，實則如紀昀所評：「起四句晚唐劣派，五、六太率易，七、八『紛紛』、『勞勞』亦太復。」（卷十四）恰如錢鍾書先生所言，梅詩「『平』得常常沒有勁，『淡』得往往沒有味。他要矯正華而不實、大而無當的習氣，就每每一本正經的用些笨重乾燥不很像詩的詞句來寫瑣碎醜惡不大入詩的事物」〔註94〕，所以不免有粗俗滑稽之作。方回說王維等

〔註93〕觀方回相關評語可知。他說：「右丞詩，入宋惟梅聖俞能及之，可互看。」（卷四，評王維《送楊長史濟赴果州》）「聖俞詩一掃『崑體』，與盛唐杜審言、王維、岑參諸人合。」（卷四，評《送任適尉烏程》）「聖俞此詩全不似宋人詩。張籍、劉長卿不能及也。」（卷四，評《餘姚陳寺丞》）「宋人善學盛唐而或過之，當以梅聖俞為第一。」（卷二十四，評《送徐君章秘丞知梁山軍》），《瀛奎律髓彙評》，第152、170、171、1060頁。

〔註94〕錢鍾書《宋詩選注》，人民文學出版社，1989年第2版，第14頁。

幾位唐詩人的五言律太工，以此來突出梅詩不裝繪、有自然風韻，其論「平淡有味」眞是既矯且妄。

　　梅堯臣作詩追求平淡，本意在矯正當時西崑體的堆砌華豔之弊。但像方回這樣失卻客觀之心地提倡梅詩的平淡，則容易走到另一個「中邊皆枯淡」（蘇軾《評韓柳詩》）的弊端。這也就是紀昀所說「若偏主平淡，則外強內乾，亦成僞體，與西崑弊等」的意思。紀昀再進一步說：「凡詩只論意味如何，濃淡平奇，皆其外貌。」（卷三十，評鄭鏦《入塞曲》）此外，詩歌的各種藝術風格都有其獨特的藝術魅力，雄奇、瑰麗、婉秀、富豔，各有各的美麗。兼容並蓄，才能發掘詩歌眞正的藝術價值，才是評論詩歌應有的通達之心。方回片面倡導平淡，又是一重偏隘，這應該是紀昀批評他「矯語古淡」的重要原因。

（三）論「標題句眼」

　　紀昀批評方回「標題句眼」說：

> 「朱華冒綠池」，始見子建；「悠然見南山」，亦曰淵明。「響字」之說，古人不廢；暨乎唐代，鍛鍊彌工。然其興象之深微、寄託之高遠，則固別有在也。虛谷置其本原而拈其末節，每篇標舉一聯，每句標舉一字，將率天下之人而致力於是，所謂「溫柔敦厚之旨」蔑如也，所謂「文外曲致，思表纖旨」亦茫如也。後來纖仄之學，非虛谷階之屬也耶？
> （《瀛奎律髓刊誤序》）

紀昀認爲一字一句的鍛鍊雖然也有必要，但還是屬於細枝末節，詩歌創作與評論首先要關注其整體結構的安排、意境的營造、情感的表達及寓意的寄託等更爲根本性的內容。

　　詩歌創作中少不了對字句的推敲、錘煉，以求表達的準確生動，並力求給人耳目一新的感覺。所謂「句眼」、「響字」指極意鍛鍊後用字打破常規，而仍合情理，且傳達出詩人的獨特感覺。如岑參「孤燈燃客夢，寒杵搗鄉愁」二句的「燃」、「搗」二字，王安石「城雲漏日晚，樹凍裏春深」二句的「漏」字、「裏」字等。又如杜甫「紅入桃

花嫩，青歸柳葉新」二句，因爲「入」字、「歸」字，彷彿紅、青不是桃、柳天然所有的顏色，而是這兩種顏色有意識地選擇了桃花和柳樹，突出了早春的鮮豔之色。

方回以「標題句眼」評詩，對以鍛煉磨瑩一字一句爲工的，如晚唐、四靈、九僧一類的詩歌，的確能點出其中的關鍵、精彩之處。如方評趙師秀《冷泉夜坐》「樓鐘晴聽響，池水夜觀深」二句說：「三、四下一字是眼，中一字是眼之來脈。」方回說「響」字、「深」字是句眼，而「晴」和「夜」是「響」和「深」的原因，評析細緻清楚。紀昀肯定說：「就彼法論之，實是如此。」（卷十五）但很多時候方回所謂的「句眼」、「詩眼」是他自己強標、附會上去的，其實只是普通的動詞或虛字，並無出彩之處，有些甚至談不上工穩。如方回評「坐久時開卷，吟餘或炷香」說：「五、六以『炷』、『開』字爲眼，卻便覺佳。」紀昀反問：「卷自當云『開』，香自當云『炷』，此二字如何是眼？不可解。」方回又評林逋「粉竹亞梢垂宿露，翠荷差影聚游魚」二句：「五、六下兩隻詩眼，太工。」他所謂「詩眼」指「亞」、「垂」、「差」、「聚」四字，其實沒什麼出奇之處，因此紀昀說：「此自虛谷看出，其實和靖詩不講琢字。」這兩例是常規的用字搭配，而方回以爲詩眼，他把傳神出奇的「詩眼」泛化爲一般的動詞或虛字了。再如「野闊膏新澤，樓明納晚晴」二句，方回說：「『膏』字、『納』字，詩眼極矣。」本是因晚晴之照而樓明，卻說成是小樓本身吸納晚晴而明，一個「納」字轉換了視野的角度，確是句眼。但「膏」字不佳，紀昀評：「『膏』字習字，且腐語，不及『納』字。」又如「春雲藏澤國，夜雨嘯山城」二句，方評：「三、四字眼工。」「嘯」通常指由氣流快速衝擊而發出的聲音，風可云「嘯」，雨如何「嘯」，紀昀指出「嘯」字不穩。〔註95〕這兩例「膏」字、「嘯」字並不妥當，方回猶視爲詩

〔註95〕《瀛奎律髓彙評》，卷二十三陸游《北檻》、卷十一林逋《夏日即事》、卷十七陳師道《和寇十一同遊城南阻雨還登寺山》、卷二十九張耒《正月二十日夢在京師》方評、紀評，第983、410、669、1282頁。

眼，這是因爲他陷入「標題句眼」的批評模式不能自拔，刻意標舉詩眼的緣故。

詩眼是整首詩的畫龍點睛之筆，體現了全詩的主旨，因此，標舉詩眼除了欣賞其藝術表現成就外，更要以詩眼推求主旨。方回只知道從一句一聯中摘尋詩眼，沒有聯繫全詩的結構和意旨，所以紀昀批評他「置其本原而拈其末節」。紀氏評詩比較重視「文外曲致，思表纖旨」。如溫庭筠《陳琳墓》：

> 曾於青史見遺文，今日飄零過古墳。
> 詞客有靈應識我，霸才無主始憐君。
> 石麟埋沒藏秋草，銅雀淒涼起暮雲。
> 莫怪臨風倍惆悵，欲將書劍學從軍。

紀昀評三、四句曰：「『詞客』指陳，『霸才』自謂。此一聯有異代同心之感，實則彼此互文，『應』字極兀傲，『始』字極沉痛，通首以此二語爲骨，純是自感，非弔陳琳也。」（卷二十八）關注點不同，雖同是論詩中字眼，但識見也會有高下之判分。再如杜甫《野人送櫻桃》：

> 西蜀櫻桃也自紅，野人攜贈滿筠籠。
> 數回細寫愁仍破，萬顆勻圓訝許同。
> 憶昨賜霑門下省，退朝擎出大明宮。
> 金盤玉筯無消息，此日嘗新任轉蓬。

方回評：「野人嘗云：『惟櫻桃既摘，不可易器。青柄一脫，則紅苞破而無味。』老杜既得此三昧，又下一句有『萬顆勻圓』之訝，古今絕唱。『寫』字見《曲禮》，謂傳置他器。」方評關注的是三、四句，寫杜甫對櫻桃保持渾圓完整的驚訝。其實這首詩的主旨不在櫻桃，而是借櫻桃對比今昔，表達憂時傷身的感慨。紀昀說：「絕唱不在此句。後四句龍跳虎臥之筆，而虛谷不賞，瑣瑣講一『破』字。蓋其法門如是，只於小處着工夫。」指出方回只關注字詞等瑣屑末節，不懂此詩真正的價值所在。又說：「通篇詩眼在『也自』、『憶昨』、『此日』六字。古人所用意者如此，不必以一、二尖新之字爲眼。『也自紅』三

字已包盡後四句，此一篇之骨。」（卷二十七）「也」字說明詩人心目中有一個與「西蜀櫻桃」相比較的參照對象，這就是「憶昨」二句所寫的昔日朝廷之上君主所賜的櫻桃，「此日」再嘗如此新美的櫻桃，卻已是身不由己飄零江湖了，如何讓人不生感慨。以櫻桃的「也自紅」反襯世事的變幻，有物是人非之意。

　　紀昀論詩抓住真正關鍵的詩眼，見微知著，故能探求風雅本原。方回以一二尖新字詞為句眼，見小失大，這又涉及到他「好尚生新」之弊。

（四）論「好尚生新」

　　紀昀批評方回「好尚生新」說：

> 贊皇論文，謂「譬如日月，終古常見而光景常新」。人生境遇不同，寄託各異，心靈瀹發，其變無窮。初不必刻鏤瑣事以為巧，捃摭僻字以為異也。虛谷以長江、武功一派標為寫景之宗，一蟲一魚，一草一木，規規然摹其性情，寫其形狀，務求為前人所未道，而按以作詩之意，則不必相涉也。騷、雅之本旨，果若是耶？（《瀛奎律髓刊誤序》）

詩貴求新，求新才能擺脫窠臼，自成一家。求新的根本之道是以自身經歷為基礎，展現個人獨特的內心感受，這是詩歌創作的不竭之泉。如杜甫《對雪》（戰哭多新鬼），方回看到其中與眾不同處，「他人對雪必豪飲低唱，極其樂。唯老杜不然，每極天下之憂」（卷二十一）。杜甫對雪坐愁，並不是他刻意求新而「為賦新辭強說愁」，而是當時他身陷賊中，有感而發。這就是紀昀所說的「此亦繫於所遇」，亦即紀昀所謂「人生境遇不同，寄託各異」的意思。如果忽略了內在情感，而專注於以往詩歌中未曾涉及的瑣碎事物和奇僻字眼，則求新不成，反入魔障，不免纖巧、棘澀、詭僻等弊病。

　　評杜甫《對雪》時，方回的認識是正確的。但在其他很多時候，他卻只樂道於詩人之「刻鏤瑣事」、「捃摭僻字」。姚合詩常有因求新而犯的纖瑣、詭僻之病，方回不引以為戒，反而多次稱賞為清新、

細巧。他說：「予嘗評之，賈浪仙詩幽奧而清新，姚少監詩淺近而清新，張文昌詩平易而清新。」紀昀贊同方回對賈島、張籍的評語，但認爲「評姚未確，當日求清新而反僻反俚」〔註96〕。姚合許多詩歌刻畫瑣屑，偏僻狹小，紀昀說：「武功詩語僻意淺，大有傖氣，惟一、二新異之句，時有可採，然究非正聲也。」「武功詩欲求詭僻，故多瑣屑之景，以避前人蹊徑。佳處雖有，而小樣處太多。」〔註97〕方回也感覺到姚詩的弊病所在，如批評其詩「有小結裹，無大涵容」、「氣格卑弱」、「斤兩輕，對偶切，意思淺」等，另一方面又堅持認爲姚詩「細潤而甚工」、「詩亦一時新體也」。〔註98〕方回所稱道的姚詩如「迎風蝶倒飛」、「詩成削樹題」、「看月嫌松密」，其實一味瑣屑而已；又如賈島《寄胡遇》詩淺僻細碎，紀昀認爲正是姚合「武功派」之先聲，而方回極爲讚賞：「此詩句句伶俐，不知幾鍛而成，後人豈可一蹴而至耶？」（卷二十三）其他所謂「新」者，如王建《閒居即事》「小婢偷紅紙」、陸游《秋晚書懷》「無奈喜歡閒弄水，不勝頑健遠尋僧」，前者俚俗，後者不成文，所以紀昀說：「誤以此爲新爲高，則去詩遠矣。」（卷二十三，評賈島《寄胡遇》）

　　求新要以自身經歷、內在情感爲根本，在具體運用上，紀昀強調求新當如梅堯臣《送張景純知邵武軍》「善求新徑，而氣格渾融，勝於雕鏤一字兩字以爲新」（卷二十四）。梅詩云：「賭却華亭鶴，圍棋未肯還。方爲剖符守，又近爛柯山。魚稻荊揚下，風煙楚越間。小君能賦詠，應得助餘閒。」梅詩原注：「張，華亭人。近輸鶴與馮仲達。」許印芳結合原詩對紀評「善求新徑」、「氣格渾融」作了詳細的闡釋：

〔註96〕《瀛奎律髓彙評》卷二十三，張籍《過賈島野居》方評、紀評，第953頁。

〔註97〕《瀛奎律髓彙評》，卷六姚合《武功縣中》、卷十姚合《遊春》其一紀評，第244、339頁。

〔註98〕《瀛奎律髓彙評》，卷二十四姚合《送喻鳧校書歸毗陵》和《送李侍御過夏州》、卷二十三姚合《山中寄友生》、卷十姚合《遊春》其二方評，第1053～55、340、962頁。

詩貴求新，然必如何而後能新？……如此詩只就眼前實事鎔
鑄成章，一切油熟語自然屏除淨盡。其故何哉？蓋天地間人
物事理，時時不同，在在不同。偶有同者，其始與終畢竟有
不同處。文字專從不同處落想，同者亦隨之而化矣。此詩所
言華亭鶴、爛柯山，皆故事也，此與古人同者也。圍棋賭鶴，
新事也，此與古人不同者也。故事而串以新事，遂化臭腐爲
神奇。愚者但知挨用故事，拘者又每禁用故事，皆非善求新
徑者也。詩徑新矣，若但解雕鏤字句，或鍊一字而成句，或
鍊兩字而成聯，有句則無聯，有聯則無篇。此等詩費盡畢世
苦心，但可採摘一二語收入詩話耳。若論家數，正如人有四
體，體不備不成人也。聖俞此詩高在取徑新而運以盛唐人氣
格，不向瑣碎處用工夫，故能使章法渾成，痕迹融化。……
學者細玩聖俞之詩，細味曉嵐之評，當知鍊詞鍊意據實事，
鍊氣鍊格法古人，詩文求新之道在是矣。

觸發作家詩興的具體事物總有其不同之處，從這不同之處入手進行構
思，運用相關典故，舊瓶裝新酒，滋味自然不同。這是「善求新徑」。
詩徑已新，還要從整體上「鎔鑄成章」，像梅堯臣這首詩，用字平實，
沒有突出的句眼，卻一氣流注，渾樸自然。將許印芳這段話與紀昀《刊
誤序》論「標題句眼」、「好尚生新」參看，可矯正方回「以瑣屑爲清
新」的弊病，乃求新之正道。

結　語

方回論詩「矯激」、「矯語古淡」、「標題句眼」、「好尚生新」四
弊，總病根在他只關心詩歌最表面的字句與品貌。詩歌是語言的藝
術，重視字句固然不錯；但字句品貌只是詩歌的外形，詩人主體的性
情、學問及藝術表現能力才是詩歌生命力的源泉，因此，單單注重字
句是遠遠不夠的。紀昀指出方回「總在字句上著意，故所見皆隔數
層」〔註99〕，又說：「虛谷主響之說，未嘗不是，然究是末路工夫。

〔註99〕《瀛奎律髓彙評》卷十二，歐陽修《秋日與諸公馬頭山登高》紀評，
　　　第460頁。

醞釀深厚，而性情眞至，興象玲瓏，則自然湧出，有不求響而自響者。」〔註100〕紀昀對詩歌本質的把握比較深透，他評詩既不輕忽鍊字鍊句的細節工夫，同時更關注「溫柔敦厚之旨」、「興象之深微，寄託之高遠」與「文外曲致，思表纖旨」。這樣論詩既體味詩人的心靈情感，又展現了詩歌的風骨神韻，還說明了字法、句法及章法之妙處，讓人知其然又知其所以然，對後人無論是欣賞詩歌還是創作詩歌都有莫大的幫助。

三、紀昀對方回「精確之論」的肯定

方回論詩有諸多弊病，但並非一無是處，《瀛奎律髓》也有不少通達、正確的批評。紀昀《刊誤》別白是非，既批駁其偏謬之處，也讚賞其正論。

紀昀批評方回「平日論詩只講字句，不甚探索本原」〔註101〕，卻也肯定他在句法上有精細、確當的評析。方回指出杜甫《秋夜》「疏燈自照孤帆宿，新月猶懸雙杵鳴。南菊再逢人臥病，北書不至雁無情」四句「自是一家句法」：「蓋上四字、下三字，本是兩句，今以合爲一句，而中不相黏，實則不可拆離也。試先讀上四字絕句，然後讀下三字，則句法截然可見矣。」（卷十二）紀昀雖然不同意方回總是從字句論學杜，但就句法本身而言，也承認「此論句法卻是」。蘇軾《泗洲僧伽塔》「耕田欲雨刈欲晴，去得順風來者怨」二句言農民與樵夫、相反方向的行船者對天氣的晴雨、風向各有不同的祈求，將一對矛盾集中表現於一句之中，用的也是這種句法。再看方回對賈島《寄宋州田中丞》中四句的論析：

> 「相思深夜後，未答去年書」，初看甚淡，細看十字一串，
> 不吃力而有味。浪仙善用此體，如「白髮初相識，秋山擬
> 共登」，如「羨君無白髮，走馬過黃河」，如「萬水千山路，

〔註100〕《瀛奎律髓彙評》卷四十二，李虛己《次韻和汝南秀才遊淨土見寄》紀評，第 1512 頁。

〔註101〕《瀛奎律髓彙評》卷十，王安國《假寐》紀評，第 368 頁。

孤舟一月程」，皆句法之變也。如「自別知音少，難忘識面
初」，又當截上二字下三字分爲兩段而觀，方見深味。蓋謂
自相別之後，知音者少，「自別」二字極有力，而最難忘者
尤在識面之初。（卷二十六）

此評論此詩三、四流水對與五、六折腰句，切中肯綮，紀昀也說：「此
一段議論俱細密。」又方評賈島《馬戴居華山因寄》「絕雀林藏鶻，
無人境有猿」二句：「五、六謂絕雀之林爲藏鶻，無人之境始有猿。
一句上本下，一句下本上，詩家不可無此互體。工部詩『林疏黃葉墜，
野靜白鷗來』亦似。」（卷二十三）這兩句看似平易，實則十字之內
含有兩個因果關係，而且兩句的因與果的位置也不同。上句「絕雀」
爲果，原因是「藏鶻」；下句「無人」爲因，結果是「有猿」。兩句互
文，表現了華山之險與幽。賈島詩歌幽折劖削而不乏自然，方回的句
法分析使賈詩自然之下的幽折劖削之本色得以顯露，因此紀昀稱讚他
「解得好」。

　　宋人好深思，在評詩上有時會過度闡釋，甚至於穿鑿附會，尤其
表現在對杜詩的解析。方回解杜詩「越女紅裙濕，燕姬翠黛愁」二句
與「雷霆空霹靂，雲雨竟虛無」二句也不免此病，都遭到紀昀的批評。
〔註102〕不過方回不把詩歌的比興託寓與歷史的具體事件作一一對
應，也不認爲詩歌能夠預示詩人的命運，這是紀昀比較贊同的地方。
如有人認爲杜甫《螢火》「幸因腐草出，敢近太陽飛」二句是譏諷李
輔國，方回說：「凡評詩，正不當如此刻切拘泥。言之者無罪，聞之
者足以戒。……學者觀大指可也。」（卷二十七）方回相信梅堯臣《隴
月》、《未晴》、《夜陰》、《夜暗》四詩應該是「有所爲而發」，但具體
爲什麼事而發卻難以確證，「皆未可臆度爲指何事也」。方回對待詩歌
寓意的這種審慎而又較爲通脫的態度，紀昀很讚賞：「詩有寓意，可
一玩而知之，所寓何意，則不能一一得也。注家牽引史傳如目擊，然

〔註102〕《瀛奎律髓彙評》卷十一，杜甫《陪諸貴公子丈八溝攜妓納涼晚際
　　　　遇雨二首》方評、紀評，第392～93頁。

皆妄臆也。虛谷此評,乃通人之論。」〔註103〕方回的通脫又體現在
他並不相信詩句與詩人命運之間可能存在的神秘聯繫。有人認爲「野
水無人渡,孤舟盡日橫」之聯是寇準日後拜相的徵兆;或說「山蟬帶
響穿疎戶,野蔓蟠青入破窗」的寂寞淒清預示著蘇舜欽「終於滄浪」,
而「身如蟬蛻一榻上,夢似楊花千里飛」則是他早逝的兆頭。方回都
不以爲然。他認爲「野水」一聯「只看詩景自好」,至於人的生死,「修
短有數,自說死而不死者何限也」。紀昀既肯定方回所說爲「正論」,
又補充說:「然人之窮通,亦往往見於氣象之間。福澤之人作苦語亦
沈鬱,潦倒之人作歡語亦寒儉,不必定在字句之吉祥否也。」〔註104〕
他認爲詩歌不會預示詩人未來的命運,但通過詩歌的氣象卻能大致判
斷詩人遭遇之窮通。

　　《瀛奎律髓》選錄了大量詠物詩,如茶、酒、雪、月、晴雨、梅
花等,卷二十七「著題類」也大多是詠物。方回的有些評論觸及了
詠物詩的精神核心——傳神寫意與比興寄託,這得到了紀昀的大力
肯定。林逋「疏影橫斜水清淺,暗香浮動月黃昏」是詠梅經典之作,
王詵認爲這兩句也可用於桃、李、杏之花,方回引蘇軾語「可則可,
但恐杏、桃、李不敢承當耳」加以反駁,並通過一字一詞的辨析來
論證:

> 予謂彼杏、桃、李者,影能疎乎?香能暗乎?繁穠之花,
> 又與「月黃昏」、「水清淺」有何交涉?且「橫斜」、「浮動」
> 四字,牢不可移。〔註105〕

「疏影橫斜水清淺」則疏朗橫逸,「暗香浮動月黃昏」則清味幽遠,
只有梅花足以當之;桃、李、杏花開繁茂,熱鬧燦爛,卻沒有這種清
韻逸格。紀昀認爲方回之說允當,而且也很重視詠物詩(包括一般的

〔註103〕《瀛奎律髓彙評》卷二十二,梅堯臣《隴月》方評、紀評,第919
　　　　　～20頁。
〔註104〕《瀛奎律髓彙評》卷十,寇準《春日登樓懷歸》、蘇舜欽《春睡》
　　　　　方評、紀評,第342、370頁。
〔註105〕《瀛奎律髓彙評》卷二十,林逋《山園小梅》方評,第786頁。

景句）的用字配色對歌詠對象的神韻的把握與傳達。如尤袤海棠詩的結尾「定自格高難著句，不應工部總無心」，紀昀指出「格高」二字用的不對，「海棠韻勝，非格勝，『格』字只可言梅」。又評張栻梅花詩「朗吟空激烈」句：「『激烈』二字與詠梅不配色。」這句寫詩人吟誦梅詩的情態，但梅花的清清淡淡以「激烈」之語氣詠唱，似不倫不類。又評楊巨源「繁菊照深居」句：「『繁』字、『照』字皆不得菊之神理。」〔註106〕細想一下，的確如此：繁、照二字給人春光明媚的感覺，沒有傳達出菊花霜後傲立的清姿。方回還從尤袤詩歌風貌的變化意識到詠物詩的藝術風格要切合歌詠對象的特質與神韻，他評尤袤《海棠盛開》：「尤延之詩多淡，此詩獨豔。蓋海棠乃豔物，不可以淡待之也。」（卷二十七）紀昀肯定「此論深微，可以類推」，如「梅詩宜以淡遠求之」〔註107〕。紀氏又評陸游《樊江觀梅》「細味乃似海棠，此在神思間，不在字句間也」（卷二十）。按此詩「倚醉更教重秉燭，怕愁元自怯憑欄」的感覺彷彿是柔弱嬌豔的女子，用來形容海棠比較恰當；「誰知攜客芳華日，曾費纏頭錦百端」，芳華之日、纏頭之錦的穠麗感覺也與梅花的清遠不合。凡此都表明紀昀非常重視詩之神味須契合所詠對象的神韻。

　　紀昀論詩注重比興與寄託，二者能讓詩歌更加有餘味、有深意。方回偶爾也有論及。朱熹《次韻秀野雪後書事》：

　　　　惆悵江頭幾樹梅，杖藜行遶去還來。
　　　　前時雪壓無尋處，昨夜月明依舊開。
　　　　折寄遙憐人似玉，相思應恨劫成灰。
　　　　沉吟落日寒鴉起，卻望柴荊獨自回。

方評：「詩有興、有比、有賦。……實書其事曰賦，要說得形狀出。

〔註106〕　《瀛奎律髓彙評》，卷二十七尤袤《海棠盛開》、卷二十張南軒《王
　　　　　長沙約飲縣圃梅花下分韻得梅字》、卷十二楊巨源《郊居秋日酬奚
　　　　　贊府見寄》紀評，第1208、767〜68、434頁。
〔註107〕　《瀛奎律髓彙評》卷二十，張澤民《梅花二十首》紀昀終評，第851
　　　　　頁。

微寓其辭，則比興皆託於斯。如此詩首尾四句，實書其事也；中兩聯賦則微寓其辭，言尋梅、見梅、寄梅，有比、有興而味無窮矣。」（卷二十）此說比興之義精當。方回指出中兩聯在表現手法上既賦其事（言尋梅、見梅、寄梅），又以雪、月、玉寓其辭，是賦中又有比興，即「著題類」小序所謂「賦而有比」。紀昀稱讚「此論好」。再看尤袤《雪》：「睡覺不知雪，但驚窗戶明。飛花厚一尺，和月照三更。草木淺深白，丘壠高下平。饑民莫咨怨，第一念邊兵。」方評：

> 見雪而念民之饑，常事也。今不止民饑，又有邊兵可念。歐陽詩「可憐鐵甲冷徹骨，四十餘萬屯邊兵」，以此忤晏相意，而晏相亦坐此罷相。然則凡賦詠者，又豈但描寫物色而已乎？（卷二十一）

詩歌不能只是單純地寫景狀物，須有為而作。紀昀肯定方回此評乃探本之論，他說：「此論正大，能見詩之本原。描寫物色，便是晚唐小家；處處著論，又落宋人習徑。宛轉相關，寄託無迹，故應別有道理在。」許印芳進一步細解紀評：「詩須善學風體。風人之詩，深於比興。興則宛轉相關，景中即有情在；比則寄託無迹，賦物即是寫人。曉嵐所言，道在是耳。」純粹地寫景狀物則過於淺薄，直接地抒情議論則沒有餘味，二者皆不可取，紀昀認為好詩應當「宛轉相關，寄託無迹」，也就是他所說的「詩家之妙，情景交融」，這樣才會有「興象之深微，寄託之高遠」。

　　紀昀倡導詩歌創作要有比興寄託，但評論時對其中的寓意只可「觀大指」，不能作太深太具體的闡釋；詩歌創作不能沒有煉字煉句的工夫，但不能以此為宗旨，其歸宿當在傳神寫意。紀昀論詩十分通達，批評方回《瀛奎律髓》公正平和，辨正其偏僻狹隘處，又肯定其合理精確之處，指導後學學詩、論詩最為有利。

第三章　紀昀評點詩人別集

　　紀昀評點的詩人別集有李商隱、韓偓和蘇軾三人的詩集。其中韓偓詩歌較少，佳作也不多，紀評也很簡略，大多點而不評，有《書後》五則推重其爲人。對李、蘇二人詩歌的評點則大多詳細、深入，精彩紛呈。紀昀《二樟詩鈔序》說：「余初學詩從玉溪集入，後頗涉獵於蘇、黃。」李商隱與蘇軾是他學詩的師法對象，他評二人詩集時很注意揭示他們對前人詩歌的學習與創新，如李商隱學杜，蘇軾法唐；側重於品評二人詩歌的藝術審美與表現技法，強調詩歌的表達應一氣渾成，含蓄蘊藉，有不盡之餘味。

第一節　紀昀評點李商隱詩歌

　　紀昀評點李商隱詩歌的著作有《玉溪生詩說》（以下簡稱《詩說》）和《點論李義山詩集》（以下簡稱《點論》）兩種，二者不盡相同。今人研究紀評李詩，一般都從《詩說》入手，大多關注紀昀對李商隱的豔詩（包括無題詩）、詠物詩、詠史詩及古近體長篇的評說，對李詩深婉蘊藉、一氣渾成之藝術特徵的賞鑒。論析比較全面深入的有彭萬隆《紀昀評義山詩淺談》一文與劉學鍇《李商隱詩歌接受史》論《玉溪生詩說》一節。楊桂芬《紀昀詩學理論》考察紀氏的批評實踐時著重論述了紀評對李詩之興象與寄託的肯定。這三文，大致上已將紀評

李詩的幾個主要方面包括在內，但還有兩個比較重要的內容未見專門論述，即關於紀昀通過評析朱鶴齡《箋注李義山詩集序》總論李商隱其人其詩之根本和對李商隱學習杜甫的評論。此外，這三文都沒有提到《點論》，因此也沒有探究《點論》與《詩說》孰先孰後，二書一些內容的不同是否說明了紀昀對李商隱一些具體詩作的看法有所變化。有鑒於此，本文將著重論述這三方面內容。

一、《玉溪生詩說》與《點論李義山詩集》的時間先後及異同比較

《詩說》分上下兩卷，上卷為詩鈔，是紀昀精選出來的佳作一百六十一首，於詩後擇錄諸家之評 (註1)，而附以己意；下卷為「或問」，以問答的形式說明「所以去取之義」，所論基本上是未入選詩，也有幾處是對上卷所選詩歌的補充說明。回答或詳或略，詳者細說作詩、論詩中一些具體而微的問題，持論通達，辨析分明，亦可謂「度人金針」。下卷中附錄全詩的有九十八首，亦是較佳之作，但稍有瑕疵，故未能入選上卷。《詩說》只有評論，沒有圈點，《點論》則既有評論又有圈點，更直觀地顯示了李商隱詩歌的佳篇佳句。

《點論》分上、中、下三卷，是叢書《鏡煙堂十種》之一，刊刻較早，清人沈厚塽編《李義山詩集輯評》的紀評即來自《點論》；《詩說》作於乾隆十五年，但一直到光緒十四年才有朱氏槐廬校刊本問世。朱記榮《校刊玉溪生詩說序》將《詩說》與沈輯本（亦即《點論》）相比較說「頗有不能吻合，有沈所有而此已抹，蓋沈所見僅是評本，而此則別自為編斷，為後定之本無疑也」，也就是說他認為《點論》之作尚在《詩說》之前，所論似頗有理據。然李宗昉《紀文達公傳略》載《點論》作於乾隆二十七年，時間在《詩說》之後，那麼二書到底

〔註 1〕《詩說》所採諸家包括：四家（袁虎文、楊致軒、何義門與田蘭山）、歸愚（沈德潛）、李廉衣（李中簡）、平山（姚培謙）、蒙泉（宋弼）、衡齋（周助瀾）、芥舟（戈濤）、香泉（汪存寬）等。

孰先孰後呢？按紀昀《玉溪生詩說跋》（其二）說：「撰《玉溪生詩說》二卷畢，芥舟更與商定一過，香泉亦以所評之本見示，皆匡予之不逮。緣抄錄已成，不能添入，因撰《補遺》一卷附之，而予有一一續得亦載焉。俟他日更定重寫，依次入之耳。」如果《點論》早出，應沒有此《補遺》的內容。今檢朱刊本《詩說》（已將補遺依次入之）上卷有補遺二十四條，其中芥舟（即戈濤）十三條，有十一條見於《點論》，香泉（即汪存寬）十一條，有四條見於《點論》；下卷有補遺十八條，其中紀昀七條，芥舟三條，香泉八條（因是問答體例，此十一條也有紀昀或詳或略的答評），見於《點論》的有十二條，只是用語不盡相同。合計上下卷，幾近三分之二的補遺內容見於《點論》，由此可知，《點論》成書應該晚於《詩說》。

　　比較二書，《點論》在文本校勘與詩意理解上比《詩說》更加細緻深入。紀昀評讀詩歌非常精細，《詩說》已有多處的文字校勘。尤其精彩者如校定《過故府中武威公交城舊莊感事》詩之「感」字，此詩三四句云「日落高門喧燕雀，風飄大樹感熊羆」，紀昀不從朱鶴齡詩注本作「撼」字，他說：「此暗用大樹將軍事，熊羆以比武力之臣，用《尚書》語。因大樹飄零而追感熊羆之臣，與上句『燕雀』爲假對也。若眞作撼樹之熊羆，于文理既欠安，于景物亦無此理。」（卷下）《點論》又增加了十多處校勘，有簡單出校語說明正確的字，也有像這種從全詩的意味來勘定異文。如《迎寄韓魯州同年》後四句云「寇盜纏三輔（自注：時興元賊起，三川兵出。），莓苔滑百牢。聖朝推衛霍，歸日動仙曹」，《點論》說：「阻於盜故不得至，三川兵出則已命『衛霍』之將，指日削平，可以相見矣。別本作『衛索』，語便索然，非惟語脈不貫，亦未細看原注矣。」（卷中）又如《點論》從情韻上指出《出關宿盤豆館對叢蘆有感》末句「『一世』說蘆自妙，言終始常在荒城耳，作『一任』直而乏味」（卷中）。〔註2〕紀

─────────────

〔註2〕參見第一章第二節論紀昀對異文的辨析。

昀論詩不穿鑿附會，也不固步自封，他評李商隱詩歌凡不解者即云不解，有些費解的作品，在《詩說》中云不可解，《點論》則加以解說。如《詩說》卷下評《錦瑟》：「前六句託爲隱語，猝不可解，然末二句道明本旨，意亦止是，非眞有深味可尋也。」彼時尚不知前六句之意，只從末二句領略此乃「懷舊感人」之作。《點論》說：「以『思華年』領起，以『此情』二字總承。蓋始有所歡，中有所阻，故追憶之而作。中四句迷離惝怳，所謂『惘然』也。韓致光《五更詩》曰『光景旋消惆悵在，一生贏得是淒涼』，即是此意，別無深解。」（卷上）論詩的總體結構和情感比較明確，但不坐實爲悼亡或其他。又《詩說》卷下評《寄成都高苗二從事》（自注：時二公從事商隱座主府。）「詩亦風韻，但意旨不甚了了」，《點論》則能說明其旨意：「觀詩語，似代柬索梨。觀題下注，知有望援之意也。」（卷中）由此可知，紀昀寫了《玉溪生詩說》之後，還繼續研讀李商隱詩歌，故有《點論李義山詩集》之作，後者校訂了更多異文，對一些詩歌的理解也更清晰。

二書對李商隱詩歌的總體評價是一致的，而在具體批評中，二書各有詳略，可互爲補充。《點論》之詳者多著眼於詩歌本身，評讀更加精細。如《三月十日流杯亭》詩云：「身屬中軍少得歸，木蘭花盡失春期。偷隨柳絮到城外，行過水西聞子規。」《詩說》評曰：「風調自異，純以骨韻勝。」（卷上）《點論》亦云此詩風調勝人，又細評原詩末三字說：「子規聲曰『不如歸去』，隱含此意，妙不說破。」（卷上）經紀評點明詩人隱含於極細小處的用意，方覺末句與起句呼應，首尾一氣，寫思歸之情蘊藉含蓄。又《辛未七夕》云：「恐是仙家好別離，故教迢遞作佳期。由來碧落銀河畔，可要金風玉露時。清漏漸移相望久，微雲未接過來遲。豈能無意酬烏鵲，唯與蜘蛛乞巧絲。」《詩說》評曰：「首四句作問之之詞，後四句即與就事論事，又逼入一步問之。超忽跌蕩，不可方物。只是命意高則筆下得勢耳。」（卷上）稱讚此詩整體命意、結構的高妙。《點論》又補充說：「惟其

『望久』、『來遲』，故幸得渡河，當酬烏鵲，此二句起下二句，非敘事也。或誤以爲鋪敘七夕，故有末二句另化一意之說。」（卷上）辨析五六句與七八句的承接關係，認爲末二句並非另起一意單純的鋪敘七夕，乃承上「望久」、「來遲」而來，亦是一氣到底，極是。《詩說》卷上引沈德潛評《齊宮詞》曰：「此篇不著議論，《賈生》篇竟著議論，異體而各極其致。」泛論李商隱詠史詩兩種不同表現方式的代表作。《點論》引沈評後，又說：「意只尋常，妙從小物寄慨，倍覺唱歎有情。」（卷上）稱讚末句「猶自風搖九子鈴」從細節詠歎歷史的表現手法，是對「不著議論」的具體說明。又如《西南行卻寄相送者》云：「百里陰雲覆雪泥，行人只在雪雲西。明朝驚破還鄉夢，定是陳倉碧野雞。」《詩說》評：「以風調勝，詩固有無所取義而自佳者。」（卷上）《點論》不僅肯定其風致，還讚賞末二句的用筆：「著意在『還鄉夢』三字，卻借『陳倉碧野雞』反點之，用筆最妙。」（卷中）《點論》對一些詩歌的具體構思與用筆的點評，更能讓讀者領會其妙處。

　　《詩說》論詩之詳者尤在下卷，有時就一詩三問三答，不僅將原詩層層深入評說清楚，而且還由此申發而論述一些作詩、評詩方面的具體問題，持論通達，辨析分明，可謂「度人金針」。如《青陵臺》附錄全詩〔註3〕於卷下，紀昀先答不取之故：此詩主要病在第二句「倚暮霞」三字趁韻，無著落。就此答再生一問：「『倚暮霞』從『日光斜』生來，何以云無著落？」再答：「此詠青陵臺事，非詠青陵臺景也。『日光斜』已是旁文，何得又因旁文而波及耶？就此三字論之，『暮霞』如何云『倚』？就本句七字論之，如何與『萬古貞魂』相連？凡下字無關本意便是無著落，不必嚴霜夏零、明月晝起也。」按此說詠青陵臺判分事與景，略嫌拘泥。然論「倚暮霞」與「萬古貞魂」無關，「倚」字尤不妥，卻是確論；由此申發「無著落」之意亦嚴明。又問末二句

〔註3〕　《青陵臺》詩云：「青陵臺畔日光斜，萬古貞魂倚暮霞。莫訝韓憑爲蛺蝶，等閒飛上別枝花。」

的用意，答：「只一兩不相負之意，因有化蝶一事，故留住韓憑另一層寫，借事點染，生出波折，此化直爲曲、化板爲活之法，若直說便少味矣。」按此詩因末二句多爲人誤解，如朱彝尊說：「此必有夫負其婦者，故以此託歟？」陸鳴皋意同，屈復也說：「言丈夫之情亦不肯相負，而死後乃更有他意耶？」〔註4〕紀昀則認爲末二句仍寫兩不相負之意，但不直說，卻言雖化爲蝴蝶偶爾飛上別枝，然貞魂終古不變，用筆曲折活變，且有餘味。紀說較長，馮浩意略同。又如評《杏花》詩「通首以杏花寄感，然無一字切杏，即改題作桃、李亦得」，並進一步論詠物詩不廢點綴故實、刻畫形似，但亦不以此等爲工；詠物小詩可以空筆取神，長篇則須有故實、刻畫方不落空。這對理解詠物詩之不即不離很有啓發。又問：「『仙子』二句恐是俗格？」答曰：「若是贊杏花則俗，與下二句相連寫淪落之感則不俗。言各有當，未可以一例概之。看詩亦須通篇合看耳。」按此詩中間有四句云「仙子玉京路，主人金谷園。幾時辭碧落，誰伴過黃昏」，與起四句「上國昔相值，亭亭如欲言。異鄉今暫賞，脈脈豈無恩」參看，正是「寫淪落之感」，紀說「須通篇合看」甚是。再如論「元白體」說：「亦是詩中正派，其佳在眞樸，其病在好鋪張、好盡、好爲欲言不言尖薄語、好爲隨筆潦倒語，在二公自有佳處，學之者利其便易，其弊有不可勝言者也。」（評《井泥四十韻》）論析元稹、白居易的長篇之佳處與弊病準確、客觀。

對於李商隱詩歌中一些隱微的不良傾向與疵累，《點論》批評得更嚴。如《詩說》卷下評《潭州》〔註5〕：「五六有悲壯之氣，起結皆滑調落套，而結尤甚。」紀昀此評顯然不認爲這是一首政治寓意詩，而視爲泛泛詠懷詩。以詠懷詩來看，此詩起結寫眼前情景皆空套，中

〔註4〕《李商隱詩歌集解》，第1155頁。
〔註5〕《潭州》詩云：「潭州官舍暮樓空，今古無端入望中。湘淚淺深滋竹色，楚歌重疊怨蘭叢。陶公戰艦空灘雨，賈傅承塵破廟風。目斷故園人不至，松醪一醉與誰同。」關於此詩有兩種意見：一種認爲這是一首政治寓意詩，另一種則以爲是一般的懷古傷今詩。

四句懷古傷今之意也嫌於浮泛，《詩說》尙賞五六之悲壯激越，《點論》卻說：「五六似乎激壯，實亦浮聲，一摹此種，即入嘉隆七子門牆。」（卷上）五六用陶侃、賈誼之事，似有歷史滄桑感，然其中並無作者之深切感受，頗嫌空泛，故《點論》斥爲「浮聲」，並戒以明七子學盛唐而膚廓之弊。又如《詠史》：「北湖南埭水漫漫，一片降旗百尺竿。三百年間同曉夢，鍾山何處有龍盤？」《詩說》卷上引四家評「形勝難憑，亦諷刺也」、「四句中氣脈何等闊大」，又引廉衣評「一片句鶻兀」、「此詩漸近粗響」，《補遺》引香泉評曰：「北湖、南埭皆盤游之地，言以佚樂致亡也，寫來不覺。」四家與香泉評價頗高，《點論》則只取廉衣之評，對此詩戒意多於賞意。紀昀說「論詩宜防其漸」〔註6〕，《點論》批評二詩有空泛膚廓之苗頭，亦是防微杜漸之意。紀昀評詩以含蓄蘊藉爲佳，同時要求含蓄而自然流露，不做作。如他評《夜雨寄北》：「作不盡語每不免有做作態，此詩含蓄不露，卻只似一氣說完，故爲高唱。」再如《夢令狐學士》云：「山驛荒涼白竹扉，殘燈向曉夢清輝。右銀臺路雪三尺，鳳詔裁成當直歸。」《詩說》卷上引姚培謙箋：「失意人夢得意人，山驛、銀臺，映發得妙。」只窮達兩相對照，而祈請引薦之意隱含其中。《華師》云：「孤鶴不睡雲無心，衲衣筇杖來西林。院門晝鎖迴廊靜，秋日當階柿葉陰。」《詩說》評：「落落穆穆，靜氣在字句之外。」稱賞此詩閒靜之意。《點論》評鑒極嚴，認爲二詩還有點刻意之痕，做作之態，其評《夢令狐學士》：「有意作對照語，亦嫌有做作態。」（卷上）評《華師》：「殊有靜意，然尙是著力寫出，非自然流露。」（卷中）紀昀認爲詩歌含蓄而不免於做作是因爲「意到而神不到」（紀評《夜半》），像《滯雨》「運思甚曲，而出以自然，故爲高調」（《點論》卷下），才是情、意、神俱到之高作。按《滯雨》云：「滯雨長安夜，殘燈獨客愁。故鄉雲水地，歸夢不宜秋。」言思歸之情，卻從秋雨夜不宜作歸

〔註6〕《詩說》卷下，論「代答體」語。

夢寫出，思鄉而情怯，較之「近鄉情更怯」更爲深婉微渺。詩歌之自然流露與略有做作，難以言傳，當涵詠體會，細細評味《夜雨寄北》、《滯雨》與《夢令狐學士》、《華師》兩組詩，的確有自然與做作的細微之別。

　　二書對一些詩歌的具體評價也有高低之不同。如評《碧城三首》曰：

> 《錦瑟》體澀而味薄，觀末二句，意亦止是耳。《碧城》則寄託深遠，耐人咀味矣，此眞所謂不必知名而自美也。（《詩說》卷上）

> 三首確是寓言，亦無題之類，摘首二字爲題耳，然所寓之意則不甚可知。（《點論》卷上）

《詩說》對《碧城三首》倍加讚賞，而《點論》只是一般性說明。其實《碧城》與《錦瑟》格調相似，都是以傳奇典故爲素材，加以精美虛泛的意象、夢幻朦朧的氛圍，以此來託寓詩人比較隱深的情感，而《碧城》之情更加隱約幽微。《詩說》批評《錦瑟》「體澀而味薄」，卻對《碧城》大加稱賞，對二詩截然不同的評價頗令人費解。《點論》對二詩都是一般的述評，不賞不貶，評價略相近，表現出比較統一的評鑒標準。由此也可見紀昀不大欣賞李商隱無題一類比較迷離虛幻的詩歌。再如《詩說》卷下說《獨居有懷》「詞纖格卑，三四句尤鄙猥」，說《柳枝五首》「序澀甚，詩亦無可采處」，評價都很低；《點論》則肯定二詩寫兒女之情細膩動人，認爲前詩「格不甚高而語意清麗，純以情韻勝人」（卷中），後詩「五首皆有《子夜》、《讀曲》之妙」（卷下），評價較高。又如《咸陽》詩云：「咸陽宮闕鬱嵯峨，六國樓臺豔綺羅。自是當時天帝醉，不關秦地有山河。」《詩說》評：「前二句寫平六國，蘊藉。後二句有議論而無神韻，其詞太激也。」（卷下）認爲後二句議論直切，無餘味。《點論》則肯定後二句「亦沉著」。通常而言，神韻由詩歌表達得含蓄蘊藉、有言外餘味而來，就此而言，《詩說》批評後二句「無神韻」，亦是；然詩歌有不同的美，可以從不同

的角度欣賞，如此詩後二句亦可賞義山深沉的憤激之情，《點論》賞其沉著痛快，亦是。

綜上所述，《玉溪生詩說》與《點論李義山詩集》對李商隱詩歌的總體評價基本一致，在一些具體批評上，二書各有詳略，可互為補充。《點論》後出，對李商隱詩歌評讀更精細，理解更深入，對其中一些詩歌的看法也有所發展變化，整體而言，持論更為成熟、通達。

二、總論李商隱其人其詩之根本——紀昀對朱鶴齡《箋注李義山詩集序》的評析

紀昀《玉溪生詩說序》起首便云：「世之習義山詩者，類取其一二尖新塗澤之作轉相仿效；而毀義山者因之指摘掊擊，以西崑為厲禁，反復聚訟，非一日矣。皆緣不知義山之為義山，而隨聲附和，閧然佐鬭，贊與毀皆無當也。」指出當時推崇李商隱和抨擊李商隱的兩派都不得要領，沒有抓住李商隱及其詩歌的根本所在，鬭得熱鬧，卻沒什麼意義。故紀昀將李商隱詩集「嚴為澄汰」，「於流俗傳誦尖新塗澤之作，大半棄置；而當時習氣所漸流為飛卿、長吉一派者，亦槩為屏卻。去瑕取瑜，甯刻毋濫，覆而閱之，真有所謂『曲江老人相視而笑』者」。序末又云：「以朱氏一序冠之篇首，俾讀者知義山之宗旨，亦有以見此書之宗旨焉。」合觀之，可知紀昀之作《玉溪生詩說》是為了揭示「義山之為義山」的本質特徵，並精選出能代表其本質的詩歌，即揭示李商隱的真實面目及其詩歌的根本價值。

紀昀認為清初朱鶴齡在揭示李商隱及其詩歌的本質特徵上，有很大的功勞。《詩說序》稱讚「朱氏箋注一序推見至隱，可謂知言」，《總目》提要也說：「至謂其詩寄託深微，多寓忠憤，不同於溫庭筠、段成式綺靡香豔之詞，則所見特深，為從來論者所未及。」〔註7〕因此，

〔註7〕《四庫全書總目》卷一五一，朱鶴齡《李義山詩注》提要。提要引
　　　元好問《論詩絕句》「詩家總愛西崑好，只恨無人作鄭箋」，並加按

紀昀將朱鶴齡《箋注李義山詩集序》置於《詩說》之首，並細爲評解。綜合朱序及紀評，對瞭解李商隱其人其詩有提綱挈領之作用。李商隱先爲令狐楚幕僚，後爲王茂元婿，後來又向令狐綯（楚之子）陳請引薦，因此新舊《唐書》本傳批評他「放利偷合」、「無特操，恃才詭激」，將他定位爲無行之文人。朱鶴齡不同意史書的評價，他認爲李商隱跟從王（茂元）、鄭（亞）即站在了李黨一方，「未必非擇木之智、渙邱之公」，是明智的政治選擇。紀昀則認爲這一褒一貶都沒有正確認識李商隱，他說：「『詭薄無行』固當時已甚之詞，而以爲『擇木之智、渙邱之公』亦後人張大其事，而涉于袒護者。義山葢自行其志，而于朝廷黨友無所容心于其間。」從李商隱的詩歌作品來看，紀昀的說法更接近他的真實面目，他應該是一個至誠的性情中人，關心社會政治，但沒有政黨門戶之見與爭權奪利之心。

朱鶴齡評說李商隱有關時政之詩與詠史詩說：

> 且吾觀其活獄弘農則忤廉察，題詩《九日》則忤政府；于劉蕡之斥則抱痛巫咸，于乙卯之變則銜冤晉石；太和東討，懷積骸成莽之悲；党項興師，有窮兵禍胎之戒。以至《漢宮》、《瑤池》、《華清》、《馬嵬》諸作，無非諷方士爲不經，警色荒之覆國。此其指事懷忠、鬱紆激切，真可與曲江老人相視而笑，斷不得以放利偷合、詭薄無行啁摘之者也。

朱鶴齡認爲李商隱諷詠時政、君主的詩歌表達委婉而情感深切，可以和杜甫並駕齊驅。紀昀也肯定說：「諸詩工拙不一，然自是其身分見地高出晚唐諸家處，所以爲杜之苗裔而卓然有以自立。」這段話前半所涉及的詩歌除《九日》外，傷悼劉蕡的有《贈劉司戶》、《哭劉司戶二首》與《哭劉蕡》四首，關於乙卯之變（即甘露事變）的有《有感

語說：「西崑體乃宋楊億等摹擬商隱之詩，好問竟以商隱爲西崑，殊爲謬誤，謹附訂於此。」所論甚是。然紀昀評李詩《風》「格意俱卑，愈巧愈下，不足觀也，學西崑切忌此等」，評《夜思》、《垂柳》爲「西崑下派」，也一時不檢犯了相同的錯誤。

二首》、《重有感》、《曲江》等，「積骸成莽」出《隋師東》，「窮兵禍胎」出《漢南書事》，這幾首詩今天的學者多稱之為政治詩，與後半四首託古諷今的詠史詩，說明了李商隱對朝政、歷史的關注，其中的分析與感歎也可見他的識見高出流俗，這是李商隱詩歌能學杜而自成一家的根本原因。而晚唐其他詩人大多描繪豔情、流連光景，刻畫瑣屑，氣局狹小，因此李商隱堪稱晚唐第一人。

　　朱鶴齡又解釋李商隱豔情詩說：

> 男女之情通於君臣、朋友，《國風》之「蠍首蛾眉」、雲髮瓠齒，其辭甚褻，聖人顧有取焉；《離騷》託芳草以怨王孫，借美人以喻君子，遂為漢魏六朝樂府之祖。古人之不得志于君臣、朋友者，往往寄遙情於婉孌，結深怨于蹇修，以序其忠憤無聊、纏綿宕往之致。唐至太和以後，閹人暴橫，黨禍蔓延。義山阨塞當塗，沉淪記室，其身危則顯言不可而曲言之，其思苦則莊語不可而謾語之，計莫若瑤臺璚宇、歌筵舞榭之間，言之可無罪，而聞之足以動。其《梓州吟》云「楚雨含情俱有託」，已自下箋解矣。

朱鶴齡從詩、騷、樂府的文學傳統和晚唐的政治現實說明李商隱以豔情曲傳君臣之遇、朋友之交。紀昀說：「此段真抉出本原。然此等皆可意會之，必求其事以實之，則刻舟之見矣。中亦有實是豔詞者，又不得概論。」他肯定朱氏所論對有寓意的豔情詩來說是直指根本，同時指出所寓之意只能籠統意會，不能將詩歌與歷史事實一一對號入座，最後補充說李商隱也有不少單純無寓意的豔情詩，不能一概而論。〔註8〕朱鶴齡最後總結說：「吾故曰義山之詩乃風人之緒音，屈、宋之遺響，蓋得子美之深而變出之者也。」紀昀由此引申說：「『變出之』三字為千古揭出正法眼藏，知李之所以學杜，知所以學李矣。若捃摭字句、株守格律皆屬淺嘗，至于拾一二尖薄語以自快則下劣詩

〔註8〕紀昀論述李商隱豔詩可謂全面、通達，可參看今人彭萬隆《紀昀評義山詩淺談》一文與劉學鍇《李商隱詩歌接受史》論《玉溪生詩說》一節的相關論析。

魔，不可藥救矣。」他強調「變出之」三字是李商隱學杜的法門，也是他人學李的法門。

三、紀昀論李商隱學杜及如何學李商隱

　　杜詩的主導風格是沈鬱頓挫，「這種風格是一位感情特別深摯、思想特別深刻的詩人在動蕩時代所創造的，其中又融入了深厚的學力和深沉的構思」，這是「杜詩的獨特風格」，〔註9〕也是杜詩的根本所在。前人論杜詩都會指出這個根本，如上文所述，方回稱讚杜甫「心常不忘君父，故哀憤之辭不一，不獨為一身發也」，紀昀十分贊同方回所說，並強調這是杜甫「獨有千古處」〔註10〕。《杜詩揖提要》也說：「夫忠君愛國，君子之心；感事憂時，風人之旨。杜詩所以高於諸家者，固在於是。」杜詩之所以為古今公認的詩歌典範，除了藝術形式上的巨大成就外，更重要的是其中所蘊含的悲天憫人、忠君憂時的深沉情感。紀昀認為李商隱也同樣具有這份深沉的情感。他評《隋宮守歲》：「義山詩感事託諷，運意深曲，佳處往往逼杜，非飛卿所可比肩，細閱全集自見。」〔註11〕《總目》卷一五一《李義山詩集》提要亦云：「商隱詩與溫庭筠齊名，詞皆縟麗。然庭筠多綺羅脂粉之詞，而商隱感時傷事，尚頗得風人之旨。故蔡寬夫《詩話》載王安石之語，以為唐人能學老杜而得其藩籬者，惟商隱一人。」正是因為李商隱和杜甫一樣傷時亂離，深切憂慮國家與黎民百姓的命運，才能從根本上學杜並得其神髓。因此紀昀也贊同王安石說學杜當從學李商隱入手的觀點，而不同意方回提出的學杜門徑。方回說：「或曰：老杜如何可學？曰：自賈島幽微入，而參以岑參之壯，王維之潔，沈佺期、宋之問之整。」紀昀批評說：「全是欺人之語，學杜從賈島入，所謂『北行而適越』。王荊公謂學杜當從李義山入，卻是有

〔註9〕莫礪鋒《杜甫評傳》，南京大學出版社，1993年，第272頁。
〔註10〕《瀛奎律髓彙評》卷二十三，杜甫《正月三日歸溪上有作簡院內諸公》方評、紀評，第936頁。
〔註11〕《瀛奎律髓彙評》卷三，第104頁。

把捉、有閱歷語。」〔註 12〕又說：「山谷、後山、簡齋皆學杜而得其一體者也。故謂三家學杜可，謂學杜當從三家入則不可。」〔註 13〕紀昀認爲學杜不能從賈島入，也不能從江西詩派「三宗」入，只肯定從學李商隱能上溯至杜詩，這說明在他心目中李商隱才是眞正的少陵嫡派。

關於李商隱學杜，論者多言其七律。何焯說：「義山五言出於庾開府，七言出於杜工部。」〔註 14〕施補華也說：「義山七律，得於少陵者深，故濃麗之中時帶沈鬱。」〔註 15〕二人所論甚是。如《杜工部蜀中離席》，詩題即表明是擬杜之作，詩亦頗得老杜之筆力，「起二句大開大合，矯健絕倫，頷聯申第二句，頸聯正寫離席」（《點論》卷上），末二句以留之反結。其五、六句「座中醉客延醒客，江上晴雲雜雨雲」，句法即得自杜甫《曲江對飲》「桃花細逐楊花落，黃鳥時兼白鳥飛」，乃句中對。再如蒙泉認爲《籌筆驛》堪與《蜀相》相提並論，四家認爲《安定城樓》「逼近老杜」，二詩正是李商隱七律的代表作。

紀昀又指出「義山五律佳者往往逼杜」〔註 16〕。《詩說》卷上評李商隱《桂林》：「字字精鍊，氣脈完足，直逼老杜。」評《淮陽路》：

〔註 12〕 《瀛奎律髓彙評》卷二十三，姚合《題李頻幽居》方評、紀評，第960～61 頁。王安石原話是：「學詩者未可遽學老杜，當先學商隱。未有不能爲商隱，而能爲老杜者。」見馮浩《玉溪生詩集箋注》附錄二引葉夢得《石林詩話》。莫礪鋒說：「檢今本《石林詩話》及葉氏其他筆記《石林燕語》、《避暑錄話》等均未見此條。然清初馮班已稱『王荊公言學杜當自義山人』，可與馮浩所引互相印證。」（《杜甫評傳》第 378 頁）紀昀此評亦可印證。

〔註 13〕 《瀛奎律髓彙評》卷一，紀評陳師道《登鵲山》，第 16 頁。

〔註 14〕 《義門讀書記》第五十七卷《李義山詩集》總評，第 1243 頁。何焯也認爲學杜從義山詩入手所得較多，此卷總評：「晚唐中，牧之與義山俱學子美。然牧之豪健跌宕，而不免過於放；學之者，不得其門而入，未有不入於江西派者。不入義山頓挫曲折，有聲有色，有情有味，所得爲多。」

〔註 15〕 施補華《峴傭說詩》，轉引自劉學鍇、余恕誠、黃世中編《李商隱資料彙編》，中華書局，2001 年，第 847 頁。

〔註 16〕 《瀛奎律髓彙評》卷二十三，紀評李商隱《江村題壁》，第 956 頁。

「氣脈既大，意境亦深，沈著流走，居然老杜之遺。」評《訪秋》：「意境既闊，氣脈亦厚，此亦得杜之藩籬者。」評《陸發荊南始至商洛》：「後半力足神完，居然老杜。」引四家評《河清與趙氏昆季讌集得擬杜工部》曰：「譬以摹書畫，得其神解。」又引平山箋：「五句轉接得力，是杜法。」說明李商隱五律之佳者具有一氣渾成、意脈連貫、詩境深遠的特點，得杜詩之神髓。

除五律、七律外，從李商隱的長篇大詩中也時時能看到老杜的筆力和氣格。如《詩說》稱讚《送從翁從東川宏農尚書幕》「沈雄飛動，氣骨不凡，此亦得杜之藩籬者」，評《五言述德抒情詩一首四十韻獻上杜七兄僕射相公》：「『感念』一段，沈鬱頓挫，大筆淋漓，化盡排偶之迹，他人作古詩尚不能如此委曲沈著，真晚唐第一作手；得杜藩籬，不虛也。」又評《行次西郊作一百韻》：「亦是長慶體裁，而準擬工部氣格以出之，遂衍而不平，質而不俚，骨堅氣足，精神鬱勃，晚唐豈有此第二手？」（卷上）其他如評《送千牛李將軍赴闕五十韻》、《偶成轉韻七十二句贈四同舍》等語意相近。李商隱將杜詩「沈鬱頓挫」之格運用於長詩中，筆力雄健，故能避免元白長慶體平衍散緩的弊病。由此可見，李商隱學杜詩深有所得，並廣泛地運用於五律、七律、古詩、長篇的創作中，取得了巨大的成就。

李商隱善學老杜，「得子美之深而變出之」，故能自成一家。紀昀高贊「變出之」三字「為千古揭出正法眼藏」。這是因為此三字與他一再強調的師古而創新、「擬議以成變化」（註17）都是一個道理。因此，他非常不滿西崑體諸人學李詩，只知「撏扯字句」，專尚其雕琢綺麗，恰是取短避長，反而牽累義山。《點論》評《碧瓦》曰：「雕琢

〔註17〕如紀昀《二樟詩鈔序》論杜甫與江西詩派的關係說：「蓋黃、陳因杜詩而荁甲新意，呂紫微諸家又沿黃、陳而極其變態，各運心思，各為面貌，而精神則同出一源，故不立學杜之名，而別得杜文外之意。」又《唐人試律說》云：「善為詩者，當先取古人佳處涵詠之，使意境活潑如在目前，擬議之中自生變化。」（評朱華《海上生明月》）詳見本文第二章第三節和第四章第三節。

繁碎，意格俱下，此是爾時習氣。楊、劉專效此種，遂使人集矢於義
山。」（卷上）再如《安定城樓》五六句曰：「永憶江湖歸白髮，欲回
天地入扁舟。」紀評：「五、六千錘百鍊，出以自然。杜亦不過如此。
世但喜其浮豔琱鐫之作，而義山之眞面隱矣。」〔註18〕宋初楊億、劉
筠等人學習李商隱詩歌雕琢繁縟的一面，倡爲西崑體，盛行一時；義
山詩也因此在世人眼中成了精美而不實用的工藝品，其直追老杜的眞
正佳處反而被忽略了。

　　除了雕琢浮豔外，紀昀認爲尖巧冷佻是李詩另一個不好習氣，不
可爲法。如評《陳後宮》「末二句太尖，便佻，此是義山習氣」（《點
論》卷中）。他常愼重提醒後學力戒此種。如評《華清宮》（華清恩倖
古無倫）：「運意佻薄，絕無詩品，學義山者最戒此種。」（《點論》卷
上）又如《隋宮》詩云：

　　　紫泉宮殿鎖煙霞，欲取蕪城作帝家。
　　　玉璽不緣歸日角，錦帆應是到天涯。
　　　於今腐草無螢火，終古垂楊有暮鴉。
　　　地下若逢陳後主，豈宜重問後庭花。

《詩說》評價前半甚高：「純用襯貼活變之筆，一氣流走，無復排偶
之迹。首二句一起一落，上句頓下句轉，緊呼三四句『不緣』、『應是』
四字，跌宕生動之極。無限逸遊如何鋪敘，三四句只作推算語，便連
未有之事一併託出，不但包括十三年中事也，此非常敏妙之筆。」批
評末二句說：「結句是晚唐別於盛唐處，若李、杜爲之，當別有道理，
此升降大關，不可不知。學義山者，切戒此種筆墨。」又說：「結雖
不佳，然緣煬帝實有吳公臺見陳後主一事，借爲點綴，尚不大礙。若
憑空作此語則惡道矣。」此詩前六句用筆靈妙，意蘊豐富，堪比肩杜
詩，然末二句以冷佻之筆作收，不免顯得尖刻輕薄，不夠含蓄渾厚，
削弱了發人深省的力量。紀昀認爲這是晚唐風氣所致，並提醒學義山
者在此等處不可亦步亦趨，當上溯李、杜之高渾，其論甚是。《點論》

〔註18〕《瀛奎律髓彙評》卷三十九，第1461頁。

評《安定城樓》說:「四家以爲逼近老杜,是也。然使老杜爲之,末二句必不如此淺露。」(卷中)這也是批評「不知腐鼠成滋味,猜意鵷雛竟未休」二句譏刺太直露,不夠含蓄蘊藉,這也是學義山要注意的地方。

紀昀認爲李商隱詩歌瑕瑜分明,佳者可與杜甫「相視而笑」,下者或雕鏤繁碎,或纖巧佻薄,格意卑靡。學義山者當如義山之學杜,知其根本、得其神髓而「變出之」,方能自立面目,自成一格。

附:紀昀評點韓偓詩歌

韓偓(842〜923)字致堯 [註19],小名多郎,號玉山樵人,京兆萬年(今陝西西安)人。他生活在唐末、後梁年間,是唐昭宗龍紀元年進士,曾官至翰林學士承旨,參與朝政謀劃,甚得昭宗親信;因忤觸權臣朱溫,被貶出朝,後朝廷詔命官復舊職,不應,避地入閩;先到福州,投靠威武節度使王審知,後因王接受朱溫朝廷的封號而離開福州,流寓汀州沙縣、尤溪縣和桃林場等地,最後定居泉州南安縣。韓偓年少即有詩名,李商隱是他姨父,李詩《贈韓冬郎》稱讚他「十歲裁詩走馬成」、「雛鳳清於老鳳聲」,流傳下來的詩集有《韓內翰別集》(以下簡稱《別集》)與《香奩集》。

清人吳兆宜曾爲《韓致堯翰林集》(以下簡稱《翰林集》) [註20]和《香奩集》作注,二者均不分卷,紀昀評點韓偓詩歌即以吳注本爲底本,首頁右下角有「瀛海紀氏閱微草堂藏書之印」。吳兆宜注本卷首有八則有關韓偓的詩話,二集都按體編次,《翰林集》分爲五古、七古、五律、五言排律、七律、七言排律、五絕和七絕,其中七律占

[註19] 《總目》卷一五一《韓內翰別集》提要說:「《唐書》本傳謂偓字致光,計有功《唐詩紀事》作字致堯,胡仔《漁隱叢話》謂字致元,毛晉作是集跋,以爲未知孰是。案:劉向《列仙傳》稱,偓佺堯時僊人,堯從而問道,則偓字致堯,於義爲合,致光、致元,皆以字形相近誤也。」

[註20] 《翰林集》與《別集》的編次體例不同,前者按體編次,後者按年編次。

半數多；《香奩集》有韓偓自序一篇，詠物賦兩篇（《黃蜀葵賦》與《紅芭蕉賦》），然後分別是四言古詩、五古、七古、長短句、五律、七律、五言排律、七言排律、六言律詩、五絕和七絕，其中七絕近半數。二集共三百三十餘首，佳作不多，紀昀評語也很簡略，其後記《書韓致堯翰林集後》二則與《書韓致堯香奩集後》三則對韓偓的忠憤節義極爲推重，並因之而重其詩，同時也客觀指出《翰林集》總體上不出五代之格局，《香奩集》則大多淫豔猥褻。另外，紀昀對韓偓詩歌的評論亦見於他對《瀛奎律髓》與《唐詩鼓吹》二書的批點。

紀昀強調忠憤節義是韓偓詩歌的精神底蘊，也是其詩歌高出唐末五代而上接李商隱的根本原因。吳注本卷首《詩話》引晁公武曰：「偓有君子之道四焉：唐之末，南北分崩而忘其君，偓雖崔允門生，獨能棄家從上，一也；其時縉紳無不交通內外，以獵取爵祿，偓獨能力辭相位，二也；不肯草韋貽范起復麻，三也；不肯致拜於朱溫，四也。《詩》曰『風雨如晦，雞鳴不已』，偓之謂矣，而宋子京薄之，奈何？」紀曰：「此致堯全集之根本。」《詩話》又引《南唐近事》云：「偓捐館日，有一篋緘鐍甚密，家人意其中必有珍玩，發觀之，惟得燒殘龍鳳燭百餘條，蠟淚尚新。蓋在翰院日，昭宗召對金鑾，深夜宮妓秉燭以送，偓悉藏之，識不忘也。」紀曰：「此條雖無與於詩，而可見致堯之本志。詩者，志也，固宜收之《詩話》中。」這兩則詩話稱讚韓偓忠君愛國，堅守節義，不畏權臣，不忘國事。紀昀認爲這雖然是說韓偓的品性與情志，實際上也道出了韓詩的內在精神和根源所在。他從韓偓的性情、人品而論其詩品說：

> 致堯詩格不能出五代諸人上，有所寄託亦多淺露；然而當其合處，遂欲上躡玉溪、樊川，而下與江東相倚軋，則以忠義之氣發乎情而見乎詞，遂能風骨內生，聲光外溢，足以振其纖靡耳。然則詩之原本不從可識哉？辛卯中元后三日曉嵐記（《書韓致堯翰林集後》其一）

> 致堯詩格不高，惟不忘忠憤，是其高於晚唐處。（紀評韓偓

《幽窗》〔註21〕）

偓爲學士時，內預秘謀，外爭國是，屢觸逆臣之鋒，死生患難，百折不渝，晚節亦管寧之流亞，實爲唐末完人。其詩雖局於風氣，渾厚不及前人，而忠憤之氣，時時溢於語外。性情既摯，風骨自遒，慷慨激昂，迥異當時靡靡之響，其在晚唐，亦可謂「文筆之鳴鳳」矣。變風變雅，聖人不廢，又何必定以一格繩之乎？（《總目》卷一五一《韓內翰別集》提要）

紀昀認爲正是因爲韓偓心存君國，大勇大義，情感深摯，才使韓詩沉著遒勁，有杜牧、李商隱詩歌之風骨。如他評《亂後春日途經野塘》「致堯詩難得此沉著之語」，評《傷亂》「風格殊高」，評《惜春》「致堯詩限於時代，格律不高，而較唐末諸人爲沉着，羅昭諫之次，可置一席」〔註22〕，評《贈隱逸》「後四句筆仗沉着，晚唐所少」〔註23〕。紀評《翰林集》於此四詩題前皆批紅色雙圈，意爲上佳之作。又評《感事三十四韻》曰：「氣遒語健，便欲接武玉溪，其言有物，故非靡靡之音。」這幾首都是韓偓被貶南下後所作，傷時亂離，感歎家國身世，沉痛深切，風格甚高。集中這樣的詩歌還有《避地寒食》、《隰州新驛》、《見別離者因贈之》等。《詩話》引胡震亨《遁叟叢談》說：「韓致堯偓冶遊諸篇，豔奪溫、李，自是少年時筆。（入）〔註24〕翰林及南竄後，頓趨淺率矣。」所論不確，紀云「亦不盡淺率，此論未允」，甚是。再如《中秋禁直》詩云：

　　星斗疎明禁漏殘，紫泥封後獨憑欄〔註25〕。
　　露和玉屑金盤冷，月射珠光貝闕寒。

〔註21〕《瀛奎律髓彙評》卷七，第 279 頁。
〔註22〕《瀛奎律髓彙評》卷三十九，第 1459 頁。
〔註23〕《瀛奎律髓彙評》卷四十八，第 1794 頁。
〔註24〕紀昀校加。
〔註25〕元人郝天挺注：「後漢皇帝六璽皆以武都紫泥封之，青白囊，素裏，兩端無縫，尺一版中約署皇帝。」此句可見昭宗對詩人的信任與重用。錢謙益、何焯《唐詩鼓吹評注》，河北大學出版社，2000 年，第 74 頁。

天襯樓臺歸苑外，風吹歌管下雲端。

長卿只爲長門賦，未識君臣際會難。

紀評：「結句沉著。言長卿但知夫婦契合之難，不知君臣之間更難於夫婦也。」〔註26〕又說：「致堯詩或纖或俚，此獨深穩。勝前篇處，在結句深摯。」何焯結合當時政治環境解末二句說：「陳后廢，以相如一賦復得召幸。昭宗幽於東內，身爲內相，不能建復辟之績，豈不負此際會乎？當於言外求之。」〔註27〕君臣相處總不免心機與猜忌，更難以契合。韓偓此詩既深幸昭宗與自己相契，又深恐自己辜負這份難得的契合。聯繫韓偓爲翰林學士期間唐王朝內外交困的情形，此詩前四句可以這樣解讀：詩人於中秋佳節處理公事直至深夜，事後憑欄遠望，看到美麗宮闕卻覺得寒意侵人，可見事情之緊急與棘手；三四句「冷」字、「寒」字不僅寫秋夜氣溫較低，更是寫詩人感到於朝政無力迴天的絕望心情。或許此時詩人已隱約預感到他終將辜負這份難得的君臣契合，憂思隱深沉摯。紀評「前篇」指《雨後月中玉堂閒坐》，《瀛奎律髓彙評》所載諸家評價頗高，而紀評曰：「八句皆景，便無意味。」按此詩寫清景怡人，有閒曠之意，然較之《中秋禁直》憂思隱深，略嫌薄弱。由此亦可見紀昀論詩重視性情之眞摯深沉。

　　紀昀推重韓偓的性情、人品，指出韓詩有高格沉著之作，高出唐末靡靡之音，同時也客觀地指出韓詩總體上不出唐末五代之格。他比較韓偓和吳融之爲人與詩歌說：「（吳融）與韓偓同爲翰林學士，……以立身本末論之，偓心在朝廷，力圖匡輔，以屬弱文士，毅然折逆黨之凶鋒，其詩所謂『報國危曾捋虎鬚』者，實非虛語，純忠亮節，萬萬非融所能及。以文章工拙論之，則融詩音節諧雅，猶有中唐之遺風，較偓爲稍勝焉。」〔註28〕韓偓爲人品格遠高於吳融，詩歌則有所不及。

〔註26〕紀昀點勘《唐詩鼓吹箋注》卷二。
〔註27〕《瀛奎律髓彙評》卷二，紀評、何評，第68頁。
〔註28〕《總目》卷一五一，吳融《唐英歌詩》提要。

紀昀認爲韓詩格調不高主要是因爲當時整個時代精神低靡，不能歸咎於個人。韓偓自注《冬至夜作》詩作於「天復二年壬戌隨駕在鳳翔府」，當時昭宗被宦官劫持至鳳翔，韓偓隨侍左右。方回評曰：「是時朱全忠圍岐甚急，李茂貞有連和之意，偓之孤忠處此，殆知其必一反一覆，終無定在歟？此關時事，不但詠至節也。」紀昀同意方評，又說：「極有寓意，只措語淺耳。此則風氣爲之，作者不能自主。」又評《安貧》：「此爲致堯最沉着之作，然終覺淺弱，風會爲之也。」〔註29〕此二詩，一憂時事，一傷身世，意亦沉痛，但表達比較淺直薄弱，紀昀認爲這是因爲時代風氣的影響。他說：

> 陽和陰慘，四序潛移，時鳥候蟲，聲隨以變。詩隨運會，亦莫知其然而然。論詩者不逆挽其弊，則不足以止其衰；不節取其長，則不足以盡其變。詩至五代，駸駸乎入詞曲矣。然必一切繩以開、寶之格，則由是以上將執漢魏以繩開、寶，執《詩》、《騷》以繩漢魏，而《三百》以下直無詩矣，豈通論哉？就短取長，而纖靡鄙野之習則去太去甚焉，庶幾酌中之制耳。(《書韓致堯翰林集後》其二)〔註30〕

紀昀認爲時代風氣對詩歌風格的影響是必然的，因此不能只以一種標準來評判詩歌。「逆挽其弊」、「節取其長」、「就短取長」，這不僅是一種通達、開明的態度，也要求對詩歌的發展變化有全盤的掌握，需要很高的識力。由此可見紀昀論詩之高屋建瓴。另外，上文提到紀昀說韓偓詩格不高的主要原因是時代風氣，但吳融也是唐末人，與韓偓同年進士。紀昀指出吳融人品不如韓偓，但其詩有中唐之風，勝於韓詩。這說明人品與詩品未必都一致、成「正比」。紀昀實事求是的客觀態度，也是其可貴之處。

紀昀對《香奩集》總體評價很低，他評蕭綱《聖製烏棲曲四首》其四：「末句蕩冶之極，而終不似韓偓《香奩集》之猥鄙，終是古人

〔註29〕《瀛奎律髓彙評》卷十六、卷三十二，第604、1365頁。
〔註30〕關於詩風隨時代風會而演變，可參看第二章第一節第三部分《論漢梁詩歌體格之變遷》。

身分。」〔註31〕其《詩教堂詩集序》說詩至唐末《香奩集》爲極弊，詩教決裂，〔註32〕但這不影響他對韓偓其人的推重。其《書香奩集後》說：

> 《香奩》一集詞皆淫豔，可謂百勸而並無一諷矣。然而至今不廢，比以五柳之《閒情》，則以人重也。著作之士，惟知文之能傳人，而不知人之能傳文，於此亦可深長思矣。閱《翰林集》竟，因並此集點閱之，並識其末。

> 身列士林而詞效俳優，如律之以名教，則居然輕薄子矣；然而唐室板蕩之時，視長樂老之醇謹，其究竟何如也？九方皋之相馬也，取之於牝牡驪黃外，有以也哉。

> 《香奩》之詞亦云褻矣，然但有悱惻眷戀之語，而無一決絕怨懟之言，是亦可以觀心術焉。

紀昀認爲《香奩集》是因爲人們敬重韓偓人品才得以流傳；從《香奩集》來看，韓偓有輕浮的一面，但這是小節，在嚴酷的政治鬥爭中堅守忠憤節義，這才是他立身之根本。

從紀昀評點韓偓詩歌可以看出，「詩本性情」（《冰甌草序》）、詩歌「以人品、心術爲根柢」（《詩教堂詩集序》）是他一貫的持論；論述人品與詩品之間的關係也很通達，既探得詩歌之本原，又保證了詩歌的相對獨立性。紀昀也指出了詩歌受時代風氣影響，要用通變的眼光來品鑒詩歌。總之，紀昀對韓偓詩歌的評點雖然比較簡略，但其中體現了他很多很重要的詩歌思想，值得重視。

第二節　紀昀評點蘇軾詩歌

蘇軾（1037～1101）字子瞻，一字子平〔註33〕，號東坡居士，四

〔註31〕《玉臺新詠校正》卷九，此詩末二句爲「相看氣息望君憐，誰能含羞不自前」。
〔註32〕原文云：「齊梁以下，變而綺麗，遂多綺羅脂粉之篇，濫觴於《玉臺新詠》，而弊極於《香奩集》，風流相尚，詩教之決裂久矣。」
〔註33〕俞樾《茶香室叢鈔》卷一載清朝陳錫路《黃嬭餘話》云：「蘇子瞻一

川眉山人。他是中國歷史上少有的全才型文學藝術家，在詩、詞、文、賦、書、畫乃至文藝批評等各方面都有極高的成就。蘇軾的詩歌有著獨特的藝術風貌，代表了宋代詩歌的最高水準。因此歷來評注蘇詩的著作和詩文可謂多不勝數，尤以宋人和清人所作爲著。清人評論蘇詩的專著有汪師韓《蘇詩選評箋釋》、查愼行《初白庵詩評》、紀昀《紀評蘇文忠公詩集》和趙克宜《角山樓蘇詩評注彙鈔》等。其中以紀昀最爲用力，不僅幾乎盡評蘇軾兩千七百多首詩歌，而且五年間評閱五次。其自序云：

> 予點論是集始於丙戌之五月，初以墨筆，再閱改用朱筆，三閱又改用紫筆，交互縱橫，遞相塗乙，殆模糊不可辨識。友朋傳錄，各以意去取之。續於門人葛編修正華處得初白先生手批本，又補寫於蠅隙之中，益夥轕難別。今歲六月自烏魯木齊歸，長畫多暇，因繕此淨本，以便省覽。蓋至是凡五閱矣。乾隆辛卯八月曉嵐記。

紀評蘇詩以查愼行《補注東坡先生編年詩》爲底本，共五十卷，正集四十五卷編年詩，另有帖子口號詩一卷，拾遺補編詩二卷，與他集互見詩二卷。紀昀對後六卷的批點比較簡略。如卷四十五是蘇軾生命中最後半年所作，共四十二首，紀氏評了十八首，只用了一百四十一字，原因是：「此一卷皆冗漫淺易之作，蓋至是而菁華竭矣。」（章末總評）卷四十六（帖子口號詩）只一句總評：「館閣之詩，限於體制，雖東坡亦無所見長。」末四卷大都也只是略爲甄別眞僞。有論者因此批評他「詳前略後」，「給人一種敷衍以湊成全集的感覺」〔註34〕，這實在是很大的誤會。紀昀批點蘇詩多達五次，並非鮮克有終之人，他只是持論精嚴，也不贊同編集時一味求全炫博，良莠不分，累及古

字子平。文與可《月嵒齋詩》云：『子平一見初動心，筆致東齋自摩洗。』又云：『子平謂我同所嗜，萬里書之特相寄。』注云：『子平即子瞻也。』余按：軾者，車前橫版也。則名軾字子平，義蓋相稱。」轉引自四川大學中文系唐宋文學研究室編《蘇軾資料彙編》，中華書局，1994年，第1536頁。

〔註34〕王友勝《論紀昀的蘇詩評點》。

人，「眞迹未必不偶存，而僞亦正復不少。賈人射利，百巧競出，未可遽信爲逸作。況集中既已不載，又安知非其芟棄之餘乎？一概收之以炫博，未可謂之眞識也」〔註35〕。這六卷少有佳作而多僞託之作，故而評語極爲簡略或無評，這正說明紀昀一貫謹嚴的批評態度，絕非敷衍了事。

紀評蘇詩採錄了不少查愼行的評語，冠以「查云」二字。採錄的情況大致有三種：一種是直接引用，主要是一些摘句評賞、章法分析和整體風格概括。如評《雨中過舒教授》「歸來北堂暗，一一微螢度」二句：「查云：『詩境細靜，耐人玩味。』」（卷十六）評《傅堯俞濟源草堂》：「查云：『直至第六句方說明詩旨，章法奇絕。』」（卷六）評《御史臺榆槐竹栢四首·竹》：「查云：『骨節清剛，琅然可誦。』」（卷十九）一種是在點評之後，引查評加以補充說明。如評《舟中夜起》「微風蕭蕭吹菰蒲，開門看雨月滿湖」二句：「初聽風聲，疑其是雨，開門視之，月乃滿湖。此從『聽雨寒更盡，開門落葉深』化出。」紀評解釋了詩意，並說明其構思的淵源所在。然後又引「查云：『極常，極幻，極遠，極近，境界俱從靜中寫出』，說明這兩句詩的表現手法非常精妙。（卷十八）又如《初秋寄子由》「百川日夜逝，物我相隨去。惟有宿昔心，依然守故處」四句，紀評：「發端深警。查云：『眼前語，難得如此清切。』」這四句詩將深刻的意旨用簡單的語言清楚眞切地表達出來。（卷二十二）另一種則對查評加以辨析。如《送參寥師》後一段「欲令詩語妙，無厭空且靜。靜故了群動，空故納萬境。閱世走人間，觀身臥雲嶺。鹹酸雜眾好，中有至味永。詩法不相妨，此語當更請」，關於此詩的主旨，紀昀說：

> 查云：「公與潛以詩友善，譽潛以詩，潛止一詩僧耳。尋出『空』、『靜』二字便有主腦，便是結穴處。」余謂潛本僧，而公之詩友。若專言詩，則不見僧；專言禪，則不見詩。

〔註35〕《紀評蘇詩》卷四十七，《村醪二尊獻張平陽》紀評。以下僅注明卷數。

> 故禪與詩並而爲一，演成妙諦。結處「詩法不相妨」五字，
> 乃一篇之主宰，非專拈「空」、「靜」也。（卷十七）

潛，即僧道潛，參寥是他的字。查慎行認爲蘇軾《送參寥師》詩爲了
切合道潛的僧人身分，拈出「空」、「靜」二字爲主腦；但紀昀認爲道
潛是詩僧，此詩兼顧禪與詩，其主旨是說僧人修行「空」、「靜」之法
有助於詩歌的創作。細讀全詩，當以紀說爲是。此詩前半疑惑爲什麼
心如古井、淡泊無爲的佛家弟子能寫出「清警」的詩歌（「頗怪浮屠
人，視身如丘井。頹然寄淡泊，誰與發豪猛」），然後拈出「靜故了群
動，空故納萬境」以自答。但「空」、「靜」並非主腦，詩中同時強調
要「了群動」、「納萬境」，要「閱世走人間」。蘇軾之意是既要親身去
感受經歷社會人事，又要保持心地的空明與冷靜，這樣才能充分認識
客觀事物，然後才能創作出韻味深永的詩歌。

　　紀評蘇詩有幾個地方也採錄了汪師韓《蘇詩選評箋釋》的評語，
但不知爲何紀昀未作說明。紀評有與汪評字句完全一樣的，如評《開
先漱玉亭》寫瀑布一段與《棲賢三峽橋》總評（卷二十三，評《廬山
二勝》）；有意思完全一樣，惟其中一兩個字不同的，如評《登州海市》
（卷二十六）、《東府雨中別子由》與《書丹元子所示李太白眞》（卷
三十七）；有意思一樣，而字句稍有不同的，如紀評《書王定國所藏
煙江疊嶂圖》：「奇情幻景，筆足以達之。竟是爲畫作記，然摹寫之妙，
恐作記反不如也。」（卷三十）汪評則云：「竟是爲畫作記，然摹寫之
神妙，恐作記反不能如韻語之曲盡而有情也。」又如紀評《荔支歎》：
「自此以下（指「君不見武陵溪邊粟芽粒」以下），百端交集，胸中
鬱勃，有不可以已者。不可以已而語，斯爲至言。」（卷三十九）汪
評亦云：「『君不見』一段，百端交集，一篇之奇橫在此。詩本爲荔支
發歎，忽說到茶，又說到牡丹，其胸中鬱勃，有不可以已而言，斯至
言至文也。」汪師韓是雍正十一年進士，其《蘇詩選評箋釋》不知成
書於何時，但御定於乾隆十五年的《御選唐宋詩醇》幾乎盡采其敘與
評，因此汪評肯定早於紀評。紀昀是個治學很嚴謹的學者，爲什麼他

評點蘇詩時會不加說明採錄汪評，是個令人很疑惑的問題。

　　蘇軾詩歌或如行雲流水，自在流出；或如萬斛泉湧，淋漓恣肆；正如趙翼所說東坡「天生健筆一枝，爽如哀梨，快如并剪，有必達之隱，無難顯之情」〔註36〕。這不僅得益於蘇軾本人心性空明，加之學識淵博，才思橫溢，也是因為他經過了精心地醞釀、構思，純熟地運用各種表現手法與技巧，並以他絕高的才力融化了經營之迹與筆墨之痕。因此方東樹說：「坡詩縱橫如古文，固須學其使才恣肆處，尤當細求其法度細緻處，乃為作家。」〔註37〕紀昀顯然也深知蘇詩之關鍵，他的評點即主要著眼於分析、品鑒蘇詩藝術表現形式，如章法布局、運意用筆、風貌特徵等。

　　學界對紀評蘇詩的研究雖然只有寥寥幾篇，但基本上都是研究唐宋文學的資深專家所作，對紀昀之論蘇軾廣泛學習前人又堅持本色，蘇詩章法細密，結構曲折跌宕、波瀾起伏以及對蘇詩名篇佳作的點評等，都有清晰的論述。有鑒於此，本文主要論述紀評蘇詩的以下幾個內容：一、論蘇詩幾種慣用的表現手法；二、論蘇詩的運意用筆；三、論蘇軾的三種情文關係。這幾個內容頗有交叉重疊處，為便於論述，暫且如是劃分。最後，再略為梳理一下清代學者對紀評蘇詩的接受。

一、紀昀論蘇詩幾種慣用的表現手法

　　紀昀概括了蘇軾詩歌中幾種慣用的表現手法：

　　　入手便以喻起，耳目一新，東坡慣用此法。（卷七，紀評《遊徑山》）

　　　直起老橫，東坡慣用此法。（卷十五，紀評《韓幹馬十四匹》）

〔註36〕趙翼著，霍松林、胡主祐校點《甌北詩話》卷五，人民文學出版社，1963年，第56頁。

〔註37〕方東樹著，汪紹楹校點《昭昧詹言》卷十一第38則，人民文學出版社，1961年，第241頁。

移空作有，東坡慣法。（卷二十，紀評《杜沂游武昌以酴醾
花菩薩泉見餉二首》其一）

意注本題，先盤遠勢，東坡慣用此法。（卷二十九，紀評《次
韻米黻二王書跋尾二首》其一）

這四種表現手法也恰好顯示了蘇詩的幾個特色：比喻和移空作有（即
無中生有）手法的運用使得蘇詩充滿奇妙的想像，形象生動豐富；不
作鋪墊，直接敘題，展示了蘇詩筆力奇健的特點；意注本題，先盤遠
勢，則使蘇詩結構上開闔變動，也拓寬了詩境。其中「無中生有，幻
語生波」之法，在項楚先生《讀〈紀評蘇詩〉》「蹈虛」一節中已有論
述，此不贅述。以下略論紀昀對蘇軾詩歌入手比喻、意注本題先盤遠
勢和直起寫題三種表現手法。

（一）入手比喻

蘇詩的一大特色就是比喻的豐富、新鮮與貼切，紀昀評點時也特
別注意蘇軾對比喻的靈活運用。《百步洪》寫急流斗落沖瀉云：「有如
兔走鷹隼落，駿馬下注千丈坡，斷絃離柱箭脫手，飛電過隙珠翻荷。」
紀評：「只用一『有如』貫下，便脫去連比之調，一句兩比尤為創格。」
（卷十七）四句而連用六個比喻包含七個形象，尤其後兩句十四字中
連設四個比喻，節奏急促，各種形象倏忽而逝；以此形容瀑布之高速
懸落，只覺得酣暢淋漓，而絲毫沒有累贅之感。紀昀指出這是因為「有
如」二字直貫四句的緣故，細品之下，確是如此。《龍尾石硯寄猶子
遠》是一首五言律，八句之中就有兩聯用比擬，似乎有些重複，紀昀
則說：「疊用二比，不嫌其復。首二比形，五六比德也。」（卷三十九）
此詩起二句「皎皎穿雲月，青青出水荷」，是比擬石硯光潔的外形；
五、六句「偉節何須怒，寬饒要少和」，是比其堅硬的品質。兩處比
擬分別從不同的角度描寫石硯，所以不覺得重複。偉節是賈彪的字，
與蓋寬饒都是漢代官員，蘇軾以人比物，別有新意。紀昀很欣賞這種
比喻手法，他評《和錢安道寄惠建茶》「縱復苦硬終可錄，汲黯少戇
寬饒猛」、「張禹縱賢非骨鯁」幾句說：「將人比物，脫盡用事之痕，

開後人多少法門。其源出於蔚宗《和香方》，但彼是以物比人，此翻轉用之耳。然語雖翻轉，而意則猶是比人也。」（卷十一）紀氏認爲蘇詩以人比物在活用典故方面可以給後人許多啓示。他還指出這種手法源自范曄《和香方》以各種香料的特性比擬當時官僚〔註38〕，而蘇軾翻轉一下以人的品性比擬事物。不過，說到以人比物而用事無痕的，李商隱《牡丹》「錦幃初卷衛夫人，繡被猶堆越鄂君」兩句尚在蘇詩之前。

　　紀昀還指出蘇軾經常在詩歌開頭就連用比喻，讓人眼前一亮。如他評《遊徑山》「入手便以喻起，耳目一新，東坡慣用此法」（卷七），又評《正月九日有美堂飲醉歸徑睡五鼓方醒不復能眠起閱文書得鮮于子駿所寄雜興作古意一首答之》「入手直插兩喻，筆力奇矯」（卷九）。按《遊徑山》詩起二句「眾峰來自天目山，勢若駿馬奔平川」，給人一種勇往直前的氣勢；三、四句一轉「中塗勒破千里足，金鞭玉轡相迴旋」，寫出了奔馬被強行勒止的跳躍嘶叫。四句非常生動地傳達出群山在靜止中所蘊含的磅礴氣勢和巨大力量，詩歌也因此在一開始就獲得了這種氣勢與力量。紀昀又進一步將蘇詩中類似的比喻加以比較說：「與『船上看山如走馬』設譬略同，而工拙相去遠矣。」嘉祐四年多天，蘇軾和蘇轍一起陪同蘇洵出蜀，走水路到荊州，有《江上看山》詩起云「船上看山如走馬，倏忽過去數百群。前山槎牙忽變態，後嶺雜沓如驚奔」，也是入手以馬行喻群山。單看這四句也有「雄悍」（卷一）之意，但若與前詩「駿馬奔平川」之速度、「勒破千里足」之力量相比，卻稍顯得平緩。紀昀將蘇詩前後相似之作進行比較，讓

〔註38〕《宋書》卷六十九《范曄傳》載：「（范曄）撰《和香方》，其序之曰：『麝本多忌，過分必害；沈實易和，盈斤無傷。零藿虛燥，詹唐黏濕。甘松、蘇合、安息、鬱金、榛多、和羅之屬，並被珍於外國，無取於中土。又棗膏昏鈍，甲煎淺俗，非唯無助於馨烈，乃當彌增於尤疾也。』此序所言，悉以比類朝士：『麝本多忌』，比庾炳之；『零藿虛燥』，比何尚之；『詹唐黏濕』，比沈演之；『棗膏昏鈍』，比羊玄保；『甲煎淺俗』，比徐湛之；『甘松、蘇合』，比慧琳道人；『沈實易和』，以自比也。」

讀者深切體會到蘇軾對同一手法的運用精益求精。

在次韻詩中連用比喻，尤見蘇軾心思精巧、筆有餘力。熙寧七年冬天到次年春天期間，蘇軾與段屯田（段繹）、喬太博（喬敘）、頓教授（頓起）三人唱和《除夜病中贈段屯田》，就是所謂的「半」、「粲」韻四詩，皆精工。紀評《二公再和亦再答之》：「此首無和韻之迹。一起連作三比，而頭緒秩然，非前首夾雜之比。」（卷十二）按此詩起云：「寒雞知將晨，飢鶴知夜半。亦如老病客，遇節嘗感歎。光陰等敲石，過眼不容玩。親友如搏沙，放手還復散。」首四句一比，五、六兩句一比，七、八兩句一比，是為「三比」。〔註39〕三句「亦如」二字、五句「等」字、七句「如」字將三個比喻表達得清楚明瞭，而且三比也有著內在的緊密聯繫：詩人感歎自己身處異鄉，又在病中逢年過節，在這樣的時刻，尤其驚覺時間的飛逝，尤其憂歎親友的離散。紀昀批評「前首夾雜」是指《喬太博見和復次韻答之》「莫邪當自躍，豈復煩爐炭？便應朝秣越，未暮刷燕館」四句，他說：「二句譬劍，又忽二句譬馬，而『馬』字不出明文，竟承『莫邪』說下，殊不了了，此為韻所牽耳。」這兩個比喻，前者出自《莊子・大宗師》，後者出自顏延年《赭白馬賦》，彼此間沒什麼聯繫，只是因為韻腳而夾雜生湊在一起，這是次韻詩很難避免的局限性。以上幾例的紀評雖然只有寥寥數字，卻清晰地指出了蘇詩中入手比喻、疊用比喻和以人比物等多種比喻手法，並加以比較，論其優劣。這些都是深入賞析蘇詩的關鍵。

（二）意注本題，先盤遠勢

蘇軾才高學富，為詩好馳騁縱橫，紀昀說他慣於「意注本題，先盤遠勢」就是其中一種手法。「意注本題，先盤遠勢」是一種非常有效的表現技巧，這是紀昀從蘇詩中概括出來的。意注本題，則不離於

〔註39〕《蘇詩彙評》編者認為「三比」指起四句，誤。曾棗莊主編《蘇詩彙評》，四川文藝出版社，2000年，第484頁。

題；先盤遠勢，則不限於題。不即不離間，既拓展了詩境，也表達了題意。紀昀說蘇詩慣用此法，但他只揭示了一次，即評《次韻米黻二王書跋尾二首》其一：「意注本題，先盤遠勢，東坡慣用此法。」（卷二十九）不過有了他的提示，我們不難發現蘇詩中此法的運用，如《書韓幹牧馬圖》就是一個很好的例子。按此為題畫詩，卻從唐代開元、天寶年間在汧、渭之間蓄養官馬寫起，「以眞事襯，以眾工襯，以先生襯，以廄馬襯」〔註40〕，近篇末才以「不如此圖近自然」一句入題，紀昀評曰：「通首旁襯，只結處一著本位，章法奇絕。」（卷十五）可見正是運用了「意注本題，先盤遠勢」的表現手法。

　　蘇軾常將「意注本題，先盤遠勢」這一手法運用於那些比較細小、具體的題材中，以便小題大做。如《趙令晏崔白大圖幅徑三丈》起云：

　　　　扶桑大繭如甕盎，天女織綃雲漢上。
　　　　往來不遣鳳銜梭，誰能鼓臂投三丈。
　　　　人間刀尺不敢裁，丹青付與濠梁崔。

為了表現此圖之巨大，開篇先說織成畫帛的絲繭、場地、織女等皆超乎尋常。絲繭來自扶桑，大如甕盎；織帛之地在高渺廣闊的雲漢之上，由技藝最超妙的天女織成最輕薄的綃；所織輕綃大得需由鳳凰來往銜梭。然後才以「人間」兩句入題。前面說來一片奇幻，場面宏大瑰麗，恍如神話，故紀評：「起得奇偉。」（卷二十八）又如《和張耒高麗松扇》起云：「可憐堂上十八公，老死不入明光宮。萬牛不來難自獻，裁作團團手中扇。」要詠松木做的扇子，卻從歉惜松樹才不得用入手，紀評「起得奇崛」，又評曰：「短而不促，意境甚闊。」（卷二十九）又《西湖秋涸東池魚窘甚因會客呼網師遷之西池為一笑之樂夜歸被酒不能寐戲作放魚一首》起云：「東池浮萍半黏塊，裂碧跳青出魚背。西池秋水尚涵空，舞闊搖深吹荇帶。」題眼是「放魚」，先說明東西兩池的不同情況，紀評：「先提明二池，如弈者之先布勢子。」（卷三

〔註40〕方東樹《昭昧詹言》卷十二第 210 則，第 295～296 頁。

十四）蘇軾大才，遇小題反而難以著手，猶如大船行於淺水，無從用力，紀昀指出「東坡善於用多，不善於用少；善於弄奇，不善於平實」〔註41〕，概括蘇詩藝術之長短甚精切。不過紀氏也注意到蘇軾善於揚長避短，於少處用多，於平實處弄奇，將小題寫得意境開闊，其訣竅之一即「意注本題，先盤遠勢」。

蘇軾在長詩中運用此法，則更是奇氣縱橫，淋漓滿足。如《白水山佛跡巖》前半十六句從蓬萊失山，飄浮至羅，說到神工融液綴補二山，又有天匠、帝觴、后土一眾神人，然後引出古佛，留下腳印，才進入正題，眞是遠山重重。汪師韓說：「《山記》謂浮山即蓬萊別島，洪水浮至，依羅而止，二山合體，謂之羅浮，本是不根之談。前八韻據此翻騰而入，無非爲『佛跡』二字取勢，以跌落『古佛來布武』一句耳。」詩中描繪了當時二山合體的情形：

　　方其欲合時，天匠麾月斧。帝觴分餘瀝，山骨醉后土。
　　峰巒尚開闔，澗谷猶呼舞。海風吹未凝，古佛來布武。

紀昀評這八句：「此一層更寫得滿足，善於布勢，工於設色。」又說「海風」二句「入得天然，純乎化境」（卷三十八），不忘本題，轉接自然。

要將「意注本題，先盤遠勢」運用得好，其關鍵是如何從遠勢折入本題。在這一點上，蘇軾用筆之靈妙與紀昀評析之精確，堪稱相得益彰。如紀評《趙令晏崔白大圖幅徑三丈》「誰能鼓臂投三丈」以下三句「斗然折入，節奏天然」，評《和張耒高麗松扇》「裁作團團手中扇」句「入得緊湊」，評《西湖秋涸東池魚窘甚因會客呼網師遷之西池爲一笑之樂夜歸被酒不能寐戲作放魚一首》「吾僚有意爲遷居」句「入得分明」。再如蘇軾於元豐元年在徐州作的《中秋月三首》其三起云：「舒子在汶上，閉門相對清。鄭子向河朔，孤舟連夜行。頓子雖咫尺，兀如在牢扃。趙子寄書來，《水調》有餘聲。」八句敘寫了在不同地方的四個朋友的各自情況，似乎都與「中秋月」無涉，然後

〔註41〕卷四十，紀評《和陶讀山海經》。

以「悠哉四子心，共此千里明」兩句入題，大開大合，紀評：「一語合併，筆力千鈞。」（卷十七）又《次韻米黻二王書跋尾二首》其一前八句說自己曾在三館見到二王眞迹，九、十句「歸來妙意獨追求，坐想蓬山二十秋」，說事後追思其妙意，二十年來一直想再去看看（而不得），然後順勢以「怪君何處得此本，上有桓玄寒具油」二句入題，紀評：「入得飄瞥，得勢處卻在『歸來』二句，過接無迹。」蘇軾「意注本題，先盤遠勢」的手法，不僅將詩境拓開，而且在結構上有開闔之變動，避免了平直呆板。而紀評的細心鈎剔，讓我們對蘇詩巧妙的章法結構有更清晰的認識。

（三）直起寫題

「直起」，顧名思義，入手直寫題意，是與「意注本題，先盤遠勢」截然不同的一種表現方式。如同樣是題韓幹畫馬圖，《書韓幹牧馬圖》「通首旁襯」，而《韓幹馬十四匹》則「直起老橫」（卷十五），直接形容所畫之馬曰：「二馬並驅攢八蹄，二馬宛頸騣尾齊。一馬任前雙舉後，一馬卻避長鳴嘶。」紀昀對這兩種處理方法都很讚賞。

合觀紀評，蘇詩入手直寫題意常見於遊覽類題材。如紀評《司馬君實獨樂園》「青山在屋上，流水在屋下。中有五畝園，花竹秀而野」四句「直起脫灑」（卷十五），這四句一開始就將獨樂園的布局和景致交待得清爽疏朗。蘇軾的遊覽類詩歌，常按其遊玩過程順筆直寫，脈絡分明，頗具特色。如《宿臨安淨土寺》云：

> 雞鳴發餘杭，到寺已亭午。參禪固未暇，飽食良先務。
> 平生睡不足，急掃清風宇。閉門群動息，香篆起煙縷。
> 覺來烹石泉，紫筍發輕乳。晚涼沐浴罷，衰髮稀可數。
> 浩歌出門去，暮色入村塢。微月半隱山，圓荷爭瀉露。
> 相攜石橋上，夜與故人語。明朝入山房，石鏡炯當路。
> 昔照熊虎姿，今爲猿鳥顧。廢興何足弔，萬世一仰俯。

紀評：「直起直收，逐節挨敘，章法甚別。」（卷七）此詩按時間順序，首句寫從「雞鳴」出發，路上行程一概略過，次句緊接「亭午」到寺，

次八句寫午後在寺裏食宿、烹茶，接著依次寫「晚涼」、「暮色」、「夜
興」，最後以想像「明朝」之行、感慨歷史遺迹結束全詩。紀昀又說：
「得力在收處縈帶一波，有此一虛前路五實皆活。」指出最後的想像
與感慨使此詩「直起直收，逐節挨敘」的布局一下子變得靈活不呆板。
再如《遊靈隱高峰塔》起云「言遊高峰塔，蓐食治野裝」，中間寫一
路遊覽的景致和塔寺裏的聾道人，收云「心知不復來，欲歸更仿徨。
贈別留匹布，今歲天早霜」；《上巳日與二子迨過遊塗山荊山記所見》
起云「此生終安歸，還軫天下半。禍來乘檛廟，復作微禹歎」，中間
歷數所見塗山神像與荊山山水，收云「歸時蝙蝠飛，炬火記遠岸」，
二詩也是「直起直收」〔註42〕的結構。這種結構層次清晰，的確適合
用於縱向直線發展的遊覽題材。

　　還有一些直接入題的蘇詩，紀評雖然沒有直接說明，但意思是
一樣的。如《是日至下馬磧憩於北山僧舍有閣曰懷賢南直斜谷西臨五
丈原諸葛孔明所從出師也》起曰「南望斜谷口，三山如犬牙。西觀五
丈原，鬱屈如長蛇」，紀評：「起勢鬱律。不說閣中，而是閣中所見，
與《眞興寺閣》起法同。」（卷四）此詩起四句直接寫從懷賢閣中所
見的險峻的地理形勢，其表現手法與《眞興寺閣》詩一樣。《眞興寺
閣》是組詩《鳳翔八觀》之六，其始曰：「山川與城郭，漠漠同一形。
市人與鴉鵲，浩浩同一聲。此閣幾何高？何人之所營？」首四句言身
處眞興寺閣中，分不清山川城郭之別、人語鳥聲之別，以寫閣之高；
用杜甫《登慈恩寺塔》「俯視但一氣，焉能辨皇州」意，杜詩十字簡
練，蘇詩二十字生動，各有千秋。五句倒點閣高，六句逗引下半段。
紀評：「奇恣縱橫，不可控制。他手即有此摹寫，亦必數句裝頭。」
（卷四）稱讚此詩入手即寫身處閣中所見所感，不作任何鋪敘。所
謂「裝頭」，是指引入正題前不必要的鋪墊。再如《和蔡準郎中見邀
遊西湖三首》其一起云：「夏潦漲湖深更幽，西風落木芙蓉秋。飛雪

〔註42〕紀評前詩：「直起直收，不著一語，而義蘊甚深。」（卷十二）評後
　　　　詩：「題易作鋪張語，卻直起直收，最爲古致。」（卷三十五）

闇天雲拂地，新蒲出水柳映洲。」單刀直入寫一年四季西湖的不同美景，紀評：「平排四句，奇崛；前不裝頭，更奇崛。」（卷七）也是稱讚其入手直寫題中「西湖」的表現手法。紀昀這兩處評論稱讚直起寫題，批評裝頭，但並非否定鋪敘渲染的表現技巧。如《書林逋詩後》要稱頌林逋「神清骨冷無由俗」，卻從讚美生長在湖光山色中的下層老百姓入手：「吳儂生長湖山曲，呼吸湖光飲山綠。不論世外隱君子，傭奴販婦皆冰玉。」這就是一種渲染烘托法，紀評肯定說：「起手如未睹佛像，先現圓光。」（卷二十五）可見，鋪敘烘染本身並無好壞之分，具體要看作者的運用，用得好就是「頂上圓光」〔註43〕，用得不好就是「裝頭」。

　　紀昀對蘇軾詩歌幾種慣用手法的概括和點評，揭示了蘇詩不同風格的形成，有助於讀者對蘇詩進行深入的鑒賞和研究。

二、紀昀論蘇詩的運意用筆

　　運意與用筆大致相當於構思與表現，二者既是詩歌創作中相對獨立的兩個階段，很多時候又是密切聯繫的一個整體。詩歌中處處可見詩人的運意用筆。以紀昀評點蘇軾詩歌來看，細可至一個字詞的斟酌，如評《謝人見和前篇二首》其二「無奈能開頃刻花」句：「山谷『花』字韻詩用『天巧能開頃刻花』句，卻落俗格。此句只換二字，其語頓活。故詩家雅俗之別，只爭用筆。」（卷十二）也可以是整體命意，如評《次韻子由書李伯時所藏韓幹馬》「只就伯時生情，韓幹只於筆端縈繞，運意運筆，俱極奇變」（卷二十八）；或者是聯章詩的布局，如評《書鄢陵王主簿所畫折枝二首》其二結二句「忽應前首作章法，可謂投之所嚮，無不如意」（卷二十九）。紀評非常注意對蘇詩運意用筆的揭示，這也說明了他對詩歌藝術表現的重視。

〔註43〕《玉臺新詠校正》卷六，紀評吳均《秦王卷衣》「咸陽春草芳，秦女卷衣裳」二句曰：「欲言『卷衣』，而先以『春草芳』三字渲染春情，此頂上圓光之筆。」

　　紀昀評點蘇詩一再強調「詩家當爭用筆」，他常常將相同用意的詩歌進行比較，以突出用筆的重要性。如評《廣陵會三同舍各以其字爲韻仍邀同賦》其三：「三詩意旨俱同，惟此詩收束有體。此爭用筆之曲直。」（卷六）按此三詩作於熙寧四年，時蘇軾與劉攽（字貢父）、劉摯（字莘老）皆坐論新法去京，孫洙（字巨源）因不可新法而自請離京，蘇軾通判杭州，劉攽出倅海陵，劉摯監衡州鹽倉，孫洙知海州。十月，四人在赴任路上相會於揚州，遂有此作。三詩都有不滿王安石及新法之意，但前二詩表達比較直露，如其一《劉貢父》末二句「羨子去安閒，吾邦正喧闐」，《烏臺詩案》解釋說：「言杭州監司所聚，初行新法，事多不便也。」以「喧闐」二字評價新法的施行，故紀評：「結太露。」其二《孫巨源》：

　　　　三年客京輦，憔悴難具論。揮汗紅塵中，但隨馬蹄翻。
　　　　人情貴往返，不報生禍根。坐令平生友，終歲不及門。
　　　　南來實清曠，但恨無與言。不謂廣陵城，得逢劉與孫。
　　　　異趣不兩立，譬如王孫猿。吾儕久相聚，恐見疑排根。
　　　　我編類中散，子通眞巨源。絕交固未敢，且復東南奔。

前四句，三年指熙寧二年至四年，時王安石用新法，把持朝政，排除異己，蘇軾屢被構陷，故云「憔悴難具論」。以下十二句，查慎行注引陳訏之解說：「巨源與先生同舍，介甫柄政，同舍禁相往來，故詩云『終歲不及門』，深歎京輦不得聚會，而幸廣陵之得會也。但君子小人異趣，恐反以逐客相聚爲排根；然吾輩相契，不啻竹林諸賢，小人力能出之於外，使奔走南北，而終不能絕君子之交。」〔註44〕整首詩都直抒憤懣之意，故紀評：「此首尤露骨。」其三《劉莘老》後六句「士方在田裏，自比渭與莘。出試乃大謬，駑狗難重陳。歲晚多霜露，歸耕當及辰」，此詩前大半述與劉摯之交往，然後接此六句，讀者似感到此六句亦是自抒懷抱，其諷刺王安石在有無之間，尤其末二句以

〔註44〕馮應榴輯注，黃任軻、朱懷春校點《蘇軾詩集合注》卷六，上海古籍出版社，2001年，第272頁。

不能錯過節候爲由，相勸當儘早辭官歸耕，語意和平，故紀評說「收束有體」。紀昀認爲詩歌之本旨是「發乎情，止乎禮義」，應當溫柔敦厚，若譏刺太多太甚，即不合詩品。他評《送曾子固倅越得燕字》「憤激太甚，宜其招尤。即以詩品論，亦殊乖溫厚之旨」，評《送劉道原歸覲南康》「風力自健，波瀾亦闊，惟激訐處太多，非詩品耳」（卷六）。因此，他強調要用曲筆，即表達旨意要怨而不怒，委婉溫厚。

　　熙寧八年，蘇軾知密州，郡東有盧山，很像峨眉而山體較小，他常望山而思歸。如《出城送客不及步至溪上二首》其二末四句：「倦遊行老矣，舊隱賦歸哉。東望峨眉小，盧山翠作堆。」，《盧山五詠・障日峰》：「長安自不遠，蜀客苦思歸。莫教名障日，喚作小峨眉。」紀評後詩：「坐煞反成死句，不如《步至溪上》詩多矣。詩家往往同一意而工拙不同，只爭運筆耳。」按《障日峰》末二句說思歸之意直白無餘味，是爲死句；而前詩思鄉之意不直說，「東望」之情態，「翠作堆」之秀美，有景有人，思念峨眉之情若隱若顯，情韻較長，故是活句。再如紀評《入峽》：「結亦常意，而忽借一鳥生波，即覺詠歎淫佚，意味深長。故詩家當爭用筆。」（卷一）按此詩結云：「獨愛孤棲鵑，高超百尺嵐。橫飛應自得，遠颺似無貪。振翮游霄漢，無心顧雀鷃。塵勞世方病，局促我何堪。盡解林泉好，多爲富貴酣。試看飛鳥樂，高遁此心甘。」以隱退之心爲結，這是行旅遊覽詩中比較常見的收尾，如謝朓《之宣城郡出新林浦向板橋》末六句「既歡懷祿情，復協滄州趣。囂塵自茲隔，賞心於此遇。雖無玄豹姿，終隱南山霧」，與蘇詩末六句用意有相同之處。然謝詩於「賞心」之處未著一筆，而蘇詩前有六句生動地描摹了飛鳥高超自得之樂，由此而引發的高遁之心更加自然深切。紀評這兩例所說的運筆、用筆主要是指詩意的表達不能直接訴說，要有情有景，或有意境，讓讀者能涵泳其中。這樣，即使是常情常意，也讓人回味不盡。

　　紀昀屢屢稱賞蘇詩用筆靈妙，概括而言，主要指蘇詩的兩種表現手法。一是指蘇軾善於從對面著筆，兩邊俱到，使詩意更加圓足。如

評《元日過丹陽明日立春寄魯元翰》「寄魯意轉從對面寫出，用筆靈活」（卷十一），評《送頓起》「從對面一邊著筆，景中有情，情中有景，將兩地兩人鎔成一片，筆力奇絕」（卷十七）。按前詩末兩句「白髮蒼顏誰肯記，曉來頻嚏爲何人」，詩人寫自己白髮蒼顏應該無人記念，然而早上頻頻打噴嚏是因爲誰呢，言下之意是說只有魯元翰會記掛他，以此來表現自己對魯的思念，很有生趣。後詩「岱宗已在眼，一往繼前躅。天門四十里，夜看扶桑浴。回頭望彭城，大海浮一粟。故人在其下，塵土相豗蹴」八句，不僅從頓起一面著筆寫他的行程，更進一步設想他到了泰山之頂會回望詩人所在的彭城，感歎詩人在其中塵土滿面，不得清淨。詩思極曲折，情意極深至。再如《次韻孔毅父久旱已而甚雨三首》其三寫到雨水過甚，給人們的勞動、生活帶來諸多不便，即所謂「君家有田水冒田，我家無田憂入室」，忽然筆鋒一轉說：「不如西州楊道士，萬里隨身惟兩膝。沿流不惡泝亦佳，一葉扁舟任飄突。山芎麥麯都不用，泥行露宿終無疾。」紀昀密點（類似紅色頓號）此六句，評曰：「苦雨，卻借一不苦雨者，對面托出，用筆巧妙。若說如何苦雨，便凡筆。」（卷二十一）只有無家無田的道士不爲「甚雨」所累，正從反面說明廣大民眾爲雨所苦。蘇軾從對面下筆，使詩歌有了波瀾曲折之致，詩境更爲深闊。

　　二是指蘇詩善用烘染、託襯、點綴之筆，使詩歌生動有致。如評《秋懷二首》其一：「斂才以傚古人，音節、意旨遂皆去之不遠。流年遲暮之感，妙不正寫，只以物化烘托而出。」（卷八）評《西齋》：「善寫夷曠之意，善用託染之筆，寫物處全是自寫。音節、字句亦皆一一入古，此東坡極經意之作。」（卷十三）按《西齋》中間一段「褰衣竹風下，穆然中微涼。起行西園中，草木含幽香。榴花開一枝，桑棗沃以光。鳴鳩得美蔭，困立忘飛翔。黃鳥亦自喜，新音變圓吭」，寫萬物得時欣然之狀，則詩人怡然自適之情亦見於言外。二詩有興象，有遠韻，不比其他宋詩以議論爲詩，以學問爲詩，故紀評贊其有古音古意。再如《送李公擇》起云「嗟余寡兄弟，四海一子由」，紀

評「從子由說入便親切」;「宜我與夫子，相好手足侔」二句入題並呼應起處，末尾云「念我野夫兄，知名三十秋。已得其爲人，不待風馬牛。他年林下見，傾蓋如白頭」，野夫是公擇的哥哥，紀評:「由公擇而愛及其兄，則公擇之可念不言可知。此託襯之法，又與起處子由，有意無意，互相映發，用筆亦極縈拂之致。」(卷十六) 稱讚此詩以手足之親映襯朋友之誼，情意盎然。又如《袁公濟和劉景文登介亭詩復次韻答之》「是時風雨過，靄靄雲歸麓。疎星帶微月，金火爭見伏。惜哉此清景，變滅不可逐。歸來讀君詩，耿耿猶在目」八句，紀評:「得此點綴，前後俱爲生動。贊來詩如此下筆，眞乃超妙，若實寫一段，便是凡筆。」(卷三十二) 這一段景物描寫是蘇軾自述登臨介亭所見，以此襯托袁詩之妙。此詩起云「昏昏墮醉夢，奈此六月溽」，給人一種沉悶之感；後半直抒情事，回憶袁公濟年輕時考場得意，卻窮困潦倒，如今再入仕途，詩人勸以不必在意升沉，相約共遊山水，並希望一起辭官隱退，雖強自排遣，然其中的沉重與無奈卻揮之不去。此詩前後因氣候、因人事而有些壓抑，得此八句點綴以清景爽然，起到平衡和調劑的作用，使整首詩的基調比較清亮，映照前後亦覺生動。

綜觀紀評，「用筆」多是要求詩歌在表現上不能過於直露，要用烘染、託襯、點綴之筆，從旁面、側面、對面、外面、深一層面來表達其意。如此用筆，能讓詩歌委婉含蓄，意蘊豐富，有言外之餘味。

詩歌中的種種筆法正是詩人構思的具體表現，紀昀評析蘇詩之用筆，亦即剖析了其運意。紀昀直接評論蘇詩的運意，主要是稱賞其構思的別出心裁。如肯定其詩作能取題之神，於題外縈繞，而恰盡題意。他評《出峽》:「出峽詩卻寫未出峽事，一到本題，戛然竟住，瀠洄掩映，運意玲瓏。」(卷一) 按此詩以「入峽愛巉岩，出峽愛平曠」二句總起，中間大段追敘入峽一路所遊歷之險境，至末「今朝脫重險，楚水渺平蕩」二句入題，則此前一路之奇險恰突出了出峽水勢之浩渺曠蕩，更以「風順行意王」一句補足出峽心情之暢快。又評《和子由

記園中草木十首》其九:「此首索性一字不著題,而意中句外,卻隱然是園中草木。運意至此,眞有神無迹矣。」(卷五)結合組詩前面幾首的評語來看,此評當亦包含了對這組詩章法靈變的稱讚。據紀評,組詩其一總起;其二拉雜鋪敍四物,以「盛衰由天」收住;其三正面說理,而其四「只以對照見意,竟不說破」;其六「忽跳出題外,取興在即離之間」;七、八兩首同作賦體,而一首賦物,一首賦情,用筆不同;至第九首,雖寫南山之菖蒲,看似一字不著題,實則承接第八首「漂流到關輔」、「苦寒非所堪」、「劚根取其實」等語而來。章法變動,不拘一格,而題意或隱或顯,不板滯亦不脫離,故紀評贊其運意「有神無迹」。

　　紀昀指出蘇詩構思別致還表現在想像奇特,討巧省力而妙趣橫生。他評《留別釋迦院牡丹呈趙倅》「前四句運意奇幻。」(卷十四)詩云:「春風小院初來時,壁間惟見使君詩。應問使君何處去,憑花說與春風知。」此詩作於熙寧九年年底,當時蘇軾即將離開密州,前往京師。本是詩人多情,作詩與春風、牡丹告別,這四句卻追想來年春風當詢問使君(即詩人)去處,故留詩給牡丹,請牡丹轉達致別。在詩人心中,春風、牡丹都有靈識,而且和他一樣多情,想像奇特,構思別致。又評《武昌銅劍歌》:「此與《醉道士石》詩同一運意,皆討巧省力之法。」(卷二十)按《武昌銅劍歌》和《楊康功有石狀如醉道士爲賦此詩》(卷二十六)二詩以雷公捕蛇、猴子偷酒被囚兩個故事說明銅劍與奇石的來歷,詩人的奇思妙想令人歎服。蘇詩旁見側出,左縈右拂,運意用筆別具匠心,紀昀對此種種能了然於心,並以評點隨處說明,亦可見他高超的藝術賞鑒力和批評能力。

　　陸機《文賦》說「恒患意不稱物,文不逮意」,劉勰《文心雕龍‧神思》也說「意翻空而易奇,言徵實而難巧」,這是說詩人的筆力並不能時時與其意旨同步合拍,意好而語不佳是詩歌創作和批評中常見的憾事。蘇軾筆有神力,運筆又復靈活超妙,能充分表達其出奇不測之思意,因此紀評特別稱賞蘇詩的筆力和用筆。如「筆筆老健」、「筆

筆精銳」、「筆筆警拔」、「筆筆矯健」、「筆筆奇矯」、「筆筆奇警」、「筆力橫絕」、「筆力健舉」、「筆力恣逸」等評語，在全集中時常可見；又說蘇詩筆隨意動，曲折自如，如評《張作詩送硯反劍乃和其詩卒以劍歸之》「清辯滔滔，曲折如意」（卷二十三），評《書王定國所藏煙江疊嶂圖》「奇情幻景，筆足以達之」（卷三十），評《次韻范純父涵星硯月石楓林屏詩》「轉轉深至，純以意勝，而能曲折以達之」（卷三十六），評《和陶桃花源》「翻入一層，用意超妙，筆力亦曲折自如」（卷四十三）。當然，蘇詩的下筆造語也有粗劣處，紀昀對此也有批評指摘〔註45〕，但總體而言，他非常讚賞蘇詩的運意與用筆。從他對蘇詩筆法的評析中，我們可以發現，他特別欣賞那種情景交融，有興象，富有豐神遠韻的詩歌。由此亦可見，紀昀對唐、宋詩固然沒有門戶之見，但在藝術審美上，他更傾向於唐詩風格。

三、紀昀論蘇詩的三種情文關係

紀昀評蘇軾《用前韻答西掖諸公見和》〔註46〕說：「無所取義，卻說得精彩。此種純以筆力勝，不以性情勝矣。」（卷二十七）「以性情勝」與「以筆力勝」，正代表了紀氏論詩的兩個基本特點：既強調「詩本性情」，又重視詩歌的藝術表現。理想的詩歌當然是性情與藝術表現能完美統一，達到「情文相生」；其次或「以性情勝」，或「以筆力勝」。好的詩歌，其情文關係大抵不出這三種。紀昀對這三種類型的蘇詩都加以肯定和讚賞，當然，程度有所不同。

（一）論「情文相生」的蘇詩

文學創作本是「爲情而造文」，詩歌能達到「情文相生」，可謂盡

〔註45〕如紀評《愛玉女洞中水既致兩瓶恐後復取而爲使者見紿因破竹爲契使寺僧藏其一以爲往來之信戲謂之調水符》「運意頗深，而措語苦淺」（卷五），評《龍尾硯歌》「『與天』四句，意好而落筆太快，便入香山門徑」（卷二十三），評《和陶詠三良》「詩人自寫胸臆，託之論古，不妨各出意見，此獨恨其運筆太板實耳」（卷四十）。
〔註46〕用前詩《送陳睦知潭州》韻。

善盡美矣。紀昀多次以「情文相生」或類似之意稱讚蘇軾的詩歌。如評《送表弟程六知楚州》「層次井然，有情文相生之樂」（卷二十七），又評《遊羅浮山一首示兒子過》「小兒少年有奇志」以下「情文相生，興會飆舉」（卷三十八），稱美二詩情濃而興發，下筆又復曲暢淋漓，乃情文並茂之佳作。這兩首詩歌如何情文相生，紀昀未作具體說明，但從他對《京師哭任遵聖》與《和蔡景繁海州石室》二詩的點評可知，所謂「情文相生」主要是讚賞蘇詩構思精妙，用筆開闔錯落，縈拂有致，故深情幽懷無不暢達。

任遵聖，即任孜，是蘇軾的老鄉，以學問氣節為鄉人推重，與蘇洵齊名。熙寧十年，蘇軾在京師得知他在潦倒中逝世，以詩痛哭。《京師哭任遵聖》云：

> 十年不還鄉，兒女日夜長。豈惟催老大，漸復成凋喪。
> 每聞者舊亡，涕泫聲輒放。老任況奇逸，先子推輩行。
> 文章得少譽，詩語尤清壯。吏能復所長，談笑萬夫上。
> 自喜作劇縣，偏工破豪黨。奮髯走猾吏，嚼齒對姦將。
> 哀哉命不偶，每以才得謗。竟使落窮山，青衫就黃壤。
> 宦遊久不樂，江海永相望。退耕本就君，時節相勞餉。
> 此懷今不遂，歸見纍纍葬。望哭國西門，落日銜千嶂。
> 平生惟一子，抱負珠在掌。見之齠齔中，已有食牛量。
> 他年如入洛，生死一相訪。惟有王濬沖，心知中散狀。

紀昀評前六句：「先寫情懷，次入任遵聖，倍加淒惘。」這六句詩人寫自己離鄉十年，感歎人事變幻，每每聽說家鄉有長者、舊識去世，都會傷心痛哭；表達了詩人對家鄉、對師友的一片深情。接著即帶著這種深情追憶哀悼任遵聖，哀痛之情越發悲淒。紀評「老任況奇逸」以下：「筆筆作起落之勢，無一率句。中有真情，故語語深至。」此為總評，然後又有細評。他評「哀哉」四句「一落千丈強」，評「宦遊」四句「拓得開」，評「此懷」四句「合得緊」，評末八句「又蹙餘波，收得滿足」（卷十五）。按「老任況奇逸」以下十句讚揚任遵聖有文才有吏能，節氣剛雄，詩語格調激昂，此為一起；「哀哉」四句傷

其才德兼備卻潦落而逝，陡然一落，沉痛殷殷。經紀評一點，我們更加深切地體會到這一起一落間形成的情感張力所帶來的巨大衝擊力。「宦遊」四句寫詩人一直想辭官回鄉，以便就近與任遵聖相交往來，情境拓開；「此懷」四句又轉回題意，言任遵聖逝世，詩人與之交遊的心願不成，惟有痛哭哀悼。「望哭國西門」點題「京師哭」三字，「落日銜千嶂」，含情入景，餘哀蒼茫不盡。至此，題意似已盡，然詩人哀情未已，猶以移情任遵聖之子任伯雨。任伯雨頗有其父遺風，查慎行注引《東都事略》云：「任伯雨，字德翁。邃於經術，文力雄健。」〔註47〕末二句用王戎由嵇紹而緬懷嵇康事收結，不僅契合當時情事，同時表達了詩人與任遵聖相知之深，則其沉沉哀痛之情亦見於言外。故趙克宜評曰：「通首情文相生，語語沉痛。」〔註48〕

　　《和蔡景繁海州石室》約作於元豐六年，時爲蘇軾因烏臺詩案被貶黃州的第四年。蔡景繁，名承禧，和蘇軾同爲嘉祐二年進士，時任淮南轉運使，遊覽海州（今江蘇連雲港）朐山後有《海州石室》詩寄給蘇軾。蘇軾和曰：

> 芙蓉仙人舊遊處，蒼藤翠壁初無路。
> 戲將桃核裹黃泥，石間散擲如風雨。
> 坐令空山出錦繡，倚天照海花無數。
> 花間石室可容車，流蘇寶蓋窺靈宇。
> 何年霹靂起神物，玉棺飛出王喬墓。
> 當時醉臥動千日，至今石縫餘糟醑。
> 仙人一去五十年，花老室空誰作主。
> 手植數松今偃蓋，蒼髯白甲低瓊戶。
> 我來取酒酹先生，後車仍載胡琴女。
> 一聲冰鐵散巖谷，海爲瀾翻松爲舞。
> 爾來心賞復何人，持節中郎醉無伍。
> 獨臨斷岸呼日出，紅波碧巇相吞吐。
> 徑尋我語覓餘聲，拄杖彭鏗叩銅鼓。

〔註47〕《蘇軾詩集合注》卷十五，第691頁。
〔註48〕《蘇詩彙評》卷十五，第585頁。

長篇小字遠相寄，一唱三歎神悽楚。
江風海雨入牙頰，似聽石室胡琴語。
我今老病不出門，海山巖洞知何許。
門外桃花自開落，牀頭酒甕生塵土。
前年開閣放柳枝，今年洗心歸佛祖。
夢中舊事時一笑，坐覺俯仰成今古。
願君不用刻此詩，東海桑田眞旦暮。

「芙蓉仙人」指石曼卿，他通判海州期間在荒山種桃築室，成一時勝遊。汪師韓說：「自首句至『蒼髯白甲低瓊戶』以上皆言石事，繼述舊遊，而以和詩之意終焉，舒展春容，有『大海回波生紫瀾』之妙。」〔註49〕汪評著眼大處，指出此詩層次井然，情調舒緩。紀昀則妙契微茫，論其精思曲意，他總評說：「情往興來，處處有宛轉關生之妙，東坡得意之筆。」（卷二十二）底下一一細評其「宛轉關生」之處。他於首句及「爾來」二句和「長篇」二句等五句字字旁點，批出此詩主線：前之芙蓉僊人石曼卿，後之持節中郎蔡景繁，以及詩人答和蔡詩。評「我來」四句「只四語而淋漓酣足」，指其敘舊遊用語洗練而暢快盡興。按蘇軾曾於熙寧七年赴任密州太守時，順路遊覽海州石室。大概收到蔡詩後，他作《答景繁帖》云：「胊山臨海石室，信如所諭。前某嘗攜家一遊，時有胡琴婢，就室中作《濩索》、《涼州》，凜然有冰車鐵馬之聲。」〔註50〕紀昀又評「徑尋」四句「前後縈拂，有情致，亦有法度」，指「芙蓉仙人舊遊處」→「我來取酒酹先生」→「爾來心賞復何人，持節中郎醉無伍」→「徑尋我語覓餘聲」→「長篇小字遠相寄」，環環相連，映帶有情，呼應有法。評「江風」八句「勾心鬥角，觸手玲瓏」。按「江風」兩句言詩人因蔡詩而憶舊遊及胡琴婢，「我今」六句寫如今謫居黃州現狀：閉門洗心，歌酒不聞。詩人熙寧七年攜家人遊海州時，可謂仕途順利，情志飛揚；然不到五年，他因詩下獄，差點被處死，最後被貶黃州，心灰意冷，生活

〔註49〕《蘇詩彙評》卷二十二，第979頁。
〔註50〕施元之注引，《蘇軾詩集合注》卷二十二，第1130頁。

困頓。這種強烈的對比，使他倍感世事之滄桑變幻，故有末四句之歎，紀評說：「收得滿足。」《答景繁帖》說「當破戒奉和」，而和詩結言「願君不用刻此詩，東海桑田眞旦暮」，猶見其驚懼之心、悲憤之情；然順著前兩句感歎往事如夢、古今一瞬而唱歎出之，故覺語意平和深渾。

紀昀對《京師哭任遵聖》與《和蔡景繁海州石室》兩詩的鈎剔點評，具體地解析了「情文相生」如何體現在詩歌的布局、用筆上，對後人鑒賞詩歌、創作詩歌都有確實的幫助。梁章鉅稱讚蘇詩的紀評本「尤爲度人金針」〔註51〕，洵非過譽。

（二）論「以性情勝」的蘇詩

蘇軾性情眞摯，然仕途漂泊，與親友聚少離多，故集中有大量的贈別親友之作。這些詩歌往往平實如話，而情味深厚。如贈別陳季常的《岐亭五首》，序言敘元豐三年，蘇軾貶謫黃州，陳季常於岐亭相迎，此後頻頻往來唱和；元豐七年四月，蘇軾從黃州量移汝州，陳季常一直送到九江，軾以詩相贈。紀昀將五首皆圈爲佳作，尤以其五爲「最深至」，指出末段「將行出苦語」以下八句有「古人臨別贈言之義，不似後人但以好語相媚」（卷二十三），可見二人友誼之眞且深。尤爲突出者，是蘇軾贈別蘇轍的詩歌。二蘇兄弟情深，有「夜雨對床」之約，卻因仕宦之故，聚散匆匆；兄弟兼知己間的離愁別恨發於詩歌，特別誠摯懇切。紀昀對此深有體會。如蘇軾因烏臺詩案入獄，以爲將死，作《予以事繫御史臺獄獄吏稍見侵自度不能堪死獄中不得一別子由故作二詩授獄卒梁成以遺子由》其一結云：「是處青山可埋骨，他年夜雨獨傷神。與君世世爲兄弟，又結來生未了因。」紀評：「情至語，不以工拙論也。」（卷十九）又評《感舊詩》：「眞至之言，自然渾厚。」（卷三十三）指出這些作品源自詩人感觸至深的眞情眞性，自有一種動人的力量。

〔註51〕梁章鉅《退庵隨筆》，轉引自《蘇軾資料彙編》，第 1492 頁。

　　紀昀認為蘇軾贈別蘇轍的詩歌，能自然平實地將真切深摯的情感表達出來，所以堪稱絕調、神品。他評《潁州初別子由二首》其二：「曲折之至，而爽朗如話，蓋情真而筆又足以達之，遂成絕調。」（卷六）按此詩作於熙寧四年，是年六月蘇軾自京師赴任杭州通判，先至陳與蘇轍相會，九月離陳，蘇轍送到潁州並一起拜見歐陽修，然後相別，故詩云：

　　　近別不改容，遠別涕霑胸。咫尺不相見，實與千里同！
　　　人生無離別，誰知恩愛重？始我來宛丘，牽衣舞兒童。
　　　便知有此恨，留我過秋風。秋風亦已過，別恨終無窮。
　　　問我何年歸？我言歲在東。離合既循環，憂喜迭相攻。
　　　語此長太息，我生如飛蓬。多憂髮早白，不覺六一翁。

其中「始我來宛丘」以下六句，紀評字字旁圈，正是此詩「曲折之至」處。詩歌前六句說離別能讓人體會到親人間的深厚感情，接著六句卻不寫當時分別之際的景物和心情，反而追敘當初詩人剛到宛丘蘇轍家與小孩玩樂，那時彼此就知道有此一別，然後說雖然蘇轍儘量將離別延後，甚至送到潁州，但當離別到來時依然有別恨無窮，最後才寫惜別，詢問歸期，依依不捨之情自然流出。此詩用語樸實，曲折變動中將兄弟間真摯的感情完全地表達出來，故紀昀歎為「絕調」。

　　上一詩所寫是二蘇的第三次分別，其一云「我生三度別，此別尤酸冷」。他們第一次分別是在嘉祐六年冬天，當時大蘇去陝西鳳翔當判官，小蘇留京侍老蘇，蘇軾有《辛丑十一月十九日既與子由別於鄭州西門之外馬上賦詩一篇寄之》，末云：「亦知人生要有別，但恐歲月去飄忽。寒燈相對記疇昔，夜雨何時聽蕭瑟？君知此意不可忘，慎勿苦愛高官職。」自注：「嘗有夜雨對床之言，故云爾。」此詩前幾句說離別的憂愁，到「亦知」句作一頓挫，說其實知道人生總會有別離（所以不須傷別），下句又一轉說唯恐歲月飄忽流逝，相聚的日子不多，故而傷別，思緒宛轉往復；「寒燈」二句轉筆又寫他們臨別前回想兄弟二人的「夜雨對床」之約，末二句強調勿忘此約。紀昀稱讚此

詩有波瀾頓挫之致。〔註52〕蘇軾的確念念不忘此約，詩中屢有提及，
《感舊詩引》對此作了回顧：「嘉祐中，予與子由同舉制策，寓居懷
遠驛，時年二十六，而子由二十三耳。一日，秋風起，雨作，中夜蕭
然，始有感槩離合之意。自爾宦遊四方，不相見者十嘗七八。每夏秋
之交，風雨作，木落草衰，輒悽然有此感，蓋三十年矣。元豐中，謫
居黃岡，而子由亦貶筠州，嘗作詩以紀其事。元祐六年，予自杭州召
還，寓居子由東府，數月復出領汝陰，時予年五十六矣。乃作詩留別
子由而去。」〔註53〕由此可知，二蘇的約定作於嘉祐六年秋天。序言
所謂「以詩紀此事」，指元豐六年作的《初秋寄子由》：

> 百川日夜逝，物我相隨去。惟有宿昔心，依然守故處。
> 憶在懷遠驛，閉門秋暑中。藜羹對書史，揮汗與子同。
> 西風忽淒厲，落葉穿戶牖。子起尋袷衣，感歎執我手。
> 朱顏不可恃，此語君莫疑。別離恐不免，功名定難期。
> 當時已悽斷，況此兩衰老。失途既難追，學道恨不早。
> 買田秋已議，築室春當成。雪堂風雨夜，已作對牀聲。

此詩明白如話，卻情味深沉。查慎行評「子起尋袷衣」以下十句：「情
文婉摯，令人欲喚奈何。」汪師韓說：「五言轉韻能一汽旋折，筆愈轉
而情愈深，味愈長。此等詩，他人不能爲，在集中亦惟與子由往復數
章僅見耳。」〔註54〕二人對此詩極意推賞。紀昀讚賞起四句「發端深
警」，又說「西風忽悽厲」以下：「音節似香山《桐花》詩，但收斂謹
嚴耳。王摩詰《寄祖三》詩亦此格，而氣體各別。」（卷二十二）紀
評指出蘇軾此詩與王維《贈祖三詠》都是五言轉韻，四句一轉，體格
相類，甚是；但說與白居易《桐花》音節相似，未得其意。紀評只論
詩之音節體格，而未及其情味，大概是因爲查評和汪評已說盡其妙。

〔註52〕紀昀評首二句「起得飄忽」，三四句「加一倍法」，五六句「寫難狀
　　　　之景」，「亦知」二句「作一頓挫，便不直瀉。直瀉是七古第一病」，
　　　　「寒燈」二句「收處又繞一波，高手總不使一直筆」（卷三）。
〔註53〕《蘇軾詩集合注》卷三十三，第 1689～1690 頁。
〔註54〕《蘇詩彙評》卷二十二，第 969 頁。

與《初秋寄子由》相比，紀昀更欣賞《東府雨中別子由》。《東府雨中別子由》作於元祐八年九月，時蘇軾離京出知定州。此前因爲黨爭及避嫌（蘇轍時爲執政官），蘇軾一直乞爲外放，又屢被召回：元祐四年出知杭州，一年半後被召回；六年八月出知潁州，七年春改揚州，沒多久又召回，至此再出知定州。故詩云：

> 庭下梧桐樹，三年三見汝。前年適汝陰，見汝鳴秋雨。
> 去年秋雨時，我自廣陵歸。今年中山去，白首歸無期。
> 客去莫歎息，主人亦是客。對牀定悠悠，夜雨空蕭瑟。
> 起折梧桐枝，贈汝千里行。歸來知健否？莫忘此時情。

紀評：「愈瑣屑，愈眞至；愈曲折，愈爽朗。此爲興到之作。清空如話，情味無窮，較前查愼行《初秋寄子由》一首，尤入神品。」〔註 55〕（卷三十七）此詩前半將三年三別之情訴與梧桐樹，亦可謂「樹猶如此，人何以堪」，此即紀評所說的「瑣屑眞至」；後半卻從蘇轍一邊著筆，作寬慰感歎之詞，語意簡明，即紀評所說的「曲折爽朗」。此詩情思宛轉曲折，下筆造語卻清爽如話，而仕宦倦怠之意、兄弟別離之苦及深情相勉皆溢於言外，令人動容，故汪師韓和紀昀皆推爲「神品」。

蘇軾贈別蘇轍的這些詩歌，大多語言平實，如話家常，幾乎不作文飾，乍讀似乎平淡無味。然經紀昀等人的點評，再細細品讀，卻深刻體會到平淡樸實的語言反而更能凸顯出情感的眞摯深切，令人久久沉浸其中。這正是紀昀所謂「以性情勝」的詩歌的魅力所在。

（三）論「以筆力、風調勝」的蘇詩

紀昀欣賞眞樸平淡的性情之作，但並非對眞情之詩沒有任何藝術上的要求。他批評蘇軾哭邁兒詩〔註 56〕「漲乳已流床」句「情眞，

〔註 55〕汪師韓評曰：「清空如話而情味無窮，較前《初秋寄子由》一章，尤入神品。」與紀評後句幾乎完全一樣，紀評亦未作說明，不知何故。
汪評見《蘇詩彙評》卷三十七，第 1551 頁。
〔註 56〕詩題全名爲《去歲九月二十七日在黃州生子遯小名幹兒頎然穎異至今年七月二十八日病亡於金陵作二詩哭之》。

而語太俚」（卷二十三），又評《和陶與殷晉安別——送昌化軍使張中》「情眞，而語未超拔」（卷四十二）。紀昀雖然曾說「有物之言，不嫌板實」，又說：「故知有物之言，不同浮響；又無所取義而作詩，雖東坡亦不能佳。」〔註57〕但事實上，他時常從筆力、風調肯定蘇軾的一些應酬之作及了無深意之詩。

　　他評《王頤赴建州錢監求詩及草書》：「亦是應酬之作，而筆意疏爽可誦。」（卷六）此詩三四句云「酒闌燭盡語不盡，倦僕立寐僵屏風」，紀評指出後句用「對面烘托」法，以僕人困得靠著屏風站著睡著了，反襯詩人與王頤秉燭把酒夜談時間之長，可見二人相知相得；中間大段有關養生煉丹學仙，末二句「留詩河上慰離別，草書未暇緣匆匆」點出「詩及草書」，完足題面，故紀評「一帶便足」，肯定其結構上的安排。再如評《越州張中舍壽樂堂》：「了無深意，而說來通體精彩，此眞善於蹈虛。」（卷七）又引查愼行評：「入手奇崛，一轉合題。」按起二句「青山偃蹇如高人，常時不肯入官府」，入手比喻，正是蘇詩慣法，而且「以人事喻景物，筆端出奇無窮」〔註58〕；三四句「高人自與山有素，不待招邀滿庭戶」，一轉合題，高人指張中舍，庭戶指壽樂堂。又詩中「才多事少厭閒寂，臥看雲煙變風雨」二句及結尾「春濃睡足午窗明，想見新茶如潑乳」二句，高曠、閒適，令人神清氣爽，的確是「通體精彩」。其他如評《送錢承制赴廣西路分都監》「亦是應酬之作，而有點綴、有開闔，便覺情致不同」（卷二十八），評《谷林堂》「無深意，而謹嚴厚重，自是老筆」（卷三十五），評《送江公著知吉州》「了無深意，而筆力特爲跳脫」（卷三十三）等，評《寓居合江樓》「起勢超忽，以下亦音節諧雅，雖無深意而自佳」（卷三十八）。紀昀認爲這些作品雖然沒什麼深意，然以其用筆之靈妙老到也不失爲好詩，值得欣賞。

　　紀昀又偶以「風調」之美來肯定無深意之詩。他評《送張職方吉

〔註57〕卷三十六，評《送蔣穎叔帥熙河》；卷九，評《韓子華石淙莊》。
〔註58〕汪師韓評，《蘇詩彙評》卷七，第240頁。

甫赴閩漕六和寺中作》:「了無深意,而風調勝人,小詩如此亦自佳。
但偶一爲之則可,不得倚爲安身立命處。」(卷七)但他的肯定是有
條件的:首先只可施於小詩,其次只能偶一爲之。無深意而有風調,
取其音節流美,節奏暢快,然容易流於所謂「空調」,學唐詩者較多
這種「裝面空調」。對於這類詩歌,紀昀的矯弊之意更切。他評《竹
葉酒》「頗有風調,然是空腔。若以此種爲超妙,則終身在窠臼中」
(卷二),評《虔州八境圖八首》其七「此首字句鮮華,而中無一物,
所謂『金玉其外,敗絮其中』者」(卷十六),評《南康望湖亭》「但
存唐人聲貌,而無味可咀,此種最害事。而轉相神聖,自命曰高;或
訾謷,輒哂曰俗。蓋盛唐之說行,而盛唐之眞愈失矣」(卷三十八),
評《送惠州押監》「此陳陳相因之窠臼,以爲盛唐高調則失之」(卷三
十九)。紀昀爲了防微杜漸,批評比較嚴苛。那麼眞正有情韻的風調
該是如何的呢?詩人將比較質實的情意虛化爲隱隱淡淡的韻調,借境
象指點而出,詩歌因此富於風調情韻。由紀評可知,切合實境生情或
中有寓託可避免以空調取姿。如《送張職方吉甫赴閩漕六和寺中作》
結云「門前江水去掀天,寺後清池碧玉環。君如大江日千里,我如此
水千山底」,紀評指出這四句「即陳思『清路塵』、『濁水泥』二句化
出,而切合實境生情,故不落其窠臼」(卷七)。詩人在錢塘江邊上的
六和寺送張赴閩漕,詩中所云大江、寺後清池俱有著落,故非空調。
又如《青牛嶺高絕處有小寺人迹罕到》末二句「明朝且復城中去,白
雲卻在題詩處」,紀評:「結得縹緲,然中有寓託,不同泛作杳杳冥冥
語。」(卷十二)白雲寄寓了詩人對紛繁人世(城中)的厭煩,與對
自由閒適山林的嚮往,縹緲有情。再如紀評《攜妓樂游張山人園》:「結
句緊對三四句,非以空調取姿也。」(卷十六)按此詩結句云「酒闌
人散卻關門,寂歷斜陽掛疏木」,以夕陽疏木渲染寂寥之意,彷彿是
套用了一般的遊覽詩結法;但有三、四句「故將俗物惱幽人,細馬紅
粧滿山谷」的熱鬧喧囂作對比,其寂靜寥落之情便落到了實處,便非
空調。

紀昀認為無深意之詩或以筆力勝，或以風調勝，但他對二者並非等量齊觀。他對以筆力勝者多稱賞之辭，對以風調勝者則多勸誡之意。這大概是因為筆力代表了詩人的藝術表現功力，並無明顯弊端；而徒以風調相勝者易流於空腔濫調，流弊不淺。此弊尤見於明人之取法盛唐，故紀昀深戒之。紀氏批評「空調」之切也有廓清清初「神韻說」帶來的浮泛詩風之意，具有現實的針對性。

附：紀昀論蘇軾的情韻深婉之作

蘇軾詩歌數量眾多，風格多樣，其中最為突出的特徵是縱橫跌宕、軒豁磊落、神鋒俊逸、筆意豪健，即所謂「東坡本色」。蘇詩也不乏情思宛轉、餘韻悠長之作，但通常不為人重視；大概因為它代表了唐詩的風貌，不能體現在唐詩外另闢蹊徑的宋詩特色，也不能體現蘇軾的個人特色。對蘇詩情韻深婉風格的忽略，導致有些論者批評蘇詩不善言情、情韻不足。如袁枚《錢竹初詩序》指出作詩須兼備才、學、識，「而尤貴以情韻將之，所謂弦外之音、味外之味也」，認為「東坡詩風趣多，情韻少」〔註59〕。《隨園詩話》也多次表達類似的觀點，如「蘇、黃瘦硬，短於言情」，又說：「東坡詩，有才而無情，多趣而少韻，由於天分高，學力淺也。」〔註60〕這是對蘇軾詩歌的一個很大的誤會。

紀昀五次評閱蘇詩全集，對蘇詩情韻深婉的藝術風貌有深入的體會和認識，並一一加以評論。蘇詩不乏韻味悠遠之作，上文論紀昀點評蘇詩的運意用筆時所舉的《入峽》、《秋懷二首》其一和《西齋》等詩即是，這幾首詩歌借物抒情，富有餘味。以下再舉幾例，證以紀評。

《陌上花三首》其一：「陌上花開蝴蝶飛，江山猶是昔人非。遺民幾度垂垂老，遊女長歌緩緩歸。」這是熙寧六年蘇軾為杭州通判巡

〔註59〕《小倉山房文集》卷二十八，轉引自《蘇軾資料彙編》，第1260頁。
〔註60〕袁枚著，顧學頡校點《隨園詩話》，卷五第41則、卷七第92則，人民文學出版社，1982年第2版，第149、243頁。

視屬縣至臨安一帶時所作，其序曰：「遊九仙山，聞里中兒歌《陌上花》，父老云吳越王妃每歲春必歸臨安，王以書遺妃曰：『陌上花開，可緩緩歸矣。』吳人用其語為歌，含思宛轉，聽之淒然，而其詞鄙野，為易之云。」故事有深情雅韻，此詩在遺民垂老與遊女長歌的對比中，輕歎物是人非，故紀評：「真有含思宛轉之意。」（卷十）

《留別釋迦院牡丹呈趙倅》後半云：「年年歲歲何窮已，花似今年人老矣。去年崔護若重來，前度劉郎在千里。」紀評：「後四句出以曼聲，亦情思惘然不盡。」（卷十四）這四句讓讀者不禁聯想到劉希夷《代悲白頭翁》「年年歲歲花相似，歲歲年年人不同」、崔護《題都城南莊》「人面不知何處去，桃花依舊笑春風」以及劉禹錫《再遊玄都觀絕句》「種桃道士歸何處？前度劉郎今獨來」三詩的內容與情感，越讀越覺得情味深厚，那種世事滄桑、物是人非的悵惘之感縈繞不去。

《又送鄭戶曹》後半云：「蕩蕩清河壖，黃樓我所開。秋月墮城角，春風搖酒杯。遲君為座客，新詩出瓊瑰。樓成君已去，人事固多乖。他年君倦游，白首賦歸來。登樓一長嘯，使君安在哉？」紀評：「曲折往復，極有情思。『遲君』四句，猶是人意所有；『他年』一轉，匪夷所思。」（卷十六）此詩感歎人事多乖，朋友間易散難聚。值此黃樓建成之際，正當相約登樓賦詩，朋友卻離去了；然後進一步設想，他年朋友回來，詩人又離開了，友人登樓長嘯，想必有無盡的懷念。詩意亦屬平常，但曲曲折折寫來，一片深情惘然。

《再和楊公濟梅花十絕》其十：「北客南來豈是家，醉看參月半橫斜。他年欲識吳姬面，秉燭三更對此花。」此詩作於元祐六年，當時蘇軾以龍圖閣學士知杭州才一年半，但朝廷已下命召回京師，故前二句有飄泊之感，末二句倒轉寫花如美人，蘇軾曾說「吳儂生長湖山曲，呼吸湖光飲山綠。不論世外隱君子，傭奴販婦皆冰玉」（《書林逋詩後》），因此這兩句其實是兼贊梅花的姿容與品性，同時表明詩人尚未離開卻已然開始思念杭州，情思曲折動人，故紀評：「惘然不盡，

情思殊深。」（卷三十三）

　　紀評指出蘇軾有些詩歌有唐詩風味，正是肯定其情韻動人。他評《遊鶴林招隱二首》其一「古寺滿修竹，深林聞杜鵑」二句「不減『曲徑通幽』之句」、評其二「直逼唐人」（卷十一），評《虔州八境圖八首》其二「純是唐音」（卷十六），評《寄蔡子華》「風韻特佳，如出初唐人手」（卷三十一），又評《雨中過舒教授》「疎疎簾外竹，瀏瀏竹閒雨。窗扉靜無塵，几硯寒生霧」四句「淡遠有王、韋之意」（卷十六）。如《虔州八境圖八首》其二云：「濤頭寂寞打城還，章貢臺前暮靄寒。倦客登臨無限思，孤雲落日是長安。」詩歌表達了對京都的眷戀之情，深沉濃厚，猶如暮色一般。情思交融在意象中，餘味悠長。

　　紀昀還稱讚蘇軾能將一些日常情景寫得別有滋味。他評《題楊次公春蘭》「春蘭如美人，不采羞自獻。時聞風露香，蓬艾深不見」四句「常意而寫來深遠」（卷三十二）。此四句讚美蘭花高潔；用意不深也不新。但既以比喻入題，以美人之矜持寫春蘭之閒靜；後兩句又說但聞其香，不見其形，讓人不禁悵惘若失，而流連不能去。情味實爲深遠。再如評《再用前韻》〔註61〕「酒醒夢斷何所有，落花流水空青山」二句「常情常語，寫來別有姿韻」（卷三十九），評《吾謫海南子由雷州被命即行了不相知至梧乃聞尚在藤也旦夕當追及作此詩示之》「孤城吹角煙樹裏，落月未落江蒼茫」二句「有景有情」（卷四十一），評《縱筆三首》其二「溪邊古路三叉口，獨立斜陽數過人」二句「含情不盡」（卷四十二），這些詩句皆融情於景，富有餘韻。

　　紀昀尤其善於體味並揭示那些描寫日常情事景物的詩歌中所蘊含的細膩深婉的情思，觀其對《玉臺新詠》的品評可證。他對以上幾首蘇軾詩歌的點評也體現出這種敏銳的審美感受能力。經由紀昀的賞

〔註61〕用前詩《追餞正輔表兄至博羅賦詩爲別》韻。

鑒，蘇軾詩歌情韻悠遠、婉轉動人的一面得以清晰展現出來，豐富了人們對蘇詩風格的認識，促進對蘇詩進行深入細緻的研究。

四、清代學者對紀評蘇詩的接受

紀昀評點蘇詩自序說：「予點論是集始於丙戌之五月，初以墨筆，再閱改用朱筆，三閱又改用紫筆，交互縱橫，遞相塗乙，殆模糊不可辨識。友朋傳錄，各以意去取之。」由此可知，清代學者對紀評蘇詩的接受與流傳，在紀評本尚未定稿前即已開始。

紀評蘇詩定稿後刊刻前已廣為傳抄，據目前所知資料，趙古農的《紀批蘇詩擇粹》（芸香堂藏板）應該是紀評蘇詩的最早刊本（但不是全刊本），該書刻於嘉慶丁丑（嘉慶二十二年，1817）冬十月，今見藏於上海圖書館。其《凡例》曰：

> 一　是書原本係查初白先生《蘇詩補注》，河間紀曉嵐先生詳加評語者。向從坊間購得，朱筆爛然，細審之，乃吾粵藥房張太史手錄。閒中擇其粹者，用輯成書。
> 一　詩內曉嵐先生抉擇甚精，其首選用紅雙圈圈其題首，單圈者次之；或全首未能無疵，亦細批出。悉仍其舊，不敢任意增減。
> 一　手錄是書，名以「擇粹」，原便披覽，非欲付梓也。詎坊客持去，遂依字體剞劂耳。其中評語、圈點俱遵紀批，亦不敢濫加一字。
> 一　是書傳鈔已遍海內，未知曾有刊本，茲《擇粹》公之同好。博覽之士，欲讀全蘇則有施、查各家注在，幸毋以擇選見誚也。

又有自序曰：

> 古農少嗜坡公詩，信如參寥所謂「牙頰間別有一副鑪鞲，他人不可學」者，然率易處亦所不免。後得曉嵐先生批本，抉擇精嚴，評騭允當，坡公九京應為首肯也。夫士不幸不生古人之世，親見古人著作，識其苦心；而又幸生古人之後，俾當代名流操評選之權，知古人之語焉而精擇焉而詳，

> 庶不爲古人所圄，則開卷不大有益乎？古農課餘，謹將曉
> 嵐先生批本擇錄一部，統計一十八卷，得詩九百有奇，用
> 便披覽。始甲戌浴佛日，迄於中元，凡三閱月而此書成。
> 時當三伏，汗流浹背，較坡公抄得《漢書》一部，喜何如
> 也？番禺後學趙古農巢阿謹書於羊城抱影吟軒。

趙古農《紀批蘇詩擇粹》的藍本是張太史在查愼行《蘇詩補注》上過
錄的紀評本。《擇粹》共十八卷，詩九百餘首，是紀評蘇詩原書的三
分之一左右，分量比較合適，後來趙克宜《角山樓蘇詩評注彙鈔》所
選錄的蘇詩也是九百多首。趙古農對紀評非常推崇，稱「抉擇精嚴，
評陟允當，坡公九京應爲首肯也」，《擇粹》不僅將紀氏評語一一過錄，
而且連圈點符號也悉遵其舊。這種嚴謹的態度值得讚賞，因爲那些圈
點對理解紀評很有幫助。不過趙古農《紀批蘇詩擇粹》似乎流傳不廣，
今人所編的《蘇軾資料彙編》、《蘇軾研究史》與《蘇詩彙評》附錄的
《蘇詩總評》皆未見提及，三書所錄的其他清代學者有關蘇詩的論述
中也不見提及，故上文詳錄其凡例與自序。

　　紀評蘇詩最早的全刊本大概是由晚清名督盧坤於道光十四年
（1834）刻於廣州，朱墨套印本，線裝十二冊。盧坤《紀評蘇詩序》
云：

> 河間紀文達公於書無所不讀，瀏覽所及，丹黃並下，如漢
> 廷老吏，剖斷精覈，而適得事理之平。至於蘇詩五閱本而
> 後定，蓋尤審也。余既刻公所評《文心雕龍》、《史通》二
> 種，復梓是集，爲讀蘇詩者得津梁焉。昔公嘗謂「生平學
> 盡於《四庫提要》一書，餘集可廢」，則公不以是集重；讀
> 是集者，不能不以公重也。蘇詩舊有查初白評本，此則較
> 嚴，凡涉禪語及風議太峭處，咸乙之。蓋子瞻才大，可以
> 無所不有，公爲後學正其圭臬，固其宜也。

盧坤很推重紀昀的學識，之前已刊刻紀評《文心雕龍》、《史通》兩
種著作。他認爲紀評蘇詩五閱而定，尤其精審；並指出紀評之所以比
查愼行評更嚴格，是因爲要給後學樹立典範，必須如此。此書流傳較

廣，清人的隨筆雜著中有所記述。梁章鉅《退庵隨筆》說：「注蘇詩者，……而紀文達師評點本，尤爲度人金針也。近涿州盧厚山督部坤已於粵東付梓，可以嘉惠後學矣。」錢泰吉說：「後見坊刻紀文達評本，未及購藏。今得涿州盧公刻本，不禁狂喜。」錢泰吉論紀評蘇詩較嚴，語意大都同於盧坤。值得注意的是，他還提到：「盧公謂文達尚有手批《全唐詩》，聞藏在陳望之中丞處，惜未見。」〔註62〕由此看來，紀昀很可能還評點過《全唐詩》。這一方面說明了紀昀於詩歌評點所作的巨大貢獻，另一方面也再次印證了紀昀在總體上更欣賞唐詩。

趙克宜也很看重紀評蘇詩，他說「說蘇詩者不一家，唯紀評爲最備，其去取散見於全集」，其《角山樓蘇詩評注彙鈔》「全載紀評，兼采眾說」（《彙鈔序》）〔註63〕。趙克宜對紀評基本上持肯定、稱賞之辭。他認爲紀評能細心體會蘇詩隱含的深意。如紀評《竹䶂》末二句「南山有孤熊，擇獸行舐掌」說：「有『安問狐狸』之慨。」（卷五）趙克宜說：「結語，乍觀之不解所謂，惟紀氏能得其用意。此名家之詩，所貴明眼人爲之標舉匠心也。」〔註64〕「安問狐狸」典出《後漢書》。東漢末年，外戚諸梁姻族滿朝，大將軍梁冀專權。朝廷派遣張綱等八人分道巡按各州郡，糾察收審貪官污吏。張綱銜命出洛陽，才出都亭幾里許，便慨然歎道：「豺狼當道，安問狐狸！」意思說：禍國大盜正在那兒當道呢！何必去抓小偷啊！張綱於是將車輪埋於都亭，起草彈劾梁冀的奏章。經紀昀評解，可知蘇詩以孤熊爲大害，以竹䶂爲小害，二者背後又有更深的寓刺。趙克宜又稱讚紀評能將蘇詩精妙之處細說清楚，如他評《東府雨中別子由》：「詩之妙，紀評盡之。」〔註65〕

〔註62〕 錢泰吉《甘泉鄉人稿》卷七《曝書雜記》上，轉引自《蘇軾資料彙編》，第1508頁。
〔註63〕 轉引自《蘇軾資料彙編》，第1570頁。
〔註64〕 《蘇詩彙評》卷五，第167頁。
〔註65〕 《蘇詩彙評》卷三十七，第1552頁。

　　趙克宜對紀評也並不完全認同。如紀評《梵天寺見僧守詮小詩清
遠可愛次韻》：

> 莊老告退，山水方滋，晉宋以還，清音遂暢。揆以風雅之
> 本旨，正如六經而外，別出玄談，亦自一種不可磨滅文字。
> 後人轉相神聖，遂欲截斷眾流，專標此種為正法眼藏。然
> 則《三百》以下漢魏以前，作者豈盡俗格哉？東坡之喜此
> 詩，蓋亦「偶思螺蛤」之意，談彼法者，勿以藉口。（卷
> 八）

此評論山水清音的源起與地位，甚確；說不能專作山水清音也是中正
之論。然趙克宜說：「自漁洋教人以王、孟為宗，海內翕然從之。紀
氏生於其後，欲力翻成說以自異，故遇此等處，苦費幹旋，亦門戶之
見勝也。」〔註 66〕紀昀既肯定山水清音是「一種不可磨滅文字」，又
批評「後人轉相神聖」，這正是其論詩辯證通達處。但在趙克宜看來，
卻是紀昀為了反對漁洋「神韻說」而苦心幹旋，乃門戶之見。再如紀
評《青牛嶺高絕處有小寺人迹罕到》「結得縹緲，然中有寓託，不同
泛作杳杳冥冥語」，趙克宜說：「唐人結處多作指點不盡語，饒有餘味。
紀因與漁洋立異，故遇此等，每多費解。」〔註 67〕又如《清遠舟中寄
耘老》中云「汀洲相見春風起，白蘋吹花散煙水」，紀評二句「駘宕
多姿」（卷三十八），可謂妙愜人心。趙克宜說：「過接處，融景入情，
此唐人習徑，亦漁洋集中常調。紀氏與漁洋立異，而遇此亦覺賞心，
所謂是非之公也。」〔註 68〕紀昀欣賞情景交融的好詩，但對泛寫山水
景物的詩歌、詩句持論較嚴。這是為了矯正學唐詩的「空調」之弊及
「神韻說」浮泛之弊，故評論中既有肯定，又有引申駁斥之語。這正
是紀昀評詩精審處，包含著指點後學的良苦用心。但趙克宜卻認為紀
昀有門戶之見，有心與王士禎「神韻說」立異，又無法完全否定山水
詩的神韻之美，所以評得囉嗦。

〔註 66〕《蘇詩彙評》卷八，第 281 頁。
〔註 67〕《蘇詩彙評》卷十二，第 459 頁。
〔註 68〕《蘇詩彙評》卷三十八，第 1612 頁。

　　趙氏這幾處對紀評的批駁，實非持平之說。對「神韻說」蹈空虛浮之弊的批評，並非始於紀昀，趙執信駁以「詩中有人」、吳喬譏以「清秀李于鱗」，皆切中其弊。〔註69〕紀昀對王士禎「神韻說」比較系統的評論可見於《御選唐宋詩醇》提要，他說：

> 蓋明詩摹擬之弊，極於太倉、歷城；纖佻之弊，極於公安、竟陵。物窮則變，故國初多以宋詩爲宗。宋詩又弊，士禎乃持嚴羽餘論，倡神韻之說以救之。故其推爲極軌者，惟王、孟、韋、柳諸家。然詩三百篇，尼山所定，其論詩一則謂歸於「溫柔敦厚」，一則謂可以「興觀群怨」，原非以品題泉石、摹繪煙霞。洎乎畸士逸人，各標幽賞，乃別爲山水清音。實詩之一體，不足以盡詩之全也。宋人惟不解「溫柔敦厚」之義，故意言並盡，流而爲鈍根。士禎又不究「興觀群怨」之原，故光景流連，變而爲虛響。各明一義，遂各倚一偏。「論甘忌辛」、「是丹非素」，其斯之謂歟？（《總目》卷一百九十）

述「神韻說」的歷史作用和弊端所在，客觀公正，實爲平情之論。

　　張崇蘭與沈岐都曾爲《角山樓蘇詩評注彙鈔》作序，序言都提到了紀評。沈序說：「嗣得河間紀文達評本，尤服其品隲之精，權衡之當。」〔註70〕張序說：「先是河間紀曉嵐先生嘗有評本，別白是非，灼然不惑。顧意主祧唐祖宋，持論少偏。」〔註71〕二序都大力肯定了

〔註69〕《總目》卷一九六，趙執信《談龍錄》提要：「執信爲王士禎甥婿，初甚相得。後以求作《觀海集序》不得，遂致相失。因士禎及門人論詩，謂當如『雲中之龍，時露一鱗一爪』，遂著此書以排之，大旨謂詩中當有人在。……又述吳修齡語，謂士禎爲『清秀李于鱗』。雖忿悁著書，持論不無過激，然神韻之說，不善學者往往易流於浮響。……則執信此書，亦未始非預防流弊之切論也。」《紀文達公遺集‧文集》卷九《冶亭詩介序》：「國初變而學北宋，漸趨板實。故漁洋以清空縹緲之音變易天下之耳目，其實亦仍從七子舊派神明運化而出之。……吳修齡目以『清秀李于鱗』，則銜之終身，以一言中其隱微也。」

〔註70〕轉引自《蘇軾資料彙編》，第1573頁。

〔註71〕《蘇詩彙評》附錄一，第2223頁。

紀評。不過張序還略有保留，說紀昀「挑唐祖宋，持論少偏」，其意大概也是指紀評對王、孟清音未能全意推崇，而多有矯弊深戒之語。紀昀為防微杜漸，持論的確較嚴，但由此說紀評「挑唐祖宋，持論少偏」，也是未能全面深入地瞭解紀評。紀昀於唐、宋詩並沒有門戶之見，他評陳與義《雨晴》說：「此種自是宋調，故馮氏痛詆之。然詩原不拘一格，詩之工拙高下亦不盡繫於此，但看大體如何耳。」又說：「唐、宋詩各有門徑，不必以一格拘也。」〔註 72〕不過，在藝術審美上，紀昀略傾向於唐詩風格。張崇蘭說紀昀「挑唐祖宋」是出於以偏概全的錯覺。又有張佩綸《澗於日記・己丑卷》說：「文達評蘇詩，雖蹈明人批點習氣，然足以藥貌學坡詩之病。」〔註 73〕其意大概指由紀評可知蘇詩章法嚴謹細密，非徒任才使氣以作詩，其說深得紀評之要。

　　除了趙克宜與張崇蘭對紀昀評點蘇軾山水清音一類詩歌略有不滿與誤解外，清代學者（包括趙克宜與張崇蘭）對紀評蘇詩幾乎一致地予以高度的讚揚，指出紀評精、當、嚴的特點，肯定紀評對後學鑒賞詩歌、創作詩歌的重要指導作用。

〔註 72〕紀評陳與義《雨晴》、曾幾《蛺蝶》，《刪正方虛谷瀛奎律髓》卷二、卷三。
〔註 73〕轉引自《蘇軾資料彙編》，第 1584 頁。

第四章　紀昀評點試律詩

　　清人於試律詩的創作與評論都達到了歷史最高水準，紀昀堪稱其中的佼佼者。紀氏評點試律詩之作有《唐人試律說》、《庚辰集》與《我法集》三種，其中《庚辰集》乃評點清人試律詩，《我法集》乃晚年自作自評。又其《館課存稿》也有兩卷試律詩，清人林昌爲之評解，編爲《河間試律矩》二卷，基本上是發揮《唐人試律說》之意。《唐人試律說》、《庚辰集》與《我法集》三書指導士人寫作試律詩懇切、細緻，《館課存稿》則樹立了試律寫作的典範，清人都頗爲推崇。如梁章鉅稱《館課存稿》爲「翰苑正宗」，並肯定劉權之《館課存稿序》所云「清美流逸，圓轉曲折」爲定評；又引其父梁上治《四勿齋隨筆》說：「惟河間紀文達師之《唐人試律說》批卻導窾，實足爲度人金針，講試律者，須先讀此本以定格局，其花樣則所選《庚辰集》一部足以盡之，晚年又有《我法集》之刻，其苦心指引處，尤爲深切著明。時賢所作，驚才絕豔，盡有前人所不及者，而扶質立幹，不能出吾師三部書之範圍矣。」〔註1〕

〔註1〕梁章鉅《制藝叢話》、《試律叢話》合編本，陳居淵校點，上海書店出版社，2001年，第542、511頁。按紀昀於乾隆二十七年至二十九年提督福建學政，梁上治是福建長樂人，時爲秀才，故尊紀昀爲師。梁章鉅是嘉慶七年壬戌科進士，時紀昀爲正考官，故紀昀又是梁章鉅的座師。因此，梁氏父子爲文俱稱紀昀爲「紀文達師」。

　　紀昀編選、評注《唐人試律說》和《庚辰集》的直接原因是乾隆
朝廷二十二、二十三年關於科舉考試新增試律詩的改革，《唐人試律
說》馬葆善跋和《庚辰集》自序都提到了「時科舉方增律詩」，所以
才有二書之作。清代科舉考試律詩始於乾隆二十二年，而此前試律詩
已廣泛用於清朝廷官員的選拔與考覈中，《庚辰集》所選的詩歌即是
一證。本章第一節先考察在清前期律詩用於選官考試的情況，然後第
二節述評《唐人試律說》、《庚辰集》與《我法集》三書，第三節具體
闡述紀昀論試律詩的寫作技法。

第一節　清前期選官考試的用詩情況

　　關於試律詩成為清代科舉考試科目的時間，一般都認為始於乾隆
二十二年（1757）丁丑科會試。然而紀昀《庚辰集》評注試律詩二百
五十五首，諸作者的登科時間適起康熙庚辰科（康熙三十九年，1700）
至乾隆庚辰科（乾隆二十五年，1760），故名《庚辰集》，此書前四卷
是詩人們入仕後的館閣詩作，最後一卷是試卷行卷，是登科或其他考
試時所作。而這二百多首尚且只是紀昀講授所及，只是這六十年間試
律詩的一小部分。〔註2〕可見，在乾隆二十二年之前，已經有大量的
試律詩作品。這些試律詩與清代前期（乾隆二十二年之前）的科舉考
試有什麼關係？本文以下即對此進行考察。首先先來大致梳理一下清
代以前試律詩用於選官考試的情況。

一、清代以前科舉用詩情況簡述

　　科舉考詩始於唐代，其緣起要從高宗永隆二年（681）進士科加
試雜文說起。起初雜文所指很廣泛，包括箴、銘、頌、表、議、論、
詩、賦之類，到玄宗天寶期間雜文題開始專用詩賦。自盛唐起，詩賦

〔註2〕紀昀《庚辰集序》說：「國家稽古右文，風雅日盛，六十年內佳篇詎
　　　止於此？此據坊刻之所錄，未備徵也。坊刻所錄，佳篇亦不止於此。
　　　此余講授之所及，非操選也。」

成爲唐代進士科考試的決定因素，即所謂「以詩賦取士」。唐代士人於科舉中所作的詩，絕大多數是五言六韻十二句的律體，押平聲韻，一般稱之爲「試律」或「試帖」〔註3〕。唐代試律詩也有五言四韻八句、五言八韻十六句和押仄聲韻的，都只是偶爾一見。

　　五代、宋初的科舉承沿唐制，至神宗熙寧四年（1071），王安石變法罷詩賦，專用經義取士。此後進士科曾經恢復詩賦考試，但數年後又罷，馬端臨《文獻通考》卷三十二《選舉五》按語說「熙寧四年，始罷詞賦，專用經義取士，凡十五年。至元祐元年，復詞賦，與經義並行。至紹聖元年，復罷詞賦，專用經義，凡三十五年。至建炎二年，又兼用經、賦」，到了南宋初才最終確定詩賦、經義兩科分立的考試制度。馬氏所謂「詞賦」是沿習遼、金的說法，亦即是詩賦，其上文所引《朝野雜記》載「（紹興）十五年，詔經義、詩賦分爲兩科，於是學者競習詞賦，經學寖微」之語可證。遼代科舉先是學唐人，以詩賦取士；後來受宋朝影響，也分爲詞賦、經義兩科。明人王圻《續文獻通考》卷四十三即載有不少遼代以詩賦取士的事例。金朝進士科目的設置，「兼采唐宋之法而增損之」，有詞賦、經義、策試（後爲策論，即女眞進士科）之制。金朝科舉尤重詞賦科，天德三年（1151），海陵王罷經義、策試兩科，專以詞賦取士，直到世宗大定二十八年（1188）才又恢復經義科。又金代所謂「詞賦」亦是詩賦。《續文獻通考》卷四三《選舉考》記載：「（天德）二年七月癸未，海陵御寶昌門臨軒觀試，以『不貴異物民乃足』爲賦題，『忠臣猶孝子』爲詩題，『憂國如饑渴』爲論題。」又載：「大定二十八年，（完顏）

〔註 3〕梁章鉅認爲「試帖」之稱有誤，正確的叫法應該是紀昀定的「試律」。其《試律叢話》卷一開篇說：「試律……，又或稱爲試帖，然古人明經一科，裁紙爲帖，掩其兩端，中間惟開一行，以試其通否，故曰試帖。進士亦有贖帖詩，帖經被落，許以詩贖，謂之贖帖，非以詩爲帖也。毛西河檢討（小字注：奇齡）有《詩人試帖》之選，蓋亦沿此誤稱。惟吾師紀文達公撰《唐人試律說》，其名始定。」（第511頁）不過紀昀《庚辰集》和《我法集》卻基本上稱爲「試帖」。相沿成習，今人也多用「試帖詩」之稱。

匡試詩賦，漏寫詩題下注字，不取，特賜及第。」由此二則材料可知，金代科舉詞賦科即詩賦科。元代只有太宗九年（1237）的第一次科考設詞賦科，此後數年未行科舉。直到世祖至元二十一年（1284），許衡等人「議學校科舉之法，罷詩賦，重經學，定爲新制」，新制雖然沒有馬上付諸實施，但定下了元代科舉的基本原則。到仁宗皇慶二年（1313）正式確立「律賦、省題詩、小義皆不用，專立德行明經科」的制度。〔註4〕在考試內容上，首場首題都限在朱熹《四書集注》的範圍內，這也是明清科舉的首要內容。明承元制，不考詩賦，只考經義，「專取四子書及《易》、《書》、《詩》、《春秋》、《禮記》五經命題試士」〔註5〕。

清代以前科舉用詩的情況略如上述，總的來說，自盛唐起，歷五代、宋、遼、金，除北宋有五十年罷詩賦外，詩的確是科舉考試的重要內容，到了元、明科舉則專以經義取士，不考詩賦。

商衍鎏先生《清代科舉考試述錄》講「試帖詩」的源流，先說「試律始於唐代，《文苑英華》所載至四百五十八首，清乾隆間用以考試，尚沿律詩之稱，唯普通則稱之曰試帖詩」，又說「自宋熙寧後以至於明，科舉場中不試詩賦，清初尚然」。〔註6〕北宋熙寧以後的元祐年間、南宋、遼、金的科舉考試基本上都是詩賦、經義並行（金代有三十七年專以詞賦取士），只有元、明兩代的科舉場中才不試詩賦，商先生對此未能細作分辨，籠統說「自宋熙寧後以至於明，科舉場中不試詩賦」，並不符合歷史事實。今天的學者一般都能注意到北宋進士科考試中詩賦一目的反覆興罷，但對遼、金兩代的科舉或隻字不提，或一筆帶過，而講到「試帖詩」的源流時仍沿用商氏的說法。〔註7〕惟劉

〔註4〕宋濂《元史》卷八十一，中華書局，1976 年，第 2018 頁。

〔註5〕張庭玉等《明史》卷七十，中華書局，1974 年，第 1693 頁。

〔註6〕商衍鎏《清代科舉考試述錄及有關著作》，天津百花文藝出版社，2003 年，第 262、262 頁。

〔註7〕如王道成《科技史話》和王炳照、徐勇主編的《中國科舉制度研究》。

海峰《科舉學導論》說「詩賦考試爲宋、遼、金科舉所沿用，元、明科舉考經義而不用詩賦」〔註8〕，講清代以前的情況大致不錯。

二、清前期選官考試的用詩情況

至於清代科舉用詩，一般都認爲始於乾隆二十二年（1757）丁丑科會試。乾隆二十二年諭定從本年丁丑會試開始，改第二場表文爲五言八韻唐律一首，並於次年覆準自後鄉試、各省拔貢、朝考拔貢、各省歲貢及歲試和科試均要增加試律詩一首〔註9〕，而且規定「詩不佳者，歲試不得拔取優等，科試不準錄送鄉試」〔註10〕。這是清代科舉史上的標誌性事件，在當時有很大影響，認爲這是科舉增考律詩的開始。如《唐人試律說》馬葆善跋：「己卯（乾隆二十四年）之春，葆善從舅氏讀書閱微堂。於時科舉增律詩，舅氏授經之餘，亦時以是督葆善。」《庚辰集》紀昀自序也說：「余於庚辰（乾隆二十五年）七月閉戶養疴，惟以讀書課兒輩。時科舉方增律詩，既點定《唐試律說》，粗明程序，復即近人選本取數首講授之。」他們都以試律爲科舉新增的考試內容。那麼在這之前的試律詩又是因何而來的呢？

清代科舉，通常而言主要指鄉試、會試與殿試的三級結構，但清代選拔與考覈官員的考試等級則遠不止這三種。商衍鎏《清代科舉考試述錄》述及清代科舉的方方面面，可謂詳盡細緻，前三章對清代科舉的等級層次有完備的介紹。就文科而言，具體說來，包括童生的縣試、府試、院試，生員的歲考、科考（亦稱歲試、科試），接著是鄉試及其復試，會試及其復試和殿試，到這裡都屬於通常所說科舉的範圍內。通過鄉試便成爲舉人，通過會試便獲得殿試資格，通過殿試才

〔註8〕 劉海峰《科舉學導論》，華中師範大學出版社，2005年，第203頁。

〔註9〕 參見《欽定大清會典則例》卷六十六、卷六十九，影印文淵閣《四庫全書》第622冊；又《欽定大清會典事例》卷三三一，《續修四庫全書》第803冊；又《皇朝文獻通考》卷五十一、卷七十一，《續修四庫全書》第812冊。

〔註10〕《欽定大清會典則例》卷六十九，第299頁。

成爲進士。但這並不是清代選官考試的終點，更有重頭戲在後面，包括從二三甲進士中選拔庶吉士的朝考（亦稱館選）和從庶吉士中選拔翰林的散館。當上翰林，再以翰林的身分擔任一些清要的職位，這才是中國古代讀書人夢寐以求的事情。做了翰林也不能一勞永逸，還要不時接受皇帝的考察，即大考，這才是一個幸運的士人所經歷的常規考試的頂點。此外還包括制科，是由皇帝下詔臨時舉行的科試，相當於特招。因此，除了鄉試、會試、殿試等通常所說科舉外，清代比較重要的選官考試還包括朝考（亦稱館選）、散館、大考和制科。那麼在清前期（指乾隆二十二年會試增考試律以前）的朝考、散館、大考和制科等考試中是否考試律詩呢？

先就制科來說。制科「始於兩漢，皆朝廷親試，不涉有司。歷漢魏、六朝、唐宋不改。……自元明專用進士一科，不用制科」﹝註11﹞，這是清代以前召試制科的情況。清朝第一次召試制科，是康熙十八年（1679）的博學宏詞科，試題爲一賦一詩；到乾隆元年（1736）再次召試博學宏詞，第一場考賦、詩、論各一；二年（1737）補試續到者，第二場考賦、詩、論各一，都考了試律詩。﹝註12﹞

至於庶吉士館選，早在順治三年（1646）、四年（1647）、六年（1649）就已經考律詩了。到了雍正元年（1723）確立朝考制度，其後考試科目略有調整，但詩一直是考試科目之一。﹝註13﹞

﹝註11﹞ 毛奇齡《制科雜錄》，《四庫存目叢書》第 271 冊，第 643～44 頁。
﹝註12﹞ 參見毛奇齡《制科雜錄》，第 646 頁；又《皇朝文獻通考》卷四十八，《欽定大清會典事例》卷一○四六。
﹝註13﹞ 《清代科舉考試述錄》：「順治三年丙戌科殿試後次第引見，選擇年貌合格者一百餘人於內院復行考試，如殿試例，題用奏疏、律詩各一，……四年、六年復選用如前。」（第 157 頁）李世愉《試論清代的進士朝考制度》所言基本相同。《欽定大清會典則例》卷一五三《翰林院一》雍正元年諭：「新科進士於引見之前，朕欲先行考試，知其學問再行引見，選拔庶人才不致遺漏。目令天時寒冷，考試之日，一應仍照殿試，豫備考試題目，朕將詩、文、四六各體出題，視其所能，或一篇，或二三篇，或各體皆作，悉聽其使。」雍正五年定：試諸進士以論、詔、奏議、詩各一篇。乾隆十六年，試諸進士論、

　　館選合格者，即成爲庶吉士，要在翰林院庶常館學習三年，期滿後參加選拔翰林的考試，即庶吉士散館，這也是要考試律詩的。散館的考試內容，據《欽定大清會典事例》卷一〇五三《翰林院・考試・散館》載：「乾隆元年，教習庶吉士尙書任蘭枝、侍郎方苞奏准：『向例庶吉士散館，止試五言排律八韻或十韻及論一篇，不出論題則用時文。雍正元年命詩、賦、時文、論四題，聽群士或作兩篇，或作三篇四篇。本年尙有以兩篇列高等者，其後群士皆勉強並完四篇，風簷寸晷，轉多草率，不若止命詩、賦二題，有裨實學。』」可知只有雍正時期散館的試題，詩是作爲選擇之一，但除雍正元年外，實際上士人們都四題並作。雍正元年之前散館考一詩一論或一詩一時文，至乾隆元年起則專考詩賦，詩都是必考的。〔註14〕

　　作了翰林還要接受考察，謂之大考。順康時期大考的試題有論、疏、賦、詩、辨、記等不定，其中康熙二十四年（兩次）、五十四年的三次大考曾用詩。乾隆年間頻頻舉行大考，每次必有一道詩題。〔註15〕

　　至於「三級」之內的科舉考試，雖然至乾隆二十二年始定制增加律詩，但前期也偶有用詩。就目前所知，一是順治十五年（1658）的鄉試復試，王士禎《池北偶談》卷一《特賜進士及第》載：「戊戌春，世祖親覆試江南丁酉貢士，以古文、詩賦拔武進吳珂鳴第一。」

　　　　奏議、詩、賦各一篇。又參《欽定大清會典事例》卷一〇四五。
〔註14〕邱永君《清代翰林院制度》誤以專考詩賦在雍正十三年。又說咸豐二年散館試題改爲策論，至咸豐七年又復詩賦，亦誤，參見《欽定大清會典事例》卷一〇五三《翰林院・考試・散館》同治二年、四年、七年三條，又可參《清代科舉考試述錄》，第161頁。
〔註15〕康熙共行六次大考，分別爲十八年、二十四年（兩次）、三十七年（兩次）和五十四年。《清代翰林院制度》算作四次，誤。又，該書計算乾隆年間的大考時，漏數了三十五年、三十六年、五十三年、五十五年等四年。據《欽定大清會典事例》卷一〇五四載：三十五年四月，巡幸天津，大考休致翰林。三十六年，巡幸江浙，大考休致翰林。五十三年十月，御試八旗翰詹出身之大臣官員。五十五年，兩次大考休致翰林。

〔註16〕一是康熙五十四年（1715）的會試，梁章鉅《試律叢話》卷二說：「康熙五十四年乙未，始定前場用經義性理，次場刊去判語五道，易用五言六韻試律一首。」〔註17〕

由此看來，如果將朝考、散館、大考等考試也列入考察範疇，那麼應該說，試律詩也是清前期選官考試的重要內容，至遲從順治三年（1646）的庶吉士館選已考詩。值得注意的是雍正十三年（1735）十月關於正文風的諭旨中說「嗣後，一切章疏以及考試詩文，務期各展心思，獨抒杼軸，從前避忌之習，一概掃除」〔註18〕，這裡提到了「考試詩文」，可知清初選官考試用詩是常規現象。

此外，清代有關試律詩的編選、評論很早就開始了，這也可以視為清前期選官考試經常用詩的一個旁證。康熙年間的刊本，流傳於今並為人們知曉的，據陳伯海《清人選唐試帖詩概說》一文提到即有：毛奇齡《唐人試帖》四卷，康熙四十年刻本；吳學濂《唐人應試六韻詩》四卷，康熙五十四年刻本；趙夆陽《唐人應試》二卷，康熙五十四年刻本；葉忱、葉棟《唐詩應試備體》十卷補遺一卷，康熙五十四年刻本；毛張健《試體唐詩》四卷，康熙五十五年刻本。〔註19〕另外還有陳訏《唐省試詩》，康熙師簡堂刻本；臧岳《應試唐詩類釋》，康熙五十四年初刻。金甡《今雨堂詩墨》（乾隆二十三年刻本）自序說：「余始學為詩，輒以古體為適意，而於律詩不耐拘束，殊不多作。浮沈公車者二十年，幸叨一第，乃不得不應館課，作排律輒以時文之法行之。散館後，謬廁庶常館小教習之列，按期校課諸君。」〔註20〕金甡是乾隆七年壬戌科的會元及狀元，從乾隆七年到十年，他以庶吉士的身分在庶常館學習，要經常寫作試律；乾隆十年散館後，他又以小

〔註16〕王士禎《池北偶談》，《清代史料筆記叢刊》中華書局，1982年，第1頁。

〔註17〕梁章鉅《制藝叢話》、《試律叢話》合編本，第533頁。

〔註18〕《欽定大清會典則例》卷六十六，第179頁。

〔註19〕陳伯海《清人選唐試帖詩概說》，《古典文學知識》，2008年第5期。

〔註20〕轉引自梁章鉅《試律叢話》卷二，第545頁。

教習的身分在庶常館以時文之法教新來的庶吉士寫作試律。可見，寫作試律詩作爲清朝廷高級學府的重要課程由來已久。

最後作爲補充，大略說一下清代試律詩的體式。乾隆二十二年以後，清代科舉試律詩的體式比較固定，鄉試、會試、各省拔貢、朝考拔貢、各省歲貢、朝考及大多數散館和大考都用五言八韻，童試及歲、科試則用五言六韻（或說歲、科試也是用五言八韻）〔註21〕，像道光五年大考的《昨夜庭前葉有聲》用七言八韻是極個別的例子。乾隆二十二年以前，試律詩的體式相對比較多樣，有五言六韻的，如康熙五十四年的會試；有五言八韻、五言十韻的，如順康時期的散館；有五言排律二十韻的，如康熙十八年博學宏詞的《省耕詩》。有七言八韻的，如乾隆元年散館的《爲有源頭活水來》、十三年大考的《洞庭張樂》；有七言排律十二韻的，如乾隆元年博學宏詞的《賦得山雞舞鏡》及二年的《賦得良玉比君子》。此外，商衍鎏《清代科舉考試述錄》說：「試律以用韻爲最要，得字官韻必在首次聯押出，不可更換。」然而紀昀《我法集》收詩九十六首，有四十三首得字官韻不在首次聯中押出，《館課存稿》收詩七十二首，也有二十八首不在首次聯押出，都將近總數的一半，絕非偶不檢點所致。可見乾隆時期試律詩的格式似乎還沒有像後世那麼嚴格。

結 語

試律詩是清前期科舉考試，尤其是高級別選官考試的主要內容。早在順治三年丙戌科館選就考了一首律詩，直至乾隆二十二年之前，

〔註21〕關於歲科試用五言六韻還是用五言八韻，清代有關文獻記載不一。《欽定大清會典則例》卷六十九載乾隆二十三年覆準：各省歲試書藝一經藝一，科試書藝一策一，均增五言八韻詩一。然據《皇朝文獻通考》卷七十一載：二十三年，御史劉龍光奏請歲試、科試增五言六韻一首，而且「部議應如所請從之」。又《欽定大清會典事例》卷三八八《禮部・學校・考試文藝》載乾隆二十三年覆準各省歲試、科試均增五言六韻詩一。又「二十五年議准：嗣後歲科兩試，童生兼作五言六韻排律一首。」

清朝廷舉行的館選、散館、大考和博學宏詞，基本上是「以詩賦取士」為主。由此看來，乾隆二十二年、二十三年下詔會試、鄉試等增試律詩並非是橫空出世的一項措施，而是清代科舉制度內由上逐漸向下推行的一項考試內容，有其制度上的延續性。由於試律詩在科舉考試中的重要地位，清人也很早就開始了對試律詩的源流、體例、鑒賞和技巧等多方面的探討。

第二節　紀昀評點試律詩三書

從乾隆二十二年起，除了殿試只考對策外，科舉制度內的其他各級考試都要作試律一首，而且在二十三年就規定「詩不佳者，歲試不得拔取優等，科試不準錄送鄉試」，也就是說，如果作不好試律詩，連舉人的資格考試也參加不了。紀昀的《唐人試律說》、《庚辰集》正是在這個背景之下產生。《我法集》是紀昀在乾隆六十年為教諸孫寫試律詩而作。

一、《唐人試律說》

乾隆二十四年，紀昀充武英殿纂修，有李清彥、侯希班、郭墉和馬葆善等四人跟著紀昀在閱微草堂讀書，因為科舉新增試律，授經之餘，紀昀舉唐人試律詩為例，指點諸生有關試律的「入門之規矩」。馬葆善集而錄之成一冊，紀昀又略為點勘，於六月脫稿，即為《唐人試律說》（以下簡稱《試律說》）。七月紀昀作序，馬葆善作跋並付梓，未及校正，即被坊人印行。二十五年，因坊本「字多訛誤」，紀昀重為點定，並於該年九月作跋記其本末，遂再刊為定本。

如上節所述，清前期的科舉考試，尤其是高級的選官考試中已經常用到試律詩，因此清人也很早就開始了對試律詩的編選和評論。自乾隆二十二年科場改革之後，士子學試律詩之情更加急切、高漲，程含章《教士示》說：「詩學宜急講也。國朝取士，八股之外，最重律詩。迨登第後，月課、散館、大考，則置八股不用，惟試詩賦，一字

未調一韻未叶，即罷斥不用，何等干係！諸生童可毋急學之哉？」
〔註22〕這一段話可視爲當時士人心態的寫照。爲了指導試律的寫作，
士林一時間湧現出許多試律選本與評本，在《試律說》之前刊刻的即
有：張尹《唐人試帖詩鈔》四卷，乾隆二十二年刻本；徐日璉、沈文
聲《唐人五言長律清麗集》六卷附《論試體詩》一卷，乾隆二十二年
刻本；朱琰《唐試律箋》二卷附《試律舉例》一卷，乾隆二十二年寫
刻本；王錫侯《唐詩試帖詳解》十卷，乾隆二十三年刻本；秦錫淳《唐
詩試帖箋林》八卷，乾隆二十三年刻本。〔註23〕兩年間單這裡所列就
有五種選本，再加上上文所述康熙年間的刻本七種，在這麼多唐試律
選本之後，《試律說》有什麼獨特的價值？

　　紀昀自序說：「詩至試律而體卑，雖極工，論者弗尙也。然同源
別派，其法實與詩通。度曲倚歌，固非古樂，要不能廢五音也。邇來
選本至夥，大抵箋注故實供初學者之剽竊，初學樂於剽竊，亦遂紛然
爭購之。於鈔襲誠便矣，如詩法何？」馬葆善跋亦引他話說：「試律，
固詩之流也，然亦別試律於詩之外而後合體裁，又必范試律於詩之中
而後有法度格意。」由此，紀昀提出試律創作的總法則：

> 爲試律者，先辨體。題有題意，詩以發之，不但如應制諸
> 詩惟求華美，則襲積之病可免矣。次貴審題，批窾導會，
> 務中理解，則塗飾之病可免矣。次命意，次布格，次琢句，
> 而終之以鍊氣鍊神。氣不鍊則雕鏤工麗僅爲土偶之衣冠，
> 神不鍊則意言並盡、興象不遠，雖不失尺寸，猶凡筆也。
> 大抵始於有法，而終於以無法爲法；始於用巧，而終於以
> 不巧爲巧。此當寢食古人，培養其根柢，陶鎔其意境，而
> 後得其神明變化自在流行之妙，不但求之試律間也。

在此之前，關於試律詩寫作技法的論說其實並不少。最早如毛奇齡《唐
人試帖序》說：「惟唐制試士改漢魏散詩而限以比語，有破題，有承

〔註22〕程含章《教士示》，《程月川先生遺集》卷七，叢書集成續編本。
〔註23〕參考了薛亞軍《清人選評箋釋唐人試帖簡說》，《中國典籍與文化》，
　　　　2001 年第 2 期，第 80、80～84 頁。

題，有頷比、頸比、腹比、後比，而後結以收之。六韻之首尾即起結也，其中四韻即八比也。……夫試詩緊嚴，有制題之法，有押韻之法，有開承轉合、頷頸腹尾之法。」認爲唐試律的寫作同於時文八比之法。後來汪東浦就毛說進一步申發：「首聯名破題，兩句對仗要工，或直賦題事，或借端引起，若借端則次聯即宜亟轉到題，然兩句亦有參差而起，不盡對者。次聯名承題，又名頷比，破題未盡之意於此補出，全題字眼亦至此全見矣。三聯名頸比，如身之有頸也，破題分舉，此用合擒，不但思意借此變換，抑且句法不至重複，此處最是要緊。四聯名腹比，即八股之中比也，總要切實明白，淋漓盡致而止。五聯名後比，即補足中比之意，或襯墊餘賸之情，以完全篇之局。至於結尾所謂合也，或勒住本題，或放開一步，要言有盡而意無窮，法盡是矣。」〔註24〕紀昀也贊同以八比之法寫試律詩，對毛說也作了具體的發揮申說（詳下文《我法集》總述）。但此處毛起齡與汪東浦所說的「開承轉合、頷頸腹尾之法」，總括起來其實不過紀昀說的「布格」二字。布格，即對詩歌整體結構的布局與安排。在紀昀提出的試律詩創作總則中，布格之前尙有辨體、審題與命意，之後還要琢句與鍊氣鍊神。梁章鉅說：「紀文達師《唐人試律說》有序一首，於作試律之法已備。」〔註25〕其言良是。

　　辨體、審題、命意、布格，都是在下筆之前的運思，運思的對象即詩題。試律詩是命題作詩，題目是主腦。紀昀《唐人試律說序》總結的創作總則就抓住了這個主腦，《我法集跋》「審題命意，因題布局」更突出了這個主腦。後來鄭光策概括試律的體制說：「其義主於詁題，其體主於用法，其前後起止、鋪衍詮寫，皆有一定之規格、淺深之體勢。而且題中有一字即須照應不遺，題意有數重又須迴環鉤緜，尺寸一失，雖詞壇宗匠亦不入程序焉。」王廷紹比較古近體詩與試律詩的異同說：「古近體義在於我，試帖義在於題。古近體詩不可無我，試

〔註24〕轉引自梁章鉅《試律叢話》卷一，第 512～14 頁。
〔註25〕《試律叢話》卷一，第 511 頁。

帖詩不可無題。古近體之我，隨地現形，試帖詩之題，隨方現化。」
〔註26〕二人所說都抓住了試律詩對題作詩的特點。紀昀說：「氣不鍊，
則雕鏤工麗僅爲土偶之衣冠；神不鍊，則意言並盡、興象不遠。」鍊
氣鍊神是爲了讓詩歌富有生氣風力，令人詠歎回味。這大抵是一種高
遠的理想，即使在吟詠性情的詩歌中也不易達到，更遑論枷鎖重重的
試律詩。不過正是這樣立志高遠，才有可能在「不逾矩」的前提下，
寫出精妙的試律詩作品。

　　《試律說》共一卷，選詩七十六首。紀昀評說時經常會拿其他唐
人所作的同題詩來比較優劣，說明詩法。如他在王表《花發上林》
詩〔註27〕後說：「獨孤授詩世亦傳誦，然『無言當春日，閒笑任年
華。潤色籠輕藹，晴光豔晚霞』不如『笑迎』四句之切上林，『願君
垂採摘，不使落風沙』不如『當知』二句之立言有體。」紀昀於此強
調試律詩切題很重要，而且要雍容得體。他評張濯《迎春東郊》：「一
二句點『春』，三句呼『迎』字，四句醒『東郊』，五六句見其義之深，
七八句見其禮之重，九十句從東郊唱歎『迎』字，十一十二句從
『迎』字唱歎『春』字，十三十四句渲染『春』字，末二句即以月令
義寓於請，理脈極細。」又說：「皇甫冉亦有此作，起句曰『曉見蒼
龍駕，東郊春已迎』，是迎春之後，非迎春也；又曰『佳氣山川秀，
和風政令行』，上句不必是春，下句與迎春尤隔；又突出『迎春』意
曰『鈎陳霜騎肅，御道雨師清』，語脈橫決，漫無端委。」通過比較
說明了試律詩詮題要貼切，要注意先後的層次。類似用以對比評說的
詩歌有近二十首，因此《試律說》實際評說的詩歌並不止七十六首，
而且書末還附錄了十四聯（句）爲世傳誦的試律佳句及其作者與所在
作品。

〔註26〕轉引自梁章鉅《試律叢話》卷一，第512、515頁。
〔註27〕王表《花發上林》：「上苑春何早，繁花已滿林。笑迎明主仗，香拂
　　　　美人簪。地接樓臺近，天垂雨露深。晴光來戲蝶，夕影動棲禽。欲
　　　　託凌雲勢，先開捧日心。當知桃李樹，從此必成陰。」

《試律說》所選多爲五言六韻十二句，押平聲韻；也有五言四韻的如崔曙《明堂火珠》等，五言八韻的如段寅《元元皇帝應見賀聖祚無疆》和張濯《迎春東郊》等，押仄聲韻的如豆盧榮《春風扇微和》和無名氏的《日落山照曜》等；又有首句入韻的如黃滔《白雲歸帝鄉》和無名氏《空水共澄鮮》等，最後選了祖詠《終南積雪》，只有五言四句，是破例之作。該書於唐試律詩的不同體式都有收錄，可謂簡而不略。

二、《庚辰集》

乾隆二十五年夏天，紀昀在家養病同時給自己孩子授課，講解試律詩依然是其中的重要課程。這次他取清人的作品爲範本，半年多講了兩百五十多首，集而成書，因爲所選作者的登科時間剛好是康熙庚辰科至乾隆庚辰科，故名爲《庚辰集》。《庚辰集》共五卷，按作者登科時間的先後排列，收錄了一百七十八人所作二百五十五首試律（另有八人聯句詩一首），其中金甡三十八首、裘麟八首、鄭虎文六首、金啓南五首、錢載四首，其他人或一首或二首或三首不等。所選試律詩大多爲五言八韻，也有五言六韻，如梁詩正《山氣日夕佳》等十九首；五言十韻，如王式丹《菊殘猶有傲枝霜》；五言十二韻，如韋謙恒《繞樹流鶯滿》。

《庚辰集》起初只有評點，後來紀昀又和他的四個門生一起檢閱諸書爲之注釋，這一注就是十七多萬字。二十七年，此書雕版完畢後，紀昀又作了一序說明自己選詩不多而注釋甚繁並非「矜別裁而炫博奧」，他說：「六十年館閣之詩，益以試卷行卷，僅鈔二百餘首，不亦隘乎？二百餘首之詩，注至十七萬餘言，不亦冗乎？夫論甘忌辛，是丹非素，江文通固嘗譏之。然論一代之詩，則務集眾長；成一家之書，則務各守其門徑。彭陽《御覽》，但取華贍；次山《篋中》，但取古樸；彼豈謂唐代佳篇，盡括於是耶？我用我法，自成令狐、元氏之書爾。……此書雖訓釋太繁，可已不已，然使初學之士，一以知詩家

一字一句，必有依據，雖試帖小技，亦不可枵腹以成文；一以知兔園
冊子，事多舛誤，當反而求其本源，不可掎撦以自給。則無用之文，
安知不有收其用者耶？」〔註28〕由此可知，紀昀對此書頗爲自得。他
選詩的總原則是「我用我法」，注釋詳盡則是爲了給初學者正本清
源。序文沒有直接說明「我用我法」具體是什麼，不過我們可以從他
人的評論中得到啓發。梁上治《四勿齋隨筆》云：「《庚辰集》中詩皆
取巧力兼到者，精選而評注之，故不必求備求多。」林茂春亦云：
「《庚辰集》所選專以理法爲主，而工巧次之。」此二評專就《庚辰
集》而言，我們亦可從紀昀整個試律、詩文的特點來看其格法。姜兆
翀說：「試律至紀曉嵐先生《館課存稿》，始一變板重之習，一時風會
多效之者。……靈筆巧思，均爲秀絕。」〔註29〕林昌《河間試律矩》
說：「作者試律總以鍊氣鍊神爲主，故能使氣機排宕，化板爲活，乃
斯道中不可不開之洞壑也。」〔註30〕湯壽潛（蟄先）說：「先生才學
淵博，婦豎皆知，而所爲詩文則純以清氣往來，不踏晦澀艱險之弊。」
又說：「意格運題是紀家之體。」〔註31〕綜合而言，紀昀之「我用我
法」指注重運意用筆以達到氣機流轉。他以此法作詩，亦以此法選詩
評詩。

　　《庚辰集》有《凡例》十七則，用以說明編選、評注等體例，十
分詳明。其中關於注釋引書的體例多達十條，首先強調引用第一手資
料：「是編必詳檢原書，方敢載入。有原書不存，不得已轉引他書者，
亦必詳標『今載某書』以便於稽核。」然後要詳列篇目、全題，使讀
者「易於檢改」；語意隱奧的要「反覆引證」、「務窮端委」；又分用事、
用語而詳略不同，「凡引用故事者，皆詳具始末；其借用字句者，則

〔註28〕紀昀《庚辰集》，乾隆二十七年刻本，上海圖書館藏。
〔註29〕轉引自梁章鉅《試律叢話》卷三，第548、549、555頁。
〔註30〕林昌《河間試律矩注釋》，掃葉山房藏板，光緒六年仲春校鐫，上海
　　　　圖書館藏。
〔註31〕湯壽潛《精選紀曉嵐詩文集·凡例》，上海華普書局民國丁巳年印
　　　　行，江蘇廣陵古籍刻印社，1997年影印本，第19、20頁。

但載所引一二語」；又「引證務與詩意印合」，「不敢釋事而忘義」；又「不能詳考者，謹附闕疑」等等。可見其注釋體例相當嚴謹細緻，頗有現代學術規範的意味。

紀昀評點《庚辰集》時經常拿唐人試律詩進行比較，由此說明：一方面清人寫作試律詩常取法唐人，另一方面清試律水平高於唐人。

先說取法於唐人。試律詩本用於科場干祿，詩末關合考試或言干請之意都是唐試律詩常見的結法。如紀評姚左垣《王道蕩蕩》「後四句以試事作關合，唐人舊法」，評藺懷璣《水懷珠而川媚》「結語關合祈請，唐人舊法」（卷五）。試律是命題作詩，雙關題是比較常見的一種題型，《試律說》總結了雙關題的幾種不同作法：

> 以「風雨」比亂世，以「雞鳴」比君子不改節，此雙關題也。然純為比體，未言正意，通篇隱隱切合，結處乃畫龍點睛。此一定之法，可以為式。（評李頻《風雨雞鳴》）

> 雙關題有二格：《風雨雞鳴》之類，隱含喻意，則先影寫而後點清；題中明出「如」字者，必先點清而後夾寫，皆定法也。若李頻《振振鷺》之明點於前，王維《清如玉壺冰》之補點於後，皆有意變化見巧，非格應如是。（評盧肇《澄心如水》）

> 先出正意，然後摹寫，此雙關體之變調。蓋神明於法，非定格所能拘也。佳在以「有鳥」二字領起，而次聯明出一「比」字，將正意攝入「有鳥」二字中，故以下仍可直接寫鳥。此筆妙也。無此筆則一經說破，轉掉不如用常格矣。（評李頻《振振鷺》）

雙關題本身有兩種，一種是隱寓，如《風雨雞鳴》、《振振鷺》；一種是明喻，如《清如玉壺冰》、《澄心如水》。隱寓之題要先寫題面，其中隱含題意，最後說明寓意；明喻之題要先說明寓意，然後關合題面、題意一起寫。這是正格。像李頻《振振鷺》是隱寓之題卻用明喻之法，這是變格。《庚辰集》評雷鋐《千潭一月印》：「前十句雙關，後六句

點明寓意，古法也。」（卷一）評張模《秋月照寒水》〔註32〕：「『水月』是題面，『千載心』是題意，先渾寫而後明點，唐人舊法，妙於渾寫處俱含本意，方不畫作兩橛。」（卷三）兩詩是用隱寓之題的正格寫法。紀評褚寅亮《金在鎔》：「起句即點明正意，與唐李頻《振振鷺》詩同法。」（卷四），則是用隱寓之題的變格法，都不出唐人舊法。紀評還指出清人在筆法上學習唐人。如他評金甡《鑿壁偷光》「映雪愁難得，囊螢乏久收。藩籬誠得間，徑竇豈同羞」說：「『映雪』四句一氣相生，法自唐杜荀鶴《御溝新柳》詩後四句來。」又評《披沙揀金》：「後四句一氣連讀，與《鑿壁偷光》詩同法。」（卷二）杜荀鶴《御溝新柳》「楚國空搖浪，隋堤暗惹塵。如何帝城裏，先得覆龍津」，紀評：「末四句一氣開闔，鉤剔『御溝』甚醒，亦使機局得生動。」（《試律說》）這四句以「楚國」、「隋堤」旁襯「御溝」，使氣機流轉，用筆靈活，正合紀昀之「我法」，故紀氏甚爲稱賞。

再說高於唐人。試律詩至清代才發展到極致，這是清人的共識。代表性意見如林辛山《館閣詩話》說：「唐詩各體俱高越前古，惟五言六韻、八韻試律之作，不若我朝爲尤盛。蓋我朝法律之細、裁對之工，意境日闢而日新，錘鍊愈精而愈密，虛神實理詮發入微，洵爲古今極則。」〔註33〕清試律水平之高超，首先得益於清人在審題命意上較唐人精細。紀昀評錢陳群《春從何處來》：「唐試帖亦有此題，癡寫春光，下四字消歸烏有。論者曲爲之詞，正如拙於女紅，反嗤纂組爲傷巧。此乃課虛叩寂，妙入希夷。」（卷一）此題之關鍵在「從何處來」四字，唐人著意描寫春光，審題不細。紀昀論試律詩最重審題，《庚辰集》經常肯定詩人對題眼的精確把握與發揮。如評陳兆崙《迎歲早梅新》「著意『迎歲』字、『早』字、『新』字，最爲合法，一從『梅』上鋪排，買櫝還珠矣」（卷一），評觀保《華月照方池》「刻意

〔註32〕題出自朱熹《齋居感興二十首》其十「恭惟千載心，秋月照寒水」，
　　　　故紀評云：「『水月』是題面，『千載心』是題意。」
〔註33〕轉引自梁章鉅《試律叢話》卷一，第 514 頁。

寫『方池』字，始與尋常水月詩有別」（卷一），又評張泰開《早春殘雪》「『早春』字、『殘』字一一刻畫細膩，方不是泛作雪詩」（卷二），評趙祐《春服既成》「前半善寫『既』字取勢，後半亦含得舞雩沂水意思，不泛作『春服滿汀洲』詩」（卷三）。翁方綱也指出唐人試律審題疏略的毛病，他說：「凡詩、文、詞皆今不如古，惟今人試律實有突過古人者。非古拙而今工，實古疏而今密，亦猶算術、弈藝皆古不如今也。即如唐人喻鳧《春雨如膏》詩，通篇皆春雨套詞，並不見如膏之意，而嘉慶丙辰會試此題詩，則於『如膏』意無不洗發盡致者，且『膏』字必作去聲讀，此又唐賢所不及知也。」〔註34〕紀昀認為清試律摹寫題神也較唐人超妙。他評唐無名氏《空水共澄鮮》：「此題宜合寫『澄鮮』二字，烘出『共』字遠神，中四句空、水分拈，不為超妙，特愈於紛如亂絲者。」（《試律說》）他評清人鄭虎文同題詩：「此詩處處合說，乃寫得『共』字意思出。」（卷二）比較二評，顯然更為稱賞鄭虎文之作。再如張四教《春風扇微和》「淡若揮紈扇，輕宜逗袷衣」，紀評：「『淡若』二句拾諸目前，而為唐人諸詩體貌所未到，餘亦字字細膩。」（卷五）紀評唐試律經常隨手指摘其疵病之處，如不切題、語脈不貫、事理紕繆等；而評《庚辰集》幾乎沒有任何指摘，這也說明了清試律詩水平較唐人高妙。

三、《我法集》

乾隆六十年，紀昀為諸孫講授試律詩，遇到難題即自作一篇為範本，並一一解說，數月下來，得百餘篇，其孫紀樹馨集其存者而成書，是為《我法集》。《我法集》共兩卷，收錄八十五題九十六首試律詩〔註35〕，都是五言八韻。詩題的書寫嚴格遵從試律詩的格式，如前有「賦得」二字〔註36〕，題後注明「得某字」。因為是當場自作自評，

〔註34〕轉引自梁章鉅《試律叢話》卷一，第 516 頁。
〔註35〕嘉慶元年刻的《我法集》（河間紀氏閱微草堂藏板）較《紀文達公遺集》中的《我法集》多了一首詩，即《賦得羌無故實》（得詩字）。
〔註36〕以下所舉試律詩，題目若有「賦得」二字即出自《我法集》，不再一

對自己當時的構思用意非常清楚，又大多是難題，所以《我法集》對審題、命意、布局等的解說比《試律說》與《庚辰集》要細緻得多，還往往說出其所以然。因此梁上治稱讚說：「其苦心指引處，尤爲深切著明。」

　　《試律說序》提出了試律寫作的總法則，《我法集》陳若疇跋引紀昀之語說以八比之法作試帖，其法更具體、更切實。紀昀論試律創作說：

　　　　實不難也。譬諸作器，片片雕鏤而綴合，不如模鑄之易也；譬諸取水，瓶瓶提汲而灌漑，不如渠引之易也。自丁丑改制以來，今三十九年矣。吾黨類以八比爲易，試帖爲難，豈試帖果難於八比哉？吾黨自難之耳。古句爲題，始於沈約「江蘺生幽渚」一章是矣。西河毛氏持論好與人立異，所選《唐人試帖》亦好改串字句，點金成鐵。然其謂試帖之法同於八比，則確論不磨。夫起承轉合，虛實淺深，爲八比者類知之；審題命意，因題布局，爲八比者亦類知之。獨至試帖，則往往求之題面，不求之題意；求之實字，不求之虛字；求之句法，不求之篇法。於是乎湊字爲句，湊句爲聯，湊聯爲篇，不勝其排纂之勞，幾如葉葉而刻楮。豈知不講題意，則題面一兩聯即盡，無怪其窘束也；不講虛字，則實字一兩聯亦盡，無怪其重複也；不講篇法，則句句可以互換，聯聯可以倒置，無怪其紛紜轇輵也。豈非不知試帖之法同於八比，如能以米爲飯，不能以米爲粥哉？余作試帖速於他文，不過以八比之法行之。故與樹馨講試帖，亦以八比之法教之。吾黨作試帖者，如能作以八比法，其難其易，其速其遲，必有甘苦自知者，何必捨易趨難，以雕飾填綴自苦哉。〔註37〕

「起承轉合，虛實淺深」，即要講求整體結構及其層次，也就是要「求

　　　　一注明出處。
〔註37〕陳若疇跋，紀昀《我法集》，河間紀氏閱微草堂藏板，嘉慶元年刻本，上海圖書館藏。

之篇法」;「審題命意,因題布局」,強調試律對題作詩的特點,所以更要「求之題意」、「求之虛字」。紀昀所說的八比「起承轉合,虛實淺深」、「審題命意,因題布局」之法,即是將《唐人試律說序》提出的總法則的中間幾步(審題、命意、布格)進行具體細化的說明。整個《我法集》的解說也主要著眼於此,詳盡而周到。

此外,從《我法集》中紀昀對詩題的把握與理解也能看出作者的學問與見識。如解《賦得野竹上青霄》題說:「此工部《何氏園林》詩。野竹在地,何以能到青霄?再加一『上』字,竟似運動之物,益不可解。蓋山麓土阪坡陀,漸疊漸高,竹延緣滋長,趁斜勢行鞭亦步步漸上,長到高處,故自園邊水際望之,如在天半也。從此著手,『上』字方不虛設,否則是《賦得山頂竹》矣。」又解《賦得鴉背夕陽多》題:「此溫飛卿詩,卻是眞景,曠野中早行晚行皆可見之,故宋詞又有『朝陽先閃寒鴉背』之語。蓋白晝日光明朗,故受光之處不能獨見,惟日出沒之際,天上無光,地下亦無光,故飛鳥背上之光得而見之。然高飛之鳥,其背不可見;低飛之鳥,如燕雀之類,又光微不可見;一二低飛之鳥,如鵲鳩之類,亦以少不可見;惟鴉群飛而最低,霍霍閃閃,舉目可見,故詩詞多說『鴉背』也。」這兩處題解說明了紀昀對詩歌的體會細膩而眞切,也提醒我們賞詩切不可草草讀過。這種解說能切實地指導詩歌創作,正如梁章鉅所說:「按此吾師教人認題之法,以平易之筆,寫眞實之理,不特爲作試帖之準繩,即凡詩文皆可從此隅反。」﹝註38﹞還有些題目其意旨本來沒有定論,須加以細細辨析,這種題解更能見出作者的學識。如《賦得綺麗不足珍》,題出李白《古風》(其一)「自從建安來,綺麗不足珍」,以建安詩歌爲綺麗,似乎與歷來推崇的「建安風骨」牴牾不合;然經紀昀解評,頓讓人豁然開朗。他說:

> 此題若專斥浮藻,作黜華崇實之習語,亦易成篇,然以建
> 安爲綺麗,語本難通,當如何下筆耶?蓋太白此詩,人多

﹝註38﹞《試律叢話》卷二,第541頁。

未解。沈歸愚曲為之說曰：「所指乃建安以下如齊梁之類，故曰『自從建安來』。」「來」字似有著落，「自從」二字究不知作何安放，然則由周而來，為除周不論乎？此由逐句論詩，未以全篇論詩也。此詩起處曰「大雅久不作，吾衰竟誰陳？王風委蔓草，戰國多荊榛」，非從《三百篇》說起乎？其結處曰「我志在刪述，垂輝映千春。希聖如有立，絕筆於獲麟」，非以《春秋》為歸宿乎？舉出六經，尊出孔子，是何等規模！「正聲何微茫，哀怨起騷人」二句並屈、宋亦以為變調，則建安七子非「綺麗不足珍」而何？蓋舉滄海則江河未為深，舉崑崙則岱華未為高，猶之昌黎《石鼓歌》舉出史籀，不得不云羲之「俗書趁姿媚」耳，又何疑於此句乎？此詩全發此意，故純用縱橫凌駕之筆，不更屑屑於鋪敘。

紀昀先批評了沈德潛等人「逐句論詩」的弊病，提出「全篇論詩」的批評方法，這是老生常談，卻知易行難。然後他立足全文，指出此詩「舉出六經，尊出孔子」，並以屈、宋為變調，在這樣的背景下，說建安詩風綺麗也就合情合理了；最後以韓愈《石鼓歌》為旁證加強說服力。再看他解《賦得鏡花水月》：

滄浪「妙悟」之說，本以宋季四靈一派刻畫瑣碎，江湖一派鄙俚粗疏，故立是論以救之。譬如腸胃積滯，非大黃、芒硝不能下；胸膈熱結，非石膏、槐角不能清，不可謂非對證之藥。然因其愈疾，遂制而常服，偏勝之弊，又萬病叢生。後人不訊其端，不求其末，遂以「不著一字，盡得風流」二語為無上之妙諦，而「興觀群怨」之旨微，「溫柔敦厚」之旨亦微，並「思無邪」之旨隨而並微。模山範水，流連光景，久而演為空腔，傳為活套，弊又在四靈、江湖之上矣。此詩直作壓題格，蓋由於此。

將嚴羽詩論的時代背景及其在後世的流弊辨析分明。其詩作壓題格，批判這種流弊，也有矯正清初王士禎「神韻說」流弊之意，具有現實意義。

　　《我法集》中類似的評論詩文之語還不少,可以與紀昀其他著作中的詩學觀點相互印證。如《賦得前身相馬九方皋》題解:「『意足不求顏色似,前身相馬九方皋』,陳簡齋《題墨梅》詩也,以絕不相干之典故,引來點綴,生出情景,乃江西派特開此法,為唐人所未及。」肯定江西詩派用事靈妙,點化有神。這個觀點較早在《試律說》也有所論述:「山谷《猩猩毛筆詩》曰『生前幾兩屐,身後五車書』,因猩猩好著屐而思及阮孚之語,因筆可以作書而思及惠施之事,未經連用,了不相關,偶爾湊泊,又成妙諦。」(評馬戴《府試觀開元皇帝東封圖》)稱讚黃庭堅用事隨手關合,即成巧句。又如《賦得池水夜觀深》題解說:「此真極小之題,極窄之境,而加以難狀之景。紫芝於此『樓鐘』、『池水』一聯,幾於百鍊乃得之,詩話具載其事。方虛谷《瀛奎律髓》所謂『詩眼』,即此之隔日瘧也,於詩家為魔道。」又評《賦得樓鐘晴聽響》結處「惜其(趙紫芝)沿溯武功一派,留心細碎,不見其大也」,評《賦得樓煙一點明》「此題是神來之句。所以勝四靈者,彼是可以雕鏤,此是自然高妙也」。合觀這三處評語,紀昀不贊成晚唐武功、宋末四靈的細碎雕鏤之詩風,不贊成方回過分強調「詩眼」,欣賞興象天然的詩歌,這也是《瀛奎律髓刊誤》的主要觀點之一。再如《賦得文以載道》題解云:「文以載道,猶衣食以禦饑寒,原正理也。然使布帛菽粟之外,一例禁絕,則必不可行之事。真西山《文章正宗》、金仁山《濂洛風雅》,惟講學家自相神聖,操觚之士,無一人敢駁議,亦終無一人肯信從,此其故可深長思矣。」既肯定詩文的政教功能,又重視詩文的抒情與藝術審美價值,這也是紀昀一貫的觀點,甚是通達、客觀。

　　持論刻嚴是紀昀評點詩歌的一個顯著特徵,他評自己的試律詩亦如是。如評《賦得心如枰》(得心字):

　　　「語足佩為箴」句,湊韻足數,偏枯之甚,凡說理之題,何處不可用乎?然此韻中字字算到,再無一韻可押,只好騰挪出此句,勉強成篇。緣是流水對,一氣趕下,又是後

　　　　半將結之處，故人讀之不覺，然吾自知之也。《荷風送香氣》
　　　　詩中「不隔樹玲瓏」句病亦同此，但彼是眞流水對，病尚
　　　　輕耳。恐汝見此等句謂是詩法所應有，故詳爲汝言之。《山
　　　　雜夏雲多》詩第二首中「望去目頻摩」句亦類此，然彼是
　　　　用一望字領起下四句，乃詩中轉關，故不爲病。

仔細說明同一表現手法在不同詩歌中達到不同效果及其原因，絲毫不
隱諱其疵病處。此等處正可印證梁上治所謂「其苦心指引處，尤爲深
切著明」之語。紀昀又批評《賦得山雜夏雲多》法律不夠周密：「『夏』
字直到十三四句才補出，亦不及安放在前，蓋在前是與雲山相連之
『夏』字，在後是題外『夏』字也。又如五句之『霞綺』字、七句之
『飛來峰』字，就本句講原各是云，合攏四句細講，則似綺必不似峰，
似峰必不似綺，自相牴牾矣。此二病至微，汝必不覺，然吾自覺之，
不可不爲汝道也。」此等細微瑕疵亦不肯輕輕放過，一一辨析，也是
他一貫的嚴謹態度。

　　紀昀《嘉慶丙辰會試策問》說：「必工諸體詩而後可以工試帖，
又必深知古人之得失而後可以工諸體詩。」這是寫好試律詩的綱要，
也可以說是對《我法集》的總體評價。《我法集》作於乾隆六十年，
在此之前，紀昀已經完成了大量的詩歌評點與《四庫全書》的編纂及
其《總目》的撰寫與審定，對「古人之得失」與諸體詩特點都了然於
心，故能「我用我法」，「拈韻立成，捷如風雨」〔註39〕，且細細詳說
其審題、命意、布局等，「其說愈精，其格愈老，於試律一道無復餘
蘊」〔註40〕，度人金針，嘉惠後學。不僅如此，《我法集》也籠括了
紀昀的學問見識、詩歌思想及批評態度，具有較高的學術價值。

第三節　紀昀論試律詩的寫作技法

　　《試律說序》提出寫試律的總法則是：先辨體，次貴審題，次命

〔註39〕陳若疇《我法集跋》。
〔註40〕梁章鉅《試律叢話》卷二，第533頁。

意，次布格，次琢句，終之以鍊氣鍊神；《我法集跋》說明試律之法同於八比，「起承轉合，虛實淺深」、「審題命意，因題布局」十六字是法門，故應著眼於題意、虛字與篇法，而不能只求之於題面、實字與句法。以此兩篇序、跋爲綱，結合三書的具體評論，本節擬從以下幾個方面闡述紀昀所揭示的試律詩的寫作技法：一、辨體；二、審題；三、命意；四、相題布局，淺深層次；五、琢句與鍊氣鍊神及其他。

一、辨　體

以辨體爲先，可以說是中國傳統詩文創作和批評的通用法則。如劉勰《文心雕龍·附會》云：「夫才童學文，宜正體制：必以情志爲神明，事義爲骨髓，辭采爲肌膚，宮商爲聲氣。」此「體制」大致指風格，王運熙先生《中國古代文論中的「體」》說：「這幾句話意味著文章的體制是情志、事義、辭采、宮商的綜合表現，也就是內容和形式的統一表現，相當於我們現在所謂風格。」〔註41〕不同文體有不同風格，不同內容有不同風格，表達方式、結構布局不同也會產生不一樣的風格。詩文創作中，確定了一定的體裁或題材後，即要考慮與之相應的風格；詩文評品時，則先要看其整體風格是否與作品的文體、內容及結構等相符。宋人對此比較注意，如黃庭堅《書王元之〈竹樓記〉後》云「荊公評文章，常先體制而後文之工拙」，張戒《歲寒堂詩話》卷上云「論詩文當以文體爲先，警策爲後」，嚴羽《詩辯》「五法」以「體制」爲首，《答吳景仙書》亦說「作詩正須辨盡諸家體制，然後不爲旁門所惑」。明人論詩文創作也強調以辨體爲先，如王世懋《藝圃擷餘》說「作古詩先須辨體」，吳訥《文章辨體序說》引倪正文語「文章以體制爲先，精工次之」，徐師曾《文體明辨·文章綱領》總論引陳洪謨語「文莫先於辨體」等。紀昀將「先辨體」引入試律詩的寫作，他說：「題有題意，詩以發之，不但如應制諸詩惟求華美，

─────────

〔註41〕王運熙《中國古代文論管窺》，上海古籍出版社，2006 年，第 23 頁。

則纍積之病可免矣。」即要求根據題目所要表達的內容選用相應的表達方式與語言風格，不能一味堆積華美的辭藻。相對於《文心雕龍・定勢》「因情立體」而言，這是「因題立體」。

　　凡空曠闊大之題，不宜細巧刻畫（有時亦無從刻畫），當渾寫大意，才稱其題。紀評梁詩正《山氣日夕佳》：「不規規於點綴，而生趣宛然，此爲傳神之筆。凡空曠之題，最忌鋪排餖飣。」〔註42〕又解《賦得四邊空碧落》題說：「此唐僧齊己《登南嶽絕頂》詩，題無更寬於是者，亦無更空於是者。題中先著一『空』字，蒼蒼一片，本無處下筆；又明言『碧落』，無風雲雷雨之可言，且是畫景，無星月河漢之可寫，直是無可渲染，無可襯貼。故只可渾寫大意，以空還空，使汝知此種空題，斷斷無填實之法。」此題無從刻畫，只能以空還空，像《日浴咸池》、《洞庭張樂》亦類此，紀昀稱讚蔣溥、裘麟二作或渾寫大意，或空際取神，俱雄闊稱題。〔註43〕空闊之題若須點綴渲染，亦要著眼於大處。如紀昀自評《賦得既雨晴亦佳》：「中間點綴正面處，前首是山態煙光、晨氣晚霞，此首是草木山川、晨風午日，總在空闊處形容，以題原空闊，一花一鳥小巧點綴，須烘托不出也。」又如張熙純《江遠欲浮天》云：

　　　　振策鍾山頂，岷江萬里流。水天橫一氣，吳楚豁雙眸。
　　　　樹暗西津渡，雲開北固樓。魚龍時隱現，日月共沉浮。
　　　　出沒千帆影，蒼茫六代愁。溟濛連島嶼，空闊失汀洲。
　　　　形勢尊前合，波濤望裏收。登臨懷玉局，千載共悠悠。

紀評：「雄闊稱題。凡此種空曠之題，不得以瑣屑點綴。」〔註44〕按此題出蘇軾《同王勝之遊蔣山》「峰多巧障目，江遠欲浮天」，故詩中

─────────────────────

〔註42〕《庚辰集》卷一。
〔註43〕紀評蔣溥《日浴咸池》：「『咸池』無典可徵，不得不從『浴』字落墨，然刻畫纖巧，又不稱題。渾寫大意，雄闊絕倫，此題須有此氣象。」又評裘麟《洞庭張樂》「『張樂』難以縷敘，不得不從空際取神，佳在運思雄闊自然，不似《湘靈鼓瑟》。」（《庚辰集》卷一、卷四）
〔註44〕《庚辰集》卷五。

寫六朝金陵之山川形勢以切蔣山，而中含懷古之深情；又點岷江、玉局映帶蘇軾，而使詩境更加開闊，皆與題目相稱。

　　凡無深意或細小之題，則以點綴清楚、刻畫細巧爲工。無深意之題將題面一一寫到即可，如紀評金姓《九九消寒圖》：「『九數』二句申足九九圖，以下細寫『消寒』，題無深意，如此淺淡還之，不失大雅，足矣。」評孟生蕙《高摘屈宋豔》：「題無深意，正應以點綴見長，組織精工，題中字字精到」。〔註45〕細小之題，如趙師秀《冷泉夜坐》「樓鐘晴聽響，池水夜觀深」一聯，百煉乃得，紀昀認爲以此爲題，則「眞極小之題，極窄之境，而加以難狀之景」，故作詩亦當「以刻畫還刻畫」（《我法集》）。類似的題目，如《賦得鴉背夕陽多》，「其物瑣屑，其景亦瑣屑，除卻點綴刻畫，別無作法」；再如《賦得黃庭換鵝》，「此眞小題，不免於瑣屑點綴，亦所謂畫折枝花也」。紀昀一再強調，這種以具體細微的場景片斷爲題的，只能通過刻畫入微來表現。他同時又指出要儘量避免由瑣細刻畫而入於纖巧一路。他評鄭虎文《清露點荷珠》說：「細意刻畫，妙造自然。凡摹形寫照之題，固以工巧爲尙，然巧而纖、巧而不穩、巧而有雕琢之痕，皆非其至者也，當以此種爲中聲。」〔註46〕雖是因題之需而行之於描摹刻畫，也要力求自然工穩。

　　《試律說》評豆盧榮《春風扇微和》云：「凡縹緲傳神之題，空中設色者上也；點綴渲染，眉目鬖然，抑亦其次；然必於一二語中，舉一毛而全牛見，若雜陳物色，掛一漏萬，則拙矣。」總結了「縹緲傳神之題」的兩種處理方式及其要點。具體當如何傳神，可以用紀昀他自己的試律詩來說明。《館課存稿》有《秋水長天一色》二首，其一「惟看孤鶩影，直到落霞邊」一聯，用題目出處之語，本地風光，卻能對面傳神。唐人《空水共澄鮮》「海鶴飛天際」一句，也用了這種反襯手法，達到了「偶拈一物，愈見一望空明，所謂『頰上三毫』

〔註45〕《庚辰集》卷二、卷五。
〔註46〕《庚辰集》卷二。

也」(《試律說》)的效果。其二「極浦疑浮地，涼波欲化煙。更無痕界畫，只覺氣澄鮮」四句「實寫『一色』，止渾舉大意，恰狀出一片空明之境」，林昌《河間試律矩》評曰：「愚謂作者此題前作『孤鶩』一聯烘染入神，所謂『舉一毛而全牛見』也；此作『極浦』二聯白描高絕，所謂『空中設色』也。」

　　凡典重正大之題，則不可用任何纖巧字樣，須以典雅謹嚴之筆寫之。紀評張濯《迎春東郊》：「詞亦典貴稱題，無一纖字，可爲選聲配色之法。蓋典重之題，不得著一媚嫵字，衣冠劍佩之中間以粉黛，則妖矣；濃麗之題，不得著一方板字，賞花邀月之飲，賓主百拜，則迂矣。」〔註47〕又論《賦得光景常新》題：「光明正大之題須以典重還之，方爲相稱，著一尖筆纖字，即不合格，此之謂選聲配色。」此外，紀昀還指出如《賦得性如繭》之類的沉悶題要作得清淺顯豁，《大衍虛其一》之類的理題要作得條理清楚，又稱讚金牲《秋色正清華》「清麗稱題」、戈濤《繞屋樹扶疏》「蕭疏稱題」、裘麟《海日照三神山》「壯麗稱題」，又說沈啓震《三月桃花水》「題本鮮華，寫來亦殊旖旎。此種題別無謬巧，但須氣韻情致佳耳」。總之都要相題而作，因題立體。

二、審　題

　　紀昀解釋「審題」說：「批窾導會，務中理解，則塗飾之病可免矣。」前八字以庖丁解牛爲喻說明審題即要找到題之關鍵，然後從關鍵處下手，其他的也就迎刃而解了。題之關鍵亦即題眼，通常是虛字，因此紀昀強調試律寫作要從題眼、從虛字下筆。他說：

　　　　凡句中之眼，皆鍊虛字，以之命題，亦必於虛字摹寫，所謂『傳神寫照正在阿堵中』。」(《試律說》評裴杞《風光草際浮》)

　　　　凡一題到手須先看題眼在何字，不可但從實字鋪排。(《賦

〔註47〕《唐人試律說》。

得一片承平雅頌聲》）

凡作試帖，須從虛字上求路，不可在實字上鋪排，是第一關鍵。(《賦得孤月浪中翻》)

這裡所謂虛字指動詞及作謂語用的形容詞（即表示動作、狀態的詞），實字指名詞性詞語。《庚辰集》雖沒有直接表達此意，但其中有許多評語是稱讚詩人對題眼的精確把握。這在上節述評中已有涉及，此處再舉兩例。如評博明《萬紫千紅總是春》：「鋪排『千紅萬紫』便爲買櫝還珠，著意『總是春』三字乃是『傳神寫照在阿堵間』。」（卷三）又評李翊《停琴佇涼月》：「題有『琴』字，然云『停琴』，是無琴也；題有『月』字，然云『佇月』，是無月也。『琴』、『月』字概不刻畫，惟以『停』字、『佇』字寫蕭然自遠之神，最爲得解。」（卷四）再看《賦得山雜夏雲多》之審題：「此亦至熟之題，然熟在實字，不熟在虛字，只將『雜』字、『多』字一一還明，即不是尋常山詩、雲詩、晴詩矣。」可見細審虛字才能避熟生新。

細審虛字對於那些題面、題貌相似的試律來說尤其重要，不至於將不同題的詩寫成一樣。梁章鉅說：「吾師有《秋風生桂枝》詩，又有《秋風動桂林》詩，自注謂：『生桂枝是初秋景，動桂林是仲秋景，一『生』一『動』，意亦判然。』」〔註 48〕二詩見於《館課存稿》，但未見其自注。不過《我法集》有不少這樣的例子。如《賦得孤月浪中翻》題解說：

此題與《月湧大江流》相似，而題意迥殊。彼是以「月湧」寫江，此是以「江流」寫月，所謂「貌同心異」、「差之毫釐，謬以千里」者也。又「湧」字勢稍輕，「翻」字勢極重，亦迥乎不同，此詩所以扼定「翻」字下筆。凡作試帖，須從虛字上求路，不可在實字上鋪排，是第一關鍵。

這兩組題目，每組的兩題其字面、大意都很相似，但因一個虛字不同，題意的側重點即隨之變化，故試律的詮題命意也要隨之不同。因此紀

〔註 48〕《試律叢話》卷二，第 545 頁。

昀一再強調試律寫作要從題眼、從虛字下筆。再看《風暖鳥聲碎》、《鳥鳴春》與《鳥度屏風裏》、《山光悅鳥性》這兩組題，字面雖不大相同，但前組「風暖」即指春，後組「屏風」即指山，所涉及的事物其實是一樣的，若只從實字鋪寫，二詩無別矣。紀昀細審《賦得風暖鳥聲碎》題說：「此與《鳥鳴春》貌同而心異。彼以鳥爲主，有鳥而後可以鳴春也；此以春爲主，春暖而後鳥聲碎也，又與尋常鶯啼燕語詩大同小異。……此句好在以『暖』字生『碎』字；亦武功一派，以一字見工夫者也。不扣『暖』字不得題根，不扣『碎』字不得題眼，直是一首《賦得春鳥鳴》詩耳。」只有著意描寫出「暖」字、「碎」字，才能與「鳥鳴春」或「春鳥鳴」生出分別。後組題貌雖都是山與鳥，其情態與動作卻不同，故二詩的整體結構也相應不同。紀昀解釋《賦得鳥度屏風裏》的布局說：「起二句總括，三四句分寫鳥與屏風，五句至八句頂第四句寫『屏風裏』，九句至十二句頂第三句寫『鳥度』。蓋此題與《山光悅鳥性》不同。『山光悅鳥性』須五字合寫，方得『悅』字之神，拆開各寫，即索然寡味。此題既多出『山似屏風』一比，須與還清；又多出一『度』字，亦須與還清。故如此布局也。」這些相似的題目經紀昀解說、示範，才能精準把握其關鍵。由此亦可見紀昀審題之精確，解說之明細。

　　審題還要聯繫其出處及上下文，掌握題面未直接說出的言外之意、題面背後之意，才能更精確地把握其關鍵所在。如《賦得識曲聽其眞》，題出《古詩十九首・今日良宴會》：「彈箏奮逸響，新聲妙入神。令德唱高言，識曲聽其眞。」故紀昀解題說：

> 此與他樂之賞音有別，如泛塡古調、知希等字便是琴瑟，不是箏，此中著語須有分寸。不寫「箏聲」不是此題，一寫「箏聲」，則上文明說是「新聲」，必不莊重，又非場屋之體。如竟作壓題格，更入濂洛風雅一派，王阮亭所謂「既欲講學，自當竟作語錄，何必作詩也」。故以箏還箏，卻不捺倒歸到琴上作結，只是推上一層，與本題卻不觸背。皆是斟酌輕重，曲意調停，遇此種題須知此意。

作此題，既要將出處特指的「箏」點出來，又不能順著出處表現或批評「新聲」，審題之細莫過於此。再如《賦得山虛水深》題，光看此四字，必以山水對舉，實則此題出自宋人所得古琴銘，全文曰：「山虛水深，萬籟蕭蕭，古無人蹤，惟時焦嶢。」紀昀說：「山水似對舉，其實以山為主，與水深無渡合成一片空曠幽邃之景耳。若處處山水對排，便寫不出題之神理。蓋此題只『古無人蹤』四字是其本意，餘三句皆烘染之筆，不可逐一癡寫也。」又如《追琢其章》，題出《詩經·大雅·棫樸》「追琢其章，金玉其相」，故紀昀說：「不切定『金玉』字，『追琢』字、『章』字俱無著落矣。」〔註49〕都要聯繫出處，才能將題目表達清楚到位。

　　清代試律詩出題範圍很廣，經史子集都有涉及，要知道詩題的出處、上下文及其含義，需要很廣博的知識。由此亦可見紀昀將試律寫作最後歸於「當寢食古人，培養其根柢」（《試律說序》），又說「試律雖小技，亦必學有根柢乃工」〔註50〕，真可謂是卓識高見。

三、命　意

　　上文提到審題要聯繫出處及上下文，才能抓住題之關鍵，這是就通常而言，有時視具體情況也可以就題論題，不拘出處。紀評黃滔《白雲歸帝鄉》：「《莊子》『乘彼白雲，至於帝鄉』，郭象注曰『氣散則無不之』，明以登遐為言，殊難措筆。故此詩就題論題，直以『帝鄉』為京師。凡題有應顧本旨者，如《風雨雞鳴》，必不可不切君子；有可不拘本旨者，如《春草碧色》，可不必切送別，各以意消息之。」（《試律說》）《白雲歸帝鄉》題，題出《莊子·天地篇》，本意指登仙（即死去）難以下筆，所以取「帝鄉」一般含義，即京都。因此，試律詩的審題命意，或用本意，或就題論題，並無定法。如《風雨雞鳴》是雙關題，以「風雨」比亂世，以「雞鳴」比君子不改節，這種明顯

[註49]　《庚辰集》卷一，評廖鴻章詩。
[註50]　《唐人試律說》評馬戴《府試觀開元皇帝東封圖》。

有寓意之題一定要切其本旨而言；《春草碧色》題出江淹《別賦》，卻不必定作恨別之語，因爲這種泛言時令景物之題本可不拘出處。再如《好雨知時節》，題出杜甫《春夜喜雨》，本指春雨，《庚辰集》趙青藜此題卻寫夏雨，紀昀說「此等題可不拘出處」，並稱讚「『已慰』四句細寫『知時節』意，方不泛作雨詩」。又評萬廷蘭《飛鴻響遠音》：「著意『響』字、『遠』字，深得淒清寥廓之神。康樂此詩本作於初春，故有『池塘生春草』諸句，詩竟賦秋鴻，此種題原不拘出處。」再如《既雨晴亦佳》，紀昀解題說：「杜詩此句『既』字、『亦』字，本承久旱喜雨而來，然回抱來脈，殊難下筆，題有不得盡拘出處者，此類是也。」並肯定錢載此詩「摹寫新晴之景，正自入微」。〔註 51〕不過《我法集》紀昀作此題詩二首，即摹寫杜甫原詩久旱喜雨、雨後復愛新晴之意，筆力更高一疇。〔註 52〕

　　《我法集》是紀昀就難題而當場自作自評，手把手指導他的孫子們寫試律詩，因此對自己當時種種思慮解說得特別詳盡、懇切。以下摘取三例，看他如何審題命意。如《賦得秋色從西來》，紀昀首先指出此題之眼在「西」字，否則只是一首《賦得秋色》詩，然後說：「秋色豈必定從西來？然題是『西來』，不得不與講出道理，故以『迎春東郊』爲比例；又題是『秋色』，難以突然入手說『春』，故先從四序循環說起，此不得已之變法。遇此種棘手之題，須知此斡旋之法；難以下筆斡旋處，又須知此引入之法。」細意曲折鈎引，我們亦可藉此瞭解古代詩人的構思之法。又如《賦得江上數峰青》，題出錢起應試詩《湘靈鼓瑟》結二句「曲終人不見，江上數峰青」，是世所傳誦的名句，該如何詮寫？紀昀說：「湘靈鼓瑟是寓言，說作實事便癡；作詩是錢起，牽到屈原便隔；題雖是數峰，事卻在水際，粘定數峰便滯；

〔註 51〕《庚辰集》卷一、卷三、卷三。

〔註 52〕紀評其二云：「前首從晴轉到雨，從雨又轉到晴，紆徐以取『亦』字，欲其清也；此首將前面八句並爲四句，而於五六句作一反挑，跌出雨晴，跳擲以取『亦』字，欲其醒也。一樣意思，而用筆各自不同，總在人能變化耳。」

事雖在水際，題卻是數峰，脫卻數峰便漏。故此詩著筆皆在不即不離
之間。」癡、隔、滯、漏，是寫此題詩易犯的四個毛病，紀解考慮周
密。再看《賦得黃花如散金》，題出西晉張翰《雜詩》「暮春和氣應，
白日照園林。青條若總翠，黃花如散金」。看似簡單的題目，紀昀卻
說有四難：

> 南宋以此題試士，滿場俱誤詠菊花，不知《文選》所載，
> 本是春日詩也。五字極爲淺顯，而以作試帖，則爲希有之
> 難題：「金」字更無替身，三品、雙南、百鍊之類，去花絕
> 遠，雖巧手亦牢攏不來，其難一也。紅、綠、青、白，俱
> 易點綴渲染，即黑亦尚有比擬，惟黃、紫二色，比擬極難，
> 而黃比紫爲尤甚。蓋「紫」字故實，尚有輕倩之字；黃則
> 有字必板重，如黃蓋、黃屋、黃旗、黃鉞之類，豈可以比
> 花色乎？其難二也。金字已是比，再以別物比金，是爲比
> 外生比，爲試帖之屬禁，其難三也。賦花如有指名，尚易
> 於摹寫，易於生波，此則泛泛一花字，不言何花，約舉一
> 二，則掛漏孔多；率陳多品，則頭緒雜亂，其難四也。知
> 此四難，才可下筆作此題，否則吾不知之矣。

當場就能想到這四難，復能下筆成詩，紀昀眞可謂詩思細密敏捷。題
解說「比外生比」，以致頭緒雜亂，比喻題尤易犯此病，紀昀也再三
禁戒之。〔註53〕

四、相題布局，淺深層次

審題、命意、布格三者聯繫緊密，難以截然分割，而且審題命意
最終也要體現在詩歌的結構布局上，因此紀昀非常重視試律整體結構

〔註53〕《試律說》評潘存實《玉聲如樂》：「比喻之題，最忌比中生比。如
劉軻此題詩曰『佩想停仙步，泉疑咽夜聲』，既以樂比玉聲，又以泉
聲比樂，輾轉牽引，題緒茫然。摩詰《清如玉壺冰》詩曰『氣似庭
霜積』亦同此病。」自評《賦得如水如鏡》「明勝月三分」句說：「惟
用『勝』字，便仍是鏡字本位，若作『明似月三分』，便欲以鏡比心
之外，又添出以月比鏡，輾轉相比，不冗雜萬狀不止矣。故比中生
比，爲試帖之屬禁，犯之最易，汝宜戒之。」

的安排，而且一再強調要先布局而後落筆，要有次第淺深。

　　紀昀認爲試律作品以層次位置最重要，佳句反在其次。他說：「夫押韻巧，琢句工，儷偶切，亦極試帖之能事。然譬諸五彩之文錦，誠珍飾也，而天吳、紫鳳不可顛倒縫紉；三代之古器，誠法物也，而周鼎、商彝不可雜亂堆積。又譬諸西子、王嬙之美，全在其面，師以入畫之面生於腹上，非刑天怪物乎？故試帖層次位置最爲吃緊，而佳句爲次焉。」〔註54〕作試律最能看出作者在押韻、煉句與對仗方面的工夫，不過紀昀更看重氣機流轉，所以要先看篇章法度。他評蔣防《秋月懸清輝》：「雖無奇語，要自不失法度。人必五官四體具足而後論妍媸，工必規矩準繩不失而後論工拙。佳句層出，而語脈橫隔，反不如文從字順平易無奇。」這是說一首詩是一個整體，要前後有序，氣脈流貫。然後舉例說：「李嘉祐『野樹花爭發，春塘水亂流』句，宋人以爲至佳，然上聯曰『年華初冠帶，文體舊弓裘』，下聯曰『使君憐小阮，應念倚門愁』，十字橫互其中，竟作何解？孟公《晚泊潯陽望廬山》詩無句可摘，神妙乃不可思議，可悟詩法矣。」〔註55〕李嘉祐《送王牧往吉州謁王使君叔》「野樹」二句寫春天生機活潑，自是佳妙，然與上下不諧，反顯得格格不入；孟浩然《晚泊潯陽望廬山》詩無句可摘，正見其空靈蘊藉，渾然一體。二者相形，立見高下，紀昀以此說明作試律當以布格爲先〔註56〕，琢句次之。所以他再三強調試律寫作要先布局，後落筆，層次分明。

　　具體如何布局則要相題而行。如《賦得鴉背夕陽多》起四句云：「落日銜山際，翔禽返舊窠。獨於鴉背上，遙見夕陽多。」紀昀說：「一起直寫全題，因題緒瑣碎，開手不理清，以下再層層分點，便棼如亂絲，且恐顧此失彼、左支右詘，並分點亦不暇，不如趁勢先總點

〔註54〕《我法集・賦得水波》。
〔註55〕《唐人試律說》。
〔註56〕梁章鉅《試律叢話》卷三引紀昀此評前有「試帖以布格爲先」七字，意思更加明確。（第548頁）

也。凡作詩須通盤合算，先布局而後落筆，皆當如此。若有一句即湊一句，有一聯即湊一聯，便是隨波逐浪，全無節制操縱矣。」瑣屑細碎之題，當先總寫全題，再細細刻畫。再看《賦得日高花影重》，當如何從「高」字寫出「重」字？紀昀說：

> 此較「風暖鳥聲碎」易於詮解，而更難於形容。蓋鳥聲題境猶寬，花影則拘定一處，無可展拓；「碎」字猶可摹寫，「重」字則板成一片，無可點綴；春暖易於渲染，「日高」則孤照一輪，旁無別景，更無可襯托。此題之本難也。不寫「高」字、「重」字，直是《賦得日中花影》，豈復成詩？「高」字、「重」字，則非用演算法測量，斷不能清出，此種花香草媚之題，忽然講到句股角線，更成何文理？此又作詩之難也。此詩以不能不用演算法，故從本題《春宮怨》入手，以畫長引出倦繡，以倦繡引出看花，以看花引出看花影，即以「閒檢點」引出「細形容」。得「細形容」三字作脈，則以下接入測量日影，自然斗筍合縫，不覺突兀矣。此層層倒算上去，乃層層順寫下來，千方百計逼出此三字，此是布局之法，亦是抽換之法。

此題日之高、花影之重難以憑空點綴渲染，只好從本題生情布局。《我法集》有《賦得清暉能娛人》與《賦得山水含清暉》兩首，題出謝靈運《石壁精舍還湖中作》「昏旦變氣候，山水含清暉。清暉能娛人，游子憺忘歸」，原詩兩句本順承而下，以此為題則須寫出分別。前題重在「能娛人」三字，紀評前詩：「起四句說清暉原非有意娛人，作一大開，次四句說清暉頗似有意娛人，作一大合，一氣直貫八句，方才一頓，此擲筆倒落之法，故以此取勢者也。」大開大合，凌空取勢，極有神力。後詩同樣跳擲而起，卻只貫到四句，這只是用筆變化而已嗎？不是的，更主要的是「因題制局」。紀昀分析道：「緣前詩撇去清暉，不肯複寫，題境較窄，故展得步寬，以寬補窄；此詩是清暉正面，不能不細寫，展步太寬，則侵佔正位，故展得步窄，以窄讓寬，此之謂因題制局。且前題是就本題簸弄，原題中所應有，不妨八句才落，

此是題外陪襯，展步太寬，則去題太遠矣。作詩原有通身不露本位，只結末畫龍點睛者，試帖則無此體。」簡單說，窄題要拓開，寬題要細寫，此即「因題制局」。此外，試律對題作詩，用筆不妨跳擲開闔，但不能離題太遠。

　　作試律應先全盤布局，使全詩分配停當，有層次，有條理，而不至於重複旁衍。紀昀說：「試帖之病，莫大於開手即緊抱題面，以全力發揮，雋句清詞，人人激賞，而入後竟成弩末，非重複再說，即敷衍旁牽。蓋試帖對題作詩，猶八比對題作文，八比自小講以至末比，各有次第淺深。」〔註57〕具體說來，要使詩歌有深淺次第，視題目可採用不同的方法。可以從不同角度來詮寫題意，則層次分明。紀評錢大昕《野合時雨潤》：「五六七八句妙寫『合』字，而五六是天上之景，是遠景，是乍晴之景；七八是地下之景，是近景，是既晴之景，層次亦最分明。」〔註58〕紀昀自評《賦得羌無故實》：「中八句寫不須故實之意，前四句是就作者說，後四句是就讀者說，亦有淺深次第。題境甚窄，須如此分層展步，方不重複也。」又評《賦得松風水月》：「前幅四句對舉，是就景物一邊說；後幅四句對舉，則就領略景物者一邊說；十三、十四句之對舉則趁上文之脈引入禁苑之遊覽。凡此皆先布局而後落筆，便有層次淺深，且不重複。若先做幾聯，再以平仄仄平排比連綴，前後可以互換，皆非詩法。」從不同角度來寫，不僅可以避免重複，富有層次；還能將題意表現得充分圓足。

　　也可以按題意寫出先後順序，則層次井然。紀評程景伊《秋獲》：「先說初熟，次說將獲，次說獲，次說已獲，次說已獲之後，序次井然。」評裘麟《查客至斗牛》：「起四句敘將至，次四句敘甫至，次四句敘已至，次四句敘歸後，層次分明，用筆亦靈氣恍惚。」〔註59〕《試律說》評潘存實《玉聲如樂》：「五句，『玉聲』也；六句，『如樂』也；

〔註57〕《我法集・賦得水波》。
〔註58〕《庚辰集》卷四。
〔註59〕《庚辰集》卷一、卷四。

七句八句即從『曲成』寫下，次第分明。凡詩當句句相生，前後可以易置，非法也。」用時間的順序寫出環環相接的結構，層次自然又一氣相承。

還可以用不同的筆法。紀評金甡《大衍虛其一》：「『乍驗』二句用旁比，『理從』二句即從正面推闡之；『戴九』二句用平對，『豈緣』二句即用開闔挑剔之。反正虛實，淺深疏密，一筆不苟，理題須如此清楚。」評曹學閔《軒廣月容開》：「『廣』字、『開』字一一寫到，『不隔』四句用渾寫，『斜影』四句用細寫，亦極有次序。」〔註60〕。一詩中運用不同的表現手法，這樣語意才不會板滯重複，而能虛實淺深相結合，使機局生動。

五、琢句與鍊氣鍊神及其他

紀昀認為試律與詩歌同源別派，其法有相通之處，他指導試律寫作也並不僅限於對題作詩，還常常上陞至詩之法度格意，因此他強調鍊氣鍊神，強調師古而創新、擬議以成變化。

（一）琢句

紀昀不甚看重單純的琢句，上文引他說「試帖層次位置最為吃緊，而佳句為次焉」，本文於此亦只略舉二例附帶說明一下。如黃滔《白雲歸帝鄉》起二句：「杳杳復霏霏，應緣有所依」，紀評：「第一句破『白雲』，第二句破『歸帝鄉』，而措語近拙。余欲以靖節《詠貧士》語改為『杳杳復霏霏，孤雲何所依』，既點『雲』字，又與三四句呼應，且以孤雲比貧士，尤與末二句秘響潛通。」〔註61〕按陶淵明《詠貧士》（其一）起云「萬族各有託，孤雲獨無依」，紀昀將第二句「獨無依」之言無可依靠，改為「何所依」之言尋找依靠，恰帶出黃詩「不言天路遠，終望帝鄉歸」二句，又為結二句「旅人隨計日，自笑比麻衣」埋下伏筆。唐時貢士入試著麻衣，此以麻衣代指貢士。由

〔註60〕《庚辰集》卷二、卷四。
〔註61〕《唐人試律說》。

此例可看出紀昀琢句亦著眼於全篇。再看他自評《賦得松風水月》：「一句說兩事頗難，五言字少尤難，須是設法貫串。如『虯幹披襟倚』句，虯幹便可倚，倚虯幹便可披襟，是以一『倚』字，將松、風融爲一片也；『蟾光送棹還』句，有水便可行舟，從水生出棹字，棹舟有往必有還，從『棹』字生出『還』字，即從『還』字生出『送』字，是以一『送』字，將水、月融爲一片也。又如『竽籟聞松徑』句，竽籟暗藏一『風』字；『樓臺近水灣』句，樓臺暗藏一『月』字。此皆費力雕琢而又磨去雕琢之痕者，此於詩家爲小乘禪，不稱高品，然試帖遇細膩題，不能不如此運思，汝於此等處，宜細求其用意，便有悟門。」五字之內說得兩事，凝練委曲，此四句堪稱琢句之典範，然紀昀仍不以爲高，嫌雕琢太甚（雖不見其痕迹），他所追求的是自然高妙，是鍊氣鍊神。

（二）鍊氣鍊神

紀昀說：「氣不鍊，則雕鎪工麗僅爲土偶之衣冠；神不鍊，則意言並盡、興象不遠，雖不失尺寸，猶凡筆也。」反之，鍊氣鍊神能使詩歌在結構上一氣流行，變動開闔；能使詩歌意境、興象有深情遠韻，神味無窮。

試律至紀昀，腐熟板重之習一掃而空，其法正在鍊氣鍊神。他說：「襞積錯雜，非詩也；章有章法，句有句法，而排偶鈍滯，亦非詩也，善作者鍊氣歸神，渾然無迹；次亦詞氣相輔，機法相生。初爲詩者不能翕闢自如，出落轉折之處，必先以虛字鈎接之，漸入漸熟，自能刊落虛字，精神轉運於空中，血脈周流於內際。」〔註62〕作詩欲避免排偶鈍滯，上下轉關處尤爲重要。紀評史貽直《乾坤爲天地》：「五句至八句言對待，十一句至十四句言流行，佳在九句十句折轉有力，使通篇氣機靈活，脈絡分明。」〔註63〕按此詩九、十句云「闔闢從茲起，周流未始停」，以此爲轉關，將詩意從「陰陽戶自扃」之天

〔註62〕《唐人試律說》評陳至《芙蓉出水》。
〔註63〕《庚辰集》卷一。

地各自爲政，說到「潛龍佔地位，牝馬合天經」之溝通交流，機局生動，脈理清楚。再看紀昀之作，《賦得玉韞山含輝》起四句云：「蓄寶每希聲，璠璵肯自呈。誰知光隱耀，轉使迹分明。」〔註64〕前二句說寶物無迹，後二句說迹顯，以下即順筆寫其迹象。正如林昌所評：「此詩首聯用反筆逆起，次聯空中掉轉，勢如秋隼之摩空，以下蜿蜿如意，竟是一火鑄成。此尤鍊氣鍊神之顯然可見者。」〔註65〕開闔點題，流動有氣。氣尙有迹可尋，鍊氣歸神則渾然一體，自然無痕。紀評張喬《華州試月中桂》：「刻畫精警而自然超妙，純以神行。」又評錢起《湘靈鼓瑟》：「此詩之佳，世所共解，惟三句隨手注題，渾然無迹；四句提醒眼目，通篇俱納入『聽』字中，運法甚密，讀者或未察也。」〔註66〕這種鍊氣鍊神，說到底也是一種運意用筆，林昌說紀昀「好以一線單微之思運夭矯盤曲之筆，尤爲鍊氣鍊神之效」〔註67〕，亦即此意。朱庭珍論「鍊氣」云「鎭之以理，主之以意，行之以才，達之以筆，輔之以理趣，範之以法度」（《筱園詩話》卷一），其關鍵也正是運意與用筆。

　　詩歌寫景，更要注重鍊神，由此體物得神，情興深遠，能使詩歌餘味不盡。體物寫景，或取神遺貌，或窮形盡相以傳神。取神遺貌，如蔣防《秋月懸清輝》「影連平野靜，輪度曉雲微」二句，又殷文圭《春草碧色》「疏雨煙華潤，斜陽細彩勻」十字等。紀昀評前者「不言秋而秋意在，神似者不以貌也」，評後者「不言碧色而碧色在中」。〔註68〕窮形盡相以傳神，如秦大士《風軟遊絲重》「無力飄難定，含情去故遲。行蹤眠柳伴，心事落花知」四句，紀評：「窮形盡態，刻苦之至，乃得自然，『心事』句妙在可解不可解之間，此所謂不落言詮。」又評吳寬《潤物細無聲》「有聲易寫，無聲難寫，窮形盡相，

〔註64〕　《館課存稿》，《紀文達公遺集》卷十五。
〔註65〕　《河間試律矩》卷下。
〔註66〕　《唐人試律說》。
〔註67〕　《河間試律矩》卷下，評《行不由徑》。
〔註68〕　《唐人試律說》。

可謂傳神手矣」，如「漸覺桃鬢重，旋催草夢蘇」、「綠愛蕉窗靜，青
瞻麥隴腴」四句「重字、蘇字、靜字、腴字，俱鍊得好」。〔註69〕寫
景體物常於一二字中見其神，所以煉字很重要。《試律說》評錢可復
《鶯出谷》「一囀已驚人」、「搏風翻翰疾」二句：「鶯有聲，然『驚人』
非鶯之聲也；鶯能飛，然『搏風』非鶯之飛也，皆鍊字不穩。凡摹形
繪相，在於曲取其神，毫釐之失，千里之謬。以二句與第六句互參之，
思過半矣。」鶯聲清脆婉轉，自不會「驚人」；「搏風」乃形容鯤鵬背
負青天之飛，不能用於纖弱小巧的黃鶯；第六句「沖花覺路春」，流
連花叢，春意盎然，才是鶯之飛，故紀評「五字千古」。又評濮陽瓘
《出籠鶻》：「『一點青霄裏』五字入神，對句本作『千聲碧落中』，微
嫌不及，秦澗泉前輩曰：『聲』字乃『盤』字之誤，形相似也。正此
一字，神彩頓增。」鶻不以聲音見稱，而以飛得又高又快著稱，「盤」
字寫鶻高飛盤旋之形，正得其神。

　　紀昀評試律也重其情韻神味。《試律說》評鍾輅《緱山月夜聞王
子晉吹笙》說：「『月』字不免微脫，亦緣得意疾書，風利不得泊也。
有此遙情勝韻，不妨賞其神駿，略其驪黃，不得為拙筆藉口。」再如
《庚辰集》評于敏中《荷淨納涼時》：「通體娟秀，結亦別有遠神。」
（卷一）按此詩末二句「陂塘秋漸近，相對意云何」，推到題後宕開
作結：正當盛夏荷塘納涼，而惜秋後荷枯葉萎。大概感傷盛極伏衰，
情思細膩敏銳，讓人不由得隨之而傷感。又評金啓南《螻蟈鳴》：「句
句精警，結四句尤有遠神。」（卷五）按結四句云：「靜夜驚幽夢，空
堤喚曉行。綠楊殘月外，煙絮一川平。」前兩句詩中有人，後兩句用
柳永《雨霖鈴》「今宵酒醒何處？楊柳岸曉風殘月」與賀鑄《青玉案》
「試問閒愁都幾許？一川煙草，滿城風絮，梅子黃時雨」之語，而情
味不同。柳詞是秋景，一片蕭瑟，更添別恨；賀詞是雨景，更覺愁思
綿綿。而金詩是春景，是晴景，或因二詞而有些惆悵之感，主要還是
清新淡然之意。又沈德潛《蟬鳴高樹間》末二句「因懷傅休奕，幽興

〔註69〕《庚辰集》卷三、卷四。

滿園林」，紀評：「結亦別有深情。」（卷一）按此題出傅玄《雜詩》，傅詩感歎時光流逝，沈德潛此詩結處隱含傅詩之意，寓意深微。試律乃對題作詩，原非吟詠情性，如此尚能寫得情興深遠，正可見煉氣煉神之功。

（三）其他：擬議以成變化

紀昀論試律寫作而歸之於「當寢食古人，培養其根柢，陶鎔其意境，而後得其神明變化自在流行之妙，不但求之試律間也」，具體而言，就是師古而創新。他評朱華〔註70〕《海上生明月》「影開金鏡滿，輪抱玉壺清」二句：「『金鏡』、『玉壺』今已爲詠月惡套，然自後來用濫，不得歸咎創始之人。」又說：

> 「金鏡」、「玉壺」之類本非古人佳處，而初學剽竊專在此等，昔人所謂「偷語鈍賊」也。況詩之爲道，非惟語不可偷，即偷勢、偷意亦歸窠臼。夫悟生於相引，有觸則通；力迫於相持，勢窮則奮。善爲詩者，當先取古人佳處涵詠之，使意境活潑如在目前，擬議之中自生變化。如「蕭蕭馬鳴，悠悠斾旌」，王籍化爲「蟬噪林逾靜」；「光風轉蕙泛崇蘭」，荊公化爲「扶輿度陽焰，窈窕一川花」。皆得其句外意也。水部詠梅有「枝橫卻月觀」句，和靖化爲「水邊籬落忽橫枝」、「疏影橫斜水清淺」，東坡化爲「竹外一枝斜更好」，皆得其句中味也。「春水滿四澤」變爲「野水多於地」，「夏雲多奇峰」變爲「山雜夏雲多」，就一句點化也。「千峰共夕陽」變爲「夕陽山外山」，「日華川上動」變爲「夕陽明滅亂流中」，就一字引申也。「到江吳地盡，隔岸越山多」變爲「吳越到江分」，縮之而妙也。「曲徑通幽處，禪房花木深」變爲「微雨晴復滴，小窗幽且妍。盆山不見日，草木自蒼然」，衍之而妙也。如是有得，乃立古人於前，竭吾力而與之角，如雙鵠並翔，各極所至；如兩鼠鬥穴，不勝不止。思路斷絕之處，必有精神坌湧，忽然遇之者。正不必撏撦玉溪，隨人作計也。

紀昀所謂「使意境活潑如在目前」大意指讀古人詩不能僅僅注意其字

〔註70〕《唐人試律說》誤作柴宿。

面，重要的是運用審美思維，發揮想像力，體會其美處；由此還可引申出一層意思，即自己要注意體會生活實景中的美，才能深切地體會到古人詩中的美並變化之。王國維亦云：「然非自有境界，古人亦不爲我用。」（《人間詞話刪稿》）既能感知古人詩中之美，又能感知現實生活之美，才能擬議以成變化。紀氏這裡例舉了擬議以成變化的幾種方式，有「得其句外意」、「得其句中味」，「就一句點化」、「就一字引申」，「縮之而妙」、「衍之而妙」等。師古而能創新，紀昀認爲重要的是要有與古人一爭高低的勇氣與精神。〔註71〕

試律詩開始於唐代，然唐人於此不甚用心，故佳作不多；清人對試律詩非常重視，不但佳作迭出，而且風格多樣，被清人視爲一代之勝〔註72〕。因此，紀昀《唐人試律說》、《庚辰集》和《我法集》三書應不僅僅只是爲其學生、兒孫授課而已。所謂「我用我法」，當有推揚其體格之意，以在「一代之勝」中確立其自成一家的地位。紀昀《唐人試律說序》論試律寫作的總法則說：「此當寢食古人，培養其根柢，陶鎔其意境，而後得其神明變化自在流行之妙，不但求之試律間也。」在寫此序的三十多年後，其《嘉慶丙辰會試策問》又說：「必工諸體詩而後可以工試帖，又必深知古人之得失而後可以工諸體詩。」這可以視爲對前者的明確說明。這兩句話是試律寫作的根本法則，也是詩歌寫作的基本方法。

〔註71〕關於紀昀論「偷勢」、「偷意」與「擬議變化」，可參看第二章第一節之「論南朝詩歌對唐詩的影響」部分紀氏的相關評語。

〔註72〕第四章巴引林辛山《館閣詩話》所論。此外，任聯第《試律新話自序》云：「我朝試帖著爲功令，學者童而習之，自鄉會以至詞館，諸公莫不潛心致力於此，是以名流輩出，遠邁前人。」又倪鴻《試律新話自序》云：「文章代興而必有獨擅其勝者，秦以前勿論，漢以文，晉以字，唐以詩，宋以語錄，元以詞曲，明以制藝，至我朝則考據之學跨越前古，試律又其最也。」（任聯第《七家詩帖輯注彙鈔序》，載王植桂《七家詩帖輯注彙鈔》卷首，同治六年刻本。倪鴻《試律新話》，同治十二年刻本。轉引自陳志揚《論清代試帖詩》，《學術研究》，2008年第4期，第131～135頁。）

結　語

　　如果要用一句話從總體上概括紀昀評點詩歌的特點，那應該是：紀昀的詩歌評點既全面客觀又精細入微，既有很高的學術價值，又有很強的實用性。

　　紀昀所評點的詩歌選本與詩人別集，涵括了漢魏六朝直至唐宋大部分重要的詩人詩作。漢魏六朝以至唐宋，正是詩歌從其初始形態逐漸發展演變到極致的過程。可以說，中國古典詩歌的流變大部分是在這一漫長時期中完成的，大量優秀作品在這一時期湧現，精彩紛呈。然而紀昀的評點尚不限於此，他評詩上溯其源則至《詩經》，下論其緒則至明、清。他是站在古典詩歌發展史終點的這個高度來俯瞰歷代作家作品，對詩歌的各種發展變化及其原因都了然於心，對「體格之變遷」、「宗派之異同」與「作者之得失」亦辨析分明，所以他的評點能做到全面客觀。紀昀在評點詩歌選本和詩人別集時，經常隨手概括各種技法，並注意揭示各種詩病，使後學者能「遵其所宜，防其所失」（《文鏡秘府論・論體》）；其論試律詩法詳盡周到，尤其集中於他晚年自作自評的《我法集》。所以他的評點又可謂精細入微。

　　綜觀紀昀的評點實際上包含著這樣幾個重要的詩學問題：詩歌抒寫性情的本質特徵、豔情與詩教的關係；詩歌的發展演變；詩歌的藝術審美；詩歌的創作技法；杜詩及其影響與接受；二馮和方回關於

西崑體與江西詩派之爭；唐宋詩之爭等。總而言之，紀昀詩歌評點的內容豐富精當，是宏觀視野下的精細批評，具有重大的詩學價值。學界若能給予足夠的重視，充分挖掘紀昀評點詩歌的理論價值和實踐意義，將有力促進中國文學批評學科的建設。

筆者學識未深，學養未厚，本書所論只是其中犖犖之大者，未能窮究其精深細微處。但希望通過本書的研究，使紀昀詩歌評點的價值得到學界的重視，同時也希望以此爲中國古典詩歌的評點研究拋磚引玉。

參考文獻

一、紀昀著作

1. 吳兆宜注，紀昀批校，《玉臺新詠箋注》〔M〕，王文燾過錄本，上海圖書館藏。

2. 紀昀，《玉臺新詠校正》〔M〕，稿本，國家圖書館藏。

3. 紀昀，《刪正二馮評閱才調集》〔M〕，鏡煙堂十種本，國家圖書館藏。

4. 郝天挺注，紀昀評點，《唐詩鼓吹箋注》〔M〕，立達星聚堂藏板，中國社科院文學研究所藏。

5. 紀昀，《瀛奎律髓刊誤》〔M〕，懺花庵叢書本，《叢書集成續編》第146冊。

6. 紀昀，《刪正方虛谷瀛奎律髓》〔M〕，嘉慶辛酉刻本，上海圖書館藏。

7. 紀昀，《玉溪生詩說》〔M〕，朱氏槐廬校刊本，《叢書集成續編》第155冊。

8. 紀昀，《點論李義山詩集》〔M〕，鏡煙堂十種本，復旦大學圖書館藏。

9. 吳兆宜注，紀昀評點，《韓致堯翰林集香奩集》〔M〕，紀氏閱微草堂藏本，山西省圖書館藏。

10. 紀昀，《紀評蘇文忠公詩集》〔M〕，粵東省城翰墨園藏板，同治八年刻本，復旦大學圖書館藏。

11. 紀昀，《唐人試律說》〔M〕，乾隆二十五年刻本，上海圖書館藏。

12. 紀昀，《庚辰集》〔M〕，乾隆二十七年刻本，上海圖書館藏。

13. 紀昀，《我法集》〔M〕，河間紀氏閱微草堂藏板，嘉慶元年刻本，上海圖書館藏。

14. 紀昀，《紀評文心雕龍》〔M〕，朱墨套印盧坤兩廣節署本，復旦大學圖書館藏。

15. 紀昀，《紀文達公遺集》〔M〕，《續修四庫全書》第 1435 冊。

16. 紀昀，《閱微草堂筆記》〔M〕，上海：上海古籍出版社，2001 年。

17. 永瑢、紀昀等，《四庫全書總目》〔M〕，北京：中華書局，1965 年。

二、古代典籍（按經史子集順序排列）

1. 鄭玄注，孔穎達疏，龔抗雲整理，《禮記正義》〔M〕，《十三經注疏》（整理本）〔Z〕，北京：北京大學出版社，2000 年。

2. 朱熹撰，徐德明校點，《四書章句集注》〔M〕，上海：上海古籍出版社，2001 年。

3. 焦循，《毛詩補疏》〔M〕，《續修四庫全書》第 65 冊。

4. 脫脫等，《宋史》〔M〕，北京：中華書局，1977 年。

5. 脫脫等，《金史》〔M〕，北京：中華書局，1975 年。

6. 宋濂，《元史》〔M〕，北京：中華書局，1976 年。

7. 張庭玉等，《明史》〔M〕，北京：中華書局，1974 年。

8. 馬端臨，《文獻通考》〔M〕，影印文淵閣《四庫全書》第 610 冊。

9. 王圻，《續文獻通考》〔M〕，《續修四庫全書》第 762 冊。

10. 《欽定大清會典則例》〔M〕，影印文淵閣《四庫全書》第 622 冊。

11. 昆岡等修，劉啓端等纂，《欽定大清會典事例》〔M〕，《續修四庫全書》第 803 冊。

12. 何焯著，崔高維點校，《義門讀書記》〔M〕，北京：中華書局，1987 年。

13. 毛奇齡，《制科雜錄》〔M〕，《四庫存目叢書》第 271 冊。

14. 王士禎，《池北偶談》〔M〕，《清代史料筆記叢刊》〔G〕，北京：中華書局，1982 年。

15. 王蘭陰，《紀曉嵐先生年譜》〔M〕，清抄本，上海圖書館藏。

16. 寇準，《忠愍集》〔M〕，影印文淵閣《四庫全書》第 1085 冊。

17. 許景衡，《橫塘集》〔M〕，影印文淵閣《四庫全書》第 1127 冊。

18. 邵雍，《伊川擊壤集》〔M〕，《四部叢刊初編集部》第 147 冊。

19. 黃宗羲，《黃梨洲文集》〔M〕，北京：中華書局，1959 年。

20. 錢謙益,《錢牧齋全集》〔M〕,上海:上海古籍出版社,2003 年。

21. 廖燕,《廖燕全集》〔M〕,上海:上海古籍出版社,2005 年。

22. 仇兆鰲,《杜詩詳注》〔M〕,北京:中華書局,1979 年。

23. 馮舒、馮班,《二馮評點才調集》〔M〕,《四庫全書存目叢書》第 288 冊。

24. 宋邦綏,《才調集補注》〔M〕,《續修四庫全書》第 1611 冊。

25. 李宗昉,《聞妙香室文集》〔M〕,清山陽李氏藏板刻本,復旦大學圖書館藏。

26. 馮浩,《玉溪生詩集箋注》〔M〕,上海:上海古籍出版社,1979 年。

27. 程含章,《程月川先生遺集》〔M〕,叢書集成續編本。

28. 趙古農,《紀批蘇詩擇粹》〔M〕,芸香堂藏板,嘉慶二十二年刻本,上海圖書館藏。

29. 林昌,《河間試律矩注釋》〔M〕,掃葉山房藏板,光緒六年刻本,上海圖書館藏。

30. 胡仔纂集,廖德明校點《苕溪漁隱叢話・前集》〔M〕,北京:人民文學出版社,1962 年。

31. 范晞文,《對床夜語》〔M〕,何文煥、丁福保,《歷代詩話統編》〔G〕,北京:北京圖書館出版社,2003 年。

32. 姜夔,《白石道人詩說》〔M〕,何文煥、丁福保,《歷代詩話統編》〔G〕,北京:北京圖書館出版社,2003 年。

33. 胡應麟,《詩藪》〔M〕,北京:中華書局,1958 年。

34. 朱庭珍,《筱園詩話》〔M〕,郭紹虞編選,富壽蓀校點,《清詩話續編》〔G〕,上海:上海古籍出版社,1983 年。

35. 袁枚著,顧學頡校點,《隨園詩話》〔M〕,北京:北京人民文學出版社,1982 年。

36. 方東樹著,汪紹楹校點,《昭昧詹言》〔M〕,北京:北京人民文學出版社,1961 年。

37. 趙翼著,霍松林、胡主祐校點,《甌北詩話》〔M〕,北京:人民文學出版社,1963 年。

38. 馮應榴輯注,黃任軻、朱懷春校點,《蘇軾詩集合注》〔M〕,上海:上海古籍出版社,2001 年。

三、今人著作（按作者姓名首字拼音順序排列）

1. 蔡鎮楚,《中國文學批評史》〔M〕,北京:中華書局,2005 年。

2. 邱永君，《清代翰林院制度》〔M〕，北京：社會科學文獻出版社，2002 年。

3. 顧易生、蔣凡、劉明今，《宋金元文學批評史》〔M〕，上海：上海古籍出版社，1996 年。

4. 賀治起、吳慶榮編，《紀曉嵐年譜》〔M〕，北京：書目文獻出版社，1993 年。

5. 黃霖，《文心雕龍彙評》〔M〕，上海：上海古籍出版社，2005 年。

6. 《紀昀傳記資料》，影印本，臺北：天一出版社。

7. 梁章鉅著，陳居淵校點，《制藝叢話；試律叢話》〔M〕，上海：上海書店出版社，2001 年。

8. 劉海峰，《科舉學導論》〔M〕，武漢：華中師範大學出版社，2005 年。

9. 詹鍈義證，《文心雕龍義證》〔M〕，上海：上海古籍出版社，1989 年。

10. 劉學鍇，《李商隱詩歌接受史》〔M〕，合肥：安徽大學出版社，2004 年。

11. 劉學鍇、余恕誠著，《李商隱詩歌集解》〔M〕，北京：中華書局，2004 年。

12. 劉學鍇、余恕誠、黃世中編，《李商隱資料彙編》〔M〕，北京：中華書局，2001 年。

13. 李慶甲，《瀛奎律髓彙評》〔M〕，上海：上海古籍出版社，2005 年。

14. 李世英、陳水雲，《清代詩學》〔M〕，長沙：湖南人民出版社，2000 年。

15. 李世愉，《清代科舉制度考辨》〔M〕，瀋陽：瀋陽出版社，2005 年。

16. 李澤厚，劉綱紀，《中國美學史‧先秦兩漢編》〔M〕，合肥：安徽文藝出版社，1999 年。

17. 陸侃如，《中古文學繫年》〔M〕，北京：人民文學出版社，1998 年。

18. 米彥青，《清代李商隱詩歌接受史稿》〔M〕，北京：中華書局，2007 年。

19. 莫礪鋒，《杜甫評傳》〔M〕，南京：南京大學出版社，1993 年。

20. 莫礪鋒，《唐宋詩論集》〔M〕，南京：鳳凰出版社，2007 年。

21. 錢志熙，《黃庭堅詩學體系研究》〔M〕，北京：北京大學出版社，2003 年。

22. 錢鍾書，《宋詩選注》〔M〕，北京：人民文學出版社，1989 年。

23. 《慶祝王運熙教授八十華誕文集》〔M〕，上海：上海古籍出版社，2005 年。

24. 商衍鎏，《清代科舉考試述錄及有關著作》〔M〕，天津：百花文藝出版社，2003 年。

25. 四川大學中文系唐宋文學研究室編，《蘇軾資料彙編》〔G〕，北京：中華書局，1994 年。

26. 蘇軾研究學會編，《東坡詩論叢》〔M〕，成都：四川人民出版社，1983 年。

27. 湯壽潛選，蔣抱玄點校，《精選紀曉嵐詩文集》〔M〕，影印上海華普書局本，揚州：江蘇廣陵古籍刻印社，1997 年。

28. 王運熙，《中國古代文論管窺》〔M〕，上海：上海古籍出版社，2006 年。

29. 王運熙、楊明，《魏晉南北朝文學批評史》〔M〕，上海：上海古籍出版社，1996 年。

30. 鄔國平、王鎮遠，《清代文學批評史》〔M〕，上海：上海古籍出版社，1996 年。

31. 徐陵編，吳兆宜注，穆克宏點校，《玉臺新詠箋注》〔M〕，北京：中華書局，1985 年。

32. 楊明、羊列榮編，《先秦至唐五代卷》〔M〕，黃霖、蔣凡主編，《中國歷代文論選新編》〔Z〕，上海：上海教育出版社，2007 年。

33. 葉嘉瑩，《漢魏六朝詩講錄》〔M〕，石家莊：河北教育出版社，1997 年。

34. 余嘉錫，《四庫提要辯證》〔M〕，昆明：雲南人民出版社，2004 年。

35. 郁沅、張明高編，《魏晉南北朝文論選》〔M〕，北京：人民文學出版社，1999 年。

36. 元好問編，郝天挺注，錢謙益、何焯評注，《唐詩鼓吹評注》〔M〕，保定：河北大學出版社，2000 年。

37. 張健，《清代詩學研究》〔M〕，北京：北京大學出版社，1999 年。

38. 中國科學院圖書館整理，《續修四庫全書總目提要》(稿本)〔M〕，濟南：齊魯書社，1996 年。

39. 周積明,《紀昀評傳》〔M〕,南京:南京大學出版社,1994 年。

40. 周積明,《文化視野下的《四庫全書總目》》〔M〕,北京:中國青年出版社,2001 年。

41. 周裕鍇,《宋代詩學通論》〔M〕,上海:上海古籍出版社,2007 年。

42. 朱東潤,《中國文學批評史大綱》〔M〕,上海:上海古籍出版社,2005 年。

43. 曾棗莊,《蘇詩彙評》〔M〕,成都:四川文藝出版社,2000 年。

44. 曾棗莊等,《蘇軾研究史》〔M〕,南京:江蘇教育出版,2001 年。

四、期刊論文（按作者姓名首字拼音順序排列）

1. 白·特木爾巴根,《元代蒙古族文學評論家郝天挺和他的〈唐詩鼓吹集注〉》〔J〕,《內蒙古師範大學學報》,2006 年第 3 期。

2. 陳伯海,《清人選唐試帖詩概說》〔J〕,《古典文學知識》,2008 年第 5 期。

3. 陳志揚,《論清代試帖詩》〔J〕,《學術研究》,2008 年第 4 期。

4. 雋雪豔,《〈玉臺新詠考異〉為紀昀所作》〔J〕,《文史》,1986 年第 26 期。

5. 李曉紅,《絕句文體批評考論》〔J〕,《學術研究》,2011 年第 6 期。

6. 李子廣,《李白詩論疑難破解——紀曉嵐〈賦得綺麗不足珍〉的詩學解讀價值》〔J〕,《廣博電視大學學報》,2007 年第 4 期。

7. 彭萬隆,《紀昀評義山詩淺談》〔J〕,《淮北煤師院學報》,1992 年第 2 期。

8. 王友勝,《論紀昀的蘇詩評點》〔J〕,《中國韻文學刊》,1999 年第 2 期。

9. 魏明安,《詩人紀昀及其詩論》〔J〕,《西北師大學報》,1992 年第 4 期。

10. 吳承學,《論〈四庫全書總目〉在詩文評研究史上的貢獻》〔J〕,《文學評論》,1998 年第 6 期。

11. 吳曉峰,《心靈睿發,其變無窮——從紀曉嵐批點〈唐宋詩三千首〉看他的詩論主張》〔J〕,《長春師範學院學報》,2003 年第 3 期。

12. 薛亞軍,《清人選評箋釋唐人試帖簡說中國典籍與文化》,2001 年第 2 期。

13. 楊明,《言志與緣情辨》〔J〕,《上海師範大學學報》,2007 年第 1

期。

14. 曾棗莊，《論李香岩手批紀評蘇詩》〔J〕，《中國典籍與文化》，2008年第 1 期。

15. 詹杭倫，《紀昀〈瀛奎律髓刊誤〉的得與失》〔J〕，《北京化工大學學報》，2004 年第 4 期。

16. 張傳峰，《〈四庫全書總目〉詩學批評與紀昀詩學》〔J〕，《北方論叢》，2006 年第 6 期。

17. 張蕾，《詩教法則的嚴守與變通——紀昀評點〈玉臺新詠〉管窺》〔J〕，《武漢大學學報》（人文社科版），2007 年第 5 期。

18. 張蕾，《「〈玉臺新詠考異〉爲紀昀所作」說補遺》〔J〕，《文獻》，2008年第 2 期。

19. 張巍，《從〈瀛奎律髓〉看唐宋詩之爭》〔J〕，《古代文學理論研究》，2004 年第 2 期。

20. 趙超，《論王文誥對紀批蘇詩的繼承與駁難》〔J〕，《文藝理論研究》，2010 年第 3 期。

五、學位論文（按作者姓名首字拼音順序排列）

1. 陳偉文，《紀昀與〈四庫全書總目〉的文學批評》〔D〕，北京：北京師範大學，2004 年。

2. 鄧豔林，《論紀昀的詩學觀與詩歌批評》〔D〕，長沙：湖南師範大學，2004 年。

3. 董彥彬，《紀昀的詩歌創作與詩歌理論》〔D〕，深圳：深圳大學，2005 年。

4. 宮存波，《紀昀詩歌批評研究》〔D〕，成都：四川大學，2007 年。

5. 盧錦堂，《紀昀生平及其閱微草堂筆記》〔D〕，臺北：臺北政大中文研究所，1974 年。

6. 楊桂芬，《紀昀詩學理論研究》〔D〕，高雄：臺灣國立中山大學，2002 年。

7. 楊子彥，《紀昀文學思想研究》〔D〕，北京：北京大學，2002 年。

8. 張蕾，《玉臺新詠論稿》〔D〕，保定：河北大學，2004 年。

後　記

　　這本小書是在本人博士論文的基礎之上，作了較大的增補修訂而成的。

　　此書得以問世，首先要感謝我的導師楊明先生。求學期間，楊師對我學業的指導，可謂事無鉅細。從古籍閱讀到讀書札記，從小作業、小文章到畢業論文，楊師始終一樣的耐心細緻，一樣的認眞懇切，其表現出來的深厚學養與醇謹學風讓我獲益良多。尤其是在指導畢業論文的過程中，無論是論題的選定，還是整體的構思，以及結構的安排乃至一字一句的修正改定，楊師都不厭其煩地給我啓發、引導與指正；或對面交談，或通過電話與電郵。最讓人我感念的是，即使遠赴日本，楊師也不忘越洋來郵細細交待。博士畢業後，楊師還一直關心我的學習、工作與生活，並向花木蘭文化出版社推薦了我的博士論文。書稿中新增近五萬字也曾請楊師審讀，糾正了不少錯謬之處。所有的點點滴滴，我俱銘感於內，不敢忘懷。更要感謝楊師與師母讓我領略到人生的眞美：楊師的儒雅清正，師母的美麗溫柔，一舉一動中帶出的恬淡平和，讓人如沐春風，感歎生活原來可以這樣美好。

　　還要感謝碩士導師常思春先生。常師潛心學問，淡泊名利，爲人最是平易和藹。時時想起常師一杯清茶，一枝捲烟，怡然坐在沙發上，與我們談學問、說掌故，一室馨香。

　　同時也要感謝趙厚均、楊鑒生兩位師兄的關心與鼓勵，他們對學問的執著追求是我學習的榜樣。

　　最後要感謝我的先生王煥池時時督促。他鍥而不捨鑽研學問，同時也不忘關注時政和享受人生，使我的生活充滿了樂趣。

　　有如此良師益友及家人，不樂復何如！

徐美秋

壬辰年冬至日記